KB073876

구비설화를 활용한
가족상담모형 개발 부부관계 영역

서은아

지식과교양

"이 저서는 2014년 정부재원(교육부)으로 한국연구재단의 지원을 받아 연구되었음.
(NRF-2014S1A5B5A02015232)

This work was supported by the National Research Foundation of Korea Grant funded
by the Korean Government.(NRF-2014S1A5B5A02015232)"

머리말

　며칠 전 마음이 맞는 사람들과 전철을 타고 춘천에 다녀왔다. 공지천을 따라 걸어가며 공지천 다리 위 공지어상(孔之魚像)에서 사진도 찍고, 에디오피아 벳에서 커피도 마시고, 시골 장터도 구경하면서 즐거운 시간을 보냈다. 약간씩 내리는 비가 오히려 반갑고, 아무 생각 없이 마음껏 여유를 부렸던 하루였다. 그리고는 또 일상으로 돌아왔다. 일상 속에서 한 번씩 부리는 여유가 있다면, 세상은 그런대로 살맛이 날 것 같다.

　부부로 산다는 것 역시 그런 것 같다. 서로 다른 환경에서 이십여 년, 혹은 삼십여 년을 살았던 사람들이 만나, 서로 맞추어 살아간다는 것이 쉽지만은 않은 일인 것 같다. 때로는 상대방이 미울 때도 있고, 싫어질 때도 있고, 이 결혼생활을 지속해야 될까 고민이 될 때도 있다. 그러나 한 번씩 상대가 예뻐 보이는 순간도 있고, 살면서 쌓여 온 정(情)도 있고, 부모의 이혼으로 인해 상처받을 자식 생각도 해야 되고, 무엇보다 다른 상대를 만나 시작하는 것에 대한 두려움과 앞날에 대한 불안감이 어쩌면 결혼생활을 유지시키는 것인지도 모르겠다. 하지만 부부관계 속에서도 한 번씩 느껴지는 여유로움과 행복감이 있다면, 부부관계 또한 그런대로 영위가 될 것 같다.

이 책은 구비설화를 활용한 〈가족상담모형〉 개발 시리즈 중 첫 번째 단행본이다. 필자는 가족갈등을 세 영역으로 분류하였는데, '부부관계 영역' '부모자녀관계 영역' '형제자매관계 영역'이 그것이다. 여기서는 세 영역 중 첫 번째로 '부부관계 영역'에 한정하여 작업을 수행하고 그 결과를 정리하였다. 이 책에서는 우리나라의 대표적인 구비설화집 『한국구비문학대계』와 『임석재전집』을 대상으로 가족갈등 중 '부부관계 영역'의 설화들을 추출하고, 설화에 나타난 부부갈등의 양상과 해결방안을 분석하였다. 그 후 설화의 분석결과를 현대 부부갈등으로 고민하고 있는 내담자들을 대상으로 한 상담에 적용하여, 구비설화에서의 해결방안이 현대 부부갈등 해결에는 어떠한 도움을 줄 수 있을지 제시하여 보았다. 이러한 과정을 통해 현대 가족갈등 중 '부부관계 영역'에서 발생하는 문제 해결에 도움을 줄 수 있는 〈가족상담모형〉을 개발해내고자 하였다.

위와 같은 제시가 가능한 이유는, 내담자 자신의 '문제의 경험을 중심으로 만들어진 이야기(problem saturated story)'를 '문제 이야기에 대항하여 새롭게 만들어지는 이야기(alternative story)'로 바꾸어 나갈 수 있다는 이야기치료의 원리 때문이다. 즉 내담자는 자신과 동일한 부부갈등 양상을 구비설화를 통해 경험하면서, 문제의 소유자가 아니라 문제를 바라보는 관찰자의 입장에서 자신의 문제를 객관적인 시각으로 통찰하게 될 것이다. 그리고 설화에서 제시되는 문제해결 방안을 통해, 자신의 이야기를 수정해 나아가게 될 것이다. 이것은 동일한 부부갈등을 경험하고 있는 독자에게도 마찬가지로 적용될 것이라 생각된다.

이 책에서는 부부갈등의 양상을 1) 배우자의 과거 I : 결혼 전 2) 배우자의 과거 II : 재혼 전[1] 3) 배우자의 외도 I : 부부 당사자의 문제 4) 배우자의 외도 II : 제3자의 개입 5) 배우자의 외모 6) 배우자의 경제적 무능 7) 배우자의 생리현상 8) 배우자의 성격 9) 배우자의 생활습관 10) 배우자에 대한 질투 11) 배우자에 대한 오해나 의심 12) 부부간의 성(性) 13) 부부간의 격차 14) 부부간의 성격차이 등 14가지 항목으로 분류하였다.[2] 이처럼 분류한 이유는 현대 부부관계에서 주로 나타나는 부부갈등의 양상이 이와 같은 형태를 보여, 부부갈등으로 고민하고 있는 독자가 이 책을 읽었을 때 자신의 부부갈등과 동일한 양상을 쉽게 찾아보고 문제해결 방안을 얻을 수 있도록 하기 위해서이다.

---

1 '배우자의 과거 II : 재혼 전'이라는 항목은 재혼 전 과거의 결과물, 즉 전실 자식으로 인해 재혼한 부부사이에 갈등이 생긴 경우를 의미한다. 본 책에서는 계모가정 내 가족갈등 설화 중 부부갈등을 보이는 몇 가지 설화만을 제시하였다. 보다 많은 계모가정 내 가족갈등 설화들은 『구비설화를 활용한 계모가정 내 가족상담 프로그램 개발』(서은아, 지식과 교양, 2015.)에서 별도로 상세히 다루었으므로, 특히 계모가정 내 가족갈등으로 고민하는 독자의 경우 위 서적을 참조하기 바란다.

2 구비설화의 줄거리를 요약하고 설화군의 제목을 정하는데, 『문학치료서사사전』(정운채 외, 문학과치료, 2009.)의 도움을 크게 받았음을 밝혀둔다.

현대 부부갈등 양상을 찾아내기 위해 필자는 다음(www.daum. net) 미즈넷 게시판에서 부부갈등과 관련된 모든 내담자들의 글을 추출해 정리하고, 각 항목에 해당되는 부부갈등 양상에 적합하다고 판단되는 글을 골라 본 책에서 부부갈등 사례로 제시하였다. 글의 인용은 전문이 아니라 필요하다고 생각되는 부분을 중심으로 인용하였으며, 내담자의 글쓰기 특성을 살리기 위해 오타·띄어쓰기·비문 또한 임의로 수정하지 않았다.

필자는 이후 동일한 방법을 적용하여 '부모자녀관계 영역' '형제자매관계 영역'에 관한 〈가족상담모형〉 또한 순차적으로 출간할 계획이다. 이러한 작업을 통해 필자는 독자들에게 가족갈등이 나타나는 다양한 구비설화를 소개하고, 구비설화 분석을 통해 얻어진 결과를 현대 가족상담에 이용하여 구비설화의 문학적 효용을 증명하고자 한다. 이를 통해 독자들은 구비설화가 구태의연한 옛 이야기가 아니라, 현대에도 얼마든지 변용되고 재해석되어 우리들에게 활용될 수 있는 귀중한 유산임을 깨달을 수 있을 것이다. 또한 가족관계에서 나타나는 다양한 갈등들을 정리하고 제시하여, 독자들에게 가족갈등에 대한 풍부한 간접 경험과 자신의 가족관계를 되돌아볼 수 있는 기회를 제공할 것이다. 그리고 구비설화는 각 편이 모두 온전한 하나의 이야기라는 점에서 이를 바탕으로 한 각색스토리텔링이 가능할 것이며, 책에서 제시되고 있는 다양한 가족갈등 설화들은 영화나 드라마의 소재로도 활용이 가능할 것이다.

이 책을 출간하면서 너무나 고마운 분들이 많이 계시다. 먼저 내가 하는 일이라면 무엇이든 믿어주고 늘 경제적인 지원을 아끼지 않으셨던 아빠, 늘 나에게 힘이 되어주는 정아언니와 남동생 상균이, 언제나 온전한 내편인 남편 정지용과 내가 세상에서 제일 사랑하는 아들 구윤이에게도 감사의 마음을 전한다. 구윤이를 통해 세상을 아름답고 따뜻하게 바라볼 수 있음에, 나에게 넘치는 행복과 기쁨을 줌에 감사한다. 그리고 하늘에 계신 엄마께, 엄마의 딸이었다는 게 감사했고, 자랑스럽고, 행복했었다는 말을 꼭 전해 드리고 싶다. 엄마가 돌아가신 지 10년이 지났지만, 난 아직도 엄마가 그립다. 다음으로 국문학 연구자의 길을 가게 해주신, 나의 지도교수님이신 박기석 선생님께 감사를 드린다. 학부에서 교육심리학을 전공하고 대학원을 국문학과로 오면서 여러 가지 어려운 점이 많았지만, 내가 국문학 연구자의 길을 갈 수 있었던 것은 모두 선생님 덕분이다. 늘 챙겨주시고 아껴주심에 감사를 드린다. 또 학문적인 대화상대가 되어주시는 교내 김택중 선생님과 교정보느라 수고해 준 나금자 선생님, 홍매에게도 감사의 마음을 전한다. 내가 지치고 힘들 때마다 늘 옆에 있어줌에 감사한다. 끝으로 주일마다 좋은 말씀 전해주시는 서울여대 대학교회 김범식 목사님, 그동안 나와 소중한 인연을 맺었던 모든 사람들에게 감사와 사랑을 전한다.

나의 삶에 살아 역사하시는 주님을 찬양합니다.
늘 아버지의 말씀 속에 살게 하시고, 순종하는 삶을 살게 하소서...

2015. 6. 5. 서은아 씀

구비설화를 활용한 **가족상담모형** 개발

부부관계 영역

차 례

구비설화를 활용한

가족상담모형 개발  부부관계 영역

1장 / 배우자의 과거 I : 결혼 전

〈도량 넓은 남편〉〈첫날밤 간부 잡게 한 봉사 점쟁이〉〈첫날밤 간부 잡으러 간 상객〉〈첫날밤 간부 잡아 은혜 갚은 도둑〉〈첫날밤에 아기 낳고 신랑 붙잡은 신부〉〈첫날밤에 아이 낳은 신부〉〈씨 다른 아들이 얻은 명당〉

1) 부부갈등 양상과 해결방안

배우자의 과거와 관련된 설화들은 두 가지로 나누어볼 수 있다. 하나는 과거의 대상 혹은 간부(姦夫)가 현재 부부관계에 영향을 주는 것이며, 다른 하나는 과거의 대상은 없지만 그 결과물인 아이가 현재의 부부관계에 영향을 주는 것이다. 다음에서는 각각의 항목에 해당되는 설화들에 관하여 논의해 보도록 하겠다.

(1) 〈도량 넓은 남편〉〈첫날밤 간부 잡게 한 봉사 점쟁이〉〈첫날밤 간부 잡으러 간 상객〉〈첫날밤 간부 잡아 은혜 갚은 도둑〉

먼저 〈도량 넓은 남편〉이다. 이 설화의 대강의 줄거리는 다음과 같다.

예전에 어떤 동리에 윗마을에는 김판서가 살고 아랫마을에는 이판서가 살았다. 그런데 판서와 판서끼리 친하다보니 조정에서도 만나고 동리에서도 서로 자주 만나게 되어 의좋게 지내게 되었다. 김판서의 아들이 이판서가 사는 동네에 있는 글방에 다녔는데, 이판서의 딸이 초당에 있다가 김판서 아들이 공부하러 가는 모습을 보고 반해버렸다. 김판서 아들 역시 이판서의 딸을 보고는 저런 색시한테 장가들면 얼마나 좋을까라는 생각을 하게 되었다. 일 년 동안 두 사람이 한 번도 고백은 하지 않고 늘 서로 바라보기만 했는데, 그러다가 이판서 딸이 다른 곳으로 시집을 가게 되었다. 김판서 아들이 상사병이 걸려 드러눕자 부모님들이 걱정을 하면서 의사를 불러 치료하려고 했으나 어떤 약도 소용이 없었다. 결국 김판서가 아들에게 돈을 많이 주어 마음대로 놀면서 실컷 유람을 하고 오라고 했다. 아들은 집을 나와 이판서의 딸이 시집간 곳을 찾아갔는데, 그 집 앞에서 팥죽 파는 할머니를 만나 자신의 수양어머니로 삼았다. 그리고는 수양어머니에게 시집 간 이판서의 딸을 만나게 해달라고 했다. 수양어머니는 아들을 여장시켜서 방물장수처럼 꾸미고 그 집으로 들어가라고 했다. 방물장수로 변장한 아들이 그 집에 들어갔는데, 집안의 여자들이 모여서 모두 가져온 물건을 구경하느라 정신이 없었다. 날이 저물자 안주인 마님이 젊은 애들은 늙은이하고 자길 싫어하니 혼자 글방에 가서 자는 셋째 며느리와 함께 자라고 했다. 그리하여 여장한 아들과 이판서의 딸이 같은 방에서 둘 다 윗도리를 벗고 눕게 되었다. 여장한 아들은 이판서 딸을 어루만지면서 귀에다 대고 자신이 김판서의 아들이라고 했다. 서로 그리워하던 두 사람은 하루 저녁을 유쾌하게 자고, 다시는 보지 않기로 약조를 했다. 닷새가 지나자 김판서 아들은 이판서 딸이 보고 싶어 죽을 지경이었다. 그래서 또 찾아갔는데, 이판서의 딸 역시 반갑게 맞아주었다. 그 뒤로 두 사람은 계속 같이 잠을 자게 되었다. 그런데 그

집 첫째 아들, 그러니까 이판서 딸의 큰 아주버니가 보아하니 방물장수
가 분명 남자 같았다. 그리고 방물장수가 자기 막내 제수와 주고받는 눈
짓을 보니 분명 좋아하는 사이임에 틀림없었다. 큰 형이 이판서 딸의 남
편인 자기 동생을 불러서, "애! 너 제수씨 방에 늘 와서 자는 여자가 남
자다. 어떡하니."라고 말해주었다. 그러자 이판서 딸의 남편이, "형님 걱
정할 것 없어요. 뭐 깊은 규중 속에 있는 놈을 그래 까짓 거 죽여서 갖다
어느 토굴에 묻어 버리면 누가 알아요?"라고 했다. 형과 아우는 방물장
수로 분한 김판서의 아들을 죽이기로 했는데, 아우가 자신이 먼저 방에
들어가 확인해 보겠으니, 형은 칼을 들고 방 문 밖에서 지키고 서 있으라
고 했다. 그날 밤 형과 아우는 칼을 준비하여 이판서 딸과 김판서 아들이
자고 있는 방으로 갔다. 형은 약속대로 방문 밖에서 기다리고 이판서 딸
의 남편이 먼저 방에 들어갔다. 남편이 들어가자 방안에서 잠을 자던 두
사람은 깜짝 놀랐다. 남편은 밖에 서있는 형이 들을 수 있도록 큰 소리
로 말했다. "옷 좀 벗으시오." 그리고는 더욱 큰 소리로, "아휴, 실례했습
니다. 잘못했습니다. 나는 꼭 남잔 줄 알았더니 여자가 분명하니 잘못 봤
시우."라고 했다. 아우가 밖으로 나와 형에게, "형님! 생사람 여럿 죽이
겠수. 그 뭐하는 기여?"라고 하고는 "여자들끼리 자니 나는 글방으로 간
다."며 가버렸다. 여자는 자기 남편의 아량으로 목숨을 건지자 크게 후
회를 하면서 남편에게 더욱 잘하고 고마운 마음을 품게 되었다. 김판서
의 아들도 모든 것을 후회하고는 그길로 나와 공부에 전심전력을 다하였
다. 그 뒤에 김판서 아들이 과거보러 갔다가 이판서 딸의 남편을 만나게
되었다. 둘 다 모두 과거에 급제하여 조정에 들어가게 되었는데, 서로 말
은 안하지만 늘 도와주고 챙겨주었다. 두 사람은 각각 영의정과 우의정
이 되어 서로 집안끼리 흥왕하며 아주 잘 살았다.[1]

---

1 『한국구비문학대계』 4-3, 57-65면, 온양읍 설화19, 신랑의 아량, 조상묵(남, 79)

여기서 김판서의 아들과 이판서의 딸은 서로 상대방을 마음에 두고 있었는데, 미처 고백을 하지 못한 채 이판서의 딸이 다른 집으로 시집을 가게 되었다. 김판서의 아들은 상사병에 걸려 눕고, 김판서는 아들에게 돈을 많이 주며 실컷 유람을 하고 오라고 한다. 김판서의 아들은 이판서의 딸이 시집간 곳을 찾아갔다가 그 집 앞에서 팥죽 파는 할머니를 만나게 되고, 자신의 수양어머니로 삼는다. 김판서의 아들은 자신의 수양어머니에게 이판서의 딸과 만나게 해 달라고 부탁을 하고, 방물장수로 변장하여 그 집으로 들어가게 된다. 그리고 이판서의 딸(셋째 아들의 처)과 잠자리를 하게 된다. 둘은 다시는 만나지 않기로 약속을 했지만, 김판서의 아들은 이판서의 딸이 보고 싶어 죽을 지경이 되고 다시 그녀를 찾게 된다. 그 후로 이들은 자주 만나 잠자리를 갖게 된다. 이 설화에서 이판서의 딸은 과거에 자신이 마음에 품었던 사람과 만나게 되면서 서로의 마음을 확인하게 되고, 이것으로 인해 부부사이에는 문제가 발생하게 된다. 이 설화에서는 김판서의 아들과 이판서의 딸이 단지 서로를 마음에 둔 사이로 나오지만, 이 설화군의 여타 설화들에서 이 둘은 결혼을 약속한 사이로 나오며, 한쪽 집안의 몰락으로 인해 헤어진 관계로 나타난다. 그러므로 이 설화에서는 여성의 과거로 인해, 부부사이에 문제가 발생하고 있다.

이판서 딸의 시아주버니(첫째 아들)는 제수씨 방에서 자는 방물장수가 남자라는 생각이 들고, 둘이 주고받는 눈빛으로 보아 분명 좋아하는 사이 같았다. 첫째 아들은 동생에게 제수씨 방에서 자는 사람이 남자라고 이야기를 하고, 동생은 방물장수를 죽여 토굴에 묻어 버리겠다고 한다. 동생은 자신이 먼저 남자인지 확인을 해보겠다며

방으로 들어가고, 방 안에서 자던 두 사람은 깜짝 놀라게 된다. 남
편은 밖에 있는 형이 들을 수 있도록 큰 소리로 옷을 좀 벗으라고 하
고, 실례 했으니 잘못했다고 이야기를 한다. 그리고는 밖으로 나와
형에게 생사람을 여럿 죽이겠다며, 여자들끼리 자니 자신은 글방으
로 간다며 가버린다. 이판서의 딸은 남편의 아량으로 목숨을 건지게
되자, 자신의 행동을 후회하며 남편에게 고마운 마음을 품고 남편에
게 더욱 잘 한다. 김판서의 아들 또한 그길로 그 집에서 나와 공부
에 매진하게 된다. 이후 김판서의 아들과 이판서 딸의 남편은 모두
급제해 조정에 들어갔으며, 서로 말은 안했지만 늘 챙겨주는 사이가
된다. 그리고 두 사람은 각각 영의정과 우의정이 되어 집안끼리 왕
래를 하며 아주 잘 살았다. 이 설화에서 남편은 아내의 허물을 덮어
주며, 두 사람의 목숨을 구해준다. 그리고 남편의 아량에 감동을 받
은 아내는 남편에게 고마운 마음을 품게 되고, 남편에게 더욱 잘 한
다. 아내의 과거 남자인 김판서의 아들 또한 이판서 딸에 대한 미련
을 버리고 열심히 공부해 과거에 급제하게 된다. 이 설화군의 모든
설화에서 남편은 아내와 함께 잠자리를 하고 있는 사람이 남자라는
것을 확인하지만, 여자라고 이야기를 함으로써 아내에 대한 집안사
람들의 의심을 풀어주며, 이 둘을 용서하고 있다.

  다음으로 살펴 볼 〈첫날밤 간부 잡게 한 봉사 점쟁이〉〈첫날밤 간
부 잡으러 간 상객〉〈첫날밤 간부 잡아 은혜 갚은 도둑〉은 배우자의
간부(姦夫)가 부부갈등의 원인이 된다. 먼저 〈첫날밤 간부 잡게 한
봉사 점쟁이〉이다. 이 설화의 대강의 줄거리는 다음과 같다.

  서로 멀리 떨어져 사는 형제가 있었다. 큰집 조카가 아주 못된 놈이라

삼촌은 아들 장가를 보내면서 큰 집에 알리지 않았다. 그런데 큰집 조카가 찾아와서는 자신이 신랑의 상객으로 가겠다고 했다. 큰집 조카는 가마 자루를 메고 하인들에게 오늘 가다가 사람, 말, 소가 앞에 당하면 가마채로 치라고 했다. 길을 가다 봉사가 나타나자 하인들은 큰집 조카의 말대로 봉사를 봇도랑에 집어넣었다. 봉사는 봇도랑에서 빠져나오며 너희가 오늘은 산 신랑을 가져간다만 내일은 죽은 신랑을 가져올 거라고 했다. 이에 기가 막힌 조카가 봉사를 얼른 건져주며 무슨 말이냐고 했다. 봉사는 점을 잘 치는 이였는데 이 길로 가다보면 폭포 옆 반석에 세 명의 선비가 대나무 칼로 칼싸움을 하고 있을 터이니 그 셋을 잔치 집으로 데려 가면 알 도리가 있다고 했다. 이 선비들은 낙제하고 여비가 떨어져 돌아다니는 이들이었는데 우연히 신부 집 후원 별당 대밭에 들어갔다가 신부와 간부의 대화를 엿들었던 것이다. 조카는 봉사의 말대로 세 선비를 모시고 잔칫집으로 갔다. 신부는 간부를 신혼 방 궤 안에 감추어 두고 첫날밤에 신랑을 죽인 뒤 달아날 계획이었는데 그 사실을 알고 있었던 세 선비는 잔치가 끝나자 신부 방으로 들어와서는 궤에 열쇠를 채워 버렸다. 아침이 되자 선비들은 신부 방의 궤짝을 시댁으로 짊어지고 가야 한다며 힘센 하인 둘에게 메게 했다. 선비들은 폭포 옆 반석에 이르자 궤짝은 색시 집 물건이니 신랑 집까지 지고 가는 것은 좋지 않다며 물속에 처넣어 버리라고 했다. 부부는 결혼 칠 년 만에 아들 삼형제를 낳았는데 그때 세 선비가 집을 찾아 와서 당시 얘기를 해 주었다. 선비들은 칠년 전에 말하지 않은 것은 신부가 소박을 맞을까 걱정해서이고 지금 말하는 것은 삼형제를 낳았으니 소박을 할 수 없기 때문이라고 했다.[2]

---

2 『한국구비문학대계』 2-8, 660-664면, 영월읍 설화175, 신랑을 살린 봉사의 점괘, 한준혁(남, 73)

멀리 떨어져 사는 형제가 있었는데, 큰집 조카가 아주 못된 놈이라 삼촌은 아들을 장가보내면서 큰집에 알리지 않는다. 그런데 큰집 조카가 찾아와, 자신이 신랑의 상객으로 가겠다고 한다. 큰집 조카는 하인들에게 가다가 사람, 말, 소가 앞으로 오면 가마채로 치라고 한다. 길을 하다 봉사가 나타나자, 하인들은 큰집 조카의 말대로 봉사를 가마채로 쳐 도랑에 집어넣는다.

봉사는 도랑에서 **빠져나오며**, 너희가 산 신랑을 가져가지만 올 때는 죽은 신랑을 가져온다고 한다. 큰집 조카는 봉사를 얼른 건져주며 무슨 말이냐고 묻고, 봉사는 이 길로 가다보면 폭포 옆 반석에서 세 선비가 대나무 칼로 칼싸움을 하고 있을 터이니, 그들을 잔치 집에 데려가면 알 도리가 있다고 했다. 이 세 선비는 낙방하고 여비가 떨어져 돌아다니는 이들이었는데, 우연히 신부 집 후원 별당 대밭에 들어갔다가 신부와 간부의 대화를 엿듣게 된다. 신부는 간부를 신혼 방 궤 안에 감추고, 첫날밤 신랑을 죽인 뒤 달아날 계획이었다. 여기서의 간부란, 신부의 과거의 남자를 의미한다. 그러므로 이 설화 또한 신부의 과거 사람으로 인해 부부사이에 문제가 발생하게 된다.

큰집 조카는 세 선비를 잔칫집으로 데려가는데, 세 선비는 잔치가 끝나자 신부의 방으로 들어가 궤에 열쇠를 채워버린다. 그리고 아침이 되자 궤짝을 들고 가야 된다며 하인에게 메게 하고, 폭포 옆 반석에 이르자 물속에 쳐 넣어 버린다. 7년 후 부부가 아들 삼형제를 낳자, 세 선비는 찾아와 당시 이야기를 해주며, 칠년 전에 말하지 않은 것은 신부가 소박을 맞을까봐 해서이고 지금 말하는 것은 삼형제를 낳았으니 소박을 할 수 없기 때문이라고 한다. 신부와 간부의 계획은 세 선비로 인해 무산되며, 간부는 물에 빠져 죽고, 신부와 간부의 일은 7년이 지난 후에야 밝혀지게 되는 것이다. 이어지는 〈첫날밤 간부 잡으러 간 상객〉 또한 마찬가지이다. 이 설화의 줄거리는 다음과 같다.

김한량이 화살 담는 통이 부러져 남의 대밭에 가서 대를 고르고 있었는데 갑자기 바람이 불었다. 그러더니 어떤 중이 한숨을 쉬면서 내려와서는 저녁 먹고 삼천 칠 백리를 걸어서 오니 참 힘들다며 한 집으로 들어갔다. 김한량이 숨어서 염탐을 했더니 중이 그 집 처녀를 무릎에 앉혀놓고 있었다. 처녀는 서울 이대감 삼대독자에게 시집을 가게 되었다며 중에게 궤짝에 숨었다가 밤이 되면 나와서 신랑을 죽이라고 하였다. 김한량은 서울 이대감 집으로 찾아가서 큰일을 치르느냐고 묻자 이대감은 그렇다고 했다. 김한량이 신행 갈 때 자기가 맨 뒤에 짐을 지고 따라가는 사람을 하겠다고 하자 이대감이 허락하였다. 그런데 첫날밤에 신부가 궤짝에 올라앉아 내려오지를 않아서 김한량은 중을 죽이지 못했다. 다음날 신부를 데리고 서울로 올라가는데 김한량이 이대감에게 자기가 사는 시골에서는 신랑이 잔 방의 모든 물건을 가져간다며 신방의 궤짝을 들고 나왔다. 배를 타고 오는 중에 궤짝 안의 중이 오줌을 싸서 김한량의 등이 다 젖자 김한량은 너무 무거워서 땀이 난다면서 궤짝을 한강에 던져버렸다. 신부가 시집을 와서 사는데 이대감과 신부, 김한량만 이 사실을 알았다. 신부가 아이를 낳자 김한량은 신부에게 편하지 않느냐며 다시는 그러지 말라고 하였다.[3]

김한량이 화살 담는 통이 부러져 남의 대밭에 들어가 대를 고르는

---

3 『한국구비문학대계』 7-6, 531-534면, 달산면 설화74, 정승 아들 구한 김한량, 이기백(남, 71)

데, 어떤 중이 한 집으로 들어가 그 집 처녀를 무릎에 앉혀놓고 있었다. 처녀는 서울 이대감집 삼대독자에게 시집을 가게 되었다며, 중에게 궤짝에 숨었다가 밤이 되면 나와서 신랑을 죽이라고 한다. 이 이야기 또한 신부의 간부로 인해 신랑의 목숨이 위태로운 상황에 처하게 된다. 그러므로 신부의 과거의 사람으로 인해 부부간의 문제가 발생하고 있다. 처녀와 중의 계획을 알게 된 김한량은 서울 이대감 집을 찾아가 자신이 신행을 따라가겠다고 이야기를 한다. 첫날밤에 신부가 궤짝에 올라앉아 내려오지를 않자, 김한량은 중을 죽이지 못한다. 다음날 김한량은 자신이 사는 곳에서는 신랑이 잔 방의 모든 물건을 가져간다며 신방의 궤짝을 들고 나오고, 배를 타고 오는 도중 중이 오줌을 싸 김한량의 등이 젖자 김한량은 너무 무거워 땀이 난다며 궤짝을 한강에 던져버린다. 김한량은 다른 사람들이 모르게 신부와 간부의 일을 처리해주는 것이다. 그 후 신부가 아이를 낳자 김한량은 신부에게 편하지 않느냐고 하며, 다시는 그러지 말라고 한다. 김한량이 신부에게 편하지 않느냐고 이야기하는 것은, 신부가 이대감집 아들과 결혼을 해 아이를 낳고 잘 살고 있음을 의미하며, 김한량은 신부에게 다시는 간부를 두는 일을 하지 말라고 그녀를 타이르고 있는 것이다. 두 경우 모두 타인에 의해 신부의 간부는 처단이 되며, 신부가 과거에 행했던 일은 조용히 묻힌다.

〈첫날밤 간부 잡아 은혜 갚은 도둑〉 역시 마찬가지이다. 이 설화의 대강의 줄거리는 다음과 같다.

마서방이란 이가 일도 못하고 사흘을 굶고 지내자 도적질을 하고 싶은 마음이 들어 이정승 집으로 갔다. 마서방은 소를 잡아먹으려고 일찌감치 들어가서 은신하고 있다가 저녁때가 되어 모두 불을 끄고 잠을 자는 것을 확인한 뒤 나왔는데, 마침 문 앞에 있던 청지기가 발소리를 듣고 소도둑이라며 소리를 쳤다. 청지기의 고함소리에 이정승도 잠에서 깼고 마서방은 이정승 앞으로 끌려갔다. 이정승은 오죽하면 소를 잡아먹으려고 했겠냐며 소 한 마리 값을 주면서 잘 먹고 잘 살라고 했다. 마서방은 이정승의 호의에 감사해서 정중히 인사를 드리고 나왔다. 이정승이 준 돈을 다 써 버린 마서방은 이번에는 근처 김정승의 집으로 갔다. 이번에도 김정승 집에 미리 들어가서 은신을 하고 있었는데 아무리 기다려도 불은 꺼지지 않았다. 지루한 생각에 초당 안을 구멍을 뚫고 보고 있는데 정승 딸이 어떤 놈과 앉아서 이야기를 하는데, 여자가 시집을 가면 남자가 궤 안에 들어가 있다가 신랑을 처리하겠다는 내용이었다. 김정승의 딸은 이정승의 아들과 혼인을 하기로 되어 있었는데 다른 놈과 만나고 있었던 것이었다. 마서방은 그길로 이정승 집으로 가서 사정을 말하며 파혼을 시키라고 했다. 마서방의 이야기를 들은 이정승은 깜짝 놀라며 파혼을 시켜야겠다고 생각을 했다. 그때 이정승의 아들이 들어오더니 셋만 아는 일이니 장가를 가겠다고 했다. 이정승 아들은 마서방을 데리고 가겠다며 아버지를 안심시켰다. 다음날 이정승의 아들은 예맞이를 하고 친척들끼리 한바탕 놀고는 처남에게 부탁해서 방에 있는 궤짝을 달라고 했다. 이정승 아들은 궤짝 안에 김정승 딸이 숨겨둔 남자가 들어 있는 것을 알고는 마서방을 불러 집으로 가져 갈 테니 꽉 동여매라고 했다. 그리고 가는 길에 궤짝을 강물에다 던져 버렸다. 그 후 이정승의 아들은 김정승의 딸이 흠을 잡으려고 하면 "네 이놈의 궤짝"이라고 해서 부인이 아무 소리도 못하게 했다.[4]

---

4 『한국구비문학대계』 5-7, 271-274면, 옹동면 설화4, 가난뱅이의 보은, 조정동(남, 85)

마서방이란 사람이 사흘을 굶자 도둑질을 하고 싶어 이정승의 집으로 간다. 마서방은 소를 잡아먹으려고 일찌감치 들어가 은신하고 있다가 저녁때가 되어 불이 꺼진 후 나왔는데, 마침 청지기한테 걸려 이정승의 앞으로 끌려간다. 이정승은 소 한 마리 값을 주며, 잘 먹고 살라고 한다. 마서방은 이정승에게 감사하며 그 집을 나왔는데, 그가 준 돈을 다 쓰자 이번에는 김정승의 집으로 도둑질을 하러 들어간다.

도둑질을 하려고 숨어있던 마서방은 김정승의 딸이 어떤 남자와 함께 있는 것을 보게 되는데, 여자가 시집을 가면 남자는 궤 안에 숨어 있다가 신랑을 처리하겠다는 이야기를 하고 있었다. 김정승의 딸은 이정승의 아들과 혼인을 하기로 되어 있었는데, 마서방은 이정승의 집으로 가 사정을 말하고 이정승은 파혼을 시켜야겠다고 생각했다. 그러나 이정승의 아들은 셋만 아는 일이니 장가를 가겠다고 한다. 여기서도 신랑은 신부의 간부로 인해 위험한 상황에 처하게 된다. 그러나 앞서 본 〈첫날밤 간부 잡게 한 봉사 점쟁이〉 〈첫날밤 간부 잡으러 간 상객〉과 이 설화의 차이점은, 앞선 설화들에서는 신랑이 간부의 정체를 모르지만, 여기서는 신랑이 간부의 정체를 알면서도 혼인을 하러 아내의 집으로 간다는 것이다.

첫날밤을 지낸 남편은 처남을 불러 방안에 궤짝을 집으로 가져가겠다고 하고, 궤짝을 마서방에게 짊어지게 한다. 그리고 집으로 돌아오던 중 궤짝을 강물에 넣어버린다. 이후 남편은 아내가 흠을 잡으려고 하면, '네 이놈의 궤짝'이라고 해 아내가 아무 소리도 못하게 했다. 여기서 남편은 아내에게 간부가 있다는 사실을 알면서도 결혼을 하고, 스스로 간부를 처리한다.

(2) 〈첫날밤에 아기 낳고 신랑 붙잡은 신부〉〈첫날밤에 아이 낳은 신부〉〈씨 다른 아들이 얻은 명당〉

먼저 〈첫날밤에 아기 낳고 신랑 붙잡은 신부〉부터 살펴보기로 하 겠다. 이 설화의 대강의 줄거리는 다음과 같다.

옛날에 한 사람이 장가를 가게 되었는데 첫날밤에 병풍 뒤에서 아기 울음소리가 나는 것이었다. 신랑은 봉과 학이 그려진 병풍을 보면서 신 부에게 봉학이가 울고 있으니 젖이나 주라며 자기는 집으로 돌아가겠다 고 하였다. 신부는 신랑을 붙잡으면서 "울명지추 한삼섬에 반만들고 날 만보소"라며 한삼 저고리만 입고서 신랑을 유혹했다. 신랑이 색시를 보 니 너무 예뻐서, "닭아닭아 울지마라. 날아날아 새지 마라."라고 받아쳤 다. 그러자 신부가 "우는 닭이 아니 울면 새는 날이 아니 샐까?"라며 노 래를 했다. 신랑이 예쁜 신부의 얼굴을 보고는 차마 돌아가지 못하고 신 부와 아이를 데리고 살았는데 나중에 아이가 커서 훌륭한 사람이 되었 다.[5]

옛날에 한 사람이 장가를 가게 되었는데, 첫날밤 병풍 뒤에서 아 기의 울음소리가 났다. 신랑은 봉과 학이 그려진 병풍을 보면서, 봉 학이가 울고 있으니 젖이나 주라며 자신은 집으로 돌아가겠다고 한 다. 이 설화에서는 과거의 사람은 없지만, 그 결과물인 아이로 인해 부부간의 문제가 발생하고 있다. 신랑은 첫날밤 병풍 뒤에서 아기의

---

5 『한국구비문학대계』 6-11, 533-536면, 동복면 설화21, 아량있는 신랑, 오문역(여, 76)

울음소리가 들리자, 집으로 돌아가려고 한다. 그러자 아내는 한삼 저고리만 입고 신랑을 유혹한다. 이에 신랑은 아내의 모습이 너무 예뻐서 차마 돌아가지 못하고 신부와 아이를 데리고 살았고, 나중에 아이는 훌륭한 사람이 된다. 이 설화에서 남편은 아내의 모습이 너무 예뻐 그녀를 뿌리치지 못하고, 과거의 일을 용서하며, 그녀와 아이를 받아들이고 있는 것이다.

이어지는 〈첫날밤에 아이 낳은 신부〉 또한 마찬가지이다. 이 설화의 줄거리는 다음과 같다.

옛날에 한 사람이 장가를 가서 첫날밤에 신부 집에서 자는데 신부가 아들을 낳았다. 신랑은 요를 뜯어 아기를 솜에 싸고, 신부가 시댁으로 돌아가는 길목에 있는 다리 밑에 아기를 갖다 놓았다. 신랑은 자기는 첫날밤에 미역국을 끓여 먹는다고 하면서 미역국을 끓여 오게 하여 신부에게 먹이고는 그날 저녁으로 신행을 가야 한다고 하였다. 신랑은 신행을 가다가 아이를 갖다 놓은 다리 가까이 오자 무슨 소리가 난다며 종에게 다리 밑에 가 보게 하였다. 종이 다리 밑에 아기가 있다고 하자 신랑은 색시 품에 넣으라고 하였다. 신랑이 아기를 낳아 신행을 오자 신랑 집에서는 난리가 났고, 신랑이 아기는 부인이 키우는 것이라며 찍소리도 못하게 하자 시부모도 꼼짝을 못하였다. 신부는 신랑과의 사이에서 아들 삼형제를 낳았다. 신랑은 자기 아이들에게 엄자(嚴子)가 주워온 아기를 잘 키워야 옳은지 버려야 옳은지를 물었다. 아이들은 주워온 아기를 잘 키우고 가르쳐야 한다고 하였다. 첫날밤에 낳은 아이는 공부를 아주 잘했다. 세월이 흘러 신랑이 부인에게 어떻게 하여 낳게 된 아들인지를 묻자 부인은 어느 날 밤 꿈에 자기가 꽃밭을 매고 있는데 달이 목구멍으로 넘어 온 것 밖에 없다고 하였다. 신랑은 "그럼 그렇지, 그래서 그놈이 그렇

게 잘되던가보다"라고 하였다. 나중에 자식들이 모두 잘 되어 부모가 꽃 속에 파묻혀 살다가 죽었다.[6]

옛날에 한 사람이 장가를 갔는데 첫날밤에 신부가 아이를 낳았다. 신랑은 요를 뜯어 아기를 솜에 싸고 시댁으로 돌아가는 길목에 있는 다리 밑에 아기를 갖다놓는다.

이 설화 역시 첫날밤 아내가 아이를 낳으면서 부부사이에는 문제가 발생하고 있다. 남편은 아이를 다리 밑에 갖다 놓은 후, 자신이 미역국을 먹는다고 해 미역국을 끓여 아내에게 먹인다. 그리고 그날 저녁에 신행을 가야 된다며 신행을 가다가, 다리 밑에 이르러 종에게 아이를 데려오라고 해 아내의 품에 넣어준다. 신랑이 아이를 데려오자 신랑 집에서는 난리가 났는데, 신랑은 아이는 부인이 키우는 것이라며 아무 소리도 못하게 한다.

남편과 아내 사이에는 아들 삼형제가 태어났고, 남편은 자신의 아들들에게 주워온 아이를 잘 키워야 옳은 지 버려야 옳은 지를 묻는다. 그리고 아이들은 주워온 아기를 잘 키우고 가르쳐야 된다고 대답한다.

첫날밤에 낳은 아이는 공부를 아주 잘 했는데, 세월이 흘러 신랑이 부인에게 아이를 낳게 된 연유를 묻자, 부인은 어느 날 밤 꿈에 자기가 꽃밭을 매고 있는데 달이 목구멍으로 넘어온 것 밖에 없다고 하였다. 남편은 그래서 그 자식이 그렇게 잘 되었다고 이야기를 하며, 이들이 낳은 자식들 또한 모두 잘 되어 남편과 아내는 꽃 속에

---

6 『한국구비문학대계』 5-4, 970-972면, 나포면 설화9, 첫날밤에 아이를 난 신부, 서선예(여, 68)

파묻혀 살다가 죽는다.

마지막으로 살펴볼 〈씨 다른 아들이 얻은 명당〉은 과거의 결과물인 아이의 존재가, 아이가 다 자란 후 드러난다. 이 설화의 줄거리는 다음과 같다.

옛날에 지관을 해서 어렵게 사는 사람이 있었다. 하루는 아들이 아버지에게 다른 사람들 산소 터, 집터는 잘 봐줘서 잘 사는데 우리는 왜 이렇게 못 사냐며, 우리도 좋은 집터나 산소 터를 봐달라고 했다. 아버지가 혼잣말처럼 아무개네 밭에 집을 지으면 발복할 자리라고 했다. 아들들이 귀가 솔깃해져서 움막을 지어서라도 살겠다고 했다. 아버지가 거기 가서 잠을 자보면 결과가 나올 것이라며 큰 아들부터 가보라고 했다. 큰 아들이 첫 번째로 움막을 짓고 있는데, 점잖은 선비가 장칼을 뽑아들고는 남의 집터에 와서 잠을 잔다며 목을 치겠다고 했다. 큰 아들은 무서워서 도망쳤다. 그다음 둘째 아들이 가서 잠을 자다가, 무서워서 도망쳤다. 다음에는 셋째 아들이 잠을 자러 갔다. 아버지는 셋째 아들도 도망 올 것이라 생각했는데 아침에 훤히 밝아서 들어오는 것이었다. 아버지가 어떻게 무사했냐고 하자, 아들이 웬 점잖은 선비가 인사를 공손히 하더니 이제야 집주인을 만났다며 고맙다고 해서 잠을 잘 자고 왔다고 했다. 아버지는 이상하게 생각했지만 아무 말을 안 하고는, 아들들을 나무하러 보낸 다음 오비칼을 새파랗게 갈고 마누라를 불렀다. 그가 셋째 아들이 무난히 잠을 잔 것은 곡절이 있는 것이 틀림없으니 바른 말 안 하면 칼로 죽이겠다고 하자 마누라는 남편이 풍수설로 삼십년을 돌아다니다 보니 자신이 나무를 하러 산에 오르다가 건너 마을 머슴살이 하는 정가 총각과 애를 낳았다고 했다. 남편은 어차피 이렇게 된 거 작은 아들 덕에 잘 먹고 살아보자고 했다. 살림을 다 거두고 발복할 자리에 집을 지으니 석 달 뒤쯤

살림이 나아지면서 잘 살았다.[7]

옛날에 지관을 하며 어렵게 사는 사람이 있었는데, 하루는 아들들이 자신들에게도 좋은 집터나 산소 터를 봐 달라고 한다. 아버지가 혼잣말처럼 아무개네 밭이 집을 지으면 발복할 자리라고 하고, 아들들은 귀가 솔깃하여 그 곳에 움막을 짓고 살겠다고 한다. 아버지는 거기서 잠을 자보면 결과가 나올 것이라며, 큰 아들부터 가보라고 한다. 큰 아들과 둘째 아들은 차례로 가 자보려 했지만, 점잖은 선비가 장칼을 들고 와 남의 집터에 와 잠을 잔다며 목을 치겠다고 하는 바람에 무서워 도망을 친다. 이어 셋째 아들이 잠을 자러 갔는데, 아침이 환히 밝아서야 들어왔다. 아버지가 어떻게 된 거냐고 묻자, 웬 점잖은 선비가 나타나 인사를 공손히 하고는 이제야 집주인을 만났으니 고맙다고 해, 잠을 잘 자고 왔다고 했다. 아버지는 아들들을 나무를 하러 보낸 후, 칼을 새파랗게 갈고 아내를 부른다. 그런 후 셋째 아들이 무난히 잠을 잔 것은 곡절이 있을 것이니, 바른 말을 하지 않으면 칼로 죽이겠다고 한다. 남편은 이 일을 통해 셋째 아들이 자신의 아들이 아니라는 것을 알게 되고, 아내를 추궁하고 있다. 이 설화에서도 역시 아내의 과거 결과물인 아이로 인해, 부부사이에는 갈등이 유발되고 있다. 남편은 아내에게 셋째 아들이 누구의 자식인지 묻고, 아내는 남편이 풍수를 보러 삼십년을 돌아다니는 동안 건넌 마을 정씨 총각과 관계를 해 애를 낳았다고 고백한다. 남편은 어차피 이렇게 된 거 작은 아들 덕에 잘 먹고 살아보자고 하면서 아들

---

7 『한국구비문학대계』 1-7, 443-448면, 화도면 설화20, 지관 이야기, 신석하(남, 46)

을 수용하고, 발복할 자리에 집을 짓고 잘 산다. 이 설화에서는 남편이 뒤늦게 셋째 아들이 아내의 외도로 태어난 아들이라는 사실을 알게 되지만, 아들을 수용하며 잘 살고 있다.

그렇다면 설화에서 이야기하는 결혼 전 배우자의 과거로 인해 유발된 부부갈등의 해결방안은 무엇일까?

첫째, 〈도량 넓은 남편〉이나 〈첫날밤에 아이 낳은 신부〉에서 이야기할 수 있는 것은 배우자의 과거를 덮어주라는 것이다. 그리고 덮기로 했다면, 누구도 알지 못하게 철저하게 덮어주라는 것이다. 〈도량 넓은 남편〉에서 남편은 아내에게 쏟아지는 집안사람들의 의심을 풀어주며, 아내를 용서해준다. 그리고 아내 또한 자신을 용서해준 남편의 마음에 감동하여 그에게 정성을 다한다.

〈첫날밤에 아이 낳은 신부〉에서도 남편은 아내의 과거를 자신만이 안 채, 다른 사람들로부터 아내를 철저하게 보호해주고 아내의 과거를 덮어준다. 이처럼 배우자의 과거를 알게 된다면 그것은 부부 두 사람이 해결해야 될 일이며, 타인이 알게 될 경우 일은 더 복잡해지고 커질 수 있다. 그러므로 배우자의 과거를 덮기로 마음먹었다면 철저하게 덮어주고, 배우자를 타인으로부터 보호해줄 필요가 있다.

둘째, 〈첫날밤 간부 잡게 한 봉사 점쟁이〉〈첫날밤 간부 잡으러 간 상객〉에서는 결혼할 여자에게 간부가 있다는 사실을 제3자가 알게 된다. 〈첫날밤 간부 잡게 한 봉사 점쟁이〉에서 신부와 간부의 일은 7년이 지나 이들 사이에서 삼형제가 태어난 후에야 밝혀지며, 〈첫날밤 간부 잡으러 간 상객〉에서 신부가 과거에 행했던 일은 시아버지

와 김한량, 신부만이 안 채 남편에게는 끝까지 숨겨진다. 7년이 지
난 후에야 밝혀졌다는 것은 남편이 성급하게 행동하는 것을 막아주
는 역할을 하며, 신부의 일을 남편이 모르게 처리하고 있는 것은 이
들이 신부의 행동을 제어할 수 있는 사람들이기 때문이다. 두 경우
모두 제3자가 상대 배우자의 과거를 발설하지 않고 당사자 모르게
일을 처리해주는 것은, 당사자가 성급하게 행동하는 것을 막고 이성
적으로 판단할 시간을 주는 역할을 한다. 또 〈첫날밤 간부 잡아 은혜
갚은 도둑〉의 경우에는 남편이 아내의 과거를 알면서도 아내를 선택
하고 있는데, 이것은 남편이 아내의 과거를 수용할 준비가 되어 있
다는 의미이다.

  셋째, 〈첫날밤에 아기 낳고 신랑 붙잡은 신부〉〈씨 다른 아들이
얻은 명당〉의 경우에는 배우자의 과거를 상쇄시켜줄 만한 무언가가
문제해결의 역할을 하고 있다. 〈첫날밤에 아기 낳고 신랑 붙잡은 신
부〉의 경우 그것은 예쁜 외모가 나타나며, 〈씨 다른 아들이 얻은 명
당〉의 경우에는 아들을 수용함으로써 얻게 되는 이득으로 나타난다.
설화들에서 남편이 아내를 버리지 못하는 이유는 아내의 과거를 상
쇄시켜줄 만한 무엇 때문이다.

  설화에서는 그것이 아내의 예쁜 외모나 아들을 수용함으로써 얻게
되는 이득으로 나타나지만, 현실에서 그것은 아내의 외모일 수도,
아내의 능력일 수도, 아내의 성격일 수도, 혹은 아내 집안의 명예나
부(富)일 수도 있다.

  그것이 무엇이든 배우자의 과거를 덮어주는 것이 드러내는 것보다
이득이 된다면, 부부관계에서 서로 간에 균형이나 조건이 맞는다면,
부부사이의 문제는 해결이 가능한 것이다.

2) 현대 부부갈등 사례에의 적용

〈도량 넓은 남편〉〈첫날밤 간부 잡게 한 봉사 점쟁이〉〈첫날밤 간부 잡으러 간 상객〉〈첫날밤 간부 잡아 은혜 갚은 도둑〉〈첫날밤에 아기 낳고 신랑 붙잡은 신부〉〈첫날밤에 아이 낳은 신부〉〈씨 다른 아들이 얻은 명당〉은 현대 부부갈등에 어떻게 적용될 수 있을까? 먼저 배우자의 결혼 전 과거로 인해 부부갈등이 유발된 상담사례들을 살펴보고, 본 설화의 적용 가능성을 타진해 보도록 하겠다.

사례 1 마누라과거

여러분들은 어떻게 하시겠습니까 힘들고 어렵게 뜨겁게 연애하다 결혼하고 3개월후 결혼전 깊지않은 몇넘의 남친만 있는줄 알았는데 한달전 고백을 합니다 결혼했었다고... 10개월 살았다고... 혼인신고 는 안했다고... 당신의 선택을 받아들이겠다고... 청천벽력같은 고해에 한 이틀동안 난리치다가 정신줄 놓고산 지 한 달이 넘었습니다. 품어준다고, 극복해 보자고 같이 살고 있지만 지금도 괴롭고 갈등이 여전합니다. 사랑하는데 헤어지자니 나도 자신없고, 같이 살자니 괴롭고 화나고 여러분은? 1년여 정말 운명같은 인연으로 사랑했고, 우여곡절도 많았고, 나이차도 좀 있고 결국 반대하는 결혼이지만 합쳤습니다. 왜 미리 말하지 않았느냐 했을땐 마누라왈, 헤어질까봐 두려워서. 제가 떠날까봐 말못했답니다. 아마 미리 말했어도 괴로워하다가 받아줬을 겁니다. 그동안 혼자 속앓이 하고 죄책감 때문에 괴로웠답니다. 그러면서도 둘이 행복했고... 결혼후에 차라리 말하지 말지 그랬냐 했더니, 내가 모르는게 나을 수도 있잖아 했죠. 역시 죄책감에 그리고 처가 부모님이 아주 연로하신데 초상이라도 나면 언젠간 알게 될터… 동네사람들 수근거릴 테고… 몇 년 살다가 알아서 감당못하느니 지금이라도 말한거랍니다. 한달동안 며칠 빼고 술먹고 지냈습니다. 혼자 취하고, 같이 취하고, 제가 울기도 많이 울고 화도 내보고. 난장판을 만들어봐도 속은 여전합니다. 웃어도 한편으론 괴롭긴 매한가지입니다. 아직도 둘다 뜨겁게 애절하게 사랑합니다. 그러나 온통 그 10개월 동안 결혼생활이 자꾸 떠오릅니다.

사례 2   남편이 과거에 결혼을 했더라구여

정말 황당합니다…저흰 약 2년 연애를 하였고 서로에 대해 많이 알만큼 알구 결혼했거든요? 물론 결혼한지는 이제 얼마되지 않았구여. 지금 저는 임신 6주에여..한참 신혼이져. 근데 저희가 시댁에서 살구 있는데 오늘 방을 치우다가 무심코 시아버님 방의 호적초본인가? 하여튼 가족관계 줄줄이 다 나와있는 서류뭉치를 발견하구 펴보았어여. 근데 이게 왠일..남편이 이미 과거 99년에 한번 결혼을 한걸루 나오더라구여 혼인상대 여자 이름까지요..정말 황당하지않을 수가 없습니다. 무슨 소설이나 드라마도 아니고..내참 우린 중매두 아니구 서루 2년여간 연애를 했거든요..남편 저한테 참 잘하구여.. 제가 지금 이상 황에서 어떻게 처신하는게 현명하구 옳은건지 지금으로서는 조언을 좀 받구싶어서 글올립니다.. 저는 참고루..좀 개방적인편이라서 이혼한거 머 이런건 그다지 신경 안쓰구 살수있지만 넘 황당하네요.. 뒤통수맞은 기분.. 우선 남편퇴근하면 물어볼려구요 "자갸..자기결혼했었냐?" 이렇게여.. 근데 어떻게 하는 행동이 옳은 행동인지를 모르겠

네여..넘 혼란스러워여..애기한테 안좋은 영향이 갈까봐 화도 못내겠
고.. 참나..어이가 없네여..참고루 전 지금 24살..남편은 28살이에여.
이건 웃어야할지 울어야할지.. 친구들한테 말도못하겠어여 챙피해서.
꼭좀 조언부탁드립니다.

사례1〉은 남편이 과거 아내의 결혼 사실을 알게 되면서, 사례2〉는
반대로 아내가 과거 남편의 결혼 사실을 알게 되면서, 부부간에 문
제가 발생하고 있다.

사례1〉에서 한 달 전 아내는 남편에게 자신이 혼인신고는 안 되어
있지만 다른 남자와 결혼을 해 10개월을 살았다고 고백을 한다. 아
내의 갑작스런 고백에 남편은 극복해보자며 같이 살고는 있지만, 여
전히 괴롭고 갈등이 된다.

그러나 아내를 사랑하기 때문에 헤어질 자신도 없고, 같이 살자니
괴롭고 화가 난다. 이제 와서 아내가 남편에게 과거의 일을 이야기
한 이유는, 친정 부모님이 연로하셔서 초상이라고 난다면 남편이 과
거의 일을 알게 될 것이라고 생각했기 때문이다. 남편은 거의 매일
술을 먹고 지내며, 울기도 하고, 화를 내보기도 하지만 여전히 힘든
상태이다.

사례2〉에서 부부는 2년을 연애를 하고, 서로에 대해 알만큼 안다
고 생각을 하면서 결혼을 했다. 아내는 방을 치우다가 우연히 시아
버지 방에 있는 가족관계 서류를 보게 되었고, 그것을 통해 남편이
과거에 이미 결혼을 했었다는 것을 알게 된다. 아직 남편에게 이야
기는 하지 않은 상태이며, 아내는 이 상황에서 어떻게 행동을 해야
될 지 고민하고 있다.

사례 3   **충격적인 아내의 과거**

정말 힘들어서 몇자 적어봅니다. 아내를 처음 만난건 친한 지인의
소개로 시작되었습니다. 내나이 스물여덟 아내도 저와 동갑인지라 티
격태격 싸우기도 많이 했지만 1년의 연애끝에 결혼에 골인할 수 있었
습니다. 아내는 음식도 잘하고 워낙에 깔끔한 성격인지라 항상 신혼
집이 반짝거렸습니다. 일을 마치고 집에 돌아오면 환하게 웃어주고
목욕물도 미리 받아놔주고 아침마다 생과일주스에 녹즙에 한약까지
준비해주곤 했지요. 전 그런 아내와 결혼하길 정말 잘했구나, 혼자 미
친사람처럼 하루종일 웃고 다닌적도 있었습니다. 하지만 이런 행복도
그리 오래가진 않더군요. 몇달 전 사촌형과 사촌형 친구를 만나 술마
실 일이 생겼습니다. 사촌형은 현재 유학생활중이었고 자주 볼 수 없
던터라 반가운 마음에 달려나갔습니다. 한참 술을 마신후 취기가 올
라왔고 사촌형이 저에게 무슨말을 하려하다가 말을 멈추더군요. 이상
한 생각이 들었지만 별거 아니겠거니 넘기고 부어라 마셔라를 반복하
던중 사촌형이 뜬금없이 제게 미안하단말을 연발하더군요. 영문도 모
른채 왜그러냐고 물었더니 아니다... 이러면서 말꼬리를 자꾸 흐리더
군요. 답답한 마음에 사촌형 친구에게 "우리형 왜이러는거야?!" 하며
형친구에게 물었더니 저를 밖으로 부르더군요. 한참을 망설이던 형친
구는 제게 이런 말을 했습니다. "니 와이프하고 니 사촌형하고 서로
사랑하던 사이었다고... 유학 가기전까지 둘이 죽고 못살았다며 대학
때부터 사귀다 몇년전에 헤어졌다는 말을하더군요. 하늘이 쏟아져 내
리는줄 알았습니다. 전 그길로 집에 와버렸습니다. 아내는 곤히 자고
있더군요. 도저히 정상적인 방법으로는 잠을 잘 수 없었습니다. 벌써
몇일째 아니 몇달째 재대로 잠을 잘 수 없습니다. 어차피 과거고 지나

간 일이다 몇번을 다짐하고 나만 입다물면 세상에 묻힐 말이다. 사촌
형과 사촌형 친구는 여기서 살지도 않을 테니 걱정할것 없다. 제가 하
루에도 몇번씩 되뇌이는 말들입니다. 그렇게 아내를 이해하려 노력했
습니다. 아무것도 모르고 있을 아내에게 더더욱 이사실을 알리고 싶
지않아 제가 다 덮고 가려고 했습니다. 그러나 정말 큰 문제가 생겼습
니다. 아내와 관계를 가질 때마다 사촌형 얼굴이 아른 거립니다. 요즘
엔 아예 관계 자체를 하지 못하고 있습니다. 정말 미치겠습니다. 죽고
싶습니다. 제게 왜 이런일이 일어난 것인지…. 아내를 사랑합니다.
다 이해하고 싶습니다. 그런데 제몸이 그걸 인정하려 하지 않습니다.
어떻게 해야할까요? 가슴이 하루에도 열두번씩 미여짚니다…

　사례3〉에서는 남편이 아내가 과거 사촌형과 사귀었다는 사실을
알게 된다. 더군다나 사촌형의 친구의 말을 빌린다면, 사촌형과 아
내는 대학 때부터 사귀었고 사촌형이 유학가기 전까지 서로 사랑했
던 사이라는 것이다. 이 사실을 알게 된 남편은 벌써 몇 달째 제대로
잠을 잘 수가 없다. 어차피 과거의 일이고 지나간 일이라고 자신에
게 다짐을 하고, 아내를 이해하려고 노력도 해 보지만, 남편의 몸은
아내를 거부한다.

> ### 사례 4　신랑의 또다른 아이 전 어떻게 해야 할까요

　14개월된 아이를 두고 있는 28살 애기엄마입니다. 글을 어떻게 시
작해야할지 모르겠네요. 그냥 두서 없이 적어봅니다. 6개월 전 신랑
도 모르는 신랑의 아이가 나타났습니다. 남편이 전에 사귀던 여자가

임신을 하고도 남편과 한마디 상의도 없이 아기를 낳아 5년동안 키웠습니다. 그 여잔 제 남편을 결혼상대자로서 그른것 같아서 그냥 혼자키울 맘으로 낳았다고 하네요…… 그렇게 낳았으면 혼자서 키울 것이지 이제와서 자기 형편이 안좋으니 당분간만 맡아달라고 제 시댁으로 보냈습니다……아이가 나타나고 한동안은 정말 남편을 쥐잡듯이 잡았습니다. 물론 이혼까지도 생각했고요. 하지만 내 피가 섞이지 않은 남편 아이때문에 내 피가 섞인 내 아이를 불행하게 할 수 없어 차마 이혼은 안하고 있습니다. 아이는 지금 시댁에서 맡아 키우고 있습니다. 제가 맞벌이 중이라 시댁에 오전에 애를 맡기고 저녁때 데려오거든요. 그러다보니 매일 그 아이를 보는데 요새는 처음에 느꼈던 분노같은 감정은 조금 사그러지는것 같네요. 어제는 제 아기 옷을 사면서 그 아이 옷까지 한벌 사기도 했습니다. 저도 경우가 다르긴 하지만 친엄마 손에서 자라진 못했습니다. 친엄만 돌아가시고 아빠가 재혼한 엄마 손에서 자랐거든요. 처녀였던 제 엄만 저를 참 잘 키워주셨습니다. 사실 요 며칠 고민 중입니다. 애가 무슨 죄가 있나 싶기도 하고 차라리 신랑이랑 이혼을 하면 모를까 깨끗하게 단념하고 호적으로 제 밑으로 넣고 그냥 친딸처럼 키울까 내가 제 엄마에게 받은 게 있으니 저도 그렇게 해야하는 게 아닌가 싶기도 하고 언제까지나 시댁밑에서 자라게 할 수도 없고요…… 근데 참 웃긴 건 ..... 남의 자식인 절 어렸을 때부터 키운 제 친정엄만 아주 날뛰시면서 반대하십니다. 뭔 놈의 팔자가 그러냐면서 절대 안된다고 하시네요. 그 맘고생을 느끼게 해주고 싶지 않으시답니다., 그냥 아이를 보내든지 아님 지금처럼 그냥 이대로 시댁에 두고 키우시라네요. 전 어떻게 해야할까요?

사례 5 **저 어쩌죠?? 도와주세요**

　남편과 결혼한 지 1년 넘었구요. 지금은 임신 9개월차입니다. 요즘
들어서 남편이 뭔가 고민있는 듯하더라구요. 밤에 자다 깨면 한숨 쉬
고 있고, 핸드폰 비번 안걸고 그냥 던져두는 스탈이라 언제든 볼 수
있어 봤는데 별거없더라구요. 물어보면 직원들때문에 그렇다고만 하
네요. 근데 예전에도 직원부분 문제 생겨도 이정도까지 아니거든요.
게다가 요즘은 서로 대화도 거의 없어요. 그러다 오늘 말하네요. 옛
여친이 자기 아이 낳았다고. 그 아이 데리고 새 시집갔는데 그 남자랑
헤어졌다고... 저, 이혼은 안할거구요... 어떻게 해야하나요? 위자료
많이 받고 헤어질까 하다가도 싫으네요. 이혼은 원치않아요. 너무 혼
란스럽네요. 남편을 사랑하고 말고를 떠나 제 뱃속의 아이는 어떡하
라구요ㅠㅠ 가르쳐주세요

　사례4〉와 사례5〉는 갑자기 나타난 남편의 딸과 남편의 아이로 인
해, 부부간에 문제가 발생하고 있다.

　사례4〉에서 글쓴이는 14개월 된 아이를 두고 있는 28살 엄마로, 6
개월 전 갑자기 나타난 남편의 아이 때문에 곤란한 상황이다. 듣기로
는 남편이 전에 사귀던 여자가 임신을 한 후, 남편과 상의도 없이 딸
을 낳아 5년을 키우다가, 형편이 안 좋아져서 당분간만 맡아달라고
시댁으로 보냈다고 한다. 남편과 이혼까지도 생각했지만 자신의 아이
를 불행하게 만들 수 없어 이혼 생각은 접었다. 맞벌이 중이라 오전에
시댁에 아이를 맡기고 저녁에 데려오기에 남편의 아이를 매일 보게
되고, 처음에 느꼈던 분노의 감정도 조금은 사라지는 것 같다. 아내는
친엄마가 돌아가셔서 재혼한 엄마의 손에서 자랐고, 계모가 잘 키워

주셨기에 그 아이를 남편의 호적에 올려 친딸처럼 키워볼까 하는 생각도 든다. 그러나 친정엄마는 자신이 했던 마음고생을 딸에게는 느끼게 하고 싶지 않다면서, 지금처럼 시댁에 두고 키우라며 심하게 반대를 한다. 글쓴이는 남편의 딸을 어떻게 해야 될 지 고민하고 있다.

사례5〉에서도 아내는 남편의 예전 여자 친구가 남편의 아이를 낳았고, 아이를 데리고 시집을 갔다가 이혼을 했다는 말을 남편으로부터 전해 듣게 된다. 아내는 어떻게 해야 될 지 고민이 된다. 위자료를 많이 받고 헤어질까 하다가도, 이혼은 싫다. 아내는 현재의 상황이 너무 혼란스럽고, 무엇보다 뱃속의 아이가 걱정이 된다.

사례 6   결혼 앞두고 6년사귄 남친이 초등생 아빠라네요.

저와 제 남친은 6년전 만났습니다. 7살 나이차로 이런저런 트러블도 있었고 성격차로 몇번 이별을 하기도 했지만 여지껏 잘 만나왔었지요.…… 남친이 나이가 많아 저희집에선 빨리 결혼을 해야 않겠냐는 입장이었고 남친은 항상 일이 바쁘고 또 경제적인 것도 해결이 된 후에 하자고 했지만 올해는 어떤일이 있어도 해야하지 않겠냐는 마음은 서로 같았거든요. 그런 이야기도 많이 했었구요. 암튼 그런 상황이었는데 연휴 마지막날쯤 남친과 만났어요. 약속 장소에 가보니 혼자 술을 마시고 있더라구요. 그래서 무슨일 있느냐며 물으니 할말이 있다는 말만 하고 계속 쭉 술만 마시는 거예요. 답답해서 말을 하라고 저도 술을 한잔 했지요. 그러다가 남친이 입을 열었는데 어릴적 직장 동료랑 어떻게 하다 아이가 하나 생겼는데 그 여자가 아기만 자기집에 데려다 주고 그 후 행방은 알 수가 없다네요. 그래서 어쩔 수 없이 어머님이 키우게 되셨고 여지껏 10년동안 그 아이와 함께 살고 있다는 이런 황당한 이야기를 하는 거예요. 순간 이게 무슨말인지, 정말로 한참을 멍하게 있었죠. 왜 6년동안이나 그걸 숨겨왔냐고 하니 자신이 결혼을 하면 형과 형수가 데리고 가서 키우겠다고 했다네요. 그래서 평생 죽을 때까지 숨길려고 했다는데 형이 사업이 잘 되지않고 여의치 않게 되었고 그래서 아무리 생각을 해봐도 방법이 없어서 저한테 이야기를 하게 되었대요. 아이 호적은 자신 밑으로 올라가 있는 상황이고 결혼을 하기 전에 알아야 할것 같아서 이제서야 이야기를 한다네요. 기가 막히고 정말.. 그날 술을 엄청 마시고 저도 술이 취해서 남친 집으로 가자고 했어요. 저도 제정신이 아니었거든요. 밤에 남친집에 가니 아이는 자고 있었고 어머님이 저한테 할말이 없다며 잘 생각해서 결정하라고 하시네요. 결혼을 하게 되면 아이는 어머님이 혼자 키우셔도 된다며... 아이방에 있는 학용품이며 옷들 사진들 보니 이게 현실이구나 싶어 술이 확 깨더라구요. 도대체 어떻게 하라고 이러는건지 아무리 생각해도 답이 없어요. 저희집에 이 사실을 알리면 완전 난리가 나고 남친과 헤어지는걸 떠나서 아마도 저희 엄마 쓰러져 누울지도 모르는 상황이예요.…… 6년동안 저와 가족을 속여온 것도 화가 나지만 힘들어하는 얼굴 보니 그동안 맘고생을 얼마나 했겠냐는 생각도 들어 안쓰럽기도 하고, 절대 용서 못할것 같기도 하고, 평생 이런 사람을 어떻게 믿고 살수 있을까...저도 제 맘을 모르겠어요. 잘못 하나 없는 불쌍한 그 아이도 안됐지만 원망스럽기도 하고... 제가 지금 제정신이 아닌지라 말이 맞는지도 모르겠고. 하나부터 열까지 뭘 어떻게 해야 하는지, 어떻게 해결해야 하는지... 우선은 제 맘이 먼저라는 생각에 곰곰히 생각해봤는데 헤어지기도 어렵고 그렇다고 알리고 키울 용기도 없고. 답답해서 미칠것만 같네요.

마지막으로 사례6)은 결혼을 앞둔 남자친구가 초등생 아이의 아빠라는 것을 알게 된 경우이다. 글쓴이와 남자친구는 6년을 만났고, 이미 집안에서도 결혼을 할 것이라고 생각하는 사이이다. 어느 날 남자친구가 할 말이 있다고 하고는, 어릴 적 직장 동료와의 사이에 아이가 하나 생겼는데, 그 여자가 아이를 자기 집에 데려다놓고는 연락이 끊겼다고 이야기를 한다. 그 후 아이는 어머니가 키우게 되었고, 10년 동안 아이와 함께 살고 있다는 말을 한다. 글쓴이가 그 사실을 왜 숨겨왔냐고 묻자 자신이 결혼을 하면 형과 형수가 키우기로 했고, 평생 죽을 때까지 숨기려 했다는 것이다.

그러나 형의 사업이 잘 되지 않아 아이를 데려가는 것이 여의치 못하게 되었고, 아이가 자신의 호적에 올라있어 결혼 전에 알아야 할 것 같아 이야기를 하는 것이라고 했다. 글쓴이는 남자친구의 아이를 보게 되고, 시어머니가 될 사람 또한 할 말이 없다며 잘 알아서 결정을 하라고 한다. 글쓴이는 지금까지 이러한 사실을 숨긴 남자친구에게 화가 나고, 자신의 집에서 알면 난리가 날 것이라고 생각을 하면서도, 한편으로는 남자친구가 마음고생을 얼마나 했을지 안쓰럽기도 하다. 글쓴이는 남자친구와 헤어지기도 어렵고, 그렇다고 자신의 집에 알리고 키울 용기도 없어, 어떻게 해야 될 지 답답하다.

이러한 사례들은 모두 결혼 전 아내나 남편의 과거, 혹은 과거의 결과물인 아이로 인해 부부사이에 문제가 발생한 경우이다. 그렇다면 이런 사람들에게 구비설화는 어떠한 도움을 줄 수 있을까?

먼저 배우자의 과거를 알지만 이혼을 원하지 않는다면, 배우자의 과거를 철저하게 덮어주라는 것이다.

〈도량 넓은 남편〉이나 〈첫날밤에 아이 낳은 신부〉에서는 남편이 배우자의 과거를 철저하게 덮어주고, 아내를 용서하고 있다. 그리고 아내 또한 자신을 용서해준 남편의 마음에 감동하여 그에게 정성을 다하고 있다.

사례1〉 사례2〉 사례3〉 사례5〉에서의 남편이나 아내는 배우자의 과거를 안 이후에도, 이혼을 할 생각은 없다. 다만 배우자의 과거가 속이 상하고, 그것이 감당이 안 되어 힘들어할 뿐이다.

이런 경우 〈도량 넓은 남편〉이나 〈첫날밤에 아이 낳은 신부〉에서의 행동방식은 배우자의 과거로 인해 힘들어하는 사람들에게 하나의 긍정적인 모델이 될 수 있으며, 마음에 위안을 주어 현재의 상황을 타개해 나아가는 데 도움을 줄 수 있다.

특히 사례4〉의 경우는 〈첫날밤에 아이 낳은 신부〉가 유용하게 활용될 수 있는데, 이 설화에서 남편은 자신의 아이는 아니지만, 아내의 아이를 잘 키워 훗날 좋은 보답을 받게 된다. 그러므로 남편의 아이를 어떻게 할 것인지 고민하고 있는 상황에서, 아내의 마음이 남편의 딸을 호적에 올려 자신의 친딸처럼 키울 생각이 있다면, 이 설화가 마음을 정리하는데 도움을 줄 수 있을 것이다.

다음으로 사례6〉은 결혼을 앞둔 상황이라, 엄밀히 말하면 부부사이에서 발생한 문제는 아니다. 그러나 이 사례에서 남자친구가 자신의 비밀을 끝까지 숨긴 채 결혼을 했다면, 〈첫날밤에 아기 낳고 신랑 붙잡은 신부〉와 같은 서사전개가 가능할 것이다. 그래서 다루어 보았다.

이 설화의 경우에는 배우자의 과거를 상쇄시켜줄 만한 무언가가 문제 해결의 역할을 하고 있는데, 그것이 설화에서는 배우자의 예쁜 외모로 나타난다. 글쓴이는 남자친구의 과거를 상쇄해줄 수 있는 무엇인가가 있는지 곰곰이 따져봐야 된다. 그것은 남자친구의 능력이나 외모나 성격이나 마음 씀씀이 일 수도, 남자집안의 경제력이나 명예일 수도 있다. 무엇이든 남자친구의 과거를 상쇄해 줄 만한 것이 있다면, 그것은 부부관계를 지탱해줄 수 있는 힘이 된다. 그러나 그러한 것이 없다면 남자친구와의 결혼은 다시 생각해볼 필요가 있다.

2장 / 배우자의 과거 II : 재혼 전

〈옷에 솜 대신 갈대꽃 집어넣은 계모〉〈전처 아들 죽인 계모〉〈글 잘
하는 황처자〉〈장가간 날 목 잘린 전처 아들〉〈전처 아들 눈 뺀 계모
와 우목낭상〉〈간 뺏길 뻔한 전처 아들〉〈볶은 삼씨가 싹 날 리 있나〉

1) 부부갈등 양상과 해결방안

〈옷에 솜 대신 갈대꽃 집어넣은 계모〉에서는 재혼 전 과거의 결과
물인 전실 자식으로 인해 부부갈등이 유발되고 있다. 이 설화의 대
강의 줄거리는 다음과 같다.

한 사람이 본처가 죽어 후처를 봤다. 본처가 남긴 아들이 하나 있었
고 후처가 낳은 아들이 둘 있었다. 아버지가 자식들을 공부 시켰는데, 늘
본처 아들이 추워서 떠는 것이었다. 하루는 아버지가 네 동생들은 춥다
고 안하는데 너는 왜 매일 춥다고 하느냐며 본처 아들의 옷을 살펴보았
다. 그랬더니 후처가 솜 대신 갈대꽃을 넣어 본처 아들의 옷을 만들어 입
힌 것이었다. 아버지는 후처가 괘씸하여 쫓아내려고 하였다. 그러자 본
처 아들이 아버지에게 말하기를 "모거삼자한(母去三子寒, 어머니가 가면

세 자식이 춥고), 모재일자한(母在一子寒, 어머니가 있으면 한 자식만 춥다.)"이라고 했다. 본처 아들이 사정을 하여 후처가 쫓겨나지 않았다. 본처 아들은 중국의 민자건이라는 사람이었다.[8]

한 사람이 본처가 죽어 계모를 들였는데, 이들 사이에는 본처가 남긴 아들 하나와 계모가 낳은 아들이 둘 있었다. 아버지가 자식들을 공부시켰는데 늘 본처 아들이 추워서 떠는 것이었다. 아버지가 이상하게 생각해 본처 아들의 옷을 살펴보니, 아들의 옷에는 솜이 아닌 갈대꽃이 들어있었다. 아버지는 괘씸해 아내를 쫓아내려고 한다.

설화에서 계모는 전실 자식과 이복동생들을 차별해 옷을 해 입히고, 그 사실을 알게 된 아버지와 계모 사이에는 부부갈등이 유발되고 있다. 그러나 전실 아들은 계모를 쫓아내려는 아버지를 말리는데, 그는 "어머니가 가면 세 자식이 춥고, 어머니가 있으면 한 자식만 춥다"며 아버지께 사정을 한다. 전실 아들의 이 말에는 계모는 누구나 전실 자식보다는 본인 자식을 우선시한다는 생각이 담겨져 있다. 전실 아들의 이 말에 아버지는 아내를 쫓아내지 않는다.

다음으로 살펴볼 설화는 〈전처 아들 죽인 계모〉〈글 잘하는 황처자〉〈장가간 날 목 잘린 전처 아들〉〈전처 아들 눈 뺀 계모와 우목낭상〉〈간 뺏길 뻔한 전처 아들〉〈볶은 삼씨가 싹 날 리 있나〉이다. 특히 이들 설화에서는 아버지가 아내가 전실 자식에게 행한 악행을 알게 되면서, 부부사이에는 갈등이 유발되고 있다. 먼저 〈전처 아들 죽인 계모〉로 대강의 줄거리는 다음과 같다.

---

8 『한국구비문학대계』 8-14, 453-454면, 악양면 설화1, 전실 자식의 효도, 이종기(남, 77)

옛날에 한 사람이 계모를 들였는데, 하나 있는 전처 아들이 풀이 죽어 있고 꼬치꼬치 마른다. 하루는 아버지가 숨어서 아들이 왜 그렇게 마르는지 보니, 계모가 전처 아들을 눕혀놓고 똥구멍에 바람을 불어 배를 부풀었다 바람을 뺐다가 한다. 아버지가 문을 열고 들어가니 계모는 아이를 놓고 안 그랬다고 한다. 남편이 자신이 본 사실을 말하며 혼을 내자 계모는 안한다고 빈다. 아버지는 계모가 안 그럴 것이라 생각해 마음을 놓고 직장을 다니는데, 하루는 전처 아들이 없어진다. 계모는 어디를 갔는지 안 들어온다고 하고 아버지는 집안을 샅샅이 다 뒤진다. 아버지는 벽장 안에서 죽은 전처 아들을 발견하고, 계모를 내쫓아버린 후 다른 부인을 얻어 잘 산다.[9]

옛날에 한 사람이 계모를 들였는데 전처 아들이 자꾸 마르자, 아버지는 아내를 의심해 숨어서 계모가 하는 짓을 엿본다. 그런데 계모는 아이의 직장에 바람을 불어넣었다 빼며 아이를 축나게 하는 것이었다. 이미 남편은 아내의 행동을 의심하며, 현장을 잡기 위해 기다리고 있다. 이것은 이들 부부 사이에는 이미 부부갈등이 유발되고 있다는 것은 의미한다. 남편은 아내에게 자신이 본 상황을 이야기하며 아내를 혼내고, 계모는 다시는 그렇게 않겠다고 한다. 그러나 계모는 남편이 없는 사이 전처 아들을 죽여 벽장 안에 넣어두며, 전처 아들은 죽게 된다.

아버지는 벽장 안에서 죽은 전처 아들을 발견하고 아내를 내쫓은 후 다른 부인을 얻어 잘 산다. 〈글 잘하는 황처자〉에서도 계모가 저

---

9 『한국구비문학대계』 5-2, 663-664면, 동상면 설화4, 전처 아들 죽인 계모, 임영순(여, 50)

지른 악행을 알게 된 아버지는 아내를 내쫓고 있다. 이 설화의 대강
의 줄거리는 다음과 같다.

　　황대감이 상처를 하고 재취를 얻었다. 황대감에게는 본처 딸이 하나
있었는데, 황대감이 이 딸을 무척 아꼈다. 황대감의 후처는 그 딸을 죽이
지 못하는 것이 한이었다. 하루는 황대감의 후처가 쥐를 하나 잡아서는
딸이 잠자는 틈을 다 속옷 속에 가져다 두었다. 그리고는 황대감의 딸이
서방질을 해서 아이를 배고 자다 낙태를 했다고 소문을 냈다. 황대감은
어쩔 수 없이 딸을 죽이기로 했다. 억울했던 황소저는 자신과 혼담이 오
고 간 해남 사는 이씨 집으로 달아났다. 남복을 하고 이씨 집을 찾은 황
소저는 자신의 신분과 집에서의 억울한 일을 말하고 설원을 하려고 이곳
으로 왔으니 자기를 며느리 삼아 달라고 했다. 이씨 집에서는 황소저를
며느리로 들였는데, 얼마 뒤 이씨의 아들이 과거를 보고 양주 목사가 되
었다. 이씨 아들은 양주 목사로 부임하기 위해 황소저를 데리고 집을 나
섰는데 황소저의 부탁으로 황대감 집에서 묵어가기로 했다. 그리고 황소
저가 머물던 부용당에 숙소를 정했다. 이튿날 떠나면서 황소저는 방안
벽에 "황화일점풍표표(黃花一點風飄飄), 누른 꽃 한 점이 바람에 나뿌껴,
비거해남착리지(飛去海南着李枝), 날아서 해남에 들어가 오얏나무 가지
에 부딪혔다. 강상고혼부욕견(江上孤魂復欲見), 강 위에 옛 혼을 다시 보
고자 하거든, 명조승학하양주(明朝乘鶴下揚州), 내일 아침에 학을 타고
양주로 내려오시오."라고 적어 두었다. 하인의 보고로 그 글을 본 황대감
은 자기 딸이 쓴 글이라는 것을 알아챘다. 황대감은 양주로 찾아가 딸을
만났고, 후처를 축출했다.[10]

---

10 『한국구비문학대계』 6-4, 450-455면, 주암면 설화24, 모함을 이겨낸 황대감의
　　딸, 오봉석(남, 81)

이 설화에서 황대감은 상처를 하고 재취를 얻었는데 그에게는 전
실 딸이 하나 있었다. 황대감은 딸을 무척 아꼈는데, 계모는 그 딸을
죽이지 못하는 것이 한이었다. 하루는 계모가 낙태형상을 만들어 전
실 딸이 낙태를 했다고 소문을 내고, 황대감은 어쩔 수 없이 딸을 죽
이기로 한다. 이 사실을 알게 된 전실 딸은 남복을 한 채, 자신과 혼
담이 오고 간 해남 이씨를 찾아가 집에서의 억울한 일을 말하고, 이
씨 아들과 결혼을 한다. 이씨 아들은 과거를 보아 양주목사가 되고,
양주 목사로 부임하기 위해 황소저를 데리고 집을 나선다. 황소저는
자신의 친정에 숙소를 정해달라고 하고, 그녀가 머물던 부용당에 숙
소를 정한다. 황소저는 벽에 자신의 사연을 적어놓았고 그 글을 본
아버지는 양주로 찾아가 그녀를 만난 후, 후처는 축출을 한다. 딸의
글을 통해 아버지는 아내가 저지른 악행을 알게 되고, 둘 사이에는
부부갈등이 유발된다. 그리고 아버지는 아내를 축출함으로써 부부
관계를 단절하고 있다.

이어지는 설화는 〈장가간 날 목 잘린 전처 아들〉이다. 이 설화의
대강의 줄거리는 다음과 같다.

사명당이 출가를 하기 전의 일이다. 사명당이 본처와 이별하고 재취
를 맞았다. 그렇게 사는데 본처 아들이 장가가는 첫날 목이 베여 죽었다.
이에 어떻게 된 것이냐면 계모가 형제를 낳자 재산권을 차지하려고 본처
아들을 죽인 것이었다. 계모는 죽은 본처 아들의 목을 단지에 담아서 깊
이 묻어 버렸다. 사명당은 사돈집과 의절하고 며느리는 쫓아내고 동리
를 떠났다. 한편 계모는 본처 아들을 죽인 종에게 재물을 잔뜩 주어 내보
냈다. 그 종은 돈이 많이 생기자 속량되어 양반행세를 하며 살았다. 한편

쫓겨난 며느리는 간부가 있어서 신랑을 죽였다는 누명을 벗기 위해 스스로 방물장수가 되어 범인을 찾아 나섰다. 그렇게 삼 년을 돌아다니다가 어느 집에서 잠을 자는데 늙은 내외가 "저 초립동이 놈이 칼을 들고 날 죽이려 든다."면서 잠꼬대를 하는 것이었다. 며느리는 하도 이상하여 근처 주막집에 가서 그 늙은 내외가 어떤 사람이냐고 물었다. 그러자 주막집 주인이 아무개 댁에서 종살이를 하다가 이곳에 나와서 사는 사람이라고 말해줬다. 며느리는 뭔가 수상하다고 생각하고, 그 집에 들어가 수양딸이 되고 싶다고 하였다. 늙은 내외는 그녀를 수양딸로 삼았다. 그런데 지내면서 보니까 늙은 내외가 걸핏하면 잠꼬대를 하는데 한번은 '모가지가 없는 초립동이놈'이란 말도 하는 것이었다. 며느리가 수양아버지에게 무슨 곡절인지 살살 달래서 묻자, 수양아버지는 젊은 시절에 어느 집에서 종살이를 하는데 그 집의 마님이 장가가는 아들의 목을 베라고 했었다는 말을 했다. 그리고 그때에는 금패물이 욕심이 나서 사람을 죽였다고 고백하였다. 수양딸은 그 말을 듣고 아버지 참 욕보셨다면서 자기가 자식노릇을 잘 하겠다고 대답했다. 며느리는 한 닷새 동안 늙은이들에게 잘 대해주고 그 집을 나와 관가에 고발을 하였다. 그리고 사명당이 있는 집으로 찾아갔다. 사명당은 죽은 아들의 몸뚱이를 묻은 곳에 매일 밤마다 가곤 했는데, 그곳에서 기다리고 있던 며느리와 만났다. 사명당은 며느리 때문에 아들이 죽었다고 생각해서 고개를 돌렸지만, 며느리는 자신이 찾은 단서를 말해 주었다. 그러면서 다락에 올라가서 모가지를 찾으라고 했다. 사명당은 다락에 가서 단지를 찾고 열어보니까 눈뜨고 죽은 아들 목이 있는 것이었다. 사명당은 며느리에게 그동안 살인범으로 의심해서 미안하다면서 개가를 하라고 했다. 그리고 집안의 종과 머슴에게 재산을 분배해주었다. 그 다음에 여편네와 자식 형제를 집안 기둥에 묶어 놓고 불을 질렀다. 마누라와 자식들이 살려달라고 애원하자, 사명당은 악한 년 뱃속에서 태어난 자식은 쓸데가 없다면서 불에 태워 죽였다. 그리고는 절에 들어가서 삭발을 하고 사명당이 되었다.[11]

사명당은 본처가 죽자 재취를 맞았는데, 본처 아들이 장가를 가는 첫날밤에 목이 잘려 죽는다. 본처 아들이 죽자 며느리는 시댁에서 쫓겨나고, 자신에게 간부가 있다는 누명을 벗기 위해 방물장수가 되어 3년 동안이나 여기저기를 떠돌아다닌다. 어느 날 한 집에서 묵었는데 그 집 늙은 내외가 잠꼬대를 하고 이상하게 여긴 며느리는 그 사람들이 과거에 남편의 집에서 종살이를 하던 사람들임을 알게 된다. 그 후 늙은 내외의 수양딸이 되어 과거 자신들이 금패물에 욕심이 나 사람을 죽였다는 고백을 듣게 되고, 이들을 관가에 고발한다. 또 시아버지인 사명당에게 자신이 알게 된 사실을 고하고, 사명당은 다락 단지 안에서 아들의 목을 찾게 된다. 계모가 본처 아들을 죽였다는 사실을 알게 되면서 아버지와 계모 사이에는 부부갈등이 유발되는데, 설화에서 아버지는 아내와 그녀에게서 낳은 자식들을 모두 불태워 죽인다.

〈전처 아들 눈 뺀 계모와 우목낭상〉에서도 아버지는 계모의 악행을 알게 된 후, 아내와 그녀에게서 태어난 자식들을 모두 불태워 죽인다. 설화의 대강의 줄거리는 다음과 같다.

옛날 월사 이정구 선생이 명나라에 사신으로 들어가기 전날 밤 꿈에 풍신 좋은 사람이 나타나서 자신을 두목지라고 소개했다. 두목지는 조

---

11 『한국구비문학대계』 5-1, 567-574면, 덕과면 설화6, 사명당 입산과정, 김기두(남, 72)

선에서 풍신 좋은 사람에게 두목지와 같다고 칭송하는 것을 항상 고맙
게 생각했기 때문에 그 공을 갚으려 한다고 했다. 이정구가 중국에 사신
으로 가서 천자문에 있는 우목낭상(寓目囊箱)의 뜻을 모르면 곤경에 처
할 것이니 자신이 그 뜻을 일러 주겠노라 하였다. 두목지가 말해준 이야
기는 다음과 같다. 옛날 중국의 높은 벼슬아치가 첫 번째 혼인한 부인이
아들을 한명 남기고 죽자 재혼을 하였는데, 재취로 들어온 부인은 아들
딸 여럿을 낳았다. 벼슬아치가 일이 잘못되어 원방으로 귀양 갔고 몇 년
이 흘러 전처의 아들은 성년이 되었다. 계모가 전처 아들을 보니 자기 자
식들보다 인물도 좋고 재주도 월등했다. 그래서 전처 아들을 없애기로
마음먹었다. 계모는 남편의 글을 가지고 왔는데, 글 잘 쓰는 사람의 눈을
먹어야 된다는 것이었다. 전처 아들은 아버지를 위해 자기 눈알을 빼서
계모에게 주면서 아버지에게 보내 달라고 하였다. 계모는 그 눈알을 몰
래 감추었다. 계모가 가만히 보니 전처 아들이 눈 하나만으로도 사람 구
실을 멀쩡히 하는 것이었다. 그래서 다시 위조편지를 만들었다. 그 편지
내용은 아버지가 눈알 하나를 먹고 많이 나았는데 하나 더 먹으면 확실
히 낫겠다는 것이었다. 아들은 아버지를 위해 남은 눈알도 뽑아주었다.
계모는 봉사가 된 전처아들을 완전히 없애버리려고 하인에게 승교에 넣
어서 바다 속에 집어 던지라고 했다. 그리고는 아들에게는 아버지가 돌
아오신다고 편지가 왔다면서 가마를 타고 바닷가로 나가서 아버지를 마
중하라고 했다. 하인들은 아들을 승교에 싣고 그대로 바다에 밀어 넣었
다. 승교는 바닷바람을 맞으며 이리저리 흘러가다가 대밭에 걸렸다. 아
들은 대밭에 내려서 대나무를 베어 단소를 만들어 불며 길을 헤매기 시
작했다. 아들의 단소 소리는 아주 좋아서 단소만 불면 사람들이 모여서
밥도 주고, 옷도 주고 했다. 한편 아버지는 신원이 되어 집으로 돌아가면
서 여관에서 묵었는데 밤이 깊어지자 어디선가 단소 소리가 처량하게 들

렸다. 그래서 여관주인에게 물어보니 봉사총각이 단소를 불면서 먹고 산다고 하였다. 아버지는 그 단소 부는 사람을 데려와서 들으니 정말 잘하는 것이었다. 그래서 이름과 고향을 물었는데 바로 자기 아들이었다. 아버지는 집으로 돌아가서 재취부인과 그 사이에서 난 자식들을 한방에 몰아넣고 집에다 불을 질러 모두 죽여 버렸다. 아버지는 남은 재산을 정리하여 크게 잔치를 연 뒤에 자신은 자살하고 약간의 재산만을 아들에게 넘겨주어야겠다고 생각하였다. 어차피 봉사된 자식은 재산이 있어봐야 소용없으리라 생각하고 그렇게 마음을 먹은 것이었다. 아버지가 죽기로 정한 날짜가 다가오는데 어떤 사람이 빠진 눈을 다시 해 박을 사람이 있으면 나오라고 외치는 소리를 듣게 되었다. 아버지가 그 사람을 불러 물어보니 빠진 눈알이 있으면 다시 넣어줄 수 있다는 것이었다. 그런데 그 눈깔이 어디 있는지 알 도리가 없었다. 그래서 부자는 한탄했다. 여종이 이 사정을 듣고는 자기가 그 눈깔을 비단 헝겊에 싸서 상자 속에 넣어두었다고 하였다. 눈깔을 가지고는 왔는데 그것을 붙일 피가 없었다. 그러자 여종이 예전에 흐르는 피를 조개껍데기에 받았는데 다 말랐다고 하였다. 눈을 붙여 준다는 사람은 마른 것도 다시 쓸 수 있다고 하여 마침내 아들은 두 눈을 다시 붙이게 되었다. 두목지는 이야기를 마치고는 이 이야기를 모르면 본국으로 돌아가지 못하게 될 것이라서 일러주었다고 하더니 사라졌다. 다음날 월사 이정구 선생이 명나라에 들어갔더니 우목낭상이 어떻게 된 것이냐는 질문을 받았다. 이정구 선생은 꿈에 두목지를 통해 들은 우목낭상 이야기를 해주었다. 그랬더니 명나라에서 문장가라고 하면서 본국으로 돌아가도 된다고 하여 위기를 벗어났다.[12]

---

12 『한국구비문학대계』 1-1, 474-480면, 수유동 설화54, 寓目囊箱-상자 속에 넣어 둔 눈-, 김장수(남, 87)

이 설화는 이정구라는 사람이 중국 명나라에 사신으로 갈 때, 꿈 속에 두목지가 나타나 '우목낭상(寓目囊箱)'의 뜻을 모르면 곤경에 처할 것이라고 하며 이에 대해 설명해 주고 있다. 즉 우목낭상에 대한 설명이 내부 이야기인 셈이다.

옛날 중국의 높은 벼슬아치가 전처가 아들 하나를 남기고 죽자 계모를 얻었고, 부인은 아들 딸 여럿을 낳았다. 벼슬아치는 일이 잘못되어 귀양을 갔고, 몇 년이 흘러 전처의 아들은 성년이 되었다. 계모가 전처 아들을 보니 자기 자식들보다 인물도 좋고 재주도 월등해, 계모는 전처 아들을 없애기로 마음먹는다.

계모는 남편의 편지를 위조해 전처 아들의 두 눈알을 다 뽑고, 하인에게 봉사가 된 전처 아들을 가마에 넣어 바다 속에 집어 던지라고 한다. 바다에 던져 진 가마는 바닷물에 떠밀려 이리저리 흘러가다가 대밭에 걸리고, 아들은 대나무를 베어 단소를 만들어 불면서 살아간다. 한편 신원이 되어 집으로 오던 아버지는 단소 소리에 그 봉사총각을 부르고, 그가 자신의 아들임을 알게 된다. 아버지가 봉사총각이 자신의 아들임을 알게 되고, 그 동안의 연유를 듣게 되면서 아버지와 계모 사이에는 부부갈등이 유발되고 있다. 그리고 집으로 돌아온 아버지는 계모와 그 사이에서 난 자식들을 한방에 몰아넣고 집에다 불을 질러 모두 죽여 버린다. 후에 아들은 두 눈을 다시 찾게 된다.

〈간 뺏길 뻔한 전처 아들〉에서도 아버지가 계모의 악행을 알게 된 후 아내와 그녀에게서 태어난 자식을 모두 죽인다. 설화의 대강의 줄거리는 다음과 같다.

박문수가 공부를 하고 스물셋에 과거 급제하여 어사가 되었다. 어느 곳을 순찰하러 갔는데 한 집에서 울음소리가 나서 그 집으로 들어갔다. 주인에게 울고 있는 이유를 물으니 안사람이 병을 앓아 약을 아무리 써도 낫지 않고 죽게 됐다고 하였다. 박문수가 본인이 약을 지어다가 낫는 것이 좋다고 하고 발길을 돌렸다. 그 부인은 재취하여 이 집으로 와서 아들을 하나 낳았는데 그 전 부인이 낳은 아들과 자기 아들이 함께 커가는 게 보기 싫어서 나쁜 마음을 먹고 전처의 아들을 죽이려고 하였다. 종을 불러 전처의 아들을 죽여주면 노비 문서도 태워버리고 돈도 주겠다고 하니, 돈에 눈이 멀어 하겠다고 나섰다. 다음날 칼을 갈아서 들고 가서 이 집안에서는 사람을 죽일 수 없으니 밖에 데리고 나가서 죽이겠다고 부인과 약속하였다. 이 부인이 남편에게 전처의 아들 간을 먹어야 내가 산다고 말했는데, 남편은 아내가 정말 그 일을 벌일 줄을 몰랐다. 종이 아이를 데리고 나갔지만 도저히 죽일 수 없어서 아이를 놓아 주고, 이웃에 개를 잡아서 간을 꺼내 갖다 주었더니, 부인이 좋아하면서 종에게 돈을 주었다. 아이가 밤새 길을 걷다가 어느 절에 대사를 만나게 되었다. 대사가 어디로 가느냐고 물으니 아이가 새엄마가 나를 죽이고 내 간을 먹으려고 한 것을 우리 집 심부름꾼이 놓아줘서 이렇게 떠나는 길이라고 하였다. 대사가 아이를 데리고 절로 가서 십년 동안 공부를 시키고, 세월이 흘러 대사가 아이에게 고향에 가보라고 하였다. 한편 집에서는 주인이 아이가 없어지니, 부인의 소행이라고 짐작만 하고 있었다. 아이가 집으로 돌아와 인사를 하니, 아버지에게 그동안 있었던 일을 모조리 말했다. 주인이 그 말을 듣고 부인을 마당에 멍석에 말아서 목을 쳐서 죽였다. 그리고 재취의 아들도 죽여 버렸다. 아버지는 본처의 아들을 데리고 그 절에 가서 대사에게 고맙다고 인사를 드리고 장가를 보내 잘 살았다. 박문수가 나중에 이곳을 지나가다가 이 집에 들러 예전에 이 집안사람이 아파서 난

리였는데 지금 어떻게 됐는지 궁금해서 들렀다고 하니 주인이 이 이야기를 들려줬다.[13]

이 설화 또한 박문수가 어떤 남자로부터 듣게 되는 그 남자 집안의 이야기로, 남자의 이야기가 내부 이야기인 셈이다. 어떤 집에 계모가 들어와 아들을 하나 낳았는데, 자신의 아들과 전 부인이 낳은 아들이 함께 커가는 게 보기 싫어서, 나쁜 마음을 먹게 된다. 계모는 종을 불러 전처의 아들을 죽여주면 노비 문서도 태워버리고 돈도 주겠다고 한다. 다음날 종은 집안에서는 사람을 죽일 수 없으니, 밖에 데리고 나가서 죽이겠다며 전처 아들을 데리고 나간다. 종은 아이를 놓아주고 이웃 개를 잡아 간을 꺼내 갖다 준다. 아이는 밤새 길을 걷다가 스님을 만나고, 새엄마가 자신을 죽이려고 해 떠나는 길이라고 이야기를 한다. 그리고 스님은 아이를 데리고 절로 가 십년 동안 공부를 시킨다. 세월이 흘러 아이는 고향을 찾아오고, 아이가 그 동안의 일을 이야기하자 아버지는 아내와 아내가 낳은 자식을 죽인다. 여기서 또한 아버지가 계모의 악행을 알게 되면서 아버지와 계모 사이에는 부부갈등이 발생하고, 아버지는 아내와 그 자식을 죽이고 있다.

〈볶은 삼씨가 싹 날 리 있나〉에서는 남편이 계모의 악행을 알게 된 후 아내를 죽이고 있다. 설화의 대강의 줄거리는 다음과 같다.

어느 사람이 딸 하나 낳고 상처를 하여 후처를 들인다. 계모가 전처 딸을 죽이려고 봄에 볶은 삼씨를 심게 한다. 딸이 삼씨 싹이 돋지 않아 날이

---

13 『한국구비문학대계』 7-3, 434-439면, 안강읍 설화64, 박문수 이야기(3), 박병도(남, 75)

어두워져도 돌아갈 수 없는데, 파랑새가 날아와 "아가 춥다, 들어가라,
볶은 삼씨가 날 리 있나"며 운다. 딸은 돌아와서 새의 말을 전한다. 딸의
말을 믿지 않던 아버지가 새 소리를 듣고 씨앗을 캐보니, 볶은 삼씨였다.
새는 본처의 넋이다. 아버지가 계모를 끓는 물에 집어넣어 죽인다.[14]

이어지는 〈볶은 삼씨가 싹 날 리 있나〉에서도 어떤 사람이 상처를
하여 후처를 맞이했는데, 계모는 전처 딸을 죽이려고 볶은 삼씨를
심게 한다. 볶은 삼씨에서 싹이 날 리 없지만 전실 딸은 싹이 돋지
않아 어두워져도 집에 갈 수가 없다. 이때 파랑새가 볶은 삼씨가 싹
이 날 리가 없다며 울고, 새 소리를 들은 아버지는 씨앗을 캐 그것이
볶은 삼씨라는 것을 확인한다. 아버지는 딸을 죽이려한 계모를 죽여
버린다.

그렇다면 설화에서 이야기하는 재혼 전 배우자의 과거로 인해 유
발된 부부갈등의 해결방안은 무엇일까?
첫째, 〈옷에 솜 대신 갈대꽃 집어넣은 계모〉의 경우 전실 자식은
계모를 쫓아내려는 아버지를 말리고, 자신이 희생하여 계모의 나쁜
행동을 수용해줌으로써 아버지와 계모 사이의 부부갈등을 해결하고
있다. 이는 자식의 희생으로 말미암아 이루어진 것이며, 아내의 전
실 자식에 대한 태도가 바뀌지 않는 한 부부갈등은 여전히 존재한다.
둘째, 〈전처 아들 죽인 계모〉〈글 잘하는 황처자〉〈장가간 날 목
잘린 전처 아들〉〈전처 아들 눈 뺀 계모와 우목낭상〉〈간 뺏길 뻔한

14 『한국구비문학대계』 6-10, 266면, 도곡면 설화49, 볶은 삼씨가 싹 날 리 있나,
백남현(남, 63)

전처 아들〉의 경우는 훗날 계모의 악행이 드러남으로써 아버지와 계
모 사이에는 부부갈등이 유발되고, 결국 아내를 징치함으로써 부부
관계는 단절되고 있다. 여기서 부부갈등 해결방안으로 제시해줄 것
은 없다. 다만 이들의 실패를 교훈삼아 이야기해줄 수 있는 것은, 전
실 자식의 문제로 인해 부부갈등이 발생했을 때 아내가 전실 자식을
해치려 할 만큼 수용하는 것이 불가능하다면 원만한 부부관계가 유
지되는 것은 가능할 수 없음을 설화는 보여주고 있다.

2) 현대 부부갈등 사례에의 적용

〈옷에 솜 대신 갈대꽃 집어넣은 계모〉〈전처 아들 죽인 계모〉〈글
잘하는 황처자〉〈장가간 날 목 잘린 전처 아들〉〈전처 아들 눈 뺀 계
모와 우목낭상〉〈간 뺏길 뻔한 전처 아들〉〈볶은 삼씨가 싹 날 리 있
나〉는 현대 부부갈등에 어떻게 적용될 수 있을까? 먼저 재혼 전 과
거의 결과물인 전실 자식으로 인해 고민하고 있는 상담사례들을 살
펴보고, 본 설화의 적용 가능성을 타진해 보도록 하겠다.

사례 1   **전부인의 딸아이 지금의 집사람은 갈수록 귀찮아합니다,,
어찌하나요**

일찍 결혼해서 제 나이 31살에 큰아이(전부인과의 아이)가 5살입니
다 둘째(지금 부인의 아이)는 2살이구요 큰 아이 때문에 매일 싸우는
일이 생기길래 제가 아침에 어린이집 보내고 주말에는 무조건 할머니

집에 맡기자고 약속하고 살아왔습니다 그런데 제가 사업하는 사람이라 시간을 꼬박꼬박 못맞추네요. 그래도 주말엔 꼭 할머니집에 보냈답니다. 이번에 사건이 있었습니다. 나를 몇 달동안 속이고 남자 친구들과 술도 마시고 전화통화도 하던 것들이 이번에 다 들통이 났습니다. 정말 미안하고 앞으로는 절대 그런일이 없게 하겠다고 합니다. 앞으로 저한테 정말 잘 한답니다. 그래서 다시 집에 들오라구 해서 잘살아보기로 마음 먹었습니다. 그런데 몇주 지나지 않아 주말에 왜 안 보내냐고 매주마다 그러네요. 참다 참다 도대체 큰아이가 당신한테 뭘 그렇게 힘들게 하냐구 따졌습니다. 그랬더니 있는 거 자체가 스트레스랍니다. 솔직히 아침에 혼자 이빨 닦고 세수하고 다합니다. 아이는 9시쯤 일어나 텔레비전 보다가 엄마가 10시 반에 일어나서 카스타드나 쵸코파이랑 우유주면 그거 먹고 준비해서 어린이집 갑니다. 갔다 오면 다른 애들 2시반에 마치는데 우리아이는 6시30분에 옵니다.ㅜㅜ 오늘 또 주말에 할머니집 보내라구 해서 너무 화가 나서 도대채 니가 하는 일이 뭐냐고 짜증냈습니다. 우리집에선 밥도 거의 사먹습니다. 생활비는 한 달 거의 300 씁니다 제가 그렇게 큰아이를 불쌍하다고 생각하면 잘못된 건가요? 너무 답답하고 내 행복을 위해 아이에게 이런 상처를 자꾸 주는 것이 너무 미안합니다. 도대체 어떻게 해야할지..

사례 2 재혼한 남편 딸 때문에 매일 싸워요.

둘다 재혼으로 만나서 남편에겐 딸이 하나 있었습니다. 딸이 6살 귀여운 아이라고 감히 내가 잘키울 수 있을꺼라 생각했는데 그게 생각만큼 싶지 않았어요 초등학교 2학년 때부터 반항하기 시작하더니 도둑질과 거짓말 때문에 제가 매일 울다시피 살았습니다. 지금 중3 졸업을 앞두고 있는데 올해까지도 어김없이 집 나가고 거짓말하고~ 애 때문에 결국 우리부부 싸움이 잦았고 처음에 결혼하자마자 신혼을 즐기기보다 애 문제 때문에 매일 싸웠습니다. 지금 제 나이 41살에 늦둥이를 가졌습니다. 6개월입니다. 어제는 딸 문제로 싸우다가 내가 그동안 쌓인 게 많아서인지 아님 임신탓이었는지 너무 화가 나서 컵을 씽크대에 던져 깨고, 남편이 옆에서 그만하라고 소리칠 때 오히려 더 화가 나서 나도 소리쳤더니 절 밀어서 넘어뜨렸습니다. 순간 나도 넘 화가 나서 소리치고 욕을 했더니 저의 뺨을 때리더군요. 너무 쎄게 맞아 또 넘어졌습니다. 나도 이성을 잃어서 옆에 있던 작은 수족관 하나를 깨뜨렸더니 귀싸대기 여러 번에 쓰러지고 결국 나는 집에서 도망 나와서 병원 응급실을 갔습니다. 그때가 밤 11시가 넘어서 가진통이 와서 링거 맞고 아침까지 있다가 집으로 왔습니다. 지금 남편 얼굴 쳐다도 보기 싫고 살아야할 이유를 잃었습니다. 임신을 좋아할줄 알았는데 어떻게 내가 아무리 큰 죄를 지었다 하더라도 임신한 저를 때릴 수 있는지~ 이혼해야 할까요? 근데 두려워요. 전 친정 가족도 아무도 없고 또 두 번째 이혼이고 죽고 싶다는 생각뿐이네요.

사례 3 남편의 딸!!!!!

우리는 2년여의 연애 끝에 결혼을 했습니다. 많은 갈등을 했고 주위의 충고를 수용하면서 쉽지만은 않은 결혼 결심을 하고 우리는 한 집에서 오롯하게 가정을 꾸렸죠... 나도 늦은 결혼이라 첫눈에 반해

한 결혼도 아니였고, 정말 심사숙고해 한 결혼이였습니다. 정말 딸 하
나 있는 거 말고는 나무랄 때가 없는 남자였거든요. 부모님의 만류도
있었고, 친구들 선배들...의 결혼은 현실이다. 남의 자식 키우는거 쉽
지 않다고... 결혼이란 이상이 아니라 현실이라는 말을 실감합니다.
자식도 낳아보지 않은 처녀의 몸으로 시집을 와서... 어른들 말씀에
남의 자식 키우는 일이 쉽지 않다는 말을 이제야 알 것 같습니다. 애
를 좋아 하지 않아 마음에서 우러난 정을 줄 수는 없었지만 기본은 하
기 위해 최선을 다 하는데도 늘 남편이 보기에는 부족했는가 봅니다.
결혼 전 이 일로도 싸우기도 싸웠고, 결혼을 미룬 원인이기도 했구요.
유난히 딸에 대한 정이 남 다르기 때문에 어떨땐 보고만 있어도 화가
날 때가 있더라구요. 내 사랑을 나누는 것 같아 이유 없이 그 애가 싫
어지더라구요. 결혼 전 보다 결혼 후 그 애가 보기 싫어지고 더 미워
지더라구요. 동화에서 나오는 콩쥐팥쥐 동화를 읽으면서 나쁜 팥쥐
엄마를 나도 욕을 하고 미워했었는데... 내가 그런 팥쥐 엄마가 되어
간다는게 나조차 이해를 할 수가 없어집니다. 낳은 정보다는 어쩜 키
운 정이 더 크다고들 하는데... 알면서도 이유없이 딸이 보기 싫어지
고 미워지는 마음이 드는걸 보면 제 천성이 나쁜 사람인가 봅니다...
오늘도 그 애 때문에 싸움을 했습니다.. 제가 딸의 단점을 이야기 하
면서 이런 이런 게 참 싫다고 했더니, 남편 하는 말 뭐든 밉다 밉다 하
고 보면 더 미워지는거라고... 그러면서 나를 못된 계모로 만들어 버
립니다. 잘해야지 하는 마음이 들다가도 남편이 딸을 챙기거나 편 아
닌 편을 들게 되면 잘해야지 하는 마음은 온데 간데 없고 미운 마음
만 생기더군요. 저 애만 없음 싸울 일이 없을 건데... 하는 저 애가 우
리 행복을 막는 장애물인 것 같은... 이해 할 수 없는 내 철 없음을 알
면서도 자제가 안 되니... 이러다가 정말 내가 계모가 되는 게 아닌가

하고 두려워집니다. 정말 팥쥐 엄마가 된 것 처럼 이런 생각을 할때가 있습니다. 학교 갈때 준비물도 안 챙겨주고 밥도 안주고...실행에 옮긴 적은 없지만, 이런 생각 자체를 하는걸 보면 정말 팥쥐엄마가 따로 없는거잖아요... 어떻게 하면 정말 현명한 여자 현명한 엄마가 될수 있을지 조언 부탁할께요... 질책도 좋습니다..

사례1〉 사례2〉 사례3〉은 재혼 전 남편의 과거인 전실 자식으로 인해 부부문제가 발생하고 있다.

사례1〉은 재혼한 남편의 이야기로, 전 부인과의 사이에서 5살 아이가 현재의 부인과의 사이에서 2살 아이가 있다. 남편은 현재의 부인과 전처 아이 때문에 계속 다투게 되자, 아이는 아침에 본인이 어린이집에 보내고 주말에는 할머니 집에 맡기자고 약속을 한다. 그러나 남편은 사업을 하는 사람이라 약속을 제대로 지키지 못했고, 아내 또한 남편을 속이면서 한 일이 드러나 부부사이에는 문제가 발생한다. 남편은 아내가 앞으로 절대 그런 일을 하지 않겠다며 사과를 하자 다시 아내와 잘 살아보기로 마음을 먹는데, 문제는 아내가 몇 주 지나지 않아 큰 아이를 왜 주말에 안 보내느냐고 얘기를 하고 아내는 큰 아이의 존재 자체가 스트레스라고 남편에게 이야기를 한다. 남편은 자신의 행복을 위해 아이에게 상처를 주는 것이 너무 미안해 어떻게 해야 될 지 고민하고 있다.

사례2〉 사례3〉은 재혼한 여성, 현재 아내의 입장에서 작성된 글이다. 사례2〉에서 이 부부는 둘 다 재혼으로 만났고 재혼 당시 남편에게는 6살 딸이 하나 있었다. 아내는 딸을 잘 키울 수 있을 거라고 생각했지만, 전처 딸은 초등학교 2학년 때부터 반항을 시작했고, 졸업을 앞두고 있는 중3 현재까지도 가출을 하고 거짓말을 하는 둥 아내를 힘들게 한다. 그리고 이 부부는 이 전처 딸로 인해 매일 싸우면서 지금까지 부부관계를 유지해 왔다. 아내는 41살의 나이에 아이를 갖게 되어 현재 임신 6개월인데, 어제는 남편과 전처 딸의 문제로 크게 싸우게 된다. 남편은 임신한 아내에게 폭력을 행사했고, 아내는 집에서 도망 나와 응급실에서 있다가 집으로 돌아간다. 아내는 임신한 자신에게 폭력을 행사한 남편을 용서할 수 없고, 또 이혼을 해야 될지 고민 중이다.

사례3〉에서도 아내는 2년여의 연애 끝에 현재의 남편과 결혼을 한다. 아내가 생각하기에 남편은 전처 딸 하나가 있는 것만 빼면 나무랄 데가 없는 남자였기 때문이다. 그러나 아내가 전처 딸에게 최선을 다 해도 남편에게는 부족했고, 그로 인해 부부는 싸우게 된다. 남편은 유난히 딸에게 애정이 큰데, 아내가 전처 딸을 보고만 있어도 화가 난다든지, 내 사랑을 나누는 것 같아 전처 딸이 이유 없이 싫어진다는 것을 보면, 아내는 전처 딸을 상대로 질투를 느끼고 있다. 아내는 남편이 전처 딸을 챙기거나 편을 들 때면 전처 딸에 대해 미운 마음이 들며, 저 아이만 없으면 부부가 싸울 일도 없을 거라는 생각에 전처 딸이 부부의 행복을 막는 장애물로 느껴진다.

이러한 사례들은 모두 재혼 전 과거의 결과물인 아이로 인해 부부 사이에 문제가 발생한 경우이다. 그렇다면 이런 사람들에게 구비설화는 어떠한 도움을 줄 수 있을까?

여기서 설화를 통해 이야기해줄 수 있는 것은 하나이다. 앞서 살펴봤던 〈전처 아들 죽인 계모〉〈글 잘하는 황처자〉〈장가간 날 목 잘린 전처 아들〉〈전처 아들 눈 뺀 계모와 우목낭상〉〈간 뺏길 뻔한 전처 아들〉에서는 훗날 계모의 악행이 드러남으로써 아버지와 계모 사이에는 부부갈등이 유발되고, 결국 남편이 아내를 징치함으로써 부부관계는 단절되고 있다. 이것은 전실 자식의 문제로 인해 부부갈등이 발생했을 때, 아내가 전실 자식을 해치려 할 만큼 수용하는 것이 불가능하다면 원만한 부부관계가 유지되는 것은 불가능하다는 것을 보여주는 것이다.

사례1〉 사례2〉 사례3〉에서 그 정도는 다르지만, 재혼한 아내는 재혼 전 남편의 과거 결과물인 아이를 거부하고 있다. 사례1〉에서 아내가 주말마다 아이를 할머니 집으로 보내라고 요구하고, 아이의 존재 자체가 스트레스라고 이야기하는 것은 아내가 전처 자식을 받아들일 자세가 안 되어 있는 것이다.

사례2〉 사례3〉에서도 재혼 한 아내는 남편의 과거 결과물인 아이를 남편에게서 분리하여 생각하고 있다. 그러나 실제로 전처 딸은 남편과 분리될 수 있는 개별 존재가 아니라, 성인이 될 때까지 남편이 아버지로서 책임져야 될 대상이다. 그리고 그런 남편과 결혼한 이상, 그것은 아내에게도 동일한 책임이 지워진다. 지금 아내는 이 부분을 간과하고 있다. 만약 아내가 아이를 수용하는 것이 불가능하다면, 원만한 부부관계를 유지하는 것 또한 가능할 수 없음을 설화는 증명해 보여주고 있다. 그러므로 설화는 이러한 아내들에게 경계심(警戒心)을 불러일으킬 수 있다.

3장 / 배우자의 외도 I : 부부 당사자의 문제

〈뒤주 태운 남편과 간부 제사지낸 아내〉〈바람피우는 상주의 상복과 말하는 신주〉〈시 한 수로 모면한 간통죄〉〈아내 음부에 그린 토끼와 대신 써 준 글귀〉〈배신한 신부와 의리 지킨 몸종〉〈변신한 여자 대신 증인 넣은 함〉〈도적 만나 배신한 아내와 의리 지킨 개〉

1) 부부갈등 양상과 해결방안

본 항목에서는 배우자의 외도로 인해 부부갈등이 유발된 설화들을 살펴보도록 하겠다.

이 항목에 해당되는 설화들은 두 가지로 분류해볼 수 있는데 하나는 외도 당사자가 외도상대보다 배우자에게 더 큰 비중을 두고 있는 경우이며, 다른 하나는 외도 당사자가 배우자보다 외도상대에게 더 큰 비중을 두면서 이야기가 전개되는 경우이다. 다음에서는 각각의 항목에 맞춰 설화들을 살펴보도록 하겠다.

(1) 〈뒤주 태운 남편과 간부 제사지낸 아내〉〈바람피우는 상주의 상복과 말하는 신주〉〈시 한 수로 모면한 간통죄〉〈아내 음부에 그린 토끼와 대신 써 준 글귀〉

먼저 〈뒤주 태운 남편과 간부 제사지낸 아내〉의 대강의 줄거리는 다음과 같다.

어떤 남편이 아내에게 간부가 생긴 것 같은데 잡을 수가 없었다. 하루 는 남편이 아내에게 참빗장사를 나갈 테니 잘 있으라고 한 뒤 몰래 뒤켠 에서 해가 지기를 기다렸다. 그런데 동네 김서방이 찾아 와서 아내와 맛 있는 것을 먹으면서 졸았다. 그 때에 남편이 "에헴"하며 들어서자, 아내 가 급하게 김서방을 뒤주에 넣었다. 남편은 간부가 뒤주에 숨은 것을 알 고 아내에게 길을 가다 점을 쳤는데 집에 있는 오랜 궤짝이 재수가 없는 물건이니 불살라야 한다고 했다며 궤짝을 지고 가서 버리고 오라고 했 다. 남편은 아내에게 어느 골짜기에 가서 내 버리라고 말한 뒤 자신이 먼 저 그 골짜기에 가서 앉아 있다 아내가 나타나면 놀라게 하기를 몇 번이 나 거듭했다. 집에 돌아온 아내가 갈 때마다 사람 소리가 난다고 하자 남 편은 이번에는 자기가 짊어지겠다고 한 뒤 건너 산 고개로 올라가서는 궤짝을 열고 김서방을 끌어낸 뒤 다시는 동네에 얼씬도 하지 말라고 했 다. 남편은 간부를 쫓아내고 궤짝에 불을 질렀는데 집에서 사정을 모르 는 아내는 연기만 보고 안달이 났다. 집으로 돌아온 남편은 궤짝을 태웠 으니 이제 재수가 있겠다며 아내의 행동을 훔쳐보았다. 아내는 밥 한 그 릇을 떠서 물통 속에 담더니 남편에게 고사리를 캐러 가겠다며 나갔다. 남편이 아내 뒤를 쫓아갔는데 아내는 궤짝 태운 자리에 가더니 밥을 내 려놓고 나 때문에 죽었다며 서럽게 울었다. 그 때에 남편이 나타나서는 아내의 버릇을 잡고는 잘 살았다.[15]

---

15 『한국구비문학대계』 6-12, 561-564면, 득량면 설화12, 간부 잡고 못된 마누라 버릇 고친 남편, 김갑례(여, 75)

이 설화에서 남편은 아내에게 간부가 생겼다는 것을 눈치 채고, 하루는 장사를 간다고 하고는 뒤꼍에 몰래 숨어 아내와 간부가 만나는 현장을 잡고자 한다. 여기서는 아내의 간부로 인해 부부간에 문제가 발생하고 있다. 갑작스런 남편의 기침소리에 아내는 간부를 뒤주에 숨기고, 남편은 방으로 들어온다. 남편은 뒤주가 재수가 없는 물건이라 불살라야 된다며 아내에게 뒤주를 지고 어느 골짜기에 가 버리라고 한다. 남편은 아내를 몇 번이나 놀라게 한 뒤, 본인이 뒤주를 지고 다시 골짜기로 올라간 후 뒤주에서 아내의 간부를 끌어내고 다시는 동네에 얼씬 거리지 말라고 경고를 한다. 그리고 뒤주에 불을 지른다. 연기를 본 아내는 안절부절 하다가 밥 한 사발을 물통 속에 담고 고사리를 캐온다며 집을 나가고, 남편이 뒤주를 태운 곳으로 가 밥을 놓고 서럽게 운다. 아내는 뒤주 안에 숨은 자신의 정인(情人)이 죽었다고 생각하며 서럽게 울고 있는 것이다. 이때 남편이 나타나 아내의 버릇을 고치고 부부는 잘 산다.

〈바람피우는 상주의 상복과 말하는 신주〉 또한 아내의 외도가 문제가 되고 있다. 이 설화의 대강의 줄거리는 다음과 같다.

옛날에 한 사람이 조실부모하고 항아 장사를 다녔는데 삼십이 되어 색시를 얻었지만 먹고 살기 위해 장사를 다녀야 해서 친구에게 자기가 없는 동안 색시를 보살펴 달라고 부탁을 했다. 그런데 친구는 항아장수의 색시와 친해져서 정을 통하게 되었다. 한번은 팔월 추석 대목에 소금장수가 소금을 팔러 다니다가 큰 감나무가 있는 항아장수네 집에 들러 하룻밤 자고 가자고 했는데 색시가 나오더니 남편이 항아 장사를 가서 자기 혼자 있어 안 된다고 했다. 소금장수는 헛간에서라도 재워 달라고 해

서 머물게 되었다. 소금장수는 춥고 배고파 잠을 못 자고 있었는데 밤중
이 되자, 어떤 상제가 오더니 상복을 훌훌 벗어놓고는 자기 방 들어가듯
이 방으로 들어가는 것이었다. 소금장수가 헛간에서 나와 벗어 놓은 상
복을 입고 마당을 돌아다니고 있으니까 어떤 여자가 와서는 누구의 씹은
금테를 둘렀느냐 은테를 둘렀느냐면서 상복을 입고 있는 소금장수를 둘
러업고 자기 집으로 가더니 다짜고짜 방에 넘어뜨리고 동침을 했다. 여
자는 불을 켜더니 자기 남편이 아닌 것을 알고는 소금장수에게 돈 열 냥
과 베 한 필을 주면서 나가라고 했다. 소금장수가 감나무 집으로 돌아와
상복을 원래 자리에 벗어 놓고 헛간에 있으니까 새벽이 되어 남자가 나
오더니 상복을 입고 다시 나갔다. 소금장수가 방으로 들어가서 방금 나
간 상제 놈이 누구냐고 따지고 간부와 놀아나는 년이라고 욕을 하고는
색시와 동품을 했다. 아침이 되자 항아장수의 아내는 쌀밥에 닭을 잡아
서 아침을 잘 차려 주고 돈 열 냥과 모시 베 반필을 주면서 소금장수를
내쫓았다. 소금장수가 산골에서 나와 주막집에 들어가게 되었는데 봉놋
방에 있으려니 어떤 사람이 술을 사 주면서 이야기를 하자고 했다. 그래
서 소금장수가 술을 받아먹으면서 산골 감나무 집에서 있었던 일을 이
야기해 주었다. 그런데 마침 그 이야기를 듣던 남자가 항아장수였던 것
이다. 조실부모하고 객지 생활을 많이 한 항아장수는 자기 색시 이야기
를 듣고서도 내색하지 않았다. 항아장수가 집으로 돌아가서는 색시를 본
척도 안하고 사당에 들어가서 신주에게 절을 하면서 할아버지를 뵙는다
면서 목소리를 바꿔가며 대화를 했다. 늙은이 목소리로 계집이 못 된 년
이라면서 이웃집 상제 놈하고 붙어먹는 것도 모자라서 소금장수하고도
붙어먹더니 돈까지 줘서 보내더라고 말했다. 남편이 색시에게 가서 욕
을 하고 다그치다가 외상값을 받으러 간다면서 집을 나섰다. 남편이 집
을 나서는 것처럼 하고 돌아와 헛간에 숨었는데 색시가 사당에 부지깽이

를 들고 가더니 종달새처럼 일러바친다고 신주에의 주둥이를 지져대는
것이었다. 다시 남자가 돌아와서는 사당에 들어가 신주에게 절을 하면서
할아버지 뵙는다면서 대화를 했다. 늙은이 목소리로 색시가 자기 입을
지져댔다고 말했다. 남편이 색시에게 가서 욕을 하고 다그치고는 또 외
상값 받으러 간다면서 집을 나섰다. 남편이 집을 나서는 것처럼 하고 돌
아와 헛간에 숨었는데 이웃의 상제가 친구 왔느냐면서 들어왔다. 색시가
칼을 들고 나와서는 신주님이 다 아신다면서 내쫓아버렸다. 그리고 사당
에 들어가 신주를 씻기고 밥을 해올리고는 잘못을 용서해 달라고 빌면서
앞으로 잘하겠다고 말했다. 남편이 돌아와서 사당에 들어가 인사를 하고
는 늙은이 목소리로 색시가 착해졌다고 이야기를 했다. 남편은 방에 들
어가 밥을 먹으면서 색시의 엉덩이를 툭툭 치면서 귀여워했다. 이렇게
남편은 아내를 달래가며 아들 딸 낳고 잘 살았다.[16]

옛날에 어떤 사람이 조실부모(早失父母)하고 항아장사를 다녔는
데, 자신이 없는 동안 아내를 보살펴달라고 친구에게 부탁을 한다.
그런데 친구와 아내는 정을 통한다. 팔월 추석 대목에 소금장수가
항아장수의 집 헛간에 머물렀다가 항아장수의 아내가 다른 사람과
정을 통하는 것을 알게 되었고, 우연히 항아장수는 소금장수와 술을
마시다 그의 입을 통해 아내가 바람이 난 것을 알게 된다. 이 설화에
서도 아내의 바람으로 인해 부부간의 문제가 발생하고 있다.

남편은 아내가 바람이 났다는 사실을 모르는 척 사당에 들어가,
신주에게 절을 하며 늙은이 목소리로 아내가 바람이 났다는 것을 이

---

16 『한국구비문학대계』 1-4, 588-599면, 미금읍 설화47, 말하는 신주, 최영길(남, 76)

야기한다. 남편은 아내에게 욕을 하고 다그치다가, 외상값을 받아온다며 집을 나가는 것처럼 하고는 헛간에 숨는다. 아내는 사당에 부지깽이를 들고 가 신주의 입을 지진다. 돌아온 남편은 다시 사당으로 들어가 늙은이 목소리로 아내가 자신의 입을 지져댔다고 말한다. 남편은 아내에게 욕을 하고는 다시 집을 나서는 것처럼 나가 헛간에 숨는다. 남편의 친구가 오자 아내는 칼을 들고 나와 신주님이 다 아신다며 간부를 내쫓아버리고, 사당에 들어가 신주를 씻기고 밥을 해 올리고는 잘못을 빈다. 돌아온 남편은 사당에 들어가 늙은이 목소리로 아내가 착해졌다고 이야기하고, 남편은 아내를 달래면서 자식을 낳고 잘 살게 된다.

다음으로 살펴볼 설화인 〈시 한 수로 모면한 간통죄〉나 〈아내 음부에 그린 토끼와 대신 써 준 글귀〉 또한 아내의 외도가 문제가 되는데, 이 두 편의 설화가 앞서의 설화와 구별되는 점은 아내의 외도상대가 지속성이 없다는 것이다. 즉 아내의 외도는 일회적인 것이다. 〈시 한 수로 모면한 간통죄〉의 대강의 줄거리는 다음과 같다.

옛날에 어떤 건달이 장에 나왔다가 술이 잔뜩 취해 집으로 갔는데 도중에 술집이 있어 들어갔다. 건달은 술집 여자의 남편이 어디 가고 없는 것을 보고 여자와 잠을 잤다. 그런데 술집 여자의 남편이 그날 밤에 나갔다 돌아와 들켜 버렸다. 술집 여자의 남편이 건달을 죽이려 하자, 건달은 죽기 전에 글을 한 수 외울 테니 들어나 보고 죽이라고 하였다. 건달은 "일모장안에 대취귀하니, 날이 저물어 장안에 들어가 크게 취하여 돌아가니, 도화일엽이 향인비라, 복사꽃 한 잎이 사람을 청하더라. 이하종수 번화비하니, 네가 어찌해서 나무를 길가에다 심었느냐, 절자비비종자비라, 나무를 꺾은 사람이 그른 것이 아니고 나무를 심은 사람이 그르다."
라고 글을 짓고는 술집 여자의 남편에게 마누라를 술장사를 안 시켰으면
이런 일이 없었을 것이라고 하였다. 그러자 남편이 건달에게 그냥 가라
고 하였다.[17]

이 설화에서 건달은 술집 여자의 남편이 없는 틈을 다 술집 여자와
잠을 자게 되는데, 술집 여자의 남편이 그날 밤 나갔다 들어오는 바
람에 들켜버린다. 남편은 자신의 아내와 잠자리를 한 건달을 죽이려
고 하고, 부부사이에는 갈등이 일어나게 된다. 남편이 아내의 외도
상대를 죽이려 하자, 외도상대는 남편에게 죽기 전에 글을 한 수 외
우겠다고 하고 "날이 저물어 장안에 들어가 크게 취하여 돌아가니,
복사꽃 한 잎이 사람을 청하더라. 네가 어찌하여 나무를 길가에다
심었느냐, 나무를 꺾은 사람이 그른 것이 아니고 나무를 심은 사람
이 그르다"는 글을 짓는다. 이 말에 남편은 아내에게 술파는 일을 시
킨 것이 잘못이라는 것을 깨닫고, 남자를 보내준다.
〈아내 음부에 그린 토끼와 대신 써 준 글귀〉 또한 아내의 일회적
인 외도로 갈등이 발생하게 된다. 이 설화의 줄거리는 다음과 같다.

어떤 사람의 마누라가 서방질이 여간이 아니었다. 이 남편이 당숙의
상사로 집을 비워야 했는데 아내의 바람기 때문에 갈 수가 없었다. 남편
이 꾀를 내어 아내의 음부에 점잖은 토끼 한 마리를 그려두고 갔다. 영
남 건달이 지나가다 여자의 명성을 듣고 찾아왔다. 여자는 사정을 말하

며 음부의 토끼 꼬리라도 지워지면 맞아 죽는다고 했다. 욕심이 생긴 과
객이 나도 토끼를 잘 그린다며 성관계를 해 버리고 토끼를 지웠다. 과객
은 대신 "영남여객과택터, 영남의 나그네가 이 땅을 지나더니, 화찬중주
산, 그려 놓은 토끼가 놀라 산 속으로 없어졌다."이라는 풍월을 한 수 적
어 두고 갔다. 남편이 돌아와서 글을 보고는 기왕 마누라가 서방질을 해
도 이런 사람들 하고만 하면 괜찮다고 했다.[18]

이 설화에 등장하는 아내는 다른 남자와의 외도를 일삼는 사람으
로 나오는데 어느 날 남편은 당숙의 상사로 인해 집을 비워야 될 상
황이 되고, 아내가 다른 남자와 외도를 할까봐 걱정이 된다. 남편은
꾀를 내어 아내의 음부에 점잖은 토끼를 한 마리 그려두고 집을 떠
난다. 그런데 건달이 여자의 명성을 듣고 집으로 찾아오고, 여자는
음부의 토끼 꼬리라도 지워지면 남편에게 자신은 맞아 죽는다고 이
야기를 한다. 하지만 건달은 자신도 토끼를 잘 그린다며 여자와 성
관계를 하고, 남편이 그려놓은 토끼는 지워지게 된다. 이 설화 역시
아내의 외도로 인해 부부사이에는 갈등이 발생하고 있다. 외도상대
는 아내와 성관계를 한 후 "영남의 나그네가 이 땅을 지나더니, 그려
놓은 토끼가 놀라 산 속으로 없어졌다"는 글귀를 적고 떠나간다. 돌
아온 남편은 글귀를 보고, 이런 남자라면 외도를 해도 괜찮다며 아
내를 용서해준다.

그런데 〈시 한 수로 모면한 간통죄〉나 〈아내 음부에 그린 토끼와
대신 써 준 글귀〉에서 술집 여자라는 것은 뭇 남자가 쉽게 접근을 할

---

18 『한국구비문학대계』 2-8, 829-831면, 영월읍 설화238, 바람기 많은 부인
   음부에 그려 놓은 토끼 화상, 김진환(남, 75)

수 있는 대상이며, 어떤 사람의 아내 또한 원래 외도를 일삼는 사람으로 나타난다. 그러므로 이 두 아내는 모두 외도를 할 가능성이 높은 사람들이다.

(2) 〈배신한 신부와 의리 지킨 몸종〉〈변신한 여자 대신 증인 넣은 함〉〈도적 만나 배신한 아내와 의리 지킨 개〉

여기서는 외도 당사자가 배우자보다 외도상대에게 더 비중을 두면서 서사가 전개된다. 먼저 〈배신한 신부와 의리 지킨 몸종〉부터 살펴보도록 하겠다. 이 설화의 대강의 줄거리는 다음과 같다.

어떤 사람이 며느리를 얻으려고 보따리를 싸가지고 다니다 며느리를 얻었다. 그런데 하루는 그 동네로 배가 들어왔는데 찾아오는 동네 사람들에게 물건을 나누어 주었다. 그 사람이 자기 며느리에게도 가보라고 했는데, 그 며느리가 배에 올라타자 배가 떠나버렸다. 여자의 남편은 부인을 빼앗기고 며칠 동안 돼지 막 속에 들어 가 죽는 시늉을 하다가 부모에게 노자를 달라고 하여 부인을 찾으러 떠났다. 남자가 부인이 잡혀 간 곳에 찾아갔더니 각시 셋이 나와 목욕을 했다. 남자가 나무 위에 올라가 나뭇잎을 훑어 던졌더니 여자들이 쳐다보더니 그냥 목욕만 하고 가 버렸다. 세 명의 부인 중 하나가 뒤떨어졌는데 남자에게 자기 영감은 지금 어디 나가고 없는데 돌아올 때면 물이 목까지 차지만 곧 빠진다고 알려주었다. 그런 뒤 여자는 남자에게 자기 영감의 기운이 아주 세다며 돌로 지은 집에 들어가 있으라고 한 뒤, 자신의 영감이 먹고 기운이 세어진 것도 가져다 먹이고, 큰 칼을 가져다주며 들어 보라고 하기도 했다. 얼마 뒤에 주인 영감이 돌아왔는데 여자는 남자에게 자기 영감은 잠이 들면 눈을 뜨고 잠이 들지 않으면 눈을 감는다며 눈을 감고 있을 때 칼로 목은 단번에 쳐야 우리 둘이 모두 살 수 있다고 했다. 그런데 주인 영감이 돌아오자 남자의 본부인이 주인 영감에게 자신의 본남편이 와 있다고 고자질을 했다. 주인 영감은 나중에 남자를 없애버리겠다며 우선 술을 마시고 술에 취해 잠이 들었다. 남자는 여자가 알려준 대로 도둑의 목을 베고 도둑의 부하들까지 모두 죽여 버렸다. 남자는 세 명의 여자를 구해서 나왔는데 자기 본부인은 궤짝에 넣어 칼로 가운데를 자른 뒤 성명을 적어 길 가는 사람들에게 한 번씩 썰라고 두었다. 또 다른 여자는 아무 곳 각시인데 잃어버린 사람이 찾아가라는 글을 적어 두었다. 그런 뒤 남자는 자신을 도와준 여자를 데리고 살았다.[19]

어떤 사람이 며느리를 얻으려고 보따리를 싸가지고 다니다가 며느리를 얻었는데, 어느 날 그 동네에 배가 들어와 사람들에게 물건을 나누어 주었다. 시아버지가 며느리에게 배에 가보라고 하자 며느리는 배로 갔고, 며느리가 배에 올라타자 배는 떠나버린다. 아내를 빼앗긴 신랑은 부모에게 노자를 타 아내를 찾으러 나선다. 남자가 아내가 잡혀간 곳을 찾아가 보니 각시 셋이 나와 목욕을 했는데, 남자가 나무 위로 올라가 나뭇잎을 훑어 던졌지만 여자들은 쳐다보기만 할 뿐 그냥 가버린다. 이 설화에서 남편은 예상치 못한 상황으로 인해 아내를 빼앗기게 되고 아내를 찾아 아내가 잡혀간 곳으로 가고 있다. 남편은 빼앗긴 아내를 찾으러 도둑의 소굴로 들어가지만, 아내는 이미 마음이 변하여 자신을 납치해 간 도둑에게 남편이 왔다고 고자질

---

19 『한국구비문학대계』 5-7, 210-212면, 북면 설화13, 빼앗아 간 각시 찾아오기, 김판례(여, 73)

을 한다. 도둑은 나중에 남자를 없애버리겠다며 술에 취해 잠이 들고, 남편은 아내의 몸종이 알려준 대로 도둑을 죽인다. 그리고 아내를 죽인 후 자신을 도와준 아내의 몸종과 살게 된다.

　다음으로 〈변심한 여자 대신 증인 넣은 함〉의 줄거리는 다음과 같다.

　　가난하게 사는 두 내외가 고향을 떠나 몇 해 머슴을 살아서 몇 천 냥을 벌었다. 부부는 고향으로 돌아가 남들처럼 살아보려고 가다가 길을 잘 못 들어 벌어놓은 돈을 많이 축내게 되었다. 부부는 머슴살이를 한 해 더하여 그 돈을 마저 채워가기로 하였는데 그 동네 면장이 지나다가 사정 얘기를 듣고는 자기 집에 와서 한 해만 살라고 하였다. 부부는 벌어놓은 돈을 고스란히 주인에게 맡기고 일 년 후에 일 년 세경을 보태서 돌려받기로 하였다. 육 개월 쯤 지나자 여자가 주인집에서 하루 이틀 씩 자고 나왔는데 여자는 일하다가 고단해서 그랬다고 하였다. 여자는 주인 남자와 배가 맞아 그랬던 것인데 주인 남자는 여자에게 남편이 돈 얘기를 하면 당신이 언제 돈 맡겼냐는 한마디만 해 달라고 하였다. 그리고 나서 남편은 보내고 그 돈으로 땅을 더 사서 같이 잘 살자고 하였다. 일년이 지나 남편이 주인에게 돈을 달라고 하자 주인은 당신이 언제 돈을 맡겼느냐고 하고 마누라도 우리가 언제 돈을 맡겼느냐고 하였다. 지나가던 대학생이 남편의 사정 얘기를 듣고는 군청에 가서 불쌍한 사람 살려야 한다며 군수 옷을 빌려 입었다. 그리고 새로 부임한 군수행세를 하며 면장과 머슴 부부를 불러들였다. 면장과 남편이 보는데서 함에 여자를 집어넣고 두 사람 몰래 여자를 빼고 순경을 들어앉혀 놓았다. 그리고 면장과 남편에게 각각 그 함을 지고 마당을 한 바퀴 돌고 오라고 하였다. 함 속에 여자가 든 줄만 알고 면장은 함을 지고 마당을 돌며 "죽어도 돈 안 맡겼다고만 해라." 하였고, 남편은 "면장 놈과 붙어 돈 안 맡겼다는 게 뭐냐! 이년!" 하였다. 함 속에 있던 순경이 그 말을 다 적어 밖으로 나오니 면장 얼굴이 뻘겋게 되었다. 군수가 판결하기를 면장은 그 머슴의 아내를 데리고 살고 재산은 몰수하여 그 머슴에게 주고 면장 부인도 머슴에게 주라고 하였다. 면장은 아내도 뺏기고 그 머슴 아내를 데리고 거지가 되어 떠났다.[20]

이 설화에서 가난하게 살던 부부는 고향을 떠나 몇 해 동안 머슴살이를 해 몇 천 냥의 돈을 벌게 된다. 부부는 고향으로 돌아가 남들처럼 살아보려고 하다가 길을 잘못 들어 벌어놓은 돈을 많이 축내게 되었고, 머슴살이를 한 해 더하여 그 돈을 마저 채워가기로 한다. 그리고 그 동네 면장이 자신의 집에서 한 해만 살라고 해, 부부는 면장에게 돈을 맡기고 일 년 후 세경을 보태서 돈을 돌려받기로 한다. 육 개월쯤 지나자 아내는 주인과 배가 맞아, 주인집에서 하루 이틀씩 자고 나왔다. 주인은 여자에게 남편이 돈 이야기를 하면 당신이 언제 맡겼느냐고 한마디만 해달라고 하며, 그 돈으로 땅을 더 사서 같이 살자고 한다. 일 년이 지나 남편이 돈을 달라고 하자 주인과 아내는 남편에게 당신이 언제 돈을 맡겼냐고 한다. 여기서 아내는 집 주인인 외도상대와 한편에 서게 되고, 남편을 배신하게 된다. 그리고 부부사이에는 아내의 외도로 인한 갈등이 일어나게 된다. 아내의 배신에 남편은 돈을 못 받을 위기에 처하지만, 지나가던 사람의 도움으로 남편이 돈을 맡겼다는 사실은 입증이 된다. 군수는 면장에게

20 『한국구비문학대계』 2-2, 403-407, 신북면 설화19, 대학생의 명판결, 문웅석(남, 67)

여자는 데리고 살라고 하며, 면장의 모든 재산과 면장의 아내를 남
편에게 준다.

〈도적 만나 배신한 아내와 의리 지킨 개〉 또한 아내가 남편을 배
신하면서 부부갈등이 유발된다. 이 설화의 대강의 줄거리는 다음과
같다.

　　초립동이가 마누라와 같이 떡을 지고 처갓집으로 가다가 원두막에서
　쉬게 되었다. 그런데 마누라가 그곳에서 쉬면서 원두막 주인과 사이가
　좋아져서 남편인 초립동이를 밭에 묻고 바위로 눌러 놓았다. 그리고 마
　누라는 원두막 주인과 상관한 뒤에 시댁으로 돌아갔다. 초립동이는 죽을
　힘을 다해서 바위를 들고 살아 나왔다. 살아난 초립동이는 자기 집으로
　가지 않고 처갓집으로 가서 동네 사람들을 다 모아 달라고 했다. 동네 사
　람들이 모이자 자기 일을 마치 남이 겪은 일처럼 말하였다. 초립동이가
　이야기를 다 하고 나서 이런 색시와 살아야 하냐고 묻자, 모든 사람들이
　이혼해야 한다고 말했다. 초립동이는 그 자리에서 바로 그 색시가 이 집
　의 딸이라고 말했다. 그리고 이혼을 하고 다른 사람과 결혼하여 잘 살았
　다.[21]

여기서는 어떤 부부가 떡을 지고 처갓집에 가던 중 원두막에서 쉬
게 된다. 그런데 아내가 원두막 주인과 사이가 좋아져서 남편을 밭
에 묻고 바위로 눌러 놓는다. 그리고는 원두막 주인과 성관계를 하
고 시댁으로 돌아간다. 이 설화에서도 아내는 남편을 배신하고 원두

---

21 『한국구비문학대계』 7-18, 377-378면, 개포면 설화40, 만장일치로 이혼한
　초립동이, 백경분(여, 70)

막 주인과 성관계를 하고 있으며, 이로 인해 부부갈등이 유발된다. 남편은 죽을 힘을 다해 바위를 들고 살아나와 처갓집으로 가고, 동네 사람들을 다 모은 후 자신이 겪은 일을 이야기한다. 남편이 이런 아내와 살아야 하냐고 묻자, 모든 사람들은 이혼을 해야 한다고 하고 남편은 그 자리에서 그 여자가 자신의 아내라고 이야기를 한다. 그리고 아내와 이혼을 하고 다른 사람과 결혼을 하여 잘 산다. 이 세 편의 설화에서는 부부관계가 단절되면서 이야기가 마무리된다.

  그렇다면 설화에서 이야기하는 배우자의 외도로 인해 유발된 부부 갈등의 해결방안은 무엇일까?

  첫째, 〈뒤주 태운 남편과 간부 제사지낸 아내〉〈바람피우는 상주의 상복과 말하는 신주〉에서는 아내의 외도를 알고, 그 문제를 직접 해결하려는 남편의 모습이 나타난다. 〈뒤주 태운 남편과 간부 제사지낸 아내〉에서 남편은 외도한 아내를 놀라게 하여 두려운 마음을 조장시키며, 아내의 외도상대를 아내로부터 격리시킴으로써 부부간의 문제를 해결하고 있다. 〈바람피우는 상주의 상복과 말하는 신주〉에서도 남편은 타인, 즉 조상의 입을 빌려 아내의 외도사실을 말하게 함으로써 아내가 스스로 자신의 잘못을 깨닫도록 하며, 모든 것을 알고 있는 조상이 무서워 아내가 함부로 나쁜 행동을 하지 못하도록 하고 있다. 아내가 간부가 오자 칼을 들고 나와 신주님이 다 아신다며 간부를 내쫓아버린 것은, 아내가 모든 것을 다 알고 있는 신주가 무서워 다시는 외도하지 않겠다는 자신의 마음을 표현한 것이다. 즉 〈뒤주 태운 남편과 간부 제사지낸 아내〉에서 남편은 외도한 아내를 놀라게 하여 두려운 마음을 조장시키며, 아내의 외도

상대를 아내로부터 격리시킴으로써 부부간의 문제를 해결하고 있으며, 〈바람피우는 상주의 상복과 말하는 신주〉에서도 남편은 신주를 이용해 아내의 두려움을 조장시킴으로써 부부간의 문제를 해결하고 있다.

둘째, 〈시 한 수로 모면한 간통죄〉〈아내 음부에 그린 토끼와 대신 써 준 글귀〉에서는 남편이 아내의 외도상대가 자신보다 우월하다는 것을 인정하면서, 아내의 외도를 수용하고 있다. 〈시 한 수로 모면한 간통죄〉에서 남편은 외도상대가 자신보다 우월한 사람이라는 것을 인정해주며, 아내에게 술파는 일을 시켜 아내가 외도를 하게 만든 것이 자신의 잘못이라는 것을 깨닫고 있다. 〈아내 음부에 그린 토끼와 대신 써 준 글귀〉에서도 남편은 외도상대가 자신보다 우월하다는 것을 인정하며, 아내의 외도를 용서해준다.

셋째, 〈배신한 신부와 의리 지킨 몸종〉〈변심한 여자 대신 증인 넣은 함〉〈도적 만나 배신한 아내와 의리 지킨 개〉에서는 외도 당사자가 자신의 배우자보다 외도상대에게, 더 큰 비중을 두고 있다. 이 세 편의 설화에서는 부부관계가 단절되면서 이야기가 마무리된다. 여기서 부부갈등의 해결방안으로 제시할 수 있는 것은 없다. 그러나 중요한 것은 배우자의 외도가 일시적인 경우 그것은 해결방안을 강구할 수 있지만, 이와 같이 외도 당사자가 자신의 배우자를 배신하고, 자신의 배우자보다 외도상대에게 더 큰 비중을 두고 있다면, 기존 부부관계는 단절되는 것이 오히려 더 낫다는 것을 설화는 이야기하고 있다.

2) 현대 부부갈등 사례에의 적용

〈겁탈당하고 상부살 벗어난 여인〉〈금돼지에게 잡혀간 아내와 최치원〉〈뒤주 태운 남편과 간부 제사지낸 아내〉〈바람피우는 상주의 상복과 말하는 신주〉〈시 한 수로 모면한 간통죄〉〈아내 음부에 그린 토끼와 대신 써 준 글귀〉〈배신한 신부와 의리 지킨 몸종〉〈변신한 여자 대신 증인 넣은 함〉〈도적 만나 배신한 아내와 의리 지킨 개〉는 현대 부부갈등에 어떻게 적용될 수 있을까? 먼저 배우자의 외도로 인해 부부갈등이 유발된 상담사례들을 살펴보고, 본 설화의 적용가능성을 타진해 보도록 하겠다.

사례 1　**아내의 외도 참고 살고 있습니다.**

안녕하세요. 저는 40대 중반 남성이구여 딸아이 2명이 있습니다. 작년 딱 이맘때부터 아내가 바람을 피웠더군요. 그것도 아내 나이가 30대 중후반인데 나이 50되는 사람하구여.. 몰랐습니다. 그런데 행동이 좀 이상하더라구여. 뭔가를 숨기고 있다는 느낌이 들었습니다. 부부관계도 전혀 할려고 하는 기색이 없고 맞벌이였는데 1주일에 2-3번은 술을 먹고 새벽 1-2시에 귀가하고 이런일이 많더라구여.. 근데 그당시 작년 6월-7월까지 제가 회사가 망해서 집에 있을 때였습니다. 엄청나게 짜증을 부리더군요.. 왜 빨리 직장을 못구하냐고 솔직히 직장잡기가 좀 힘들었습니다. 나이가 있다보니 생각처럼 쉽지가 않터라구여 그러다 8월에 다시 회사 취직이 되어서 직장생활을 시작했습니다. 그런데 갈 수록 아내의 행태가 더 심해지더라구여 옷 입는 것

은 갈수록 거의 벗고 다니는 수준이고 아침에 출근할 때는 향수뿌리
는 것을 본적이 없는데 집에 들어올때면 향수냄새가 아주 진동을 하
더라구여.. 그렇게 계속 의심이 들었습니다. 그런턴 때 8월 중순쯤이
었어여. 않되겠다 싶어 하는 순간에 모사이트에 문자보관함이라는 서
비스가 있다는 것을 알게 되었습니다. 그래서 가입하고 보니 가관이
었어여. 6월부터 딴 남자와 만남을 갖고 있었더라구여..……9월말쯤
이었어여 회사 근처로 찾아가서 나오라 해서 만났습니다. 이야기를
시작했지요.……자기가 그 당시 되게 힘들고 우울하고 했는데 그사람
이 친절하고 걱정해주고 살갑게 대해줘서 자기도 모르는 사이 그렇게
되었다고.……결국 아이들 때문에 헤어지지 못했습니다. 자기가 정말
평생을 속죄하면서 살고 저와 아이들에게 다시한번 잘할 기회를 달라
면서 울더라구여. 하여튼 그렇게는 살고 있는데 정말 어쩔때는 제 머
리속에 그 일들이 너무 생생하게 남아 있어서 힘들때가 많습니다. 그
리고 솔직히 지금도 그 사람을 완전히 믿을 수도 없구 그 당시 제 판
단이 잘못되었던 건 아닌지 후회 스러울때도 있구여..

사례 2   바람난 아내... 또 그럴까요?

어느날 우연치않게 아내의 핸드폰을 보다 누군가와 많은 이야기를
나눈 흔적이 보이더군요.. 조금 깊은 관계인듯 심각한 정도의 문자를
주고받았더군요... 일단 그냥 묵인해보려 했는데 아내가 먼저 말하더
군요.. 어찌할것인지.... 아내도 내가 문자를 본건 알고 있습니다.. 같
이 있었으니까요... 지우는 걸 잊었나봅니다.. 당신이 외도를 할만큼

내게 큰 잘못이있었냐 물었더니... 자기의 이야기를 들어주지않고 자기의 많은 힘듬을 너무나도 많이 외면했고... 자기를 이해해주지않았음이 참으로 힘들었고.... 그런 자기를 이해해주고.. 이야기를 들어주고.. 힘듬을 보듬어주던 이가 생겼다고 하네요... 물론.. 거의 다 맞는 말이긴합니다……이제 마음에서 떠나버렸다고... 너무 늦어버렸고 말하길래 보내준다고 했습니다... 하지만 살아온 세월이 있고.. 아이들도 아직 어린관계로.... 한번의 기회를... 나도 분명 상처입었지만... 상처를 치유할 수 있는 기회를 달라고.... 한번 노력해보고싶다고.... 같이 노력해보자고 말했더니... 기회를 줘본다고 그러네요.... 그래서 일단 끝내는걸 보류하고 한번 노력해보기로 했는데.... 궁금한 건.... 내연남과 깊은 관계였다는 걸 부인하지않고 인정한 아내였는데... 쉽게 마음을 추스리고 제자리로 돌아올 수 있을까요?…… 한번 진심어린 마음으로 바람났던 아내가... 온전히 제자리로 돌아올 수 있을까요? 그리고... 그런 아내를 앞으로 믿음으로 바라볼 수가 있을까요? 일단 신뢰는 깨진건데...... 후........

사례 3 **내연남을 집으로까지 끌어들인 아내...**

…… 정말 저 아내를 사랑해서 결혼했고 지금도 이 여자 없으면 못살것 같은데요... 근데 아내는 그게 아니었나 봅니다. 지난주에 제가 몸이 좀 아프더군요. 직장생활을 10년 훨씬 넘게 했어도 한번도 아픈적이 없던 저였는데 그날따라 유난히 너무 아파서 일찍 퇴근하게 됐습니다.……그래서 아내가 어딨나 찾아봤습니다. 근데 베란다에서 무슨 소리가 들리는 것같길래 혹시 베란다에 뭐가 고장나서 사람이라

도 부른건가 싶어서 그쪽으로 가봤죠.……베란다에선 아내는 거의 다 벗다시피하고 있고 그걸 어떤놈이 사진을 찍고 있더군요.……그거보고 아픈 와중에도 눈이 돌아가더군요. 진짜 미친듯이 그 놈한테 달려들어서 카메라를 뺏고 미친듯이 싸웠습니다.…… 그렇게 난리를 치고 그 놈은 황급히 달아나버리고 그제서야 그 카메라를 보니까 그 안엔 더 심한 장면들도 엄청나게 많이 있더군요. 정말 그자리에서 당장 아내를 죽여버리고 싶더군요.……아무튼 지난주에 그 일이 있고서 아내와는 말 한마디도 안하고 있습니다. 아내는 계속 잘못했다고 빌고 있고 계속 제 눈치만 보면서 저한테 잘하려는 척 하고 있는데 솔직히 그게 진심인지 믿어지지도 않고 어떻게 남편 버젓이 두고 젊은놈을 집으로까지 불러들여서 그 짓거리를 할 수 있는지 정말 이해가 가질 않습니다. 이제 아내가 아무리 빌어도 아내를 믿지도 못하겠고 아내의 진심이 뭔지도 모르겠는데… 역시 헤어지는게 맞겠죠? 근데 또 막상 헤어질라니까 앞으로 일이 두렵기도 하고 애들도 걱정도 되고.. 그리고 그것보다 아내와 함께했던 지난날의 추억과 함께했던 시간을 잊을 자신이 없네요. 저는 정말 아내가 없으면 못 살것 같은데……

사례1〉 사례2〉 사례3)은 남편이 쓴 상담글로 외도를 한 사람은 아내이다.

먼저 사례1〉의 경우 남편은 작년 이맘 때 아내가 외도를 하는 것을 알게 된다. 부부관계도 전혀 없고, 일주일에 두 세 번은 술을 마시고 새벽에 들어오고, 아내의 옷차림의 변화나 짙은 향수냄새로 인해 남편은 아내를 의심하기 시작한다. 그러던 중 문자보관함 서비스로 인해 아내의 외도사실을 알게 되고, 아내도 자신의 외도를 인정한다.

아내는 자신의 잘못을 빌고, 남편은 아이들 때문에 헤어지지 못하고 아내와 살고 있다. 그러나 남편의 머릿속에는 그 때의 일들이 너무 생생하게 남아있고, 지금도 아내를 완전히 믿을 수 없다.

사례2〉의 경우 남편은 우연히 아내의 핸드폰을 보다 아내가 다른 남자와 심각한 문자를 주고받은 것을 보게 되는데, 그냥 묵인하려던 중 아내가 먼저 그 남자에 관해 이야기를 한다. 아내는 남편이 자신의 이야기를 들어주지 않고, 자신의 힘듦을 외면했고, 자신을 이해해주지 않았다고 하며 본인은 자신을 이해해줄 누군가가 필요했다고 한다. 남편은 살아온 세월이 있고 아이들이 어린 관계로 같이 노력해보자는 제안을 했지만, 아내가 진심을 줬던 외도남에게서 온전히 돌아올 수 있을지 의문이 든다. 또 그런 아내를 자신이 믿음으로 바라볼 수 있을 지 고민하고 있다.

사례3〉의 경우에는 남편이 아내의 외도순간을 목격하고 있다. 이 부부는 결혼을 한 지 10년이 되었고, 딸만 둘인 가정이다. 남편은 지금도 아내를 사랑하고, 아내 없이는 살 수 없다고 이야기하고 있다. 어느 날 남편은 몸이 아파 일찍 퇴근을 하게 되고, 아내와 외도남이 베란다에서 옷을 벗다시피 한 채로 사진을 찍는 것을 목격하게 된다. 남편을 보자 외도남과 아내는 당황했고, 사진을 찍던 남자는 도망을 간다. 그 일이 있은 후 아내는 계속 잘못을 빌고 있고, 남편의 눈치만 보고 있다. 남편은 젊은 남자를 집까지 끌어들여 그런 행동을 한 아내가 이해가 되지 않는다. 그러나 막상 헤어지려니 앞으로의 일이 두렵기도 하고, 아내와 함께 했던 지난날의 추억들을 잊을 자신도 없다. 그리고 아내가 없으면 못 살 것 같다.

사례1〉에서 남편은 아내의 외도사실을 알고도 아이들 때문에 그

사실을 덮고, 아내와 부부관계를 지속하고 있다. 그러나 1년이 지났
지만 남편의 머릿속에는 아내의 외도에 대한 기억이 너무 생생하게
남아있고, 아내를 완전히 믿을 수가 없다. 사례2〉 사례3〉에서도 남
편은 아내와의 부부관계를 지속하려는 생각을 가지고 있다. 다만 두
려운 것은 외도한 아내가 온전히 제자리로 돌아올 수 있을지, 또 자
신이 외도한 아내를 온전히 수용해줄 수 있을 지 불안해하고 있다.
이럴 경우 〈배신한 신부와 의리 지킨 몸종〉 〈변심한 여자 대신 증인
넣은 함〉 〈도적 만나 배신한 아내와 의리 지킨 개〉가 도움이 될 것
같다.

이 설화들에서 외도한 아내들은 외도상대를 위해 자신의 남편을
배신하고, 외도상대를 남편보다 더 중요시하고 있다. 그리고 이럴
경우 기존의 부부관계는 단절이 된다. 그러나 사례에서는 아내가 일
시적인 외도를 했을 뿐, 외도상대보다 남편을 중요시하고 있다.

사례2〉에서 남편은 "자신의 이야기를 들어주지 않고, 자신의 힘듦
을 외면했고, 자신을 이해해주지 않았다"는 아내의 말에 수긍을 하
고 있는데, 아내의 외도는 잘못된 것이지만 한편으로는 남편이 아
내를 이해하고 자신의 행동을 변화시켜 원만한 가정을 만들 수 있는
계기 또한 될 수 있다. 사례3〉에서도 아내는 남편에게 자신의 잘못
을 빌고 있다. 사례2〉 사례3〉에서는 무엇보다 남편이 아내를 사랑하
고 있다. 그러므로 아내에게 자신의 잘못을 만회할 기회를 주는 것
이 필요하다. 이혼은 그 후에 선택해도 늦지 않는다.

4장 / 배우자의 외도 Ⅱ : 제3자의 개입

〈벼슬 살러 간 평안 감사와 간부 잡아준 사람〉〈며느리에게 아들 첩 승낙 받은 아버지〉〈아버지 모르게 어머니 서방질 고친 아들〉

1) 부부갈등 양상과 해결방안

이 항목에서 살펴볼 설화들은 제3자가 자신과 관련이 있는 부부사이의 외도문제에 개입하고 있는 경우이다. 먼저 〈벼슬 살러 간 평안 감사와 간부 잡아준 사람〉에서는 이생원이 자신과 관련된 부부문제에 개입하고 있는데, 대강의 줄거리는 다음과 같다.

김병희 정승이 낙향을 해서 살다가 화방에서 아들을 낳아왔다. 김 정승은 아들이 아홉 살이 되자 열여섯 살 며느리를 들였다. 아들이 아홉 살이 되던 해에 김정승 부부가 모두 죽고 집에는 열두 살 아들과 열여덟 아내만 남게 되었다. 남편이 어려 생활력이 없자 아내는 시집올 때 해온 치마도 팔고, 패물도 팔고, 나중에는 머리카락까지 팔아서 생활했다. 한편 나라에서는 김정승이 어떻게 사는가 알아보려고 사람을 보냈다. 그래서 김정승의 며느리가 머리를 깎아 살고 있다는 소식이 궁에까지 알려졌다.
나라에서는 별과를 본다는 방을 붙였다. 열두 살 남편은 과거를 보고 한
림학사가 되더니 금방 평양감사가 되었다. 평양감사가 되면 삼년간 부인
과 헤어져야 했다. 그래서 남편이 고민하였는데 부인은 이생원이 아버님
과 친했으니 그 집에 부탁을 해달라고 했다. 평양감사가 이생원에게 부
탁을 하자, 칠십 노인이 어떻게 봐주겠냐며 어려워했지만 재차 부탁하자
그렇게 하겠다고 승낙했다. 평양감사는 평양에서 아내를 위해 공단 치마
저고리와 은가락지를 선물로 보냈다. 평양감사 부인이 새 옷과 반지를
끼고 거울을 보았더니 세상에 그렇게 잘난 인물이 없는 것이었다. 그래
서 밖에 나가서 자랑을 하고 싶었는데, 이생원이 허락을 해주지 않았다.
부인이 자꾸 밖에 나가고 싶어 하자 이생원은 정 그렇다면 잠시 외출하
라고 허락했다. 부인은 은가락지를 끼고 남대문 쪽으로 가는데 은가락지
하나가 그만 떨어지면서 길목 아래에 있던 장활용이라는 건달 중의 건달
의 머리에 부딪혔다. 장활용이 은가락지를 보고 있는데 감사 부인은 종
을 보내어 돌려 달라고 했다. 하지만 장활용은 돌려주지 않았다. 그날 밤
장활용은 월담을 해서 부인 방에 들어와서는 무슨 의미로 가락지를 주었
냐며 따졌다. 부인은 장활용이 하자는 데로 하면서 은가락지만 돌려달라
고 했다. 그렇게 시작된 두 사람의 관계가 칠팔 개월이 되어 가자 부인
은 남편을 잊고 장활용에게 빠져 버렸다. 그러던 어느 날 이생원이 자다
가 배가 아파서 뒷간에 가는데 남자 기침소리가 감사의 부인 방에서 새
어 나왔다. 이생원이 놀라서 마루 밑에 엎드려 있었는데 감사 부인이 장
활용에게 평양감사가 아버지 제사 모시러 곧 올 것이니 어떡하냐는 말
이 들리더니 곧 이어 장활용이 날이 새면 자객을 보내 감사를 목을 베어
버리자고 하는 소리가 들렸다. 이생원은 두 사람의 말을 엿듣고 천리마
를 빌려 평양으로 떠났다. 아침이 되려는 찰라 이생원 뒤에 자객이 나타

났는데 이생원이 눈치를 채고 곧장 돌아가서 장활용의 목을 베지 않으면 죽이겠다고 호령했다. 자객은 이생원의 기세에 눌려 장활용의 집으로 가서 장활용을 죽였다. 이생원은 장활용의 죽음을 확인하고 평양감사 본댁 사랑으로 돌아갔다. 마침내 김정승 제사가 되어 평양감사가 집으로 돌아왔다. 그러자 이생원은 감사에게 자신이 나이가 많아 집을 보기가 힘드니 부인을 평양으로 데려가라고 말했다. 평양감사도 이번에는 아내를 데려가기로 했다면서 함께 평양으로 떠났다. 그 후 평양감사 부인이 장활용과 바람이 났었다는 이야기는 감쪽같이 숨겨졌다.[22]

　김정승 부부가 아들이 아홉 살이 되던 해 모두 죽었다. 아들은 12살, 며느리는 18살이라 며느리가 패물을 팔고 머리카락까지 잘라 팔아 생활을 했다. 이 소식을 들은 임금은 별과를 보고, 남편은 평양감사가 되어 임지로 내려가게 되었다. 평양감사가 되면 삼년동안은 아내와 떨어져 있어야 하기에, 남편은 아내를 이생원에게 부탁을 한다. 평양으로 간 남편은 아내를 위해 공단치마 저고리와 은가락지를 보내고, 자신의 모습을 자랑하러 밖으로 나갔던 아내의 은가락지가 장활용이라는 건달의 머리에 떨어지게 된다. 이후 아내는 남편을 잊고 장활용이라는 간부에게 빠져버린다.

　이생원은 감사의 아내가 바람이 났다는 것과 장활용이 자객을 보내 감사의 목을 베려 한다는 사실을 알게 된다. 이생원은 장활용이 보낸 자객을 만나 감사가 아닌 장활용을 죽이라고 하고, 그의 칼에 간부는 죽게 된다. 마침내 김정승의 제삿날이 되어 남편이 돌아오

22 『한국구비문학대계』 2-1, 217-223면 강릉시 설화74, 건달 장활용과 놀아난 평양감사 부인, 이주영(남, 72)

고, 이생원은 자신이 나이가 많아 집을 보는 것이 힘드니 아내를 평양으로 데려가라고 한다. 평양감사는 아내와 함께 임지로 떠나고, 아내가 바람이 났다는 사실은 숨겨진다.

다음으로 〈며느리에게 아들 첩 승낙 받은 아버지〉에서는 시아버지가 아들부부의 외도문제에 개입을 하고 있다. 이 설화의 대강의 줄거리는 다음과 같다.

예전에 서울학자와 시골학자가 절친한 친구로 지내면서 자식을 낳으면 혼인을 시키기로 약속을 했다. 서울학자는 딸을 낳고 시골학자는 아들을 낳았는데 세월이 흘러 자식이 열여섯 살이 되자, 서울학자가 갑자기 시골학자네 집에 와서 파혼을 하자고 했다. 시골학자가 이유를 묻자 서울학자는 집에서 여러 마리 닭을 기르고 있는데 수탉 한 마리가 이웃집 닭을 범하자 자신의 딸이 무절제한 물건은 살 가치가 없다며 수탉을 죽여 버렸다며 나중에 사위가 외도라도 하게 되면 딸이 어떻게 할 것인지 뻔해서 결혼을 할 수가 없다고 했다. 그러자 시골학자는 결혼을 하자고 우겼다. 시골학자는 결혼 후 자신의 아들에게 무슨 일이 있어도 절대로 외도는 안 된다며 아침저녁으로 경을 읽듯이 이야기를 했다. 며느리는 그런 시아버지가 훌륭한 분이라고 생각하며 평안한 가정을 이루고 살았다. 세월이 흘러 시골학자의 아들이 과거를 보러 가게 되었는데 봉놋방[23]에서 하룻밤을 묵다가 그 집 딸이 절세미인이라 아버지의 훈계도 잊어버리고 동품을 하고는 과거에 낙방하고 집으로 돌아왔다. 며느리가 그 소문을 듣고는 노발대발하며 독(毒)을 부리는데 걷잡을 수가 없었다. 아버지는 아들을 불러서 자식도 아닌 놈이니 죽이겠다면서 작두를 가져와

---

23 여관

목을 베겠다고 야단을 쳤다. 온 집안 식구들이 말리느라 정신이 없었지만 며느리는 마땅히 죽어야 한다며 아무 말도 하지 않았다. 시아버지가 며느리가 용서해 주라고 말하기를 기다리면서 엄포만 놓고 있는데 며느리가 꿈쩍도 하지 않자, 하인을 시켜 며느리를 달래게 했다. 하인이 "지금 분에 못 이겨서 서방님이 죽으면 아씨도 청상과부 되어 평생 신세가 좋지 않으니 한번만 용서해 주시라."고 하자 며느리가 수긍하며 시아버지에게 남편을 용서해 달라고 했다. 그 뒤 아들이 또 과거를 보러 갔는데 이번에는 소실을 얻어왔다. 며느리가 분해서 난리를 치자, 시아버지가 "지난번에 죽였으면 괜찮을 것을 네가 용서해 달라고 해서 이렇게 된 것 아니냐?"며 야단을 쳤다. 그러자 며느리는 꼼짝도 못하고 그 다음부터 시집살이를 잘 했다.[24]

서울학자와 시골학자가 절친하게 지냈는데 자식을 낳으면 혼인을 시키기로 약속을 했다. 서울학자는 딸을 시골학자는 아들을 낳았는데, 이들이 열여섯이 되자 서울학자가 시골학자를 찾아와 파혼을 하자고 한다. 그 이유를 묻자 서울학자는 집에 여러 마리의 닭을 기르는데 수탉 한 마리가 이웃집 닭을 범하자, 자신의 딸이 무절제한 물건은 살 가치가 없다며 수탉을 죽여 버렸다는 것이다. 그러면서 사위가 외도라도 하게 되면 딸이 어떻게 할 것인지 뻔해 결혼을 시킬 수 없다고 이야기를 한다.

그러나 시골학자는 결혼을 하자고 우겼고, 결혼 후 자신의 아들에게 외도는 절대 안 된다며 아침, 저녁으로 이야기를 한다. 며느리는

---

24 『한국구비문학대계』 3-4, 136-141면, 영동읍 설화23, 며느리 길들인 시아버지, 박종철(남, 66)

시아버지를 존경하며 평안한 가정을 이루고 살았다. 세월이 흘러 남편은 과거를 보러갔고 여관에서 하룻밤을 묵다 절세미인인 그 집 딸과 관계를 맺게 된다. 그리고 과거에 낙방 한 채 집으로 돌아오게 된다. 아내가 남편의 소문을 듣고 노발대발하여 독(毒)을 부리는데, 걷잡을 수 없었다. 여기서는 남편의 외도로 인해 부부사이에 갈등이 유발된다.

아들이 외도를 함으로 인해 며느리가 노발대발하며 독(毒)을 부려 걷잡을 수 없자 시아버지는 작두를 가져와 아들의 목을 베겠다고 한다. 온 집안 식구들이 말리지만 며느리는 마땅히 죽어야 한다며 아무 말도 하지 않는다. 며느리가 꿈쩍도 하지 않자 시아버지는 하인을 시켜 며느리를 달래게 하는데, 하인은 "지금 분에 못 이겨서 서방님이 죽으면 아씨도 청상과부가 되어 평생 신세가 좋지 않으니 한번만 용서해 주시라."고 하고, 며느리는 이 말에 수긍해 시아버지에게 용서를 해 달라고 한다. 그 뒤 남편은 과거를 보러갔다가 이번에는 소실을 얻어오는데, 며느리가 난리를 치자 시아버지는 "지난 번에 죽였으면 괜찮았을 것을 네가 용서해달라고 해 이렇게 된 것이 아니냐."며 야단을 치고, 며느리는 꿈쩍도 못한다.

마지막으로 〈아버지 모르게 어머니 서방질 고친 아들〉에서는 아들이 부모의 외도문제에 개입을 하는데, 이 설화의 대강의 줄거리는 다음과 같다.

두 내외가 여덟 살짜리 아들 하나와 함께 사는데 어머니가 아이가 어리다고 아이 있는 곳에서도 뒷집 김서방하고 안 좋은 짓을 하는 등 행실이 고약했다. 하루는 김서방이 메밀밭을 베러가고 아이의 아버지는 김을 매러 갔는데 어머니가 닭을 잡고 백설기를 찌더니 아이에게 김서방이 어디로 메밀밭을 베러 갔냐고 물었다. 아이가 아무 골짜기로 갔다고 하고는 나무를 꺾어 표시를 해 놓을 테니 그리고 오라고 했다. 어머니가 아이가 표시해놓은 곳을 따라 가보니 김서방은 없고 자기 남편이 김을 매고 있었다. 어머니가 그냥 돌아갈 수도 없어 남편과 점심을 같이 먹었다. 어머니가 뒷집 김서방도 배고플 텐데 떡 좀 갖다 주었으면 좋겠다고 하자, 아이가 자신이 가져다주겠다고 했다. 어머니가 떡을 한 반보따리를 싸줘서 아이가 짊어지고 가는데, 가다보니 어머니가 너무 괘씸해서 떡을 주먹만큼씩 길에다 던지면서 갔다. 아이가 김서방 메밀밭을 베는 곳에 가서 "김서방, 큰일 났어요. 우리 아버지가 우리 어머니와 김서방이 좋아하는 것을 알고 도끼로 때려죽인대요."라고 말했다. 아이가 아버지에게 급히 뛰어 와서는 "아버지, 김서방이 메밀밭에다가 연장이 망가졌다고 도끼 가져와서 고쳐 달래요."라고 했다. 아버지가 도끼를 들고 급하게 뛰어 가보니 김서방은 보이지 않고 연장도 멀쩡했다. 아버지가 다시 되돌아오는데, 오다보니 드문드문 떡이 떨어져있어 옷에다 그 떡들을 주워담았다. 아이가 어머니에게 얘기하기를 "어머니, 큰일 났어요. 뒷집 김서방하고 좋아한다고 아버지가 돌로 쳐 죽인대요. 아, 저 오시며 차돌 주워 담는 거 봐요."라고 말했다. 어머니가 보니 자기 남편이 하얀 것을 주워 담으면서 오고 있었다. 어머니가 점심 그릇을 빨리 모아가지고 집으로 번개같이 들고 뛰었다. 아이는 아버지가 오자, "아버지, 집에 불났어요. 어머니가 아주 급하게 뛰어 내려갔으니 빨리 가보세요."라고 말했다. 아버지가 작대기를 하나 쥐고 집으로 뛰어 가다보니 자기 부인을 만나게 되었다. 그런데 부인이 묻지도 않았는데 "내가 감서방하고 두 번밖에 안 그랬으니 살려 달라."고 말하여 아버지가 가지고 간 작대기로 자기 부인을 팼다. 내외가 집에 와보니 불이 나지 않고 멀쩡했다. 어머니가 아들이 어리다고 업신여겼는데 하는 것을 보니 나중에 아들한테 크게 당할 것 같아, 마음을 고쳐먹고 잘 살았다.[25]

이 설화에서 부부는 여덟 살짜리 아들과 함께 사는데, 어머니가 아이가 어리다고 아이가 있는 곳에서도 뒷집 김서방하고 안 좋은 짓을 하는 등 행실이 고약했다.

하루는 김서방이 메밀밭을 베러가고 아이의 아버지는 김을 매러 갔는데, 어머니가 닭을 잡고 백설기를 찌더니 아이에게 김서방이 어디로 메밀밭을 베러 갔냐고 물었다. 아이가 아무 골짜기로 갔다고 하고는 나무를 꺾어 표시를 해놓을 테니 그리로 오라고 했다. 어머니가 그곳을 찾아가보니 자기 남편이 김을 매고 있었고, 그냥 돌아갈 수 없어 남편과 점심을 먹었다. 어머니가 뒷집 김서방에게도 떡을 좀 갖다 주고 싶다고 하자, 아이는 자신이 가겠다고 하고 어머니가 괘씸해 떡을 가는 길에 주먹만큼씩 던지면서 갔다. 아이는 김서방에 있는 곳에 가, 자신의 아버지가 어머니와 당신이 좋아하는 것을 알고 당신을 도끼로 때려죽이려 한다고 이야기를 한다. 그리고 아버지에게 급히 뛰어가 김서방이 연장이 망가져 도끼를 가져와 고쳐달라고 했다고 말한다.

아버지가 도끼를 들고 급하게 가니, 김서방이 보이지 않았다. 아버지가 돌아오다 보니, 떡이 드문드문 떨어져있어 옷에다 그 떡들을 주워 담으면서 왔다. 아이는 다시 어머니에게 뛰어와 아버지가 어머니가 뒷집 김서방과 좋아하는 것을 알고 돌로 쳐 죽인다고 했다면

---

25 『한국구비문학대계』 2-7, 640-644면, 서원면 설화20, 어머니 버릇 고친 아들, 김근식(남, 59)

서, 아버지가 오면서 차돌을 주워 담고 있다고 했다. 어머니가 나가
보니 남편이 하얀 것을 주워 담으며 오고 있었다. 어머니는 빨리 점
심 그릇을 모아가지고 집으로 뛰었고, 아이는 다시 아버지에게로 뛰
어가 집에 불이 나 어머니가 급하게 집으로 갔다고 한다. 아버지는
작대기를 하나 들고 집으로 뛰어가다 아내를 만난다. 여기서는 8살
아들이 부모의 부부문제에 개입을 하고 있다.

남편이 자신과 김서방의 일을 알고 있다고 생각한 아내는 남편에
게 자신의 외도사실을 고백하고, 남편은 아내를 작대기로 두들겨 팬
다. 그 후 아내는 아들에게 크게 당할 것 같아 마음을 고쳐먹고 잘
산다.

그렇다면 제3자가 자신과 관련이 있는 부부사이의 외도문제에 개
입하게 되었을 때, 부부갈등을 해결해줄 수 있는 해결방안은 무엇일
까?

첫째, 〈벼슬 살러 간 평안 감사와 간부 잡아준 사람〉에서 해결방
안으로 지적할 수 있는 것은 이생원이 감사 몰래 감사아내의 외도
상대를 처리해준다는 것과 이러한 사실을 감사가 알지 못하도록 한
다는 것이다. 또 이생원은 감사아내를 감사에게 데려가라고 하는데,
이것은 이생원이 자신이 알고 있는 감사 아내의 외도는 자신이 처리
했지만, 이후 감사아내가 외도를 한다면 그것은 당사자가 해결해야
될 문제라는 것을 의미한다.

둘째, 〈며느리에게 아들 첩 승낙 받은 아버지〉에서 시아버지는 며
느리가 남편의 외도를 용서하는 것이 자신에게 이로운 일이 된다는
것을 일깨워주고 있다. 시아버지는 하인을 시켜 며느리에게, 지금

분에 못 이겨 남편을 죽이면 청상과부가 된다는 사실을 일깨워주고 있다. 이것은 며느리에게 손익(損益)을 따져보게 하는 것이다. 물론 시아버지라는 지위를 이용해 며느리를 굴복시킨 측면이 있고, 남편이 외도에 이어 소실을 얻어왔다는 점에서 아내가 이용을 당한 듯한 인상을 줄 수도 있다. 그러나 중요한 것은 배우자의 외도에 성급하게 감정적으로 대응할 것이 아니라, 자신에게 손익을 따져보고 대응해야 된다는 것을 이 설화는 가르쳐주고 있다.

셋째, 〈아버지 모르게 어머니 서방질 고친 아들〉에서 이야기할 수 있는 것은 외도 당사자인 어머니가 스스로 자신의 외도사실을 남편에게 실토하고 죄 값을 치룰 수 있게 아들이 유도하고 있다는 것이다. 아들은 외도 당사자가 스스로 자신의 잘못을 이야기하도록 상황을 전개해 나가고 있는데, 스스로 고백을 한다는 것은 힘든 일이며 속죄의 효과 또한 크다.

2) 현대 부부갈등 사례에의 적용

〈벼슬 살러 간 평안 감사와 간부 잡아준 사람〉〈며느리에게 아들 첩 승낙 받은 아버지〉〈아버지 모르게 어머니 서방질 고친 아들〉은 현대 부부갈등에 어떻게 적용될 수 있을까? 먼저 제3자가 자신과 관련이 있는 부부사이의 외도를 목격하고 이것을 어떻게 해야 할 지 고민하고 있는 상담사례들을 살펴보고, 본 설화의 적용 가능성을 타진해 보도록 하겠다.

사례 1 **형부가 다른 여자와 자는걸 발견했어요.**

　……언니와 형부는 지금 결혼한지 2년 6개월이됬어요. 언니집과 제 집은 걸어서 5분걸리는 아주 가까운거리에 있어요. 때문에 저는 일주일에 두세번 정도는 항상 놀러가는 편이였어요. 언니가 6개월전에 임신을 했어요.……언니가 임신 2개월이 지나자 입덧이 너무나 심해서… 완전 심각했어요. 아무것도 못먹고 요리도 전혀못하고.. 도저히 저도 형부도 매일매일 출근해야하는 처지라 언니를 돌볼 수가 없어서 언니가 친정엄마한테 갔어요. ……언니집에 하숙생 여학생이 사는데 저랑 되게 친해요. 같이 축구 보자고 해서 제가 언니집에 놀러 갔어요. 형부는 없었고… 그 여학생이랑 저는 같이 축구보고… 축구가 새벽에 끝나서 그냥 저는 그 친구랑 같이 잤어요. 새벽에 집에 가기 귀찮아서.. 그리고 다음날 아침.. 토요일이라 일이없고.. 그 친구랑 저랑 집앞에 같이 밥을먹고 들어오는데… 형부가 거실에 있는데. 약간 소스라치게 놀라는거예요. 그리고 행동이 되게 이상했어요.…… 그 하숙생 친구한테… "형부 왜저러냐고… 이상하다고.." 근데 그 친구가 저한테 할말이 있다는거예요. 그러면서 잠깐 방에가서 얘기하자고해서……그 하숙생친구가 지금 형부방에(그러니까 안방에) 여자가 있는 것같다고… 제가 무슨 헛소리하냐고 그랬죠. 그러니까 하숙생친구가 그러는거예요. 저번에도 여자데리고 와서 잤다고. ……저 갑자기 뭐에 씌였었는지 바로 안방으로 들어갔죠. 문 확 열였죠… 형부가 아무도 없다고 말렸죠. 뿌리쳤습니다. 문을 연순간… 제 눈을 의심하고 싶었습니다. 정말로 여자가 있었어요.…… 제눈으로 목격한… 형부의 바람을… 언니는 지금 임신 6개월인데.. 엄마한테도 말 못하겠고.. 언니한테는 더더 말못하겠고… 어제 형부한테 문자가 왔는데 언

니한테는 말하지 말해달라고 정리하겠다고....언니한테 잘할테니까 비밀로 해달래요. 저 어떡해요... 우리언니 불쌍해서.. 우리 첫조카... 태어나지도 않은 첫조카 불쌍해요.. 진짜 죽을꺼같애요. 저 어떡해야 되요???

사례 2 울 언니...잠시 스쳐가는 바람일까요?

이제 결혼한지 2년되는 울 언니.... 형부와는 2년의 교재를 했어요 ~ 물론 닭살 커플이었고 결혼해서 1년까지도 그렇게 잉꼬 부부일 수가 없었어요... 결혼하고 3개월째인가 임신을 했는데 힘든 직장생활과 시부모님과 같이 사는 스트레스 때문인지 자연유산이 되었고 결혼생활 2년째로 접어드는데도 아직 애기가 없더라구요... (지금은 형부랑 언니랑 저랑 같이 살지만..) 울 언니 정말 얼굴도 이쁘고 애교도 많고 그래서 그런지 형부가 더 많이 좋아하는것 같았고 언니도 형부를 정말 좋아하는줄 알았어요... 근데 요즘 언니가 이상해졌어요... 집에 늦게 들어와서 형부가 전화해도 전화 안받고 술취해서 들어오기 일쑤고 왜 전화 안받았냐고 다그치면 회식이라고 그러고... 암튼 조금 이상하다 싶었는데... 저 한테 딱 걸렸어요.... 저랑 둘이 있는데 전화통화하는게 이상하더라구요... 존댓말 하면서 다른 사람이랑 아주 애틋하게 전화통화를 하다가 끊길래. 누구냐고 물으니 그냥 직장 상사랬어요... 내가 직장상사인데 그렇게 애인처럼 전화통화하냐고 하니깐 언니가 솔직히 털어놓드라고.... 언니랑 띠동갑이나 차이나는 40대 직장상사인데 처음에는 일하면서 잘 맞고 얘기도 잘통해서 직장동료로 친했다고... 나이가 많아도 정말 친구같이 얘기가 잘통했대요.. 그러다 가끔 밥먹으면서 일얘기 하다가 그 직장상사가 너무 좋다고 고백했다더군요. 처음에는 장난하지 말라고 서로 가정이 있는데 그러면 되겠냐고 피해도 보곤 했지만 싫지는 않았대요... 그러다 회식이 끝나고 둘만 술을 마시게 됐데요... 이러지 말라고 부담스럽다고 할려고 만났는데 그만 일을 치르고 말았데요... 에휴... 그런데 그 이후론 언니도 그사람을 좋아하게 되버렸고 자주 통화하고 직장에서도 아무도 모르게 애틋한 눈빛 보내고.... 그런 애틋하고 쿵쿵 거리는 감정이 오랫만이어서 설레였다더군요... 그런 관계가 한 3개월쯤 됐는데 죄책감도 느끼고해서 끝내려고 했지만 잘 안된다고 하더라구.. 그래서 아직 형부 사랑하냐고 했더니 그렇대요... 형부도 사랑하고 그 직장상사도 사랑한다고.... 그렇다고 가정을 깨긴 싫어하는것 같았어요.

사례 3   도와주세요...

어떤 말을 먼저써야할지....얼마전 전 울 큰올케가 외도하고 있다는 사실을 알았습니다... 처음엔 믿기지 않았지만 점점 입증되는 근거들이 하나둘씩 나타나고 언니의 핸드폰엔 믿을 수 없는 문자들이 적혀있고 아직 울 오빠는 모르는것 같아요. 이사실을 어떻게 처신해야 할지 ... 모르면 모를까 올케언니가 바람을 핀다는 사실을 알면서도 오빠에게 말할 수도 안할 수도 없는 이 현실. 마음같아선 지금 당장이라도 뛰어가 그년의 머리채를 잡고 욕을 퍼붓고 싶은 심정이지만 오빠와 아이들을 생각하면 그럴 수도 없고, 아직 울 오빠 언니를 많이 사랑하고 있는 것 같고 언니 역시 맨날 하는말 울 오빠같은 남자 없다고 칭찬을 늘어논답니다...그 뒤에는 그 무서운 음모가 숨어있는 줄도 모르고.... 이럴땐 어쩌면 좋을지 오빠에게 이무서운 사실을 이야기 해야할지 울 올케 그년 아직 내가 지 바람난 사실을 알고 있다고 아마 꿈에도 생각 못할걸요...

사례 4　엄마의 외도

　저는 20대 초반의 학생입니다... 다름이아니라 저희 엄마가 한 1년쯤 전부터 외도를 하시는것 같습니다. 정말 가정적이시고 지금까지 가정을 위해 누구보다도 헌신하신 분입니다... 아빠가 경제적 능력이 좀 부족하셔서 엄마가 참 힘든일 많이 하셨습니다. 현재도 그렇게 넉넉치 못한 살림입니다.. 간단히 말해서 2년전쯤 엄마가 가게를 시작하신 이후로 다른 남자가 생긴듯 합니다. 처음에는 제 자신이 믿을 수가 없었습니다.. 그래서 계속 지켜봤고 현재 그 사실은 너무나 분명합니다. 아빠는 아직 이 사실을 모르고 계십니다. 아빠가 굉장히 고지식하셔서 이 사실을 아시면 아마 집안이 붕괴가 될듯합니다... 제가 이 상황에서 어떻게 해야할까요.. 선불리 엄마에게 뭐라고 말하기도 그렇고 엄마에게 그 말을 하고 나면 엄마와 어색해질 것은 불보듯 뻔한 일일테고... 그렇다고 이렇게 1년 넘게 지켜본 지금 계속 묵인할 수도 없는 상황이고요……

사례 5   아빠의 바람, 눈치채버렸어요.

모임도 잦고 사업하시고 자상하고 그래서 여자들이 많을꺼라는 생각은 했었어요. 엄마가 속상해했던 것도 아마 그 문제도 포함됐을꺼예요. 2010년 추석, 대가족이라서 시골에 모여서 한참 윷놀이를 하다가 너무피곤해서 방에들어왔는데 아빠한테 메시지가 오는거예요. 저번에 아빠뒤에서 우연히 본 비밀번호가 생각나서 눌러봤더니 열리더군요. 그래서 문자를 봤는데 카드내역 관련 문자만 있고 의심스러운건 없길래 폰을 닫으려는 찰나에 스팸메시지에 와있던 "씻고나왔을때 당신이 옆에 있으면 좋겠는데 .." 이런 내용이었어요. 그 밖에도 문자는 없었지만 발신 수신내역에 전화번호가 찍혀있었고 늘 가족이 최고다 이러시면서 즐겁게 윷놀이 하고 있는 아빠를 보니 정말 미치겠더라구요. 아빠번호로 '한번만 더 연락하는 거 걸리면 가만히 안둔다' 라고 보냈고 그여자 번호를 저장했어요. 연휴가 끝나고, 엄마가 보낸 문자라고 생각하셨는지 엄마한테 너무 잘하고 집에도 일찍 들어오시고 엄마랑 여행도 많이 가셨어요. 아무것도 모르는 엄마는 '요즘 너무행복하다'고 하셨지만 아빠는 그 여자와 계속 연락을 주고 받았네요. 현재까지 전 아무 것도 못했어요. 너무나 화목하고 사이좋은 우리인데 제가 이 사실을 아빠한테 말하면 다 깨질까봐 아빠와 사이도 멀어질까봐 겁나고 쪽팔려서 친구들한테 말도 못하겠어요. 이글을 아빠가 봤으면 좋겠네요. 제가 알고 있다는 것만 이라도 알았으면 좋겠어요. 이제 해바뀌면 25살입니다. 아빠는 딸바보 소리 들을 만큼 절 많이 아끼시구요. 어떻게 할까요? 그 여자 전화번호와 이름은 알고있습니다. 도와주세요. 아빠한테 내가 알고있다는걸 말할까요? 그여자한테 말을 해볼까요? 가족관계는 깨지지 않고 아빠가 돌아올 수 있는 방법 어디없을까요?

사례1〉~사례5〉은 제3자가 외도를 알게 된 경우이다. 사례1〉에서는 처제가 형부의 외도를, 사례2〉에서는 여동생이 언니의 외도를, 사례3〉에서는 시누이가 올케의 외도를 알게 된다. 또 사례4〉에서는 딸이 엄마의 외도를, 사례5〉에서는 딸이 아빠의 외도를 알게 되어 어떻게 행동을 해야 할지 고민하고 있다.

먼저 사례1〉에서 여동생의 집은 언니의 집에서 5분 거리에 있다. 언니는 임신 중이라 입덧이 심해 친정으로 갔고, 언니네 집에 사는 하숙생과 친하게 지내던 여동생은 어느 날 하숙생과 함께 축구를 보고 그 집에서 같이 잔다. 다음 날 아침 하숙생과 여동생은 밖에서 아침을 먹고 들어오는데, 형부가 처제를 보고 깜짝 놀란다. 형부의 행동이 이상하다고 생각한 여동생은 하숙생에게 형부가 이상하다고 이야기를 하고, 하숙생은 여동생에게 안방에 여자가 있는 것 같다는 말을 한다. 그러면서 그전에도 형부가 여자를 데리고 와 잤다는 이야기를 한다. 여동생은 안방 문을 열고, 형부가 외도를 한 사실을 확인하게 된다. 임신 6개월인 언니한테 이야기를 할 수는 없고, 형부는 여자를 정리하겠으니 언니에게는 비밀로 해달라고 부탁을 한다. 여동생은 형부가 외도한 사실을 언니에게 숨겨야 되는지 고민하고 있다.

사례2〉에서는 반대로 여동생이 언니의 외도를 알게 된다. 형부가 전화를 해도 받지 않고, 술에 취해 들어오기 일쑤고, 언니에 대해 여동생이 좀 이상하다고 느낄 무렵 여동생은 언니가 직장 상사와 통화를 하는 것을 듣게 된다. 애인처럼 통화를 하는 언니의 모습에 여동생은 그가 누구인지 물어보고, 언니는 자신의 직장상사라고 하며 그에 대한 자신의 마음과 외도사실을 고백한다. 언니는 여동생에게 남편도 그 직장상사도 사랑한다고 한다. 그리고 동생이 볼 때 언니는 자신의 가정을 깰 생각도 없는 것 같다. 동생은 언니를 어떻게 해야 될 지 고민이 된다.

사례3〉에서는 시누이가 올케언니가 외도를 하고 있다는 사실을 알게 되는데, 자신의 오빠는 아내가 외도를 하는 것을 모른다. 시누이는 자신의 오빠에게 말을 해야 되나 말아야 되나 고민 중이며, 당장이라도 뛰어가 올케언니와 싸우고 싶지만 오빠와 조카들을 생각하면 그럴 수도 없다. 그리고 무엇보다 자신의 오빠가 아내를 많이 사랑하고 있는 것처럼 보이고, 올케언니 역시 자신의 남편에 대한 칭찬을 늘어놓는다. 시누이는 어떻게 하는 게 좋을지 고민 중이다.

다음으로 사례4〉과 사례5〉는 부모님의 외도로 인해 고민을 하는 딸의 글이다. 사례4〉에서 딸은 1년 전부터 시작된 엄마의 외도사실을 알게 되고, 아빠는 아직 모르는 상황이다. 아빠가 안다면 집안은 붕괴가 될 것이고, 엄마에게 자신이 엄마의 외도를 안다고 했을 때 엄마와의 관계가 어색해질 것 같아 딸은 이야기를 할 수 없다. 그러나 1년이 넘게 엄마의 외도를 지켜봐 왔기에, 더 이상은 묵인할 수도 없다. 사례5〉에서는 딸이 아빠의 외도 사실을 알게 된다. 추석에 가족들과 윷놀이를 하던 중 딸은 우연히 아빠의 핸드폰으로 전송된 메시지를 보게 되고, 수신자에게 "한번만 더 연락하는 거 걸리면 가만히 안 둔다."는 답신을 보낸다. 그리고 그 번호를 저장해둔다. 이후 아빠는 엄마에게 너무 잘하고, 아무것도 모르는 엄마는 아빠의 태도에 행복해 했지만, 딸이 보기에 아빠는 계속 연락을 주고받고 있다. 딸은 이 상황을 어떻게 해야 될 지 고민 중이다.

이 다섯 편의 글은 모두 제3자가 자신과 관련된 부부사이의 외도

문제로 인해 고민을 하고 있다. 그렇다면 이런 상황에서 설화들은
어떠한 도움을 줄 수 있을까?

먼저 사례4〉 사례5〉과 관련이 되는 것은 〈아버지 모르게 어머니
서방질 고친 아들〉이라는 설화이다. 왜냐하면 〈벼슬 살러 간 평안
감사와 간부 잡아준 사람〉이나 〈며느리에게 아들 첩 승낙 받은 아버
지〉의 경우에는 제3자가 부부보다 윗사람이나 혹은 동등한 관계에
있는 사람으로, 자신이 부부의 일에 나서 직접 일을 처리해도 좋을
만한 위치에 있다. 그러나 위 상담글에서의 제3자는 부부보다 오히
려 아랫사람으로 일을 직접 처리하기에는 그 영향력이 크지 않다.

사례4〉과 사례5〉의 경우에는 딸이 자신의 입으로 엄마나 아빠의
외도사실을 말하기 보다는, 그들의 외도가 자연스럽게 드러날 수 있
도록 상황을 만들 필요가 있다. 엄마나 아빠의 외도가 지속되는 이
상, 이 문제는 딸이 이야기하지 않아도 언젠가는 스스로 드러날 문
제이다. 그리고 외도한 배우자를 용서하고 용서하지 못하고는, 오로
지 부부간에 해결해야 될 문제이다. 그러므로 엄마나 아빠에게 스스
로 자신의 외도사실을 고백할 수 있는 기회를 만들어주는 것이 필요
하다.

다음으로 아랫사람이기는 하지만 비교적 부부와 동등한 관계라고
생각되는 사례1〉 사례2〉 사례3〉의 경우에는 〈벼슬 살러 간 평안 감
사와 간부 잡아준 사람〉처럼 외도사실을 함구하고, 부부관계를 지켜
볼 필요가 있다. 사례1〉의 경우에는 언니가 임신한 상태이기에, 남
편의 외도사실을 아는 것은 위험요소가 따른다. 또 외도 당사자인
형부는 여자를 정리할 테니 언니에게는 비밀로 해달라고 부탁을 하
고 있다.

사례2〉에서 외도 당사자인 언니 또한 자신의 가정을 깨고 싶어 하지 않는다. 그러므로 외도 당사자의 비밀은 지켜주되, 또 다시 그런 일이 발생할 경우 배우자에게 알리겠다고 단판을 지을 필요도 있다.

사례3〉의 경우 시누이는 올케언니에게 자신이 그녀의 외도사실을 알고 있다는 것을 알릴 필요가 있다. 그 후 올케언니의 행동변화를 지켜본 후 오빠에게 알리는 것이 올바른 순서가 될 것이다. 오빠가 아내를 사랑하고 아내 또한 자신의 배우자의 장점을 잘 알고 있다면, 올케언니의 외도는 일시적인 것일 수 있다. 그러므로 외도 당사자인 올케언니가 스스로 자신의 외도문제를 해결하도록 지켜봐줄 필요가 있다. 또한 〈며느리에게 아들 첩 승낙 받은 아버지〉처럼 외도 당사자들에게 외도사실이 드러날 경우 유발될 손익(損益)에 대해 생각해볼 수 있도록 유도할 필요가 있다.

특히 사례2〉처럼 언니가 형부도 직장상사도 둘 다 사랑한다고 이야기한다면, 여동생은 언니에게 그녀의 외도사실을 형부가 알게 될 경우 앞으로 벌어질 일들에 대해 생각해보도록 하는 일이 필요하다. 더군다나 직장상사 역시 가정을 가진 사람이라고 할 때, 언니에게 외도사실이 밝혀질 경우 처하게 될 상황을 인지하고 손익관계를 따져보게 하는 것은 최선의 문제 해결 방안이 될 것이다. 만약 그럼에도 불구하고 언니가 자신의 외도를 지속한다면, 그 또한 그녀가 감당해야 될 몫이다.

5장 / 배우자의 외모

〈갑옷 챙기고 지도 찾아낸 이완대장 부인〉〈도술 뛰어난 박색 황부인〉〈숭늉 다 마셔버린 박색 아내〉〈아버지가 벗겨준 박씨부인의 허물〉〈속 깊은 신랑〉〈거울 모르는 사람들〉

1) 부부갈등 양상과 해결방안

본 항목에서는 배우자의 외모로 인해 부부사이에 갈등이 일어나는 설화들을 분석해 보려고 한다. 이 항목에 해당되는 설화들은 세 가지로 분류해볼 수 있는데 첫째는 배우자의 얼굴이 박색이라 부부사이에 문제가 생기는 경우이며, 둘째는 배우자가 아직 신체적으로 덜 성숙하여 부부사이에 문제가 생기는 경우이며, 셋째는 배우자가 자신의 용모를 꾸미지 않아 부부사이에 문제가 생기는 경우이다. 다음에서는 각각의 항목에 맞춰 해당 설화들을 살펴보도록 하겠다.

(1) 〈갑옷 챙기고 지도 찾아낸 이완대장 부인〉〈도술 뛰어난 박색 황부인〉〈숭늉 다 마셔버린 박색 아내〉〈아버지가 벗겨준 박씨부인의 허물〉

먼저 〈갑옷 챙기고 지도 찾아낸 이완대장 부인〉의 대강의 줄거리
는 다음과 같다.

효종대왕 시절에 명장인 이완대장이 있었는데 그는 머리도 명석하였
지만 그 부인이 아주 기막힌 이인이었다. 그런데 이완대장의 부인이 엄
청나게 박색이라 이완대장은 부인과 관계를 하지 않고 소실을 들여앉혔
다. 하루는 밤 열두시가 넘었는데 대궐에서 사람이 나와 이완대장에게
입궐하라는 명을 전하였다. 이완대장은 조복을 차려 입고 허둥지둥 떠나
려 하였다. 그때 이완대장의 정실이 남편의 옷자락을 잡으며 어디를 가
냐고 물었다. 이완대장은 별로 마땅치 않은 부인이 묻기에 왜 이러냐며
발로 툭 차버렸다. 그러자 정실이 오밤중에 상감이 입궐하라는 명령을
내렸으면 문관 같으면 그냥 조복만 입고가도 상관이 없으나 당신은 무관
이므로 갑옷과 투구를 쓰고 가야한다고 말했다. 이완대장이 부인의 말을
듣고 가던 걸음을 멈추어 다시 의복을 바꿔 입고 대궐로 향했다. 이완대
장이 막 송림이 우거진 돈화문을 지나려고 하는데 화살이 날아와 투구에
탁 꽂혔다. 이완대장은 갑작스런 일이라 깜짝 놀랐지만 정실의 말을 들
었기에 죽음을 면했단 생각을 하며 지나갔다. 그런데 몇 발자국 다시 안
가서 다시 화살이 날아오더니 이번엔 가슴에 와서 탁 꽂히는 것이었다.
이에 이완대장은 대강 눈치를 채고 대궐로 들어가니 짐작대로 왕이 문간
에 나와 있었다. 왕은 북벌을 계획하여 이완대장을 보내도 되는지 시험
을 해본 것이라며 이완대장의 철저한 준비성과 대장부다운 기백에 만족
해하며 대궐로 데리고 들어가 이런 저런 이야기를 나누었다. 이완대장이
왕과 술잔을 기울이며 이야기를 나누다보니 어느 정도 시간이 흘러 집으
로 돌아가려고 했다. 그러자 왕이 붓 한 자루를 꺼내어 중국에 갔던 사신
이 귀한 붓이라고 준 것인데 나눠 써야겠다며 이완대장에게 주었다. 이
완대장이 붓을 잘 챙겨 집으로 돌아와 옷을 벗는데 정실이 무슨 일이 없

었냐고 물었다. 이완대장은 대궐에 가면서 있었던 일들을 정실에게 이야기 한 후 왕이 붓 한 자루를 선물로 주셨다고 하였다. 정실이 붓을 보자고 하기에 이완대장이 꺼내 보이니 정실은 그 붓을 이리저리 살펴보았다. 이완대장이 당신이 뭘 알기에 그걸 그렇게 살펴보냐며 다시 달라고 하자 정실은 두말 않고 다짜고짜 다듬잇돌에다 붓을 올려놓더니 방망이로 내리쳐 붓을 부셔버렸다. 그러자 부서진 붓 속에서 종이심지가 하나 나왔는데 그걸 살펴보니 북벌계획이 적혀있었다. 이완대장은 정실 덕분에 한 나라의 훌륭한 명장이 될 수 있었다.[26]

이 설화는 이완대장과 이완대장의 부인에 대한 평가로부터 시작된다. 이완대장도 뛰어난 사람이지만 특히 그 부인이 이인(異人)이라는 것이다. 그런데 이완대장의 부인이 엄청나게 박색이라, 이완대장은 부인과 관계를 하지 않고 소실로 들여앉혔다는 것이다. 부부간의 관계를 하지 않았다는 말은, 이완대장이 부인을 집안에만 둘 뿐 그녀와 어떠한 부부관계도 맺고 있지 않다는 것을 의미한다. 즉 박색인 아내의 얼굴로 인해, 부부사이에는 문제가 발생하고 있는 것이다. 이와 동일하게 박색인 아내의 얼굴로 인해 부부간에 문제가 생기는 설화로 〈도술 뛰어난 박색 황부인〉을 들 수 있다. 이 설화의 줄거리는 다음과 같다.

전에 황부인이 재산은 있었지만 자식이 없어 자식을 낳으려고 사방을 돌아다녔다. 결국 황부인이 딸을 낳았는데 딸의 인물이 어찌나 복철한지 고금에 그런 얼굴이 없었다. 딸이 시집갈 때가 되자 황부인은 어떻게 시

---

26 『한국구비문학대계』 1-9, 93~96면, 포곡면 설화4, 이완대장과 소실의 지혜, 홍종은(남, 72)

집을 보낼지 답답했다. 결국 딸의 얼굴을 그려서 판자때기에 붙여 들고 다니며 장가 올 사람을 찾아다녔다. 한편 어떤 사람이 아들 삼 형제를 뒀는데 집이 너무 가난했다. 이 사람은 황부인 집이 부자인 것을 알고 큰 아들을 장가보내기로 했다. 둘은 얼굴도 대면하지 않고 혼인을 하여 첫날밤을 지내는데 남자가 여자의 얼굴을 보고 어찌나 흉악한지 깜짝 놀라서 도망을 쳐버렸다. 남자는 밤새 도망을 쳤는데 아무리 도망을 쳐도 황부인 집의 문 앞이었다. 남자는 할 수 없이 다시 들어가 밥을 얻어먹고는 날이 새어 다시 도망을 쳤다. 그런데 이번에도 아무리 도망을 쳐도 계속 황부인 집만 나왔다. 결국 남자는 각시방에 들어갔다. 남자는 자고 일어났는데 밤새 어떻게 됐는지 입고 있던 옷이 전부 찢어지고 형편없이 되어 밖으로 나갈 수도 없게 되었다. 남자는 혼자 한탄을 하고 앉아 있는데 각시가 남자의 옷을 가져다가 꿰매더니 새 옷을 만들어줬다. 남자는 얼굴은 형편없지만 솜씨는 좋다고 생각을 했다. 다음날 남자는 새 옷을 입고 다시 도망을 쳤는데 이번에도 황부인 집만 나왔다. 남자는 다시 방으로 들어왔는데 방안에는 사람이 잘 안 보일 정도로 안개가 껴있고 이상한 냄새가 났다. 잠시 후 방이 밝아져서 남자가 눈을 뜨고 보니 못생긴 여자는 사라지고 예쁜 얼굴을 한 각시가 앉아 있었다. 남자가 무슨 일인가 물어보니 여자는 그동안 탈을 쓰고 있었다며 용서해 달라고 했다. 남자는 여자를 자신의 집으로 데리고 가서 살려고 했는데 집이 너무 가난하여 미안한 생각이 들었다. 여자는 걱정하지 말라며 쪽지를 써서 띄우자 친정에서 이바지 짐이 많이 들어왔다. 여자는 이바지 짐을 풀어 잔치를 하고는 다시 한 번 쪽지를 해서 쌀가마니를 가지고 와 남자와 함께 잘 먹고 잘 살았다.[27]

---

27 『한국구비문학대계』 4-4, 562-565면, 오천면 설화10, 황부인 이야기, 이을분(여, 66)

이 설화에서 황부인은 재산은 있었지만 자식이 없어 자식을 낳으려고 애를 쓰던 중, 딸을 하나 낳게 된다. 그러나 그 딸은 너무 얼굴이 못 생겨, 시집을 보내기가 난감했다. 황부인은 딸의 얼굴을 그려 그녀에게 장가올 사람을 구했다. 한편 집이 너무 가난한 사람이 아들 삼형제를 두었는데, 황부인이 부자인 것을 알고 자신의 첫째아들을 장가보내기로 했다. 첫날 밤 남편은 황부인의 딸과 첫 대면을 하고, 그녀의 흉악한 얼굴에 깜짝 놀라 도망을 치게 된다. 앞서 〈갑옷 챙기고 지도 찾아낸 이완대장 부인〉에서 이완대장이 자신의 아내를 집안에 둘 뿐 그녀와 부부관계를 유지하지 않고 있다면, 이 설화에서의 남편은 아내의 얼굴이 흉악함을 보고 그녀로부터의 도망을 시도하고 있다. 그러나 도망은 번번이 실패하고 남편이 입고 있던 옷은 형편없이 망가진다. 이어지는 〈숭늉 다 마셔버린 박색 아내〉 또한 아내의 박색인 얼굴로 인해 부부사이에 갈등이 일어나고 있다.

〈숭늉 다 마셔버린 박색 아내〉의 줄거리는 다음과 같다.

어떤 사람이 장가를 갔는데 색시가 얼굴이 아주 심하게 얽은 것이었다. 게다가 신부는 첫날밤에 꾸벅꾸벅 졸기까지 했다. 그런데 색시는 자면서 꿈에 윗목의 물그릇에 청룡과 황룡이 구비치고 올라가는 것을 보았다. 그래서 얼른 눈을 뜨고 윗목에 있는 물을 다 마셨다. 그것을 본 신랑은 못생긴 신부가 졸다가 물을 홀랑 마시는 것이 아주 미웠다. 그래서 신부에게 어떻게 그렇게 잠이 오냐고 말했다. 그러자 신부는 천지가 내려앉아도 오는 잠을 어떻게 하냐고 말했다. 그 말을 들은 신랑은 날이 새기도 전에 하인에게 채비를 시켜서 떠나자고 했다. 그 때에 신부는 얼른 버선을 예쁘게 만들어서 도포소매에 넣어 주었다. 그러나 신랑은 신부의 그런 솜씨에도 아랑곳하지 않고 바로 집으로 돌아가서 새 장가를 들었다. 그런데 못생긴 신부 집에서는 딸을 데려가라면서 가마에 태워서 시집으로 보냈다. 하지만 신랑은 참 곤란하였다. 그 당시에는 부인이 둘인 사람은 과거에 급제할 수 없었기 때문이었다. 그리하여 못생긴 신부는 따로 방을 지어 놓고 구멍을 내어서 그곳으로 밥을 주었다. 나중에 신랑이 과거를 보러 가는데 신랑이 도포를 입고 방에서 나가다가 문고리에 걸려서 옷이 찢어지고 말았다. 그리하여 집안에서 난리가 났다. 그런 소리를 들은 못생긴 신부가 무슨 일이냐고 했다. 종이 냉랭하게 알아서 뭐할 것이냐고 했다. 그렇지만 자꾸 묻는 말에 퉁명스럽게 도포가 찢어진 이야기를 했다. 그 이야기를 들은 못생긴 신부는 자신에게 찢어진 것과 색실을 달라고 하였다. 그리하여 신부가 도포를 기웠는데, 찢어진 부분에 암학이 날개를 치면서 날아가는 형상과 수학이 고개를 내리고 있는 것을 수놓았다. 나중에 그 옷을 입고 과거를 보러 갔더니, 과거 시험관이 고향에 내려가서 큰 마누라를 데리고 와야 합격을 시켜준다고 하였다. 그 이야기를 들은 신랑은 얼른 가마를 가지고 가서 못생긴 신부를 태워서 모시고 올라갔다. 그리하여 신랑은 평양감사를 제수 받고 왔다. 그리고 신랑은 못생긴 신부와 첫날밤을 보냈다. 그리하여 태어난 자식들이 삼정승 육판서가 되었다.[28]

이 설화에서 남편은 얼굴이 심하게 얽은 데다 첫날밤에 꾸벅꾸벅 졸고 있고, 졸다가 일어나 숭늉마저 다 마셔버리는 아내가 몹시 못마땅하다. 더군다나 아내는 자신이 묻는 말에 말대꾸까지 한다. 남편은 날이 새기 전에 떠날 채비를 하고, 아내는 얼른 버선을 만들어

---

28 『한국구비문학대계』 7-9, 1080-1085면, 임하면 설화30, 못생긴 각시의 지혜와 솜씨, 박봉금(여, 51)

남편의 도포소매에 넣어준다. 그러나 남편은 본가로 돌아가 바로 새
장가를 든다. 처가에서는 못 생긴 아내를 시댁으로 보내고, 남편은
난감해진다. 할 수 없이 남편은 아내에게 따로 방을 마련해주고, 구
멍을 내어 그곳으로 밥을 준다. 이 말은 남편과 박색인 아내는 전혀
부부로서의 소통이 없으며, 종이 아내의 물음에 퉁명스럽게 대답하
는 것을 보면 박색인 아내는 아내로서의 어떠한 대우도 받지 못한
채 집안에 기거하는 사람일 뿐이다. 〈아버지가 벗겨준 박씨부인의
허물〉 또한 박색인 아내의 얼굴로 인해 부부갈등이 유발된다. 이 설
화의 줄거리는 다음과 같다.

　산골에 갈처사라는 이가 살고 있었다. 갈처사는 장안 곽경신과 친하게
지냈다. 하루는 곽경신이 자식을 장가보내려고 했다. 곽경신은 갈처사
에게 갈처사의 딸과 자신의 아들을 결혼시키자고 했다. 곽경신이 택일을
해서 갈처사를 찾아 왔는데 갈처사의 처소를 아는 사람이 없었다. 곽경
신은 다른 것들은 모두 돌려보내고 아들과 단 둘이 갈처사의 거처를 찾
았다. 산 가장자리에 한 오두막집이 있어 들어갔더니 모녀가 베틀을 매
고 있었다. 그런데 갈 처사가 들어오더니 오늘이 결혼 날이니 베틀을 걷
어버리고 씻은 옷을 입혀 예를 치르자고 했다. 신랑이 예를 올리고 첫날
밤에 신부의 얼굴을 보자 험상궂게 생겨 날이 밝자 마자 달아나려 했다.
갈처사는 곽경신을 보고 오랜 만에 사돈을 만났다며 술상을 차려 왔는
데 술 한 병과 굼벵이 두 마리뿐이었다. 서울 사돈들이 굼벵이를 먹지 못
해 술만 마시고 있자 갈처사는 사돈들께서는 이 귀한 천도복숭아를 먹을
줄 모르냐고 했다. 곽경신은 아들과 신부와 함께 집으로 돌아왔다. 시어
머니와 동네 사람들은 신부가 좋다고 했지만 남편은 신부를 자신의 방에
얼씬도 못하게 했다. 일 년을 그렇게 지냈는데 어느 날 저녁 곡조 소리가

나더니 갈처사가 구름을 타고 나타나서 딸에게 아직도 그 옷을 입고 있냐고 했다. 딸은 부모의 명 없이 어찌 벗을 리가 있겠냐고 대답했다. 그리고는 딸이 옷을 벗었는데 천하일색이 되었다. 몸종이 신부의 방으로 밥을 가지고 들어왔는데 그 모습을 보고 놀라 대감에게 말을 전했다. 하지만 대감은 며느리를 들이고 상대도 하지 않은 일이 미안해서 들어가지도 못하고 문구멍으로 들여다보기만 했다. 아들이 돌아오자 대감은 네 처가 오늘 보니 천하일색이니 한번 들어가 보라고 했다. 남편도 문구멍으로 들여다보고는 기가 막히게 좋아진 신부의 모습을 보고는 병이 들어 죽게 되었다. 그러자 시아버지가 며느리를 찾아가서 우리가 너에게 죄를 많이 지었지만 사람은 살려야 하지 않겠냐고 했다. 아내가 남편의 방으로 들어와 주무르며 남편을 돌보자 회생했다. 하루는 그 여자가 친정에 갔다 오더니 밤나무를 가지고 가서 집 가에 심었다. 그 밤나무는 너도밤나무인데 집 주위에 동그랗게 심었다. 그렇게 해서 그 집은 난세에도 끄떡없이 지냈다.[29]

여기서는 양가의 아버지가 자신의 아들과 딸을 결혼시키기로 했는데, 첫날밤 남편은 아내의 얼굴이 험상궂게 생긴 것을 보고 달아나려고 하지만 뜻을 이루지 못한다. 이후 남편은 아내를 본가로 데리고 오지만, 아내가 자신의 방에 얼씬 거리지 못하도록 한다. 그런데 이 설화에서 특이점은 시어머니나 동네 사람들은 아내를 좋다고 평가하고 있다는 것이다. 이것은 어쩌면 아내가 험상궂게 생겼다는 것이 남편의 주관적인 판단일 수도 있음을 의미한다. 하여간 남편은

---

29 『한국구비문학대계』 6-4, 712-715면, 낙안면 설화30, 갈처사의 딸, 선수모(남, 81)

험상궂게 생긴 아내가 마음이 들지 않고, 이로 인해 부부간의 갈등이 유발되고 있다.

　그렇다면 설화에서 박색인 아내의 얼굴로 인해 유발된 부부갈등은 어떻게 해결이 되고 있을까? 다음에서는 설화에 나타나는 부부갈등 해결방안에 관하여 논의해 보도록 하겠다.

　먼저 〈갑옷 챙기고 지도 찾아낸 이완대장 부인〉의 경우, 이완대장은 어느 날 대궐에서 입궐하라는 명을 받게 되고 조복 차림으로 허둥지둥 떠나려 한다. 그때 아내가 어디를 가냐고 묻고, 남편은 마음에 안 드는 아내가 물어보자 왜 그러냐며 아내를 발로 걷어찬다. 그러나 아내는 당신은 무관이므로 갑옷과 투구를 갖추고 궁궐로 들어가라고 하고, 남편은 아내의 말을 따른다. 궁궐로 들어갔을 때 난데없이 화살이 날아와 투구와 가슴에 꽂히고, 남편은 아내의 말대로 해 죽음을 면한다. 또 아내 덕분에 임금이 선물로 준 붓 자루에서 북벌계획이 적힌 종이를 발견하게 된다. 즉 이완대장은 아내의 말을 따름으로 인해 임금의 신뢰를 얻으며, 한 나라의 훌륭한 명장이 된다. 여기서는 박색인 아내가 자신의 외모적 결함을 지혜와 능력을 통해 극복해내고 있다.

　이어지는 〈도술 뛰어난 박색 황부인〉에서도 중요하게 나타나는 것은 여성의 능력이다. 혼인날 아내와 첫 대면한 남편은 흉악한 아내의 얼굴에 놀라 도망을 치지만, 아무리 도망을 쳐도 황부인의 집을 떠나지 못한다. 그러던 중 남편의 옷은 전부 찢어지고 형편없게 되어 더 이상은 밖으로 나갈 수 없게 된다. 남편이 혼자 한탄을 하고 있자 황부인의 딸은 남편의 옷을 가져가 꿰매어 새 옷으로 만들어주고, 남편은 아내의 얼굴은 형편이 없지만 아내의 바느질 솜씨는 좋다고 생각을 한다. 남편은 새옷을 입고 다시 도망쳤지만, 결국 황부인의 집을 떠나지 못한다. 남편이 다시 방으로 들어왔을 때 방 안에는 안개가 끼고 이상한 냄새가 났는데, 방이 밝아진 후 보니 못생긴 여자는 사라지고 예쁜 얼굴을 한 아내가 앉아있었다. 이 문장에서 안개와 이상한 냄새는 박색 아내에 대한 남편의 생각이 변화되고 있음을 뜻하며, 아내가 예쁜 얼굴로 바뀌었다는 것은 남편의 마음에서 아내의 모습이 긍정적으로 변화되었음을 이야기한다. 또 황부인의 딸은 가난한 남편 집안의 경제적인 문제를 해결해주며, 이 둘은 행복한 부부생활을 영위하게 된다. 이 설화 또한 박색 아내에 대한 남편의 심리적 거부감이 아내의 뛰어난 바느질 솜씨라는 긍정적인 면을 통해 해결되고 있다.

〈숭늉 다 마셔버린 박색 아내〉 또한 뛰어난 아내의 바느질 솜씨가 부부갈등을 해결하는 열쇠가 되는데, 아내는 문고리에 걸려 찢어진 신랑의 도포 부분에 암학이 날개를 치며 날아가는 형상과 숫학이 고개를 내리고 있는 모습을 수놓아준다. 과거시험관은 수를 놓은 부인을 데려오라고 하고, 남편은 못 생긴 아내를 데리고 올라가 평양감사를 제수 받게 된다. 이후 남편과 아내는 첫날밤을 보내고, 이 둘 사이에서 태어난 자식들은 삼정승 육판서가 된다. 이 둘 사이에서 삼정승 육판서인 자식들이 나왔다는 것은 이 둘의 부부관계가 원만하였음을 의미한다. 이 설화에서도 박색 아내는 자신의 뛰어난 바느질 솜씨로 자신의 외모적 결함을 극복해내고 있다. 예문으로 제시한 설화에는 빠져있지만, 경우에 따라서는 박색인 아내가 자신이 첫날 밤 졸다가 일어나 숭늉을 다 마셔버린 이유에 대하여 설명을 하는 경우도 있다. 즉 첫날밤 아내가 꿈을 꾸었는데 숭늉 속에 용 혹은 봉새가 들어 있어, 그것을 마셔야 귀한 아들을 낳을 수 있다는 생각에 숭늉을 모두 마셨다는 것이다. 이 경우 남편은 아내의 설명을 통해, 아내가 숭늉을 다 마셔버린 이유를 알게 되고 아내에 대한 오해를 풀게 된다.

〈갑옷 챙기고 지도 찾아낸 이완대장 부인〉〈도술 뛰어난 박색 황부인〉〈숭늉 다 마셔버린 박색 아내〉가 아내의 능력이나 지혜, 뛰어난 솜씨로 인해 남편과의 갈등을 해결하고 있다면 〈아버지가 벗겨준 박씨부인의 허물〉에서는 아내의 아버지인 장인이 부부갈등을 해결해 준다. 이 설화에서 장인은 비범한 인물로 나타나는데 장인인 갈처사는 다른 사람의 눈에는 굼벵이로 보이는 것을 천도복숭아라고 하며, 구름을 타고 딸에게 나타나 딸의 허물을 벗겨준다. 또 딸에게 집 가장자리에 너도밤나무를 심으라고 하여 난세에도 사돈집이 끄떡없도록 지켜준다. 장인의 역할을 확대 해석해 본다면, 이것은 처가가 두 사람의 부부문제에 영향을 미쳤다고 볼 수 있다.

(2) 〈속 깊은 신랑〉

〈속 깊은 신랑〉의 대강의 줄거리는 다음과 같다.

신랑이 나이가 어려 나이 많은 색시가 논에 일하러 나갔다. 신랑 어머니가 신랑에게 색시한테 밥을 갖다 주라고 했다. 신랑이 밥을 갖고 가는데 개골창에 있는 붕어를 구경하다가 그만 때를 놓치고 말았다. 색시에게 밥을 갖다 주니까 색시가 왜 이제야 가지고 오냐며 논에다가 신랑을

두고 밟았다. 신랑이 까맣게 돼서 밥도 못 먹고 밥그릇을 가지고 들어왔
다. 어머니가 왜 그 모양이냐고 하자, 신랑이 개골창에서 붕어 잡으려고
장난하다가 빠졌다고 했다. 이튿날 색시가 신랑을 지붕에 척 올렸다. 어
머니가 지붕에 왜 올라갔냐니까, 신랑이 "이 박을 딸까요, 저 박을 딸까
요?" 하고 물었다. 어머니가 익지도 않은 박을 왜 따냐며 그냥 두라고 했
다. 색시가 신랑이 하는 것을 보고 탄복해서, 그때서야 남편을 중하게 알
았다.[30]

이 설화에서 아내는 어린 남편 대신 논으로 일을 하러 나가고, 시
어머니는 남편에게 아내가 먹을 밥을 갖다 주라고 한다. 그러나 어
린 남편은 개울에서 붕어를 구경하다가 아내에게 밥을 가져다줄 때
를 놓친다. 배가 고픈 아내는 늦게 나타난 남편에게 화가나, 남편을
논에 두고 밟아버린다. 이튿날 역시 아내는 어린 남편이 마음에 들
지 않아, 그를 지붕 위로 던져버린다. 이 설화에서 아내는 자신의 남
편감이 되기에는 너무 어린 신랑이 마음에 안 들어, 어린 남편에게
자신의 화나는 감정을 풀어내고 있다. 여기서 문제가 되는 것은 아
직 신체적으로 성숙하지 못한 배우자의 외모이다.

그러나 어린 남편은 오히려 아내를 감싸준다. 어린 남편은 논에
서 아내에게 밟혀 엉망이 되지만, 붕어를 잡으려고 장난을 치다 빠
졌다며 아내와의 일을 고하지 않는다. 이튿날에도 아내는 어린 남편
을 지붕 위로 던지지만, 남편은 "이 박을 딸까요, 저 박을 딸까요?"
하며 아내의 행동을 감싸주고 아내가 시어머니께 꾸지람을 듣지 않

---

30 『한국구비문학대계』 1-7, 347-349면, 길상면 설화49, 꼬마 신랑의 꾀,
   김순이(여, 81)

도록 도와준다. 이 설화에서 어린 남편은 비록 나이와 용모는 어리지만 지혜로 아내를 감싸주고, 아내는 이러한 남편에게 마음을 열고 있다. 이 설화에는 나타나지 않지만, 여타 설화들에서는 어린 남편이 성장하면서 남편의 신체적인 조건으로 인한 부부갈등은 자연스럽게 해결되고 있다.

(3) 〈거울 모르는 사람들〉

〈거울 모르는 사람들〉은 대강의 줄거리는 다음과 같다.

옛날에 한 색시의 신랑이 숯을 구워 먹고 사는데, 남편이 서울에 간다고 하자 반달을 보면서 저 반달 같은 것을 사달라고 부탁하였다. 남편이 서울에 가서 시장에 갔다가 새댁의 부탁대로 물건을 사려는데, 기억이 나지 않아서 달을 보았더니 그 사이 날이 지나서 보름달이었다. 그래서 보름달 같은 거울을 사 가지고 왔다. 마누라가 거울을 보더니, 반달 같은 것을 사오라니까 색시를 얻어왔다며 화를 냈다. 시어머니가 왜들 그러냐고 하니 며느리가 남편한테 반달 같은 것 하나 사오라고 했더니 색시를 얻어 왔다고 했다. 시어머니가 한번 보자고 해서 주었더니, 시어머니도 그 안에 여자를 데리고 왔다고 했다. 또 시아버지가 와서 이야기를 듣고 거울을 보더니 고개 너머 양첨지가 왔다고 말했다. 그렇게 식구들이 서로 들여다보면서 엎치락뒤치락 하다가 거울이 깨지고 말았다. 하루는 아들이 아내를 보니, 서울의 여자들은 잘 꾸미고 있는데 하나도 꾸미지도 않고 숯을 구워 먹는 아내의 모습이 너무 보기 싫었다. 게다가 시장에서 사온 거울을 깨뜨린 일도 마음에 들지 않아, 아들은 아내에게 친정으로 가라고 하였다. 며느리는 시어머니에게 남편이 친정으로 가라고 한다면서 하소연을 하였다. 그 말을 들은 시어머니가 며느리에게 잘 꾸미고 아들한테 시집올 때에 입고 온 옷을 입고 친정으로 간다고 말하라고 하였다. 며느리가 깨끗하게 단장을 하고 남편에게 가서 이제 간다고 하니까, 처음에는 거들떠도 보지 않던 남편이 아내를 힐끔 보더니 서울 여자 같은 예쁜 여자가 있는 것이었다. 남편은 그렇게 가지 말고 같이 살자면서 집으로 들어가자고 하였다. 그래서 행복하게 잘 살았다.[31]

여기서 남편이 아내를 친정으로 보내려는 이유는, 꾸미지 않는 아내가 마음에 들지 않기 때문이다. 서울에 다녀온 남편은 그곳에서 본 예쁘게 단장한 여성들과 숯을 굽느라 꾸미지도 단장하지도 않는 아내의 모습을 비교하고 있다.

남편이 아내에게 친정으로 가라고 하자, 아내는 시어머니께 하소연을 한다. 그러자 시어머니는 며느리에게 잘 꾸미고, 시집 올 때 입었던 옷을 입고, 남편에게 가 친정에 간다고 말을 하라고 한다. 처음에 거들떠보지 않던 남편은 힐끔 아내의 모습을 보고, 서울 여자 같이 예쁜 아내의 모습에 같이 살자며 집으로 데리고 들어간다. 여기서는 꾸미거나 단장하지 않는 아내가 부부사이의 갈등 원인이 되고 있으며, 아들의 소망을 읽어낸 시어머니 덕분에 부부간의 갈등은 해결되고 있다.

---

31 『한국구비문학대계』 2-6, 644-647면, 공근면 설화43, 거울 속의 사람들, 목수희(여, 63)

2) 현대 부부갈등 사례에의 적용

〈갑옷 챙기고 지도 찾아낸 이완대장 부인〉〈도술 뛰어난 박색 황부인〉〈숭늉 다 마셔버린 박색 아내〉〈아버지가 벗겨준 박씨부인의 허물〉〈속 깊은 신랑〉〈거울 모르는 사람들〉는 현대 부부갈등에 어떻게 적용될 수 있을까? 먼저 배우자의 외모로 인해 부부갈등이 유발된 상담사례들을 살펴보고, 본 설화의 적용 가능성을 타진해 보도록 하겠다.

사례 1 뚱뚱한 아내가 여자로 안보입니다.

요즘 들어서 아내가 여자로 안보입니다.…… 아내가 요즘들어 부쩍 예전과 달리 몸에 살이 많이 붙었는데 그걸 못봐주겠습니다. 농담인 듯 진담인듯 운동좀 해라 집에서 뭐하나 잔소리를 집에 가면 매일 하지만 아내는 무슨 생각인지 그냥 흘려듣고 마네요. 정말 제 입장에서 곤란한건… 요즘 특히 연말이라 동창모임이다 회사분들과의 자리에 꼭 커플로 와야한다고 해서 데려가면 꼭 남들 다 한마디씩 합니다. 결혼식때 봤던 분 맞구요… 몰라보게 얼굴이 좋아졌다고들 합니다. 한술 더 떠서 아이가졌냐는 말도 들었습니다. 하지만 그런거 절대 아니거든요!! 아내에게는 말 못했지만 정말 챙피했습니다. 예의상 얼굴이 좋아졌다지 사실상 한 10킬로는 넘게 찐거 같습니다. 3년동안 사귈때는 항상 자기관리가 너무 철저해서 신혼 첫날에서야 진짜 생얼을 보았다고도 할 수 있겠네요 그래서 지금의 모습은 상상도 할 수 없었습니다. 실망 그 자체라고 할 수 있습니다. 얼굴보고 몸보고 그 사람이랑 결혼한건 아니지만 제 입장도 좀 생각해 줘야되는거 아닙니까?
더 이상 아내가 여자로 보이지도 않고 신혼생활이 정말 힘드네요.

사례 2   **내 남편이 내가 아는 그 사람이 맞나 싶어요.**

음.. 저희 부부는 나름 불같은 연애를 해오다가 3년 정도 연애하고
결혼을 했어요 결혼 당시에도 저희집쪽에서 반대가 있었지만 이 사
람이라면 바람도 안피고 나만 보고 살거 같아서 제가 결혼을 밀어붙
였지요. 그리고 3년을 살았네요……결혼하고도 늘 혼자였었네요. 사
는 곳이 바껴서 출퇴근 시간이 길어져서 멀미에 힘들어 하고 아는 사
람 없어서 집 밖으로 나가지도 못했죠. 그러다 보니 살이 찌더라구요.
3년동안 25키로 정도 쪘어요. 내 남편은 내 관리 못한다고 구박도 심
했죠. 밥 먹을 때 그만 먹으라고 구박하고 인스턴트 패스트푸드 고기
종류는 아예 못먹게 했죠. 오로지 김치랑 밥만 먹으라구요. 생각의 차
이가 심해서 많이 힘들었어요. 그렇게 스트레스만 받다보니 살이 조
절이 안되더라구요. 머 핑계라고 하시면 할 말 없지만요. 그러다 보
니 여기까지 왔네요……남편이 이혼하자고 하더라구 성격도 안 맞고
내가 뚱뚱해서 같이 살기 싫다구요…… 남편은 완강하게 저랑 이혼을
한다고 하고 협의하자고 하고 난 못한다 하고 있고……

사례 3   **바람핀 남편과 90kg 아내 누가 죄인일까요?**

결혼한지 12년된 주부입니다. 11살난 아이를 낳고 40kg가까이 쪘

으니 11년을 이 몸으로 살았습니다. 15년 넘게 다니는 직장을 아직도 다니며 아이낳고 남편뒷바라지, 내조자로서는 참 잘했다고 자부합니다. 직장을 다녀도 아침 거르지 않도록 밥도 꼬박꼬박 했구요 제가 버는 돈으로 남편 차만 그랜져급으로 5번정도 바꿔주기도 하고, 주식해서 몇백씩 날리는 돈도 처리 많이 했습니다. 시댁일 솔선수범했고 아끼며 집도 늘려갔습니다. 전 이만하면 다 되는줄 알았습니다. 제가 아무리 살이 쪘어도, 잠자리가 맞지 않아도 내조자로서의 역할만 충분하다면 아내로서의 역할은 눈감아 줄줄알았습니다.…… 남편 휴대폰으로 밤에 문자가 와서 통화를 했더니 그 여자는 남편과 살고 싶다고 합니다. 미안해 하지도 않는 그 여자의 당당함 때문에 화가 머리끝까지 나서 남편에게 다그쳤더니 이번엔 예전 여자와 다르다며 아무 할 말이 없다고 합니다.……남편은 제가 내조자로서가 아닌 아내, 여자로 있었음 했을 터이고 거기에 너무 뚱뚱한 여자가 아내라고 떡 버티고 있으니 얼마나 답답하고 힘들었을까 하구요. 잠자리를 거부했을 때 상처라든가, 쿵쿵거리며 방을 왔다갔다하는 제 뒷모습을 보며 내뱉은 한숨이라든가, 제가 무시하고 안보려고 했던 그 마음들이 이제 점점 보이기 시작합니다.

　　사례1〉은 살이 찐 아내 때문에 이혼을 고민하고 있는 남편의 상담글이고, 사례2〉 사례3〉는 살이 찐 아내의 모습이 싫다며 이혼을 요구하는 남편으로 인해 고민하고 있는 아내의 상담글이다. 먼저 사례1〉에서 남편은 연애할 동안 자기관리가 철저했던 아내가 10kg이나 넘게 살이 찌고, 아내의 그런 모습을 다른 사람들이 평가하는 것이 부담스럽고 창피하다. 그리고 남편은 사이 찐 아내가 더 이상 여자로 보이지 않는다. 여기서 문제가 되는 것은 남편의 잔소리에도 자기관리를 하지 아내의 모습이다. 사례2〉와 사례3〉 역시 문제가 되는 것은 살이 찐 아내의 외모이다. 사례2〉에서 남편은 뚱뚱한 아내가 싫다며 이혼을 요구하고, 사례3〉에서 남편은 뚱뚱한 아내 대신 다른 여자와 바람이 나 아내에게 이혼을 요구한다. 이 사례들은 모두 살찐 아내로 인해 부부사이에 문제가 생긴 경우이다. 다음 사례들 역시 배우자의 외모로 인해 문제가 생긴 경우인데, 앞서의 사례들이 체중의 증가와 관련이 된다면 이 사례들은 아내의 생김새가 문제가 된 경우이다.

사례 4   아내의 외모 얼마나 중요한것일까요??

      ……요즘은 못난 아내의 외모가 왜이렇게 신경이 쓰이는걸까요.. 지나가다 다른 여자들과 비교하게 되고 다른 남편을 부러워하기까지 합니다. 제 와이프는 화장도 잘할 줄 모르고 옷 입는 센스도 많이 아주 많이 부족합니다. 반대로 전 꾸미는데 관심이 남자 치곤 많편 편이죠. 전직 모델활동을 4년정도 했습니다. 그래서 화장품이며 옷도 제가 직접다 사다주고 코디까지 해줍니다. 하지만 이런저의 행동에 아내는 그냥 편하게 지내고 싶어합니다. 여자이길 포기한마냥.. 애교가 뭔지도 모르지요... 한마디로 와이프는 전혀 여성스럽지도 이쁘지도 꾸미지 못한다는 것이 핵심이지요. 물론 제 아내도 공무원 생활하면서 근검절약하며 착합니다. 지금까지 잔소리 한번 들은 적도 앞으로도 없을 것 같긴 합니다. 전 직장생활도 좋지만 좀더 꾸미고 여성스럽길 바라며 이러한 일로 스트레스 받는 것이 너무너무 싫어요.

사례 5   욕먹을거 예상하고 글 올려요. 조언 부탁드려요.

저는 32살..와이프 37살..결혼 4년차구요..애는 아들녀석 하나 있
구요. 다름이 아니라..처음 결혼했을땐 서로 너무 좋으니까 결혼을
했는데 어른들 특히 제 부모님의 반대는 엄청 심했죠.. 근데 요즘들
어..같이 다니기가 챙피해요 ㅠㅠ 얼마전 고등학교 친구 모임에 나
갔는데..제 와이프 신경썼다고 하긴 하는데 꼭 제 친구들 이모같았
어요.. 나이는 못속이는지..제 친구 와이프 혹은 애인들은..거의 20
대..보기에도 정말 이뻐보이더군요.. 근데 우리 와이프..꼭 우리 이모
같았어요..우리끼리 하는 얘기도 정서가 안맞는지 껴들지도 못하고..
그땐 몰랐거든요.. 같이 다녀도 나이가 비슷해 보이고, 근데 애낳고
완전 아줌마가 되어 버렸어요.. 제 친구들은 와이프랑 같이 맞벌이를
하네, 그러면서 멋진 미래를 얘기하는데 전 ㅠㅠ..아무말도 할 수가
없었어요.. 그후론 모임 같은데 데려가질 않는데 안데려가면..자기가
창피하냐고 떼쓰고……전 어떻게 해야 될까요?

사례 6   남편은 저를 참 자신없어합니다.

결혼 6년차 아들 한명을 둔 주부입니다. 결혼했을 당시부터 남편은
저의 외모가 참 맘에 들지 않았나 봅니다. 다..좋은데 요기도 저기도
못생겼다..하면서 장난처럼 놀려댔죠. 그리고 친구모임에 가면 누구
누구 친구의 와이프..참 예쁘더라... 이 말은 항상 필수구요.. 화도 많
이 냈죠. 그 다음의 말은 뭐냐고... 그런데 한 일년쯤 전 남편회사 동
료 돌잔치가 있었습니다. 주말이라 출발하기 전에는 저에게 돌잔치가
있다고 말하지 않더라구요. 출발 후 가면서 돌잔치에 가야 한다고...

전 그럼 같이 가자.. 갔다가 놀러가면 되겠네 했죠... 근데 남편 말이 회사 동료들 모두 혼자 다닌다고 하면서 저의 옷차림도 돌잔치 갈만한 옷이 아니니 저와 아이는 그냥 차에서 기다리라고 하더군요.. 바보처럼..그러마..하고 아이와 저는 상가를 돌아다녔어요.. 근데 후에 생각해보니 참 제가 뭐가 그렇게 저 사람에게 부족한가 싶더라구요……저도 세상에 그런 사람이 많이는 없겠지만.. 저를 예뻐라..하는 사람과 단 며칠이라도 살고 싶어요.

사례 7 **결혼 괜히 했나봐요.**

요즘 우울합니다 결혼한지 이제 4달.. 남편은 서울에 저는 지방에 친정 부모님과 결혼 전과 똑같이 살고 있습니다. 남편과는 한달에 두번 만나지요. 결혼 두달 전부터 갑자기 너무 결혼하기 싫었습니다. 문제는 남편 외모.. 첫 인상이 동글동글하고 키가 작아 맘에 안 들었는데 자꾸 만나보니 눈에 뭐가 확 끼어 전혀 안 보이더라구요. 그런데 갑자기 결혼 직전에 보여 결혼을 깨야하나 말아야 하나 하다가 이미 혼인신고를 해서 그냥 결혼했습니다. 몇년만에 외국에서 돌아온 친한 단짝 친구가 신랑사진을 보더니 "너는 진짜 외모 안보더라.." 그 때는 웃으면서 넘겼는데 한달 내내 속상하고 결혼하기 싫었습니다 신랑 자상하고 능력있고 애교도 많아 만나면 좋은데 자주 안 보다보니 혼자서 이생각 저생각..하다보면 더 멋진 남자 만나고 싶다..내가 정말 우리 신랑만 평생 사랑할 수 있을까..잘생긴 남편 가진 친구들이 부럽기도 하고..다시 과거로 돌아갔으면 하는 생각도 듭니다.…… 속없고 배터진 소리지만 이것때문에 가끔 이혼하고 싶습니다.

사례4〉와 사례5〉는 아내의 못생긴 외모가 고민스러운 남편의 상담글이며, 사례6〉은 남편이 자신의 외모를 자신 없게 생각하는 것에 대해 고민하는 아내의 상담글이다. 또 사례7〉은 앞과는 반대로 남편의 외모가 마음에 안 들어 고민하는 아내의 상담글이다.

사례4〉에서 남편은 못 생긴 아내의 외모가 신경이 쓰이고, 아내를 다른 여성들과 비교하며, 그런 여성과 살고 있는 남편들이 부럽다. 나름 아내에게 화장품도 사다주고 옷 입는 것도 도와주지만 아내는 편하게 지내기를 원한다.

사례5〉 역시 아내의 외모로 고민인 남편의 글이다. 남편은 아내보다 4살 연하이고, 연상인 아내가 결혼 4년이 지난 지금은 같이 다니기 창피할 정도로 나이가 들어 보인다. 모임에 같이 다니기는 창피하고, 그렇다고 안 데려가자니 아내가 화를 내고 이 남편은 그런 아내를 어떻게 해야 할지 고민이다.

사례6〉은 남편이 자신의 외모에 대해 부정적으로 평가를 하는 것이 속상한 아내의 상담글이다. 남편은 아내의 외모를 다른 여성과 비교하며 아내에게 상처 주는 말을 장난처럼 했었고, 이제는 모임에 자신을 동행하려고 하지 않는다. 남편 회사동료 아이의 돌잔치가 있던 날, 남편은 돌잔치가 있다는 말을 하지 않았고 평상복 차림으로 나온 아내에게 돌잔치에 갈 옷차림이 아니니 차에서 아이와 기다리라고 한다. 아내는 할 수 없이 아이와 상가를 돌아다니면서 돌잔치에 간 남편을 기다리게 된다. 이 사건은 아내에게 상처를 주며 아내는 자신을 자신 없게 생각하는 남편에게 마음이 많이 상해 자신을 예쁘다고 평가해주는 사람과 살고 싶다는 생각을 하게 된다.

사례7〉은 반대로 아내가 남편의 외모에 대해 고민을 하는 글이다. 연애 중에는 잘 안보이던 동글동글하고 키가 작은 남편의 외모가 결혼 전 갑자기 보이기 시작했고, 아내는 결혼을 하기 싫다는 생각도 했지만 혼인신고가 된 상황이라 어쩔 수 없이 결혼을 한다. 그 후 친구들이나 주위 사람들이 남편의 외모에 대해 부정적인 평가를 하자, 아내는 남편이 싫어지면서 잘 생긴 남편을 가진 친구들이 부럽고 남편과 이혼을 하고 싶다는 생각을 하게 된다.

이처럼 외모와 관련된 부부갈등은 현실의 부부관계에서도 동일하게 나타나고 있다. 그렇다면 배우자의 외모와 관련된 부부갈등으로 고민하고 있는 내담자에게, 구비설화에서를 이용하여 어떠한 부부상담을 진행해줄 수 있을까? 다음에서는 이 부분에 관하여 논의해 보도록 하겠다.

먼저 상대에게 도움이 되는 배우자의 능력이나 지혜이다. 사례5〉의 경우 남편은 다른 친구들이 아내와 맞벌이를 한다고 하며 멋진 미래를 꿈꿀 때, 자신은 아무 것도 말할 수 없다는 것이 주된 불만이다. 그리고 그 원인을 아내가 나이가 다른 친구들의 아내들보다 나이가 들었고, 애를 낳고 아줌마가 되어 버렸기 때문이라고 단정하고 있다. 그러나 나이가 들었다고 사회생활을 할 수 없는 것은 아니다. 이것은 아내의 능력의 문제일 뿐이다. 그러므로 남편은 아내의 외모로 불만을 돌릴 것이 아니라, 정확히 불만의 원인이 무엇인지 살펴볼 필요가 있다.

사례6〉의 경우 아내는 남편의 말에 상처받을 것이 아니라, 외모 대신 자신이 남편에게 어필해줄 수 있는 부분을 찾도록 노력해야 한다. 결혼 당시부터 남편은 아내의 외모가 못 생겼다고 장난처럼 놀렸다고 하는데, 이 말을 다시 생각해보면 아내에게는 못 생긴 외모를 덮어줄 수 있는 다른 매력적인 요인이 있었기 때문에 남편이 결혼을 결심했을 것이다. 이 부분을 생각해보고, 그 부분을 되살려본다면 부부관계에 도움이 될 것이다.

사례7〉에서도 아내는 남편의 첫 인상이 동글동글하고 키가 작아 마음에 안 들었지만, 자꾸 만나다보니 그런 부분이 전혀 안 보였다고 이야기한다. 또 남편이 자상하고, 능력 있고, 애교도 많아 만나면 좋다고 이야기한다. 즉 아내가 고민하고 있는 남편의 외모로 인한 부부갈등은, 남편의 자상하고 애교 있는 성품이나 능력을 통해 극복이 가능한 부분인 것이다.

다음으로 배우자의 소망을 충족시켜주는 복장, 꾸밈이다. 사례3〉에서 아내는 이제야 남편의 마음을 이해하고 있다. 남편이 자신에게서 여성으로서의 성적매력을 발견하기는 원했을 것이고, 남편이 좋아하는 부부관계를 자신이 거절했을 때 느꼈을 상처와, 자신의 뒷모습을 보며 내뱉은 남편의 한숨이 이제는 아내에게 아프게 와 닿는 것이다. 아내가 남편의 소망을 알아채고 노력하기 시작한 이상, 둘 사이의 부부관계는 긍정적으로 변할 수 있다. 그리고 혹 이번 결혼이 실패로 끝난다고 해도, 이 경험은 아내가 살면서 타인을 이해하는데 커다란 도움이 될 것이라 생각된다. 사례4〉에서 남편은 아내의 외모가 신경이 쓰이고 다른 여자들과 비교하게 되며 예쁜 여자들과 사는 남편이 부럽기도 하다. 꾸미는데 관심이 많은 남편은 화장품이나 옷을 직접 사다주고, 아내를 꾸며주고 싶지만 아내는 편하게 지내고 싶어 하고 그것이 남편에게는 불만이 된다. 그러나 아내는 여성스럽지도 않고 꾸미지도 못하지만, 안정적인 직장생활을 하며 알뜰하게 살림을 꾸려간다. 이 부부의 경우에는 좀 더 꾸미고 여성스럽기를 바라는 남편의 소망을 아내가 이해해줄 필요가 있다. 더불어 현재 아내가 가지고 있는 장점을 남편에게 부각시켜 주는 것도 부부갈등 해결에 도움이 될 수 있다.

또한 사례2〉 사례3〉의 경우 아내는 이미 남편의 속마음을 눈치 채고 그것으로 인해 고민하고 있다. 그러므로 부부갈등을 해결하기 위해서는 아내가 스스로 자기관리를 하는 것이 필수적이다. 그리고 남편 또한 아내만을 탓하고 비난할 것이 아니라 아내가 스스로 자기 자신을 관리할 수 있도록 도와주는 것이 필요하다.

마지막으로 사례5〉의 경우처럼 다른 친구들의 아내와 자신의 아내를 비교하며 자신의 아내가 나이가 많아 이모처럼 보인다거나, 자신들의 이야기 주제에 아내가 끼어들지 못한다고 느끼며 창피해하는 남편의 생각은 시간이 지나면 저절로 해결될 문제이다. 다른 아내들 또한 시간이 지나 아이엄마가 되고, 결혼 년 수가 쌓이다보면, 자연스럽게 엄마들 사이에는 공통적인 대화주제가 생기게 되기 때문이다. 그때에는 오히려 먼저 육아를 경험해 본 아내가 이야기의 주도권을 잡을 수도 있다. 그러므로 시간이 흐르면 남편의 고민은 자연스럽게 해결될 수 있을 것이다. 또한 이 상담글에서는 드러나지 않았지만, 장인이나 처가의 도움이 부부갈등을 해결해주는 요인이 될수도 있다. 즉 장인의 사회적 지위라든가, 경제적인 능력, 처가가 남편에게 도움을 줄 수 있다면, 이 또한 외모로 인한 부부갈등을 해결해줄 수 있는 방안이 될 수 있다.

전세계에서 배우자선택에 있어서의 여러 가지 특징들의 중요성 평정치 순위를 보면[32], 18가지 항목 중 외모는 남자의 경우 10위, 여자의 경우 13위로 기록되고 있다.

순위	남자들	순위	여자들
1	상호매력(사랑)	1	상호매력(사랑)
2	신뢰성 있는 성품	2	신뢰성 있는 성품
3	정신적인 안정성과 성숙성	3	정신적인 안정성과 성숙성
4	재미있는 성격	4	재미있는 성격
5	건강함	5	교육과 지능
6	교육과 지능	6	사교성
7	사교성	7	건강함
8	가정과 자녀를 원함	8	가정과 자녀를 원함
9	세련됨, 말쑥한	9	야망과 근면성
10	외모	10	세련됨, 말쑥한
11	야망과 근면성	11	교육수준이 유사함
12	요리와 집안일을 잘함	12	경제적 전망이 좋음
13	경제적 전망이 좋음	13	외모
14	교육수준이 유사함	14	사회적 지위
15	사회적 지위	15	요리와 집안일을 잘함
16	순결함(성경험이 없음)	16	종교가 유사함
17	종교가 유사함	17	정치적 배경이 유사함
18	정치적 배경이 유사함	18	순결함(성경험이 없음)

즉 순위상 외모는 중요도 순위면에서 다른 것보다 덜 중요시되고 있는 것이다. 그러므로 외모적 문제로 인한 부부갈등은 다른 요인이 충분히 충족된다면 얼마든지 해결이 가능한 문제인 것이다. 다음 예문은 이러한 생각을 뒷받침해준다.

---

32 전세계에서 배우자선택에 있어서의 여러 특징들의 중요성 평정치들의 순위 (홍대식, 『연애와 결혼 심리학』, 청암미디어, 2002, 136면)

사례 8   **전생에 나라를 구해야 만날수 있는 사람.**

남편 자랑입니다. 저는 올해 36세, 남편 43.. 7살 차이지만 남편 동안이라 실제로 그렇게 보는 사람은 없습니다. 40대라면 다 놀랄 정도로요. 현재 5살 백일 된 두 아들 있고요, 결혼 5년차입니다. 저희 남편은 천사입니다. 처음 만나 6년 동안 욕하는 거 화내는 거 한 번 본 적 없습니다. 제가 30, 신랑이 37에 처음 만났는데 그땐 키도 작고 나이도 많아 솔직히 별로 였습니다. 키가 저보다 작거든요. 저 167, 신랑 165. 지금은 아담하고 동안인 신랑이 너무 귀엽습니다. 형님 소개로 만났는데, 저희 형님 말로는 신랑이 서른 후반까지 결혼 못하고 있던 이유가 키가 작고 내성적인 성격이 때문이라 했습니다. 첫인상에 키가 작고 말이 없으니 여자들이 별로 안좋아했겠죠. 외모는 이쁘장해서 괜찮은 편입니다. 살아보니 정말 이 남자, 단점이 이 뿐입니다. 키 작고 내성적인 것, 저와는 성격이 좀 반대죠. 전 말 많고 외향적인 성격. 신랑 말로는 이런 점이 좋았다고 합니다.. ㅎㅎ 결혼 할때는 7살이나 어린 내가 결혼해 주는 것을 영광으로 생각하라고 신랑한테 생색 냈지만 지금 생각해보면 참 네가지 없는 생각이었네요. 저희 신랑 싫다고 해준 그 여자분들게 진심 고맙게 생각하는 바입니다. 착하고 성실해 보여 결혼까지 했지만 (물론 사랑했고요) 그 외에도 남편이 벌어다주는 돈으로 좀 편하게 살고 싶은 안이한 생각도 있었습니다. 삶에 좀 지쳐 있었을때라서요. 5년을 살아보니 이 남자 정말 진국이고 하늘이 내려준 선물 같습니다. 사람은 다 다르다면서 있는 그대로 인정해주고 이해해주는 남편. 부자는 아니어도 두 아들 평범하게 키울 수 있는 경제력. 내가 무엇을 하든 믿고 지지해주고 응원해주는 그런 고마운 사람입니다. 나이 많고 키 작은 노총각 아저씨 구

해 준다 생각하고 빼기며 결혼했는데 이건 뭐...제가 오히려 로또 맞
았습니다.

사례8)에서 글쓴이는 키가 작고 나이도 많아 별로라고 생각했던
신랑과 결혼했지만, 지금은 신랑이 아담하고 귀엽다고 이야기를 한
다. 외모적 단점을 제외하고 글쓴이는 신랑에게 불만이 없기에, 그
단점마저도 이제는 예뻐 보이는 것이다. 그런데 여기서 한 가지 생
각해봐야 될 문제가 있다. 배우자의 외모와 배우자의 능력 중 상대
편에게 더 큰 비중을 차지하는 것이 무엇이냐는 것이다.

사례3)의 경우 아내는 "15년 넘게 직장생활을 했고, 내조자로서의
역할에 충실했으며, 경제적인 부분에서도 가정에 많이 기여를 했고,
시댁일이나 모든 결혼생활에 최선을 다했다."고 이야기한다. 그리고
그 정도면 자신이 살이 쪘어도, 성생활이 맞지 않아도, 남편이 자신
을 이해해줄 것이라 생각했다고 고백한다. 그러나 남편은 다른 여성
을 만났고 이제는 그 여성과 살고 싶다고 아내에게 고백을 한다. 이
것을 보면, 남편에게 더 중요한 것은 아내의 능력보다는 아내의 외
모이며, 여성으로서의 성적인 매력이다. 그러므로 구비설화에서 도
출된 해결방안이 모든 외모와 관련된 부부갈등에 사용이 가능한 것
은 아니다. 그러나 앞서 살펴보았듯이, 구비설화가 외모로 인한 부
부갈등 해결에 도움이 된다는 것만은 확실하다.

6장 / 배우자의 경제적 무능

〈가짜 지관 행세하고 도망가다 잡은 명당〉〈엎질러진 물〉〈짐승이 먹을 곡식 돌려준 황정승〉

1) 부부갈등 양상과 해결방안

배우자의 경제적 무능으로 인한 부부갈등을 보여주는 설화로 〈가짜 지관 행세하고 도망가다 잡은 명당〉이 있다. 이 설화의 대강의 줄거리는 다음과 같다.

한 가난한 사람이 있었는데 매일 글만 읽고 생활력은 없었다. 그러자 그 집 부인이 고생스러워 윗집 아무개처럼 쇠 주머니를 차고 나가서 양식을 구해오라고 하였다. 그래서 가난한 사람은 쇠 주머니를 차고 돌아다니다가, 날이 저물어 어느 부잣집 사랑에 들어서게 되었다. 그 부잣집에서는 많은 풍수들이 모여서 묏자리를 의논하고 있었다. 상주가 들어오자 모여 있던 풍수들이 자신이 아는 좋은 자리에 관해서 이야기를 하였는데, 이 사람은 아는 것이 없어 묵묵히 앉아 있었다. 그렇게 묵묵히 앉

아 있는 이 사람을 보고 상주는 진짜 고수라고 생각했다. 그래서 다른 풍
수들은 모두 집으로 돌려보내고, 이 사람만을 극진히 대접했다. 그렇게
하기를 사나흘이 지나가자 상주는 이 사람에게 산 구경을 가자고 청했
다. 산에 올라가서 상주와 이 사람이 산자리를 찾는데, 이 사람이 갑자
기 도망치기 시작하였다. 그것을 본 상주는 양반이 좋은 자리를 보았기
에 그렇다고 생각해서 막 쫓아갔다. 이 사람이 도망치다가 그만 칡넝쿨
에 걸려 넘어졌는데, 그 귀에 상주가 쫓아오자 자신이 넘어진 곳을 좋은
자리라고 말했다. 상주가 보니까 정말 좋은 자리로 여겨져 양반의 말대
로 그곳에 묘를 썼다. 그 뒤 양반은 주인에게 서른 냥을 얻어 집으로 돌
아와서 부자가 되어 버렸다. 주인도 그 자리에 묘를 쓰고 귀인이 많이 나
서 안동 김씨 선조가 되었다. 근본 성의를 보였기 때문에 우연히 그 사람
이 와서 명당을 잡아 주게 된 것이었다.[33]

　이 설화에서의 시작은 한 가난한 사람이 있었는데 글만 읽고 생활
력이 없다는 것이다. 이 첫 구절은 연암 박지원의 『허생전』을 생각
나게 한다. 생활이 힘든 아내는 남편에게 윗집 아무개처럼 쇠 주머
니를 차고 나가 양식을 구해오라고 하고, 남편은 아내의 말에 따라
양식을 구하러 나가게 된다. 여기서 문제가 되는 것은 가난한 살림
이며, 책만 읽고 있는 경제적으로 무능한 남편이다.
　남편은 쇠 주머니를 차고 돌아다니다가 날이 저물어 어느 부잣집
사랑에 들어서게 되는데, 부잣집에서는 많은 풍수들이 모여 묏자리
를 의논하고 있다. 풍수에 대해서 아는 것이 없는 남편은 묵묵히 앉

---

33 『한국구비문학대계』 6-4, 411-416면, 주암면 설화15, 엉터리 풍수, 조동윤(남,
　65)

아있고, 상주는 그가 고수라고 생각해 다른 풍수들은 모두 돌려보내고 그를 극진히 대접한다. 사나흘이 지나 상주는 묏자리를 보러가자고 하고, 남편이 도망치자 막 쫓아온다. 남편은 도망을 치다가 칡넝쿨에 걸려 넘어지고, 그 자리가 좋은 자리라고 말한다. 상주는 그 자리에 묘를 쓰고, 남편은 상주로부터 서른 양을 얻어 집으로 돌아와 잘 살게 된다.

이어지는 〈엎질러진 물〉 역시 남편의 경제적인 능력이 없음으로 인해 부부사이에 문제가 발생한다. 이 설화의 대강의 줄거리는 다음과 같다.

매일 글만 읽는 사람이 있었는데, 이 사람은 소나기가 와서 마당에 널은 멍석이 떠내려가도 걷어 들이지도 않고 공부만 하고 앉아 있었다. 부인이 너 같은 놈 믿고 살다간 굶어죽겠다고 하니, 남자가 이왕에 참던 것 조금만 더 참으라고 했다. 그러나 부인은 참기는 뭘 참느냐며 집을 나가버렸다. 남자가 그 길로 과거에 합격해서 잘 살게 되었다. 남자가 길을 가다보니 부인이 물을 길어서 이고 가고 있었다. 부인이 남자를 보자 붙잡으며 따라가겠다고 울자, 남자가 부인에게 물 한 동이를 길어 오라고 하더니 쏟아 부으라 하고는 다시 주워 담으라고 하였다. 부인이 쏟아진 것을 어떻게 주워 담느냐고 하자, 남자가 당신과 자기는 이와 마찬가지라면서 전에 참으라고 할 때 조금만 더 참았으면 제대로 살 거 아니냐며 이제 와서 어떻게 되겠느냐고 했다.[34]

---

34 『한국구비문학대계』 4-2, 440-441면, 탄동면 설화12, 글 공부만 하는 선비, 김연경(여, 76)

이 설화에서 남편은 매일 글만 읽는 사람으로, 소나기가 와서 마당에 널어놓은 멍석이 떠내려가도 거둬들이지 않는 사람이다. 아내는 이런 남편의 모습에 실망하여, 남편을 믿고 살다가는 굶어 죽겠다고 한다. 남편은 조금만 더 참으라고 아내를 붙잡지만 아내는 가난한 생활을 참지 못하고 집을 나가버린다. 이 부부 역시 남편의 경제적 무능으로 인해 부부사이에 갈등이 발생하고 있다. 남편은 아내가 떠난 후 과거에 합격해 잘 살게 된다. 아내가 남편을 보고 따라가겠다고 울자, 남편은 물 한 동이를 길어오라고 해 바닥에 쏟으며 다시 주워 담으라고 한다. 그런 다음 남편은 아내에게 당신과 나는 이미 이렇게 된 사이라고 이야기하며, 그때 조금만 더 참았으면 될 텐데 이제는 어쩔 수 없다고 한다.

다음 이야기 역시 가난이 문제가 되는 경우이다. 〈짐승이 먹을 곡식 돌려준 황정승〉의 대강의 줄거리는 다음과 같다.

황정승이 집에 가서도 저녁에 먹을 것이 별로 없었다. 그렇게 없이 사는데 하루는 아내가 다른 정승들은 잘 사는 데 우리는 왜 이렇게 사냐고 하였다. 그러자 황정승이 당신도 잘 살고 싶으냐고 했다. 그러자 아내가 잘 사는 것이 좋다고 하였다. 황정승은 가난한 것이 더 좋다면서 웃었다. 그러다가 하루는 마누라가 하도 그러니까 황정승이 우리도 부자 한번 돼 보자라고 했다. 그러자 갑자기 까치와 까마귀가 벼를 황정승 집으로 물어 나르기 시작했다. 그리고는 갑자기 부자가 되었다. 황정승이 아내에게 이제 푼근하냐고 묻자, 아내가 이만하면 살겠다고 하였다. 그러자 황정승이 이 곡식들은 다른 것이 아니라 들판에 떨어진 곡식인데 까마귀와 까치가 이것을 먹지 않으면 굶어 죽게 된다고 하였다. 그리고 황정승은 그 많은 살상을 하고 우리가 부자로 살면 뭣 하겠느냐며 부자가 못 쓰는 것이라고 말했다. 그리고 이틀 뒤에 까마귀와 까치가 와서 싹 물어가 버렸다. 그러자 부자가 다시 가난하게 되었다. 그러니까 황정승이 이렇게 사는 것이 좋은 것이라며 우리는 부자로 못 살 것이니 이대로 살자고 하고 살았다.[35]

이 설화에서는 황정승 부부가 등장한다. 하루는 아내가 다른 정승들은 잘 사는데 우리는 왜 이렇게 사냐고 묻고, 남편은 당신도 잘 살고 싶냐고 이야기를 한다. 아내가 잘 사는 것이 좋다고 하니, 남편은 가난한 것이 더 좋다면서 웃었다. 여기서는 가난을 바라보는 남편과 아내의 시각차이가 드러난다. 그러던 중 아내가 하도 그러니까, 황정승은 우리도 부자가 한번 되어 보자고 한다. 아내가 남편에게 하도 그랬다는 것은, 아내가 잘 살고 싶다고 여러 번 이야기를 했다는 것이고 그것으로 볼 때 부부사이에는 가난으로 인해 갈등이 유발되고 있다. 남편이 아내의 요구대로 우리도 부자가 한번 되어 보자고 하자, 갑자기 까치와 까마귀가 벼를 황정승 집으로 물어 나르기 시작한다. 그리고 황정승네는 부자가 된다. 남편이 아내에게 이만하면 좋겠냐고 하자, 아내는 이만하면 살겠다고 한다. 그러자 남편은 이 곡식들은 들판에 떨어진 곡식인데 까마귀와 까치가 이것을 먹지 않으면 굶어 죽게 된다고 하며, 많은 새들을 죽이고 우리가 부자로 살면 안 된다고 이야기를 한다. 이틀 뒤 까마귀와 까치가 와 곡식을 싹 물어갔고, 부부는 다시 가난하게 된다. 남편은 아내에게 우리는 부

---

35 『한국구비문학대계』 6-3, 446-448면, 점암면 설화13, 가난한 황정승, 신판휴(남, 71)

자로 못 살 것이라고 말하며, 이대로 살자고 한다.

 그렇다면 설화에서 이야기하는 배우자의 경제적 무능으로 인해 유
발된 부부갈등의 해결방안은 무엇일까?

 첫째, 〈가짜 지관 행세하고 도망가다 잡은 명당〉이나 〈엎질러진
물〉에서 이야기해줄 수 있는 것은 남편의 능력이나 생활태도이다.
이 두 설화에서 화자는 남편을 '글만 읽고 생활력이 없는 사람', 혹
은 '글공부만 하고 있는 사람'으로 표현하고 있다. 여기서 글공부라
는 것은 현재는 발휘되지 못했지만 성공할 가능성이 있는 남편의 능
력으로 해석해볼 수 있다. 그러므로 먼저 이야기해줄 수 있는 것은,
남편에게 능력이 보인다면 남편이 그 능력을 발휘할 때까지 기다려
주라는 것이다. 설화에서는 남편의 능력이 '글공부'라는 것으로 제
시되지만, 이것은 노력이나 생활태도라고 볼 수도 있다. 남편이 본
인의 경제적 문제를 타개할 의지가 있고, 또 경제적 문제를 극복하
기 위해 노력하고 있다면, 그 능력이 발휘될 때까지 기다려줄 필요
가 있다.

 둘째, 경제적으로 힘겨운 배우자의 마음을 이해해줄 필요가 있다
는 것이다. 〈엎질러진 물〉에서처럼 남편이 글공부만 하며 집안의 경
제적인 부분을 책임지지 않는다면, 소나기가 내려 곡식이 다 떠내려
가고 있는 데도 그것을 살피지 않는다면, 그런 사람과 부부관계를
유지하면서 살 수 있는 아내는 지극히 드물다. 더군다나 경제적인
사정이 어렵다면 두말할 나위가 없다. 이 설화에서는 성공한 남편이
자신을 떠나간 아내와 부부관계를 단절하지만, 이것이 실제 상황이
라면 남편은 그동안 힘들었을 아내의 마음을 이해하고 다시 받아주

는 아량을 베풀 필요가 있다. 〈짐승이 먹을 곡식 돌려준 황정승〉의 경우 남편은 아내의 마음을 이해하고, 부자가 되도록 해 준 다음, 그것이 자신들의 것이 아니라 새들의 것임을 이야기한다. 이것은 남편이 아내의 소망을 이해하고 들어준 다음, 그것이 안 될 일이라는 것을 이야기함으로써 아내를 설득시키고 있는 것이다. 〈엎질러진 물〉에서의 남편 역시 이처럼 아내의 소망을 이해하고, 아내를 배려해줄 필요가 있다. 왜냐하면 원만한 부부관계란 서로의 소망을 이해하고, 서로의 마음을 배려할 때, 비로소 유지될 수 있기 때문이다.

2) 현대 부부갈등 사례에의 적용

〈가짜 지관 행세하고 도망가다 잡은 명당〉〈엎질러진 물〉〈짐승이 먹을 곡식 돌려준 황정승〉은 현대 부부갈등에 어떻게 적용될 수 있을까? 먼저 배우자의 경제적 무능으로 인해 부부갈등이 유발된 상담 사례들을 살펴보고, 본 설화의 적용 가능성을 타진해 보도록 하겠다.

사례 1　**날마다 이혼을 생각하며 살아갑니다.**

　　남편이랑 산지 14년차 아들 하나 낳고 더이상 애기는 생각도 안하고 살아왔어요. 남편이 14년 동안 직장을 수도 없이 옮겨서 생활이 안 되 제가 울 아들 돌도 안됐을 때부터 놀이방에 맡겨 놓고 일을 다녔습니다. 직장을 옮긴 이유가 며칠 다니다 자기랑 안맞아서 그만두고 회사 사람들이 뭐라 한다고 그만두고, 사장이 맘에 안든다고 그만두고.

암튼 이유가 가지가지 셀 수도 없어요 . 이제 나이 먹어서 어디 들어 가고 싶어도 나이 제한에 걸려 잘 들어가지도 못하더만, 지금 있는 회 사에 지금 3개월째 다니고 있는데 또 그만 둔다네요. 차리리 회사에 적응을 못할거 같으면 창업을 하라해도 그건 또 싫다 그러고 하고 싶 은게 없답니다. 내 등꼴만 빼 먹을라고 그런지. 저희 남편 정말 게으 릅니다. 게임 좋아합니다. 집안일 손하나 까닥안합니다. 일요일 같은 날 저는 일나가고 집에는 울아들 하고 둘이 있는데 울아들한테 커피 타와라 라면 끓여와라 잔 신부름을 다 시킨다고 합니다. 저희 신랑은 뭐 하냐고요? 게임하느라 정신이 없다네요. 그래서 울 아들도 집에 안 있을라 하고 밖으로만 돌아 다닙니다. 일 갔다가 집에 오면 집이 난장판이에요. 밥 먹은거 반찬통이 식탁에 한 가득있어서 집에 오면 또 집안일들을 해야 합니다. 하나라도 잘 하면 어떻게 포기 하고 살겠 는데 이건 집에 오면 한숨만 나오고 스트레스가 쌓이고 어디다 말한 들 이 문제가 풀릴 것 같지도 안고 정말 우울증이 절로 오네요. 남편 한테 회사 안다니고 집에 있을 때 설것이까진 바라지도 안고 계수대 에 넣어만 주라고 해도 하루나 해줬을까 다시 그 태발이고 이젠 제가 지쳐서 아들하고 혼자 살아볼까 고민을 많이 하고 있어요. 울 아들이 지금 중학생이라 예민할 때인데 엇나가지 않을까 그게 젤 걱정이고 친정엄마도 애기 생각해서 참으라고 하는데 언제까지 참아야 하는지.

사례 2 7년째 백수인 남편

저는 결혼 13년차 주부.. 아니 한가정의 가장입니다. 초등 6학년과 4학년 두아이를 둔 엄마이기도 합니다.. 저희 남편은 7년째 집에서 빈둥거리는데 정말 언제까지 이걸 봐줘야 하는지.. 크지는 않지만 목돈이 필요할 땐 시댁에서 해줍니다. 월 50만원 생활비로 보태주기도 하지요 알다시피 애들 학원비가 장난아닌거 아시죠? 그 50만원에서도 10만원은 자기 용돈으로 빼가고 카드 사용도 별도로 하고 있어요. 더 중요한건 시아버진 70이 넘어서도 경비일을 하고 계시고 있구요. 물론 본인 건물도 있긴 하지만 열심히 사시긴 하죠. 그래도 이해 못하는건 시댁 식구들은 한번도 일 안하냐고 타박 아닌 싫은 소리 한번 안하세요. 건강 챙기라는 소리뿐 한 사람이라도 벌면 된다면서 이혼을 열두번도 더 생각했지만 자식들 땜에 지금까지 참고 그래도 아빠자리 빈자리 보다 있는게 낫다 생각하며 욕실에서 울기도 많이 울었죠. 그런데 더 힘든거 남편은 한번 삐지면 두달도 말 안하고 지낸다는 거죠 불편할게 없다는 남편 우리 부부는 13년을 항상 이런 식으로 지내왔어요. 이젠 나도 넘 지치고 힘든데 이런 식으로 계속 참고 살아야 하는 건지?? 자식들 생각하면 나 하나 희생하는 걸로 견뎌야 하는 건가 넘 고민됩니다. 전 일 나가고 남편 시댁 갔다길래 애들 밥은 어떡하냐 했더니 그걸 왜 나한테 묻냐고... 술 마시러 나가면 애들 밥은 챙겨주고 나가라는 말에 넌 왜 못하냐고. 난 끝나는 시간이 9시 집에 오면 9시 40분이예요. 그때까지 애들 기다리겠어요? 지들끼리 배고파서 후라이에 밥 먹고, 있는 반찬에 밥 먹었다 얘기 들을 때마다 억장이 무너져요. 일이 있어 애들 못챙긴다면 이해는 하지만 술 약속에 그런 행동들 도저히 이해가 안가고 견디기 힘드네요……

사례 3 **평생 백수남편 어떻게 하면 될까요?? 조언 구합니다**

　아들, 딸 둘.. 15년차 부부입니다. 지금 생각하면 역경을 많이도 넘어온 것같은데도 더 남아있는건지.. 어떻게 할지.. 남편은 겉만 멀쩡한 사람?? 책임감 no. 경제력 no, 술. 친구 yes.yes.yes.yes, 종교 정반대, 생각 정반대 일정한 직업도 없이 지금껏 허송 세월만 보내다 젊었을때는 그래도 앞으로 살날들이 많기에 희망을 걸고 나쁜 사람은 아니지 하며 하루하루 보낸것이 지금에 왔고.. 저 혼자서 지금껏 장사, 회사, 닥치는 대로 일을하고 이제는 몸도 아파서 쉬고 싶어도 쉴 수가 없고 나를 믿고 저렇게 행동을 하는건지 심각하게 일자리를 구나하 싶으면 오래가면 몇 달.. 가만보면 결국은 저녁에라도 술을 먹으면 필름이 끊길 정도로 먹고서 전화두절. 다음날 일을 못가니 그만두고 그만두고한 것이 몇번.. 이제는 제가 지칠대로 지치고 힘도들고 몸도 아프고, 우울증, 화병,, 집도 제가 장만한거라 언제부터 나가라고 했어요. 내가 살아야 애들이 살 수 있을 것같아서요. 그때마나 나간다고 하다가 나중에는 "앞으로 잘한다고, 하라는 대로 할테니 애들봐서 잘해보자" 한달에 횟수는 줄었지만 술마시면 나오는 습관 똑같고 그때마다 싸우고 미쳐버릴 것같고, 말로는 일은 날마다 알아보고 있는 중. 화가나서 머하냐며 소리지르면, 웃으면서 "놀고 있는 것이 아니야.. 머리속으로 돈을 벌고 있다"는 어처구니 없는 사차원적이 말만하고 이제는 옆에 가기도 싫고, 조금만 삶에 적극적인 사람하고 살았다면 이렇게 까지 되지 않았을 텐데 하는 후회만 들고 애들 때문에 참고 말해봤자 바뀌어지도 않아서 그냥 참고. 근데 남편은 잔소리하는 내가 미쳐버리겠답니다. 그래서 나가라면 나가지도 않고 애들때문에 꼭 살아야한답니다. 앉아서 이야기를 하면 그래도 할말이 너무너무 많더라구요. 내가 화를 낸다등등. 애들한테도 화를 낸다등등.. 소리지른다 등. 솔직히 원래 성격은 조용했는데 언제 부터인지 남편이란 사람만 생각하면 저절로 화가 나요. 짜증나고, 잘해줘도 짜증나고, 아침에 바빠 죽겠는데 한가하니 티비보고 있는 모습을 보면 울화통이 치밀어요. 나가라고 해도 나가지도 않고 하니 답답한 마음에 제가 나갈까 합니다. 지금 사는 집은 제 명의니 제가 처리해버리면 그만이구요. 마음이 편할날이 얼마나 되는지. 제가 너무한건가요..??ㅠ

사례1〉 사례2〉 사례3〉은 남편의 경제적 무능력으로 인해 힘들어하는 아내의 글이다.

사례1〉에서 남편은 14년 동안 직장을 수도 없이 옮겼기에, 아내는 아들이 돌도 안 되었을 때부터 아이를 놀이방에 맡긴 채 일을 다닌다. 남편이 직장을 그만 두는 이유는 자기랑 안 맞아서, 회사 사람들이 뭐라고 한다고, 사장이 마음에 안 든다는 등 셀 수 없이 많다. 남편은 현재 3개월째 다니고 있는 회사를 또 그만두겠다고 하고, 아내가 창업을 하라고 해도 싫다고 한다. 게으르고 게임 좋아하고 집안일에 손 하나 까닥하지 않는 남편에게 지쳐 아내는 아들과 둘이만 살아볼까 고민 중이다.

사례2〉에서 남편은 7년째 집에서 빈둥거리고 있다. 목돈이 필요할 때면 시댁에서 해주고, 시아버지는 70이 넘은 지금도 경비 일을 하시지만 남편은 집에서 놀기만 한다. 그렇다고 남편은 아이들을 챙기지도 않는다. 아내는 모든 집안일을 자신에게 미루는 남편에게 질려 이제 이혼을 생각한다.

사례3〉에서 남편은 아내가 보기에 겉만 멀쩡한 사람일 뿐, 책임감이나 경제력이 전혀 없는 사람이다. 젊었을 때부터 일정한 직업 없이 살아왔으며, 직장을 구해도 몇 달을 못가 그만둔다. 아내는 남편의 경제적 무능으로 인해 결혼 15년 동안 닥치는 대로 일을 해왔으며, 이제는 지칠 대로 지쳐 몸도 마음도 힘이 든다. 이제 아내는 남편만 생각하면 짜증이 나고 화가 난다.

이 세 편의 사례들에서 문제가 되는 것은 남편의 태도이다. 사례1〉과 사례2〉에서의 남편은 경제적으로 무능력할 뿐만 아니라, 집안일까지도 모두 아내에게 떠맡긴다.

사례1〉에서의 남편은 경제적으로 무능할 뿐만 아니라 게으르고, 게임 좋아하고, 집안일에 손 하나 까닥하지 않는 사람이며, 사례2〉에서의 남편 또한 모든 집안일을 아내에게 미룬다. 사례3〉의 남편 역시 가정에 무책임하며 모든 경제적인 책임을 아내에게 미룬다.

앞서 분석해 본 〈가짜 지관 행세하고 도망가다 잡은 명당〉에서 남편은 아내가 요구를 하자 일을 하러 나가며, 여기서의 남편은 아직 능력이 발휘되지는 못했지만 성공할 가능성이 있는 사람으로 드러난다. 그러므로 남편의 능력이 발휘될 때까지 아내가 참고 기다려줄 필요가 있다. 그러나 사례들에서 문제가 되는 것은 남편의 태도이다. 만약 남편의 태도가 변화되지 않는다면 더 이상의 부부관계는 지속되어야 될 이유가 없다. 또 경제적으로 남편이 무능하더라도, 아내의 소망을 이해하고 배려해주려는 노력이 있다면 〈짐승이 먹을 곡식 돌려준 황정승〉처럼 부부관계가 지속될 수도 있다. 그러나 앞서 사례들에서의 남편들은 아내를 배려하거나 아내의 소망을 이해하려는 노력을 전혀 하지 않는다. 즉 남편의 태도가 바뀌지 않는 이상, 원만한 부부관계를 유지하는 것은 불가능하다는 것이다. 다음 사례는 남편의 태도의 중요성을 잘 보여준다.

사례 4 **별볼일없었던 남자. 지금은 연봉 3억 내남편**

……서로 모아놓은돈은 10원짜리 하나없이 시댁에서 해준돈으로 조그만 빌라에서 시작했고 또 남편은 취직준비중이라 벌어다주는 주는 돈이없어서 결혼하고 1년 동안은 정말 힘든 생활을 했어요. 결혼이 이런 건가. 내가 이런 힘든 결혼생활을 왜 시작했을까. 후회도 많이 했어요. 이렇게 살거 왜 결혼을 했지 그런생각... 아무튼 남편은 열심히 취직준비에 결혼 1년 후 애기가 생겼고 이제 진짜 누구하나 나가서 돈 벌어오는 사람 없으면 우리 가족 셋 다 굶어 죽을 수도 있겠다 하는 생각 까지 들었으니까요. 다행히 남편은 힘들게 취직에 성공했고 모 증권회사에 입사하게 되었어요. 2년간은 직장 잘다니고 월급도 200이상 벌어다 줬기에 넉넉하게 살진 못했지만 먹고 살기엔 지장이 없었어요. 진짜 거짓말하나 안보태고 월 10만원 청약저축 적금드는거 빼고는 저축은 못했으니까요. 그렇게 2년가까이 직장잘 다니다가 뜬금없이 회사를 그만뒀다는 남편의 통보! 월급쟁이 직장생활로는 답이 없다면서 사업자를 내고 자기사업을 하겠다는 거였죠. 힘들게 한달 벌어 한달사는 형편에 직장을 그만 뒀다는 말은 제 입장에서는 충격을 넘어 남편이 가장이길 포기하겠다는 말처럼 들렸어요. 그때 전세 1억짜리 빌라에서 살고 있을 때였는데 전세 1억을 빼고 대출 2억포함 3억정도로 자기사업을 시작하려고 준비다하고 마지막에 저한테 월세방으로 이사를 가겠다고 통보를 하더라고요. 그때 첨으로 이혼이라는 생각도 해보고 전 재산을 담보로 사업을 하겠다는 남편이 미친놈으로 보였고 도대체 생각이 없는 사람처럼 보였어요. 남편이 생각했던 사

업이 자기자본 3억(우리전재산) 포함 자기 고객자금 수십억으로 투자
자문회사를 차리는 거였어요. 아무튼 남편이 일은 다 저지르고 난 상
태라 저는 할 수 있는 방법도 없었고 이혼할 게 아니라면 옆에서 지
켜볼 수밖에 없는 상태였지요. 그렇게 1년이 지나고 2년이 지나고 지
금3년째 초기 자금 3억은 다 뽑아내고 요즘 월 3천에서 5천 정도 수
입을 내고있네요. 대출 2억 다 상환하고 지금은 작지만 다시 2억짜리
아파트 전세 살고 있습니다. 한때는 죽일넘 미친넘 욕도했고 이혼까
지도 생각했지만 지금은 저희 남편 고맙고 그동안 내조도 못하고 잘
해주지 못한 게 미안하네요. 일주일에 고객미팅 있어서 늦는 날은 하
루 이틀 술 약속이 있어도 9시면 칼같이 집에들어오는 남편. 지금까
진 몰랐지만 요즘은 너무 사랑스럽네요. 결혼할때 했던 약속, 손에 물
안묻히고 평생 호강시켜주겠다던 약속, 결혼 5년차에 약속지켜주네
요. 한때 결혼 후회도 했었지만 지금은 결혼 잘했다는 생각합니당.

　사례4〉는 일종의 성공담이라고 할 수 있다. 여기서 글쓴이는 취업
준비생인 남편과 결혼해 결혼 1년 후 아이가 생겼고, 셋 다 굶어죽을
수 있다는 생각이 들 무렵 남편은 다행히 모 증권회사에 취직을 한
다. 넉넉하게 살지는 못했지만 먹고 살기에는 지장이 없을 무렵, 남
편은 뜬금없이 회사를 그만두고 자기사업을 하겠다고 이야기를 한
다. 남편은 살고 있는 빌라의 전세금을 빼고 대출을 받아 사업을 시
작하며, 월세 방으로 이사를 하겠다는 통보를 한다. 아내는 전 재산
을 담보로 사업을 하겠다는 남편이 미친 사람처럼 보였고, 처음으로
이혼을 생각했다. 그러나 남편이 이미 일을 저질렀기에 이혼을 할
것이 아니라면 그냥 지켜볼 수밖에 없었다. 다행히 남편의 일은 잘

풀려나갔고, 현재 아내는 남편에게 고마워하고 있다.

여기서 중요한 것은 남편의 능력이다. 앞서 〈엎질러진 물〉에서 필자는 남편이 본인의 경제적 문제를 타개할 의지가 있고, 또 경제적 문제를 극복하기 위해 노력하고 있다면, 그 능력이 발휘될 때까지 기다려줄 필요가 있다고 이야기했다.

이 사례에서의 남편은 앞서 사례들에서의 남편과는 달리 자신의 경제적인 문제를 해결하기 위해 적극적으로 노력하고 대처하는 태도를 보인다. 중요한 것은 경제적으로 어려운 현재의 상황이 아니라, 그것을 극복하려는 태도가 남편에게 있는지, 또 그럴 만한 능력이 남편에게 있는지 살펴보는 것이, 남편의 경제적 무능으로 인한 부부 갈등을 해결해줄 수 있는 방안이 될 수 있다.

7장 / 배우자의 생리현상

〈방귀쟁이 며느리의 배 따는 방귀〉

1) 부부갈등 양상과 해결방안

배우자의 생리적 문제로 인해 부부갈등이 유발된 설화로 〈방귀쟁이 며느리의 배 따는 방귀〉가 있다. 이 설화의 대강의 줄거리는 다음과 같다.

어느 집에서 며느리를 얻었는데, 얼굴이 노랗고 밤낮 얼굴에 화색이 없었다. 시아버지가 며느리를 불러 왜 얼굴에 화색이 없냐고 물어보니, 방귀를 뀌지 못해 그렇다고 이야기했다. 시아버지가 마음 놓고 방귀를 뀌라고 이야기하자, 며느리는 아버지에게는 문고리를, 신랑은 상기둥을, 시어머니는 솥뚜껑을 붙잡으라고 하고 방귀를 한방 뀌니 식구들이 들어갔다 나왔다 넘어졌다 엎어졌다 자빠졌다 빙빙 돌았다. 그러자 시아버지는 집이 무너지겠다며 그만 뀌라고 하고는 같이 못살겠으니 친정으로

데려다 주겠다고 하였다. 친정으로 가는 길에 감이 주렁주렁 열려 있는
데, 이를 본 신랑과 시아버지는 그것이 먹고 싶었지만 나무가 높아서 먹
을 수가 없자 나뭇가지를 가져왔지만 잘 되지 않았다. 며느리가 나무 뒤
에 대고 방귀를 한 대 뀌자, 감이 우르르 떨어져 실컷 먹었다. 시아버지
는 쓸 만한 방귀라고 하면서, 며느리를 다시 집으로 데려왔다.[36]

어느 집에서 며느리를 얻었는데, 얼굴이 노랗고 밤낮 얼굴에 화색
이 없었다. 시아버지가 불러 물어보니, 방귀를 뀌지 못해 그렇다고
했다. 시아버지가 마음 놓고 방귀를 뀌라고 하자 며느리는 시아버지
에게는 문고리를, 남편에게는 상기둥을, 시어머니에게 솥뚜껑을 붙
잡으라고 했다. 며느리가 방귀를 뀌니 식구들이 이리저리 빙빙 돌았
다. 시아버지는 집이 쓰러지겠다며 그만 뀌라고 하고, 며느리를 친
정으로 데려다 준다고 한다. 여기서 며느리는 생리적인 문제가 있는
사람으로 나오는데, 그것으로 인해 남편과 아내는 이혼할 위기에 처
하게 된다.

시아버지와 남편은 며느리를 친정에 데려다주기 위해 집을 나서
고, 길을 가던 도중 감나무에 감이 주렁주렁 열려있는 것을 보게 된
다. 감을 먹고 싶어 나뭇가지로 따려고 했지만, 나무가 높아서 먹
을 수가 없다. 그러자 며느리가 나무 뒤에 대고 방귀를 뀌었는데, 감
이 우르르 떨어졌다. 시아버지는 며느리의 방귀가 쓸 만하다고 생각
하고 집으로 다시 데려간다. 며느리의 방귀로 인해 갈등이 유발되는
〈쇳소리에 장단 맞춘 방귀〉 중 [방귀로 빚 갚은 며느리(『한국구비문

---

36 『한국구비문학대계』 1-2, 371-273면, 가남면 설화20, 방귀 잘 뀌는 며느리,
이금봉(여, 71)

학대계 8-9, 341-342면)]에서는 며느리가 방귀로 시아버지의 고민을 해결하고 있다. 이 설화에서 시아버지는 빚을 많이 지는데, 며느리는 빚쟁이한테 자신은 방귀를 뀌고 당신은 쇠를 두들기는 시합을 해 자신이 지면 돈을 받아가라고 한다. 그리고 며느리는 시합에서 이기고, 시아버지는 빚을 갚지 않아도 되게 되었다. 즉 며느리의 방귀는 오히려 좋은 결과를 낳게 된다.

이 설화에서 문제해결 방안으로 제시할 수 있는 것은, 배우자의 생리적 문제를 바라보는 시각의 변화이다. 설화에서 아내의 방귀는 보통의 사람들과 다르기에 문제가 되고 있다. 그러나 부정적인 요소로 생각했던 방귀가 이득을 주는 긍정적인 요소로 변하자, 시아버지와 남편은 아내의 방귀를 수용하게 된다. 이것은 현상은 동일하지만 그것을 바라보는 시선이 변화하였음을 의미한다. 이렇게 생리적 문제를 바라보는 시선의 변화를, 이 설화를 통해 이야기할 수 있다.

2) 현대 부부갈등 사례에의 적용

〈방귀쟁이 며느리의 배 따는 방귀〉는 현대 부부갈등에 어떻게 적용될 수 있을까? 먼저 배우자의 생리적 문제로 인해 부부갈등이 유발된 상담사례들을 살펴보고, 본 설화의 적용 가능성을 타진해 보도록 하겠다.

신랑의 코골이때문에

　매일 밤마다 신랑 코고는 소리 때문에 미칠 거같습니다. 각방을 쓰고 싶은데 신랑은 매우 싫어해요. 며칠전에도 코고는 소리때문에 도저히 견디기 힘들어 자다가 베개들고 나오니, 잠귀밝은 신랑...그렇게 코골아대다가 깨서~ 어디가~ 이럽니다. 아이들 방에서 잤는데. 아침에 신랑이 화가 많이 났는지 일을 안가겠다고 하더군요. 신랑왈~ 남편이 피곤해서 코좀 골 수도 있는 거지, 그것도 참지 못하고 다른방으로 가냐!! 이럽니다. 본인은 남들 코고는 소리 신경쓰여 못 잔다고 해놓구선, 나한텐 자라는 건 무슨 맘인지... 신랑은 신경이 예민하여 아주 작은 소리에도 금방 깹니다. 빗소리에도 잠을 못잡니다. 그러면서 나한테 같이 자길 바라는 건 너무 이기적인 생각 아닌가요? 그것으로 인해서 며칠동안 냉전중인데, 어제는 문까지 잠궈놓고 자더군요. 혼자자게 되면 소외감을 느끼는건지,, 보수적이여서 그런건지 이해하기가 힘드네요. 신랑은 살 부딪히며 자는걸 좋아하고, 저는 옆에 누가 있는 것보단 없는 게 편하고 좋습니다. 수술도 쉽게 할 거같지 않고... 각방 쓰자니 싫어하고.. 같이 자자니 곤욕이고 몇 년을 코고는 소리 들어도 전 익숙해지지가 않아요. 돌아버릴거 같아요. 코곤다고 깨우면 성질이나 내는 신랑탱이 어떻게 해야할까요?

　사례1〉에서는 아내가 남편의 코고는 소리 때문에 힘들어하고 있다. 매일 밤마다 아내는 남편의 코고는 소리 때문에 미칠 것 같고, 남편과 각방을 쓰고 싶지만 남편은 매우 싫어한다. 며칠 전에도 코를 고는 남편을 피해 아이들 방에서 잤는데, 남편은 코를 좀 골 수도 있지 그것을 못 참고 다른 방으로 가냐며 화를 낸다. 아내는 자신은 다른 사람들의 코고는 소리가 신경이 쓰여 못 잔다고 하면서, 아내의 입장은 생각해주지 않는 남편이 이기적이란 생각이 든다. 현재 이 문제로 인해 남편과 아내는 냉전 중이다. 남편은 아내와 함께 자는 것을 좋아하고, 아내는 옆에 누가 있으면 불편하다. 그리고 남편의 코고는 소리는 들어도 익숙해지지 않고, 아내는 남편의 코고는 소리에 미칠 것 같다.

사례 2 **대놓고 방귀 뀌는 남편도, 정떨어져**

…… 말그대로 저는 남편의 잦은 방귀와 트름으로 신혼생활의 위협?을 느끼고있는 결혼 1년 갓 넘은 36세 아녀자입니다. 이글을 쓰는 지금도 남편은 거실에서, 무심히 그리고 바닥이 뚫어져라 방귀를 끼고 있군요.,,,, 결론은, 정말 제가 받아들이기 힘들다는거죠. 그게 아무렇지 않은, 넘겨도 될 대수롭잖은 일이라 생각하시는 분들이 대부분이시겠지만, 정말 제 입장에선 아무리 결혼했고 평생 편한 모습으로 서로에게 의지하고 살아야 할 부부라지만 에티켓이고 매너라고 생각하는 부분이 강하고, 생리적인 현상이니 내가 이해해야지 참아봐도 넘길 수는 있지만 남편을 먼저 안고 싶고 스킨쉽 하고 싶은 욕구 또한 방귀의 횟수만큼 줄어든다는 게 문제이죠. 정말, 싫습니다. 처음엔 상처받을까봐 조심스레 부탁조로 말해보다가 너무나 대수롭잖게 넘기려하고 농담처럼 받으려하는 태도에 나중엔 모욕감을 느끼라고 막말도 해보았지만 허사네요. 밥먹다가도 뽕, 무심코 얘기하다가 트름 꺽! 같이 온종일 있는 주말 이틀은 귀를 틀어막고 싶고 미안한 소리지만 무식해 보이고, 오만정이 뚝뚝 떨어지는 게 솔직한 심정입니다. 제가 이렇게 글을 쓰는 이유는 여기서 더 나아가 제가 남편의 스킨쉽

이나 관계를 피하게된다는 무지막지한 폐단을 낳고있다는 점과, 어떻게하면 시도때도 없이 뀌는 방귀와 꺽꺽대는 트름소리를 자제하게 할 수있는지, 그 방법을 좀 여쭙고 싶어서입니다. 정말 사랑한다면, 방귀뀌고 트림하는 생리적 현상도 예쁘게 봐주라 뭐 이런 뜬구름 잡는 얘기말고, 현실적인 대안이 없을까요? 정말, 남편의 방귀소리 너무너무너무 싫습니다. 방귀 뀌면서 덮치지나 말던지...전 무지무지 심각해요.

사례 3　와이프가 방구를 대놓코 뀌네요 ㅠ

내나이 38세 와이프 37세 결혼을 쫌 늦게해서 이제 2년차 네요. 그런데 제목 그대로 집에서 방귀 뀌는걸 부끄러워 하지 않습니다. 얼굴은 예쁨상인데 방귀를 대놓코 뀌니 이건 있던 정도 떨어질 판입니다. 그래서 내가 뀌지말라고 정 뀌고싶다면 몰래 뀌든지 화장실 가서 뀌라고 해도 나보고 되려 옛남친은 자기가 방귀 뀌면 귀엽다 그랬다고... 그리고 자기는 속이 원래 안좋기 때문에 배에 가스가 차면 아프다고(잘 채하긴 합니다..고기도 좋아하구요) 자기가 아프면 좋겠냐구... 자길 사랑한다면 이해해 줘야 한다구 말합니다. 근데 제 생각엔 방귀가 나올것 같으면 몰래 뀔 수 있지 않나요? 이러니 점점 더 정이 떨어지는군요. 그래서 저도 맞방귀를 껴보고도 했는데 버릇이 되서 소용이 없네요. 정말 제가 덜 사랑해서 이해를 못하는 건가요? 여자는 여자답게 방귀 뀌는 모습을 안보여줬음 하는 게 큰바램일까요? 점점 그 모습 땜에 정이 떨어질까봐 걱정입니다.

　사례2〉사례3〉은 배우자의 방귀를 뀌는 생리적 현상으로 인해 괴로워하는 글이다.

　사례2〉에서 아내는 남편의 잦은방귀와 트림으로 인해 힘들어한다. 아내는 남편의 방귀를 받아들이기가 힘들고, 그것이 생리적인 욕구라고 생각을 하면서도 남편에 대한 성욕이 줄어든다. 처음에는 남편에게 조심스럽게 부탁조로 이야기를 했지만, 남편은 아내의 말을 대수롭지 않게 넘기고 농담처럼 받으려고 한다. 아내는 남편의 생리적 현상이 무식해 보이고, 오만정이 떨어진다. 그리고 남편의 방귀소리가 너무 싫다.

　사례3〉는 반대로 남편이 아내의 방귀로 인하여 스트레스를 받고 있다. 아내는 자신이 속이 안 좋기 때문에 배에 가스가 차면 아프다고 자신을 이해해 달라고 하지만, 신혼 2년차인 남편은 아내의 방귀 뀌는 모습이 정이 떨어질 만큼 싫다. 남편은 아내가 자신 몰래 방귀를 뀌었으면 좋겠다.

　앞서 사례들은 모두 생리적인 문제로 인해 부부간에 갈등이 유발된 경우이다. 그렇다면 이런 사례들에 구비설화는 어떠한 도움을 줄 수 있을까?

　사례1〉사례2〉사례3〉과 같이 남편이나 아내의 생리적 현상으로 인해 힘들어할 경우, 〈방귀쟁이 며느리의 배 따는 방귀〉는 도움을 줄 수 있다. 이 설화에서 문제해결 방안으로 제시한 것은 배우자의 생리적 문제를 바라보는 시각의 변화였다. 여기서 며느리의 방귀는 보통 사람들의 그것과는 다르기에 문제가 되고 있는데, 부정적인 요소로 생각했던 방귀가 이득을 주는 긍정적인 요소로 변하자 시아버지와 남편은 아내의 방귀를 수용하게 된다. 코를 심하게 골거나, 방

귀를 뀌는 것은 생리적인 현상이다. 다만 그 현상이 지나칠 때 문제
가 된다.

여기서는 두 가지를 이야기해볼 수 있다.

첫째, 생리현상을 바라보는 배우자의 경우이다. 사례1〉 사례2〉 사
례3〉에서 배우자는 상대방의 생리적 현상에 대해 너무 과하게 반응
하고 있다. 한 예로 사례2〉에서 남편의 생리적 현상이 무식해 보이
고 오만정이 다 떨어진다는 글쓴이의 말은 충분히 이해는 가지만,
이런 마음 상태로 생리현상의 당사자와 긍정적인 대화를 하는 것은
불가능하다. 왜냐하면 배우자는 대화 도중 생리현상의 당사자에게
자신의 불만을 과하게 표출하고 자신의 소망을 강요할 것이기 때문
이다. 이런 상태에서는 문제해결이 불가능하다. 그보다는 이성적으
로 자신의 감정을 누른 후, 생리현상의 당사자와 진지하게 그 부분
에 대해서 협상적인 대화를 할 필요가 있다. 또한 상대방의 생리적
인 현상으로 인해 너무 스트레스를 받는다면, 상대방과의 합의 아래
의료적인 시술을 생각해볼 필요도 있다.

둘째, 생리현상의 당사자는 그것으로 인해 고통을 받는 상대의 마
음을 이해해 줄 필요가 있다. 생리적 현상이 과하다면 그것은 충분
히 문제의 소지가 되며, 상대에게 자신을 강요하지 말아야 된다. 서
로가 맞춰갈 때 원만한 부부관계는 유지될 수 있기 때문이다. 다음
사례는 동일한 생리적 현상에도 그것을 바라보는 시각에 차이가 있
음을 보여준다.

사례 4 **모닝 방귀~**

……총각시절 남편은 정말 까도남이었어요~ 콧대가 하늘을 찔렀
죠. 키가 186센티에요. 몸매요? 날렵하고 어깨도 얼마나 넓은데요~
웃으면 눈웃음 장난아니에요~ 인정 정말 인정. 여자들이 줄줄이 비
엔나 였어요. 훗...다행인지 뭔지 여자들 거들떠 보지도 않더라구요~
관심이 없어요! 관심 보다 눈이 높았던 거죠! 뭐 잘났다고~ 남들 눈
엔 완벽 남으로 보였겠죠....-_- 그런데 콧대 높고 잘났던 남자가 절
만나서 결혼했냐구요? 저도 모르겠어요~ 4차원적인 알 수 없는 나의
성격을 좋아하게 됐다고-_-?(저요? 저도 못난 외모는 주위에서 아
니라고는 하더라구요...전 외모에 관심이 없어요!) 그말듣고 이새끼
변태인가? 처음엔 웃겨서 좋았답니다...중간쯤...이뻐보여서 좋답니
다...결혼하고 지금...지금도 웃겨서 좋답니다. 지금 결혼 7년차 남편
은 복근은 사라지고 **빵빵한** 배만 나오고 자고 일어났다는 신호가 아
침에 방귀 한방이에요~ 이런것도 유전인가요? 딸도 똑같아요! 어쩔
땐 본인 방귀 냄새 때문에 벌떡 일어나요! 너무한거 아니냐고... 본인
이 껴놓고 뭘 너무한건가요? 누가 웃긴지 전 모르겠습니다. 가끔 자
고 있는 남편을 보면 사회생활이 얼마나 힘들까~! 하는 마음에 뽀뽀
라도 해줄려고 가면 누런 구름이 뭉게~ 뭉게~가 있는 느낌? 하지만
전 남편을 사랑합니다.……

　여기서의 아내는 남편이 방귀를 뀌는 것을 웃음으로 대처하고 있
다. 여기서 남편은 자고 일어났다는 신호가 방귀이며, 본인의 냄새
때문에 자다가 벌떡 일어나기도 한다. 자고 있는 남편에게 뽀뽀라
도 해주려고 다가가면, 누런 구름이 뭉게뭉게 있는 느낌이라고 이야

기 하면서도, 아내는 남편을 사랑한다고 이야기한다. 여기서 아내는 남편의 방귀가 오히려 사랑스럽다고 이야기한다. 이것은 동일한 생리적 현상이라도, 그것을 바라보는 시각이 사람마다 다름을 이야기한다. 그러나 다른 시각으로 배우자의 생리적 현상을 바라보게 하는 데는, 부부관계에서의 여러 가지 요소가 영향을 미치고 있을 것이다.

8장 / 배우자의 성격

〈첫날밤에 똥싼 신부〉〈염소로 변한 척하여 부인 버릇 고친 남편〉〈거지 색시 대접하고 구렁이 피한 부자〉〈아내의 지도(指導)〉

1) 부부갈등 양상과 해결방안

배우자의 성격적 문제를 보여주는 설화로 먼저 〈첫날밤에 똥싼 신부〉를 들 수 있다. 이 설화의 대강의 줄거리는 다음과 같다.

옛날에 어느 부부가 딸을 하나 낳았는데 귀엽게 키우다 보니 버릇이 없어져서 성질이 사납게 되었다. 처녀의 성질이 사납다는 소문이 나니 아무도 처녀에게 장가를 가려고 하지 않았다. 그러다가 동네에 있던 노총각이 사나운 처녀에게 장가를 가겠다고 나섰다. 얼마 후 노총각이 처녀와 혼인을 해서 첫날밤을 맞게 되었다. 그런데 신부가 낮에 음식을 얼마나 많이 먹었던지 똥이 마려웠다. 신부가 밤새 똥을 참다 참다가 속옷에다 똥을 싸게 되었다. 다음날 아침에 신랑이 신부를 깨웠는데 신부가 일어나려고 보니 엉덩이에 똥이 철퍽철퍽한 것이었다. 신랑은 뭔가 이상하여 신부에게 부부간에 못할 말이 없다면서 말을 하라고 했다. 그러자 신부가 솔직하게 어제 자다가 옷에 똥을 쌌다고 말했다. 신부의 말을 들은 신랑은 걱정하지 말라면서 신부의 똥을 치워주었다. 그 뒤로 부인이 사납게 굴려고 하면 남편이 "네 이년, 첫날 저녁에 남편 앞에서 옷에다 똥을 싼 년이 큰 소리 해. 이년."이라고 호통을 쳤다. 그러면 부인은 아무 말도 하지 못했다. 남편은 그렇게 부인을 휘어잡고 살았다.[37]

옛날에 어느 부부가 딸을 하나 낳았는데, 귀엽게 키우다보니 버릇이 없어져서 성질이 사납게 되었다. 처녀가 성질이 사납다는 소문이 나 아무도 장가를 가려고 하지 않았는데 동네에 있던 노총각이 처녀에게 장가를 가겠다고 나섰다. 그리고 처녀와 노총각은 결혼을 해 첫날밤을 맞게 되었다. 여기서는 부모가 버릇없이 키워 성질이 사나운 처녀가 등장을 하는데, 성질이 사납다는 것은 개인적 성격과 관련이 된다고 볼 수 있다.

이 설화에서 신부는 낮에 음식을 많이 먹어 똥이 마려웠는데, 밤새 똥을 참다가 속옷에 똥을 싸게 되었다. 다음날 아침 신랑이 신부를 깨웠는데, 신부가 일어나려고 보니 엉덩이에 똥이 철퍽했다. 신랑이 부부간에 못할 말이 없다고 말을 하라고 하자, 신부는 똥을 쌌다고 이야기를 하고, 신랑은 신부의 똥을 치워준다. 그 뒤로 아내가 사납게 굴려고 하면, 남편은 첫날밤에 똥 싼 일을 거론하며 호통을 쳤고 남편은 아내를 휘어잡고 살았다. 이 경우는 아내가 자신이 저지른 치부로 인해 남편에게 잡혀 살게 되며, 아내의 사나운 성격으

---

37 『한국구비문학대계』 6-2, 684-686면, 신광면 설화6, 첫날밤에 똥 눈 신부, 윤위병(남, 67)

로 인한 갈등은 해결되고 있다.

그러나 여타 설화들에서는 똥을 싼 것이 아내의 실수가 아니라, 남편의 계획에 의해 이루어진 일임을 이야기하고 있다. 남편은 곶감, 메주, 호박떡, 누른 밥, 똥을 아내의 가랑이 사이에 넣어 아내가 똥이나 오줌을 싼 것처럼 꾸민다. 경우에 따라서는 자신이 직접 아내의 가랑이 사이에 똥을 싼 후, 아내가 똥을 싼 것처럼 꾸미기도 한다. 이 같은 설화들에서는 남편이 계획적으로 아내의 치부를 만들어내고, 그것을 약점으로 잡아 아내가 사납거나 거센 성격을 드러내지 못하도록 한다. 그리고 남편의 뜻대로 아내는 남편에게 약점을 잡혀 조용히 결혼생활을 지속하게 된다. 그러나 남편은 노후에 이 같은 사실을 이야기하고, 그 뒤 상황은 역전되어 남편은 아내의 사나운 성질을 다 받으며 살게 된다.

다음으로 살펴볼 설화 〈염소로 변한 척하여 부인 버릇 고친 남편〉과 〈거지 색시 대접하고 구렁이 피한 부자〉에서는 배우자의 인색함이 문제가 되고 있다. 〈염소로 변한 척하여 부인 버릇 고친 남편〉의 대강의 줄거리는 다음과 같다.

어느 형제가 있었는데 형은 부자고 동생은 가난했다. 형은 동생에게 재산을 주어 도와주고 싶었지만 부인이 인색하여 도와줄 수가 없었다. 하루는 형의 부인이 자기 어머니 제사를 지내러 친정으로 가게 되었다. 부인은 자신이 없는 사이에 남편이 시동생에게 음식을 줄 것 같아 찰밥을 해서 남편의 방에 넣어주고 문을 잠가버렸다. 동생이 형네 집에 가서 형을 찾으니 형이 문구멍을 통해 동생에게 밥을 주었다. 동생이 괜찮다고 했지만 형은 동생이 매일 굶는 것을 알고 건네주니 동생이 받아먹었다. 형은 동생에게 자신이 염소가 되어 방에 들어 앉아 있을 테니 알아서 한번 형수에게 살림을 얻어 보라고 하였다. 형수가 집에 돌아와서 남편이 있는 방안으로 들어갔는데 남편이 염소 소리를 내는 것이었다. 형수가 남편이 염소로 변한 줄 알고 이것저것 물어보았지만 남편은 염소 소리만 냈다. 형수가 시동생에게 찾아가 형님이 염소가 되었다며 어떻게 하느냐고 했다. 그러자 시동생이 자신이 약을 사오겠다며 백 냥을 달라고 했다. 동생은 형수에게서 받은 돈은 따로 보관하고 약을 사러 간다며 실컷 놀다 돌아와 엿에 시래기를 묻혀서 가짜로 만든 약을 형에게 주면서 맛이 어떠냐고 물어보았다. 그러자 형은 염소 울음소리로 답했다. 형수는 약이 적은 것 같다면서 시동생에게 이백 냥을 더 주었다. 시동생은 또 실컷 놀다 돌아와 엿에 시래기를 묻혀서 갖다 주었다. 동생이 형에게 약을 먹여주며 어떠냐고 물으니 형은 여전히 염소 울음소리를 내었다. 형수는 그 다음날에도 시동생에게 이백 냥을 주면서 약을 사오라고 하였고, 동생은 지금까지 형수가 준 돈을 다 모아두었다. 나중에 돈이 다 떨어지자 형수는 시동생에게 논문서를 주면서 약을 사오라고 하였다. 하루는 형수가 다른 데 가서 형의 병이 나을 방법을 물어보고 오겠다고 했다. 형은 동생에게 그 사이 돈을 얼마나 모았는지 물어보고 한번만 더 해보자고 했다. 다음에 동생은 또 형수에게 약을 사러 나가겠다며 논문서를 받았다. 그리고 이번에는 엿을 잔뜩 만들어가지고 돌아왔다. 동생이 형에게 약을 먹여주며 맛이 어떠냐고 물으니 이번에는 형이 맛이 좋다며 사람 소리를 내었다. 형수는 시동생 집으로 살림이 넘어가서 원통해 했지만 남편이 사람으로 돌아와서 좋아하였다. 그렇게 하여 형제간에 잘 먹고 잘 지냈다고 한다.[38]

---

38 『한국구비문학대계』 7-13, 722-730면, 대구시 설화162, 형제의 분재(分財), 정기조(남, 75)

어느 형제가 있었는데, 형은 부자고 동생은 가난했다. 형은 동생에게 재산을 주어 도와주고 싶었지만 아내가 인색하여 도와줄 수가 없었다. 여기서는 아내의 인색한 성격으로 인해 부부사이에 갈등이 유발되고 있다. 이 설화에서 하루는 아내가 자기 어머니의 제사를 지내러 친정으로 가게 되는데, 아내는 자신이 없는 사이 남편이 시동생에게 음식을 줄까봐 찰밥을 해 남편의 방에 넣어주고는 문을 잠가 버린다. 동생이 형을 찾아오자 형은 문구멍을 통해 동생에게 밥을 준다. 동생은 괜찮다고 했지만, 형은 동생이 매일 굶는 것을 알고 건네준 것이다.

형은 동생에게 자신이 염소가 되어 방안에 있을 테니, 형수에게 살림을 얻어 보라고 한다. 집으로 돌아온 아내는 남편이 염소소리를 내자 시동생을 찾아가 어떻게 하느냐고 묻고, 시동생은 백 냥을 주면 약을 사오겠다고 한다. 동생은 가짜 약을 형에게 주고 형은 여전히 염소소리를 낸다. 형수는 약이 부족한 것 같다며 이백 냥을 주고, 나중에는 돈이 떨어지자 논문서를 주면서 약을 사오라고 한다. 형은 동생에게 돈을 얼마나 모았는지 물어보고, 동생이 약을 주자 사람소리를 낸다. 형수는 시동생에게 살림이 넘어간 게 원통했지만 남편이 사람으로 돌아와 좋아했고, 형제는 잘 먹고 잘 살았다.

이와는 반대로 〈거지 색시 대접하고 구렁이 피한 부자〉에서는 남편의 인색한 성격이 부부갈등을 일으키는 원인이 되고 있다. 이 설화의 줄거리는 다음과 같다.

어떤 부자 부부가 있었는데, 남편이 하도 지독하여 남을 절대로 도와주지 않았다. 당시에 동네 사람들이 크게 굶주렸었는데, 부인이 적선을 하고 싶어 해도 남편이 절대로 못하게 했다. 하루는 남편이 멀리 길을 떠나게 되었는데, 남편이 집을 나가자마자 부인이 사람을 시켜 동네 사람들에게 식량을 나눠주었다. 남편이 돌아올 때가 되자 부인은 남편에게 맞아 죽을 각오를 하고 기다리고 있었다. 그런데 남편이 아주 밝은 표정으로 집에 돌아왔는데, 자기가 부인 덕분에 죽을 고비를 넘겼다고 했다. 남편이 어느 곳을 지나가는데 구렁이 두 마리가 나타나 남편을 잡아먹으려고 했었다. 그런데 암구렁이가 남편의 부인이 적선을 많이 하였으니 살려주자고 하여 남편이 목숨을 건질 수 있었다. 남편은 그 뒤로 부인과 같이 적선을 많이 하며 살았다.[39]

어떤 부자 부부가 있었는데, 남편이 지독하여 남을 절대로 도와주지 않았다. 당시 동네 사람들이 크게 굶주렸는데 부인이 적선(積善)을 하고 싶어도 남편이 반대해 할 수가 없었다. 이 이야기에서는 남편의 인색함으로 인해 부부갈등이 유발되고 있다.

이 설화에서 하루는 남편이 멀리 길을 가게 되었는데 남편이 나가자마자 아내는 사람을 시켜 동네 사람들에게 식량을 나누어 준다. 그리고 남편이 돌아올 때가 되자, 아내는 남편에게 맞아 죽을 각오를 하고 그를 기다린다. 그런데 남편이 아주 밝은 표정으로 들어와 자기가 아내 덕분에 죽을 고비를 넘겼다고 하며 다음과 같은 이야기를 해준다.

남편이 어느 곳을 지나가는데 구렁이 두 마리가 나타나 남편을 잡아먹으려고 했는데, 암구렁이가 남편의 부인이 적선을 많이 하였으

---

39 『한국구비문학대계』 8-3, 200-204면, 수곡면 설화14, 적선 잘하는 부인, 박순악(여, 68)

니 살려주자고 했다는 것이다. 그래서 남편은 목숨을 건질 수 있었고, 그 뒤로는 아내와 같이 적선을 많이 하면서 잘 살았다.

이어지는 〈아내의 지도(指導)〉라는 설화는 『임석재전집』에 수록되어 있는 것으로, 대강의 줄거리는 다음과 같다.

옛날에 어떤 兩班이 구종을 하나 데리고 있었는데 이 구종이 너무 꺼들거려서 눈꼴이 실 지경이었다. 한번은 兩班이 말을 타고 가는데 이 구종이 제가 큰 벼슬아치나 된 듯 주인 兩班은 아무 소리도 않는데 사람이 저그만치에서 서성거려도 비켜라, 저리 가라 하고 소리소리 질렀다. 이런 꼴을 구종의 마누라가 보고 기가 막혀서 서방이 집에 돌아오자 "여보시오 당신은 왜 그러시오. 上典 양반은 암말도 않고 점잖게 가는데 당신은 뭣이 그리 잘났다고 으스대면서 먼 데 사람보고 이리 가라 저리 가라 소리를 지르시오. 사람보고 가만가만 말하고 길 좀 비켜 달라고 가만히 말해도 비켜 줄 텐데 왜 그리 꽥꽥거리는 거요" 했다. 구종이 제 마누라 말을 듣고 보니 과연 제가 너무 한 것 같았다. 그 뒤로 구종은 사람이 달라져서 으스대지도 않고 사람이 가까이 지내가도 조용조용 말을 했다. 上典이 가만히 보니 구종이 그전과 아주 딴 사람같이 달라져서 하루는 어째서 그렇게 됐냐고 물었다. 구종은 "그런 것이 아닙니다, 이러이러해서 그럽니다"라고 제 마누라가 한 말을 다 말했다. 上典은 그 말을 듣고 "나도 너한테 말해 주려고 하던 참인데 네 마누라가 잘 타일렀구나. 그 말대로 잘 행하라"고 했다. 그 뒤에 이 上典은 높은 벼슬을 하게 됐는데 이 구종을 막하로 삼으려고 했다. 상감님이 이것을 보고 사람이 많이 있는데 어째서 그런 지체가 낮은 者를 막하로 삼으려고 하느냐고 물었다. 兩班은 이러이러한 일이 있어서 사람이 되어서 지체가 낮아도 막하로 쓰려고 한다고 말했다. 상감님도 그 말을 듣고 그렇게 하라고 허락했다. 구

종은 마누라를 잘 두었기 땜에 그 마누래 덕으로 잘살게 됐다고 한다.[40]

옛날에 한 양반이 종을 데리고 있는데, 그 종이 너무 거들먹거렸다. 한번은 양반이 말을 타고 가는데 양반은 가만히 있는데 종이 사람들을 보고 비키라며 소리를 질렀다. 그 모습을 본 아내가 남편에게 상전(上典)인 양반은 아무 말도 없이 점잖게 가는데, 당신이 뭐가 잘났다고 으스대며 사람들한테 이리가라 저리가라 소리를 지르냐고 했다. 여기서 종인 남편은 거들먹거리는 사람으로 등장하는데, '거들먹거린다'는 것은 신이 나서 잘난 척을 하며 함부로 거만하게 행동한다는 것이다.

이것은 성격상의 문제이다. 남편이 거들먹거리자 아내는 으스대지 말라고 하는데, 남편의 거들먹거리는 성격은 주변 사람들뿐만 아니라 아내에게도 문제가 되는 것이다. 이에 남편의 성격으로 인한 부부갈등이 나타나게 된다. 이 설화에서 남편이 아내의 말을 듣고 보니, 스스로도 너무 지나치게 행동을 한 것 같았다. 그 뒤로는 으스대지도 않고 조용조용 말을 했다. 상전이 종에게 행동이 변한 이유를 묻자 남편은 아내가 시키는 대로 했음을 이야기하고, 상전은 자신 또한 이야기하려고 했던 부분을 아내가 이야기해줬다며 그 말대로 행하라고 한다.

그 뒤 상전이 높은 벼슬을 하게 되자 상전은 종을 막하로 삼는데, 임금은 왜 지체가 낮은 자를 막하로 삼으려 하냐고 묻는다. 상전이 종의 행동이 변화된 것을 이야기하자 임금은 허락을 하고, 종은 아

---

40 『임석재전집』 8권 127~128면, 1969年 8月 6日 茂朱邑 上里 金奉煥 (66세, 男)

내의 말을 잘 따름으로써 잘 살게 된다. 상전은 종의 아내가 현명한 것을 인정하며, 종의 변화된 행동을 높이 평가해주는 것이다. 그리고 남편은 아내의 말을 잘 따름으로써 잘 살게 된다.

그렇다면 설화에서 이야기하는 배우자의 성격적 문제로 인한 부부 갈등의 문제해결 방안은 무엇일까?

〈첫날밤에 똥싼 신부〉의 경우에는 배우자의 성격으로 인해 상대방이 힘들어한다는 사실을 본인에게 납득시킴으로써 성격 교정을 유도할 수 있다. 배우자의 성격이 당사자 본인뿐만 아니라 타인에게도 문제가 된다면, 배우자의 성격을 교정해줄 필요가 있다. 이 설화에서는 남편이 아내의 치부를 만들고, 그것을 약점으로 잡아 아내의 성격을 교정하고 있다. 그런데 이러한 방법은 부부갈등을 더욱 야기시킬 수 있다. 아내가 모르는 동안에는 아무 일 없이 잘 살았지만, 결국 그것이 드러나면서 부부갈등은 더욱 심화되고 결국 이혼에까지 이르는 경우도 설화에서는 발견된다. 그러므로 배우자의 성격을 교정시키는 일은 필요하지만, 본인이 자신의 성격의 문제점을 충분히 납득하고 깨닫게 하는 것이 우선일 수 있다.

〈염소로 변한 척하여 부인 버릇 고친 남편〉의 경우에는 아내의 인색함으로 인해 유발되었던 부부갈등은 남편의 기지로 인해 해결되고 있다. 남편이 염소 흉내를 내자 아내는 남편을 사람으로 만들기 위해 동생에게 많은 돈과 논문서를 약값으로 지불하고 있다. 이 경우 아내의 성격이 교정된 것은 아니지만, 아내의 성격으로 인한 부부갈등을 해결하고 있다는 점에서 긍정적인 해결방안이 될 수 있다. 결국 남편은 기지를 발휘하여, 아내의 성격 교정을 유도하고 있는 것이다.

〈거지 색시 대접하고 구렁이 피한 부자〉의 경우에는 남편의 인색한 성격을 교정할 수 있는 계기가 마련되고 있다. 여기서 남편은 아내가 베푼 덕으로 인해 목숨을 구하게 되는데, 이를 통해 남편은 남에게 베풀면서 사는 것이 올바른 삶의 태도라는 사실을 깨닫게 된다.

〈아내의 지도〉에서도 남편은 자신을 고집하지 않고 아내가 시키는 대로 따르는데, 그 이유는 아내의 말을 통해 자신의 문제점을 파악하고 깨닫고 있기 때문이다. 그리고 성격을 교정함으로써 종에게는 좋은 일이 생기고 있다.

2) 현대 부부갈등 사례에의 적용

〈첫날밤에 똥싼 신부〉〈염소로 변한 척하여 부인 버릇 고친 남편〉〈거지 색시 대접하고 구렁이 피한 부자〉〈아내의 지도(指導)〉는 현대 부부갈등에 어떻게 적용될 수 있을까? 먼저 배우자의 성격적 문제로 인해 부부갈등이 유발된 상담사례들을 살펴보고, 본 설화의 적용 가능성을 타진해 보도록 하겠다.

사례 1 이해할 수 없는 아내의 처가챙기기...

정확하게 말씀드리면 여러분분들의 의견을 좀 듣고 싶습니다. 제가 이상한건지 아님 와이프가 철이 없는 건지... 이 문제 때문에 계속해서 부부관계가 좋지 않아 결국은 아주 끝까지 가지 않을까 걱정이 됩

니다. 간단히 저희집 상황을 말씀드리면 현재 시댁에서 부모님들과
함께 생활하고 있습니다. 남들이 생각하시는 것같이 부모님을 모시고
사는 것이 아니라 얹혀 살고 있습니다. 정확히 말씀드리면 생활비를
좀 아끼고, 무엇보다 아이를 돌봐줄 사람이 마땅치 않아 부모님과 함
께 살고 있습니다(집사람에게 몇 번 분가하자고 이야기 했지만 직장
다니면서 살림하고 아이보는 것에 전혀 자신없어 합니다. 그럼 직장
을 그만두라고 하지만 그건 더 싫다고 합니다). 직업은 양쪽 다 전문
직이고 경제적으로 어렵지 않습니다. 부모님들도 연금을 받으셔서 생
활하는데 넉넉하신 편입니다. 정말 부모님께는 생활비 한 푼, 용돈 한
푼을 별도로 드리지 않고 있습니다. 문제는 제 처의 처갓집 챙기기에
있습니다. 아니 정확하게 이야기하면 처갓집 챙기기는 보통 남들이
하는 정도로 하는데 시댁에 대해서 너무나도 인색하다는 겁니다. 즉,
처갓집에는 부모님들께 용돈도 주기적으로 드리고 형제들에게도 후
한 편인데, 시댁에서는 무슨 잔치할 때 조금이라도 돈이 더 들어가면
그날은 당장 부부싸움입니다. 어이가 없는 것이 절대적인 금액으로
이야기하면 시댁에다가 하는 것은 처갓집에 하는 액수의 절반도 안
됩니다. 즉, 혜택은 시댁에서 다 보면서 받는 것은 너무 당연하고 나
가는 것은 정말 인색합니다(어머님이 낮 동안의 육아를 책임져 주시
죠 – 용돈 한 푼 안드립니다, 생활비 한 푼 안드리죠). 그리고, 처가
는 아주 자주 모이는 편인데 저희집은 명절 빼면 별로 모이지도 않습
니다. 전 제 월급을 100% 아내 통장으로 보내기 때문에 심지어는 제
월급이 한달에 정확히 얼마인지도 모릅니다. 그리고 처갓집에 얼마
를 드리든 시댁에 얼마를 드리든 그저 믿고 맡겼습니다. 처갓집에 얼
마른 하든 단 한 번 뭐라 이야기한 적이 없습니다. 참 뭐라고 해야할
지 모르겠습니다. 그렇다고 자꾸 이런 문제가 반복되니 부부간의 사

이만 안 좋아 지는 것 같구요. 이대로 가면 니 통장따로 내 통장따로 해서 알아서 서로 하는 것으로 이야기할 가능성이 매우 높습니다. 물론, 처는 반대하겠지요, 제 월급과 제 처 월급은 비교가 안되니까요. 여자들이 원래 이런가요? 아니면 제가 너무 예민한 건가요? 아님 제 처가 개념이 없는 건가요? 도무지 감이 안오네요. 현명한 의견 부탁드립니다.

사례 2   친정부모 제사비도 아까워하는 신랑

친정아빠는 6년전 돌아가셨구,,친정엄마는 2년전에 돌아가셨습니다! 친정엄마 돌아가시기 전에,,24평짜리 아파트가 전재산이었구...췌장암 판정후 4개월 투병하시다 돌아가셨습니다. 엄마 투병하실때,,드는 비용을 자식들에게 부담 주지 않게 하기 위해 엄마 집 담보로 대출을 받아서 그걸로 병원비하라고 하신 친정엄마... 불효라고 생각은 했지만,,가족들 모두 어렵게 살고 있는 터라,엄마께 미안해도 어쩔수 없이 그러기로 했었기에,, 엄마 돌아가시기까지 저희집에서 따로 들어간 돈은 없습니다!⋯⋯큰 새언니가 제사음식을 준비해 주시면, 나머지 가족들이 10만원씩 걷어 주는 걸로 하기로 했었습니다!⋯⋯어제 엄마 제사였습니다... 그 십만원도 아까워하는 신랑...5만원 주더군요!! 그래서 왜 이것만 주냐니깐,,몇일 일을 공쳐서 돈이 없다합니다! 이해가 안갑니다.. 집에 돈통엔 수금해 놓은 돈이 2~3백 가량 현금으로 있는데 말입니다! 너무 서운하고 화가나지만,,막~제사가려고 나가는 찰라여서 싸우기 싫어 따지지도 않고 그냥 다녀왔습니다! 차타고 오가는 사이에 아무리 생각해도 너무하단 생각이들더군요... 울친정엄마가 갑자기 불쌍하단 생각에 울컥 혼자 몰래 눈물 훔쳤습니다!! 돌아가시기 전까지 막내라고 저희집에 해주셨던거 생각하면, 신랑이 저렇게 나올수가 없는데 말입니다!! 시댁에서도 안해주는 밑반찬을 사위 먹이려고 일주일에 두세 번 정도 해오시고,, 막내사위라고 다른 사위한테는 안해주시는 용돈도 가끔 주시고,, 물심양면으로 정말 많은 것을 받기만 하고 살았었는데... 돌아가셔서 당신 제사 모시느라 주는 돈도 아까워하는 사위를... 내신랑을 보고있자니..그동안의 울 엄마의 베풀어주셨던 사랑이 생각나 가슴속부터 피눈물이 솟아오르더라구요... 친정에 들어가는 돈이라봤자..명절 두번에,,제사 두번해서 일년에 딱 4십만원이 전부네요...그럼 시댁엔 어느정도냐구요? 시아주버님 이혼하셔서 형네가 내야할 시댁 생활비까지 저희가 한달에 40만원씩드리고, 시어머니, 시아버지 생신도 저희가 다 치루고, 어버이날, 하물며 시부모님 결혼기념일까지 저희가 다 챙깁니다... 그런데,,처가댁에 들어가는...그것도 돌아가신 장인, 장모님 제사때 드리는 음식값이 아까워 안주는 신랑...어찌 안밉겠습니까!!

사례1〉과 사례2〉는 인색한 아내와 남편으로 인해 힘들어하는 배우자의 글이다.

사례1〉에서 부부는 생활비도 아끼고 아이를 돌봐줄 사람이 필요해 시댁에 얹혀살고 있으며, 부부가 둘 다 전문직으로 경제적으로는 어렵지 않다. 부모님도 연금을 받아 넉넉한 편인데, 아내는 처가에는 용돈도 주기적으로 드리고 형제들한테도 후하게 대하면서, 시댁에 들어가는 돈은 아까와 한다. 남편이 객관적으로 볼 때 처가에 들어가는 돈의 반도 시댁에는 안 쓰면서, 시댁에 조금이라도 돈이 더 들어가면 그날은 당장 부부싸움이 난다. 남편은 혜택은 시댁에서 다 받으면서, 시댁에 사용하는 돈에는 인색한 아내가 몹시 못마땅하다.

사례2〉에서 아내는 친정엄마의 제사에 걷는 비용, 10만원이 아까워 5만원을 주는 인색한 남편에게 화가 나고 서운하다. 남편은 돈이 없다고 하지만, 아내가 알기로 남편의 수중에는 2~3백 만 원의 현금이 있다. 아내는 생전에 친정엄마가 막내사위라고 자신의 남편에게 물심양면 해준 것을 생각하며, 제사비용도 아까와 하는 남편에게 속이 많이 상한다. 더군다나 남편은 매달 시댁에는 40만원씩 생활비를 드리고, 시부모 생신이나 어버이날이나 결혼기념일까지 다 챙긴다. 아내는 시댁에는 다 해 드리면서, 명절 두 번, 제사 두 번 친정에 들어가는 40만원을 아까와 하는 인색한 남편이 밉다.

사례 3 **다단계빠진 남편 이혼해야하나요?**

결혼 2년 딱채웠구요, 34살 임신 7개월입니다. 몇번 사연 올린적있구요. 요약하면, 허풍과 허세인 시댁과 결혼 1년차에 연끊고 홀로 집 나왔구요. 그후 남편도 저를 따라 나왔습니다. 친정집에서 얹혀살구 있는 와중에 남편은 결혼후 지금까지, 아니 총각시절부터 지금까지 번듯한 직업 하나 없는 사람이였습니다 시어머님 닮아서 한탕만 노리구요. 땀흘려 노력하는 일은 핑계만 될 뿐 하지도 않습니다. 신혼 초 시댁에서 빚으로 가게를 차려주셨을 때 남편은 부동산 공부만 3회차였으며, 시험에 낙방했구요. 그 후 다단계쪽 한탕만 노리고 있습니다. 아이도 곧 세상을 나와 저희품으로 올 텐데 너무 걱정이 되는 맘에 공장이라도 들어가라 해도 기어코 마지막이라며 이상한 핸드폰 다단계사업을 해보겠다며 직장도 안들어갑니다. 말도 안되는 보증 1억을 서주면 트럭으로 물품 공급하는 트럭 운전을 하겠다고 하질 않나… 저는 어려서부터 지금까지 빚을 모르고 자란 사람이기 때문에 보증이 너무 무서웠습니다. 시어머니 역시 경매가 직업이다 보니 은행빚 말고도 빚지는 것을 우습게 생각하더라구요. 가정환경일까요? 왜저렇게 허영심만 가득한지 모르겠습니다. 앞으로 어떻게해야 할지는 이젠 답이 나온거겠죠. 많은 사람이 이혼을 권했지만 그래도 제가 선택한 결혼생활에 책임지고 싶었고, 망나니 남편도 잘 이끌고 살 수 있을꺼라는 제 희망에 끈을 놔야 하는 걸까요??? 정말 이혼이 해결방법일까요?? 뱃속에 아이는 어떻게 해야 하는건가요?? 미쳐버리겠습니다……

사례 4 욱하는 남편

　결혼 5년차에 5살 딸 두고 있는 주부입니다. 결혼 10년까지는 많은 트러블이 있다고 하는 만큼, 저도 크고 작은 트러블이 많구요. 시부모, 동서, 경제 등등등 다 얘기하자면 한도 끝도 없을 거 같고, 오늘 제가 제일 알고 싶은 문제만 물어보고자 합니다. 바로 남편의 성격 문제에요. 남편은 소위 말하는 '욱'하는 성격의 소유자입니다. 저를 직접 때린 적은 없지만 화나면 눈 뒤집혀져서 집안살림 때려부시고, 그렇게 되게 하지 않기 위해서 왠만하면 제가 상황을 거기까지 가져가지 않으려고 합니다. 그렇지만 남편의 버럭 소리지르는 것은 고쳐지지 않네요. 밤이든지 낮이든지 새벽이든지 상관안하고 자기 열받으면 고래고래 소리지릅니다. 아이가 있든지 없든지 상관 안합니다. 아이가 자다가 놀래서 일어나면 "넌 문닫고 들어가 있어"하고 애를 방에 넣어두고 소리지르고 난리 칩니다. 남편은 딸아이를 끔찍이 예뻐합니다. 그런데 아이도 5살이나 먹고 보니, 아니 그 전에도 남편이 소리지르거나 나와 싸우면 가만히 제 옆에 꼭 붙어 앉아있습니다. 숨소리도 안내고요. 울지도 않고요. 저는 너무 안쓰럽습니다. 이 어린 것이 얼마나 불안하겠습니까? 저도 어릴 적에 엄마와 아빠가 싸우면 말할 수 없이 심장이 뛰고 불안했던 기억이 있는지라 우리 아이가 그것을 느끼는 것이 싫습니다. 그래서 남편에게 자기가 그렇게 아끼는 딸아이가 불안해하니 화나더라도 소리 지르지 말라고 얘기 해봤습니다. 그랬더니 남편이 하는 말이, 자기 화나게 만들지 말래요. 내가 자기를 화나게 만들어서 자기가 소리지르는 것이기 때문에 내가 자기를 화나게 하지 않으면 자기가 소리지를 일이 없답니다. 제가 말도 조리있게 똑부러지게 하는 성격인데, 남편이란 사람과는 말이 통하지 않으니, 남편이 화를 내면 저는 그냥 입을 닫아버립니다. 그렇지만 제가 생각, 감정도 없는 무생물도 아니고, 참다참다 저도 한마디 할 때가 있습니다. 그러면 남편은 더 난리 칩니다. 그러면서 조용히 끝날 일을 나때문에 일이 커진거라고 내 탓을 합니다. 이런 사람과 평화롭게 살려면, 방법은 그냥 제가 죽을 때까지 참는 것 밖에 없나요? 보통 아이때문에 이혼 안한다는 부모들 많던데, 전 아이때문에 이혼하고 싶습니다. 저렇게 자기 성격 컨트롤 못하고 폭력적인 아빠밑에서, 힘없이 불합리한 상황에서도 말 못하는 엄마를 보고 자란 아이가 과연 부모와 함께 자랐다고 해서 정서적으로 건강한 아이로 자라날까요? 더구나 딸아이라서 엄마의 이런 약한 모습이 아이에게 여성으로서 더 안좋은 영향을 줄까봐 걱정입니다.……

사례 5 겸손하지않은 남편

결혼 10년차 접어드는 부부에요. 아들이 하나 있구요. 울남편은 학교때 공부를 잘했고 특기장학생으로 학비도 내본적 없고 지방대학이지만 박사학위도 받았고 지금은 대기업에서 또래보다 이른 진급으로 차장으로 있어요 근데 누가봐도 똑똑한 사람이긴 한데 식구들끼리 모이면 잘난척을 너무해요. 특히 친정에서는 더한것 같아요. 그래서 친정 식구들이 내색은 안해도 갈수록 신랑을 좀 기피해요.(저희 친정부모님들은 가방끈이 길지 않고 재산이 많진 않지만 주위분들께 존중받고 인품좋다는 말씀을 많이 들으세요. 울엄마는 제가 세상에서 제일 존경하는 분이시구요..) 신랑도 그렇게 느끼는것 같긴해요. 막내 여동생이 손아래 제부와는 친하게 지내는데 울신랑이랑은 거리를 좀 두거든요. 저도 신랑 잘난척에 거부감이 생길 때가 많으니까 동생들 맘도 이해는 되요. 시부모님과 시댁형제들도 울신랑이 그렇다는 걸 느껴요. 주변에 친한 친구도 거의 없어요. 자기를 치켜세워주는 후배 한둘 정도만 옆에 두려고하네요. 저는 좀 그냥 가만있어도 자체발광하는 사람이니 겸손하게 자리를 지켜주길 바라는데 가족모임에서 나대고 잘났다고 다른 사람들을 누르고 설려는게 너무 창피해요. 말주변이 좋은 사람이 아니라 자기자랑을 은근히도 못하고 아주 노골적인데 좀 추하다는 생각이 들때도 많아요. 나름의 소셜포지션이 있어 그런가 주변에는 부잣집 처가 덕보며 잘 사는 사람들이 있나봐요. 우리 친정은 아주 어렵진 않아도 부자 처가는 아니어서 이번에 신랑골프채 사라고 엄마가 150만원을 주셨는데 저는 그게 너무 마음 아파요. 근데 울신랑은 내가 넘 마음아프다고 말하니 건성으로 소파에 비스듬히 기대어 휴대폰게임을 하면서 "그럼 돌려드리라" 밉게 말하고는 계속 게임을 하네요. 돈받고서도 엄마께 고맙다는 말도 안하더라구요.. 전에 우리집 사는데 엄마가 3000만원을 보태주셨는데 그때도 그냥 별거부 안하고 고맙다는 말도 안하고 좀 당연하다는 듯이 넘어갔는데 이번엔 골프채 땜에 속이 많이 상하네요. 시댁에서는 나한테 해준게 아무것도 없는데 친정에서 자기한테 해주는 건 당연하게 여기는 것 같아서 오늘은 한판 싸웠어요. 오늘 골프채보고 왔다면서 사겠다고 나서니 정말 밉더라구요.. 나는 엄마가 주신 150만원을 은행에 넣지도 못하고, 돌려 드려도 안받으시고 해서 어떻게 해야할지 속상해 하고 있는데 말이죠. 생각이 없어도 어찌저럴까 싶어서 오늘은 신랑이 정말 싫네요. 외벌이하는 남편들은 대체로 처가덕 보고 싶어하는건가요?

사례3〉는 한탕주의를 바라는 남편으로 인해 힘들어하는 아내의 글이다. 남편은 총각시절부터 지금까지 번듯한 직장 하나 없이, 시어머니를 닮아 한탕만 노리고 있다. 아내는 곧 세상에 나올 아이가 걱정이 돼 남편에게 공장이라도 들어가라고 하지만, 남편은 이번에는 핸드폰 다단계 사업을 해보겠다며 직장에 들어가지 않는다. 그리고는 보증 1억 원을 서주면 트럭운전을 하겠다고 한다. 남편은 경매가 직업인 시어머니의 영향 때문인지 은행 빚 지는 것을 우습게 생각하며, 허영심만 가득하다. 아내는 자신이 선택한 결혼을 책임지고 싶고, 뱃속의 아이를 생각해 잘 살아보고 싶지만, 더 이상은 어떻게 해 볼 도리가 없어 이혼을 심각하게 고려중이다.

사례4〉은 남편의 욱하는 성격으로 인해 힘들어하는 아내의 글이다. 남편은 아내를 때린 적은 없지만, 화가 나면 집안 살림을 다 때

려 부수고 버럭 소리를 지른다. 밤이든 낮이든, 아이가 있든 없든 개
의지 않으며 아이가 자다가 놀래서 일어나면 애를 방에 넣어두고 소
리를 지른다. 남편이 딸아이를 끔찍이 예뻐하기에, 애가 놀라고 불
안해한다고 얘기를 해봐도 남편은 자신을 화나게 하지 말라고 한다.
아내는 남편과는 말이 통하지 않아 남편이 화를 내면 보통은 입을
닫아 버리지만, 참다 참다 한마디 하면 남편은 더 난리를 치며 아내
때문에 일이 커진 거라며 아내를 탓한다. 아내는 폭력적인 아빠 밑
에서, 불합리한 상황에서도 입을 다물고 있는 엄마를 보고 자란 아
이가 정서적으로 건강할까 싶어 아이 때문에 이혼을 하고 싶다.

　사례5〉은 겸손하지 않은 남편의 성격으로 힘들어하는 아내의 이
야기이다. 남편은 공부를 잘 했고, 장학생으로 대학을 마쳤고, 지방
대학이지만 박사학위를 받았으며, 현재 대기업에서 또래보다 이른
진급으로 직장생활을 하고 있다. 아내가 보기에도 남편은 똑똑한 사
람이지만, 식구들이 모여 있을 때 너무 잘난 척을 한다. 특히 친정
식구들은 내색은 하지 않지만 남편을 기피하고, 아내 또한 남편의
잘난 척에 거부감이 생길 때가 있다. 아내는 가족 모임에서 나대고
잘난 척 하고, 아주 노골적으로 자기 자랑을 하는 남편이 추한 생각
이 든다.

　이처럼 사례3〉에서는 한탕주의를 바라는 남편의 성격이, 사례4〉
에서는 남편의 욱하는 성격이, 사례5〉에서는 겸손하지 않고 너무 잘
난 척을 하는 남편의 성격이 문제가 된다. 이렇게 앞서 제시한 사례
들은 모두 배우자의 성격으로 인해 부부간에 갈등이 유발된 경우이
다.

　그렇다면 이런 사례들에 구비설화는 어떠한 도움을 줄 수 있을까?

〈첫날밤에 똥싼 신부〉〈염소로 변한 척하여 부인 버릇 고친 남편〉〈거지 색시 대접하고 구렁이 피한 부자〉〈아내의 지도〉에서는 배우자의 성격교정을 유도하고 있다. 여기서는 배우자의 성격으로 인해 당사자나 주변 사람들 모두가 힘이 든다는 사실을, 본인에게 납득시켜 줌으로써 배우자의 성격교정을 유도하고 있다. 앞서 여러 사례에서 특히 사례5〉 겸손하지 않은 남편의 경우에는 아내가 남편의 성격으로 인해 자신이나 친정식구들이 모두 힘들어한다는 것을 인식시키고, 남편의 성격교정을 유도한다면 얼마든지 가능한 케이스가 될 수 있다. 그런데 성격을 교정하는 것은 당사자가 그것이 잘못된 것임을 깨닫고 교정을 하려는 노력이 있어야만 가능하다. 〈아내의 지도〉의 경우에는 당사자가 자신의 잘난 척하고 거들먹거리는 행동이 나쁘다는 것을 인식하고 있었기에 교정이 가능했던 것이다.

9장 / 배우자의 생활습관

<하루 만에 자라는 오이> <도둑 잡아 남편 도둑 버릇 고친 아내> <이
야기 끊은 값과 고양이 뿔> <강똥 서 말> <호랑이에게 홀린 아내 구한
남편> <남편을 효자로 만든 아내> <소가 된 게으름뱅이>

1) 부부갈등 양상과 해결방안

습관(習慣)이란 "여러 번 되풀이함으로써 저절로 익고 굳어진 행
동"이나 "치우쳐서 고치기 어렵게 된 성질"을 뜻한다. 여기서는 배우
자의 생활습관과 관련하여 부부갈등이 유발된 설화들을 살펴보도록
하겠다.

먼저 <하루 만에 자라는 오이>이다. 이 설화의 대강의 줄거리는
다음과 같다.

어머니와 아들, 두 식구만 살고 있는 집이 있었다. 아들은 점점 자라면
서 동네 친구들에게 아비 없는 새끼라고 놀림을 당했다. 하루는 아들이
어머니에게 우리는 왜 아버지가 없냐고 물었다. 어머니는 아버지가 안
계신 것은 아니고 아무 동네에 살고 있다고 했다. 아들이 함께 살지 못

하는 까닭을 묻자 어머니는 자신이 시집간 첫날밤에 방귀를 뀌는 바람에 여자가 버릇없이 방귀를 뀌었다고 소박을 맞고 혼자 살고 있는 것이라고 했다. 다음 날 아침이 되자 아들은 어머니에게 오이씨를 사달라고 해서 그것을 가지고 아버지가 살고 있다는 동네로 들어가 오이씨 장사를 했다. 아들이 오이씨를 사라고 외치며 다니자 마침 아들의 아버지가 오이씨를 사겠다며 불렀다. 아들은 이 오이씨는 아침에 심으면 저녁에 따 먹고, 저녁에 심으면 아침에 따 먹는 오이씨라며 비싼 값을 불렀다. 아버지는 그런 오이씨가 어디에 있냐며 믿지 않았다. 그러자 아들은 이 세상에 나서 방귀를 한 번도 안 뀐 사람이 심어야만 그렇게 따 먹지, 방귀를 한 번이라도 뀐 사람이 심으면 그런 오이를 따 먹을 수 없다고 했다. 아버지가 "이놈아 이 세상에 나서 방귀 안 뀌고 어떻게 사느냐."고 대꾸하자, 아들이 그런데 아버지는 왜 어머니를 방귀 뀌었다고 소박해서 아들을 아버지 정도 모르게 살게 했느냐고 했다. 아버지가 그제야 까마득히 잊고 지냈던 옛날 일이 생각나서 해를 따져보니, 오이 장수의 나이만큼 세월이 지나 있었다. 아들은 어머니를 모셔다 아버지와 잘 살았다.[41]

어머니와 아들 두 식구만 사는 집이 있었는데, 아들은 자라면서 동네 친구들에게 아비 없는 새끼라고 놀림을 당하게 된다. 아들은 어머니에게 자신은 왜 아버지가 없느냐고 묻고, 어머니는 아버지가 다른 동네에 살고 있다고 한다. 아들이 아버지와 함께 살지 못하는 이유를 묻자, 어머니는 시집간 첫날밤에 방귀를 뀌는 바람에 소박을 맞았다고 이야기를 한다. 지금과는 달리 과거의 첫날밤이란 남편과

---

41 『한국구비문학대계』 1-8, 427-430면, 영종면 설화44, 방구와 오이씨, 이춘석(여, 53)

아내가 첫 대면을 하는 중요한 순간이다. 이 상황에서 방귀를 뀌었다는 것은, 아내가 방귀 뀌는 일을 대수롭게 않게 생각하거나 조심성이 없어 생긴 문제일 수 있다. 그러므로 본고에서는 이것을 생활습관이라는 항목 안에 넣어보았다. 즉 아내의 생활습관이 남편과는 맞지 않아, 부부사이에는 문제가 발생하고 있다.

아버지가 다른 동네에 살고 있다는 말을 들은 아들은 어머니에게 오이씨를 사달라고 하고, 아버지가 사는 동네로 들어가 오이씨 장사를 한다. 마침 아버지가 아들을 불러 오이씨를 산다고 하자, 아들은 이 오이씨는 아침에 심으면 저녁에 따먹을 수 있다며 비싼 값을 불렀다. 아버지가 그런 오이씨가 어디 있냐고 하자, 이 오이씨는 세상에 나서 방귀를 한 번도 안 뀐 사람이 심으면 그렇게 된다고 했다. 아버지가 세상에 태어나 방귀를 안 뀌고 어떻게 사느냐고 하자, 아들은 왜 어머니를 방귀를 뀌었다고 소박해 자신이 아버지의 정(情)도 모르고 살게 했느냐고 한다. 아버지는 그제서 까마득히 잊고 지냈던 일이 생각나고, 아들은 어머니를 모셔와 아버지와 잘 산다. 이 설화에서는 아들이 부모의 부부문제를 해결해 주고 있다. 아들은 아버지에게 방귀를 뀌는 것은 세상 사람이라면 누구나 하는 일이라는 것과 그 일로 인해 어머니를 소박한 것이 과한 일이라는 것을 깨닫게 해주고 있다. 그리고 아들의 말에 아버지는 예전 기억을 떠올리고, 아내를 데려와 아들과 함께 잘 살게 된다.

이어지는 〈도둑 잡아 남편 도둑 버릇 고친 아내〉에서는 도둑질을 하는 남편의 습관이 문제가 되고 있다. 이 설화의 대강의 줄거리는 다음과 같다.

어떤 도둑이 자신의 집에 물건이 많은데도 계속 도둑질을 해왔다. 그 도둑의 이웃집 사람이 저렇게 많이 훔쳐온 것 중에서 좀 집어와야겠다 생각하고 그 집으로 들어갔다. 그 때 도둑의 아내는 베를 짜고 있었는데, 이웃집 사람이 온 것을 다 알면서도 모른 척 했다. 사정을 모르는 이웃사람은 문지방 밑을 뚫고 들어오려고 했다. 그 때 도둑의 아내는 몽둥이로 문지방 밑에서 뭘 들여다 볼 수 있을 만큼의 여유를 만들었다. 이웃 사람은 그 구멍을 고개를 디밀고 집 안을 들여다보려고 했는데, 여자가 베 짜는 편대 밑에 몽둥이를 끼워 두어서 손은 들어올 수 없고 목만 내민 형국이 되었다. 나중에 집에 돌아온 도둑이 아내에게 웬 사람이 저렇게 하고 있냐고 묻자, 도둑의 아내는 "당신도 명대로 살려면 도둑질 하지 마소. 저 사람도 도둑질 하다가 저렇게 되었는데 지금 저 사람을 죽일 수도 있고, 살릴 수도 있다."고 말했다. 그것을 본 남편은 그런 꼴을 당할까봐 두려워서 회심을 하고 그 뒤로 다시는 도둑질을 하지 않고 잘 살았다.[42]

한 여자가 시집을 갔는데 도둑의 집이었다. 남편은 아내가 아무리 말려도 도둑질 하는 것을 그만두지 않았다. 이 설화에서 남편은 도둑으로 나오는데, 아내가 아무리 말려고 말을 듣지 않는다는 것은 이미 도둑질이 남편에게는 습관화가 된 것이다. 그리고 이것으로 인해 부부사이에는 문제가 발생하고 있다. 하루는 아내가 물레질을 하고 있는데, 도둑이 들어와 큰 방 구석을 뚫는다. 도둑이 머리를 내밀 었을 때 아내는 목침을 도둑의 턱 밑으로 밀어 넣고, 도둑은 혀를 빼고 죽는다. 아내는 그 모습이 보기가 싫어, 바가지로 덮어놓는다. 남

---

42 『한국구비문학대계』 7-18, 426-427면, 개포면 설화58, 도둑 남편을 회개시킨 여자의 수단, 임원기(남, 75)

편이 새벽에 들어와 먹을 게 없냐고 묻자, 아내는 바가지를 들면 누
룽지 한 뭉치가 있다고 하고, 남편이 바가지를 들자 어떤 사람이 죽
어있었다. 아내는 당신의 버릇을 고치려고 사람 하나를 죽였다고 하
고, 남편은 그 도둑의 초상을 치러 주었다. 그리고는 자신도 그런 일
을 당할까봐 두려워 도둑질을 하지 않았다. 이 설화에서 아내는 남
편의 도둑질 하는 버릇을 고치기 위해 자신의 집으로 들어온 도둑을
죽이고, 남편에게 그 모습을 확인시켜줌으로써 남편의 버릇을 고치
고 있다. 죽은 도둑은 남편에게 당신도 도둑질을 계속 하다가는 이
사람처럼 죽을 것이라는 경고와 경계의 의미를 부여하는 것이다. 그
리고 남편은 아내의 뜻대로 회개를 하고 자신의 도둑질하는 습관을
고치고 있다.

〈이야기 끊은 값과 고양이 뿔〉에서는 남의 말을 끊어먹는 남편의
언어습관이 문제가 된다. 이 설화의 줄거리는 다음과 같다.

예전에 남이 이야기를 하면 중간에서 톡 끊고 자기 말만 하는 남자가
있었다. 그 동네 사람들은 그 남자를 미워했다. 어느 날 마을 사람들이
그 남자에게 이야기를 끊은 값을 받으러 가겠다고 하였다. 남자가 그 소
리를 듣고 잠을 이루지 못하자, 각시가 왜 잠을 못 자는지 물었다. 남자
는 마을 사람들이 이야기를 끊은 값을 받으러 온다는데 돈이 없어서 그
런다고 말했다. 그러자 각시가 걱정 말라면서 이불을 둘러쓰고 아랫목에
서 잠이나 자고 있으라고 했다. 잠시 후에 마을 사람들이 남자의 집으로
오자, 각시는 남편이 고양이 뿔을 빼러 갔다고 했다. 그 소리를 들은 마
을 사람들이 고양이가 뿔이 어디 있냐고 묻자, 각시가 그러면 이야기 끊
은 값은 어디 있냐고 되물었다. 결국 마을 사람은 이야기 끊은 값을 받으

러 왔다가 혼만 나서 달아났다.[43]

어떤 남자가 남이 이야기를 하면 중간에 톡 끊고 자기 말만 해, 동네 사람들은 그 남자를 미워했다. 어느 날 마을 사람들은 그 남자에게 이야기를 끊은 값을 받으러 가겠다고 하고, 남자는 그 소리를 듣고 걱정이 돼 잠을 이룰 수가 없었다. 여기서 문제가 발생하는 원인은 남의 말을 중간에 툭 끊는 남편의 언어습관 때문이다. 이 설화에서는 남편의 잘못된 언어습관으로 인해 마을 사람들과 갈등이 유발되고, 아내는 그 일을 해결해야 되는 상황에 처하게 된다. 남편이 잠을 이루지 못하자 아내는 왜 그러냐고 묻고 남편은 마을 사람들이 이야기 끊은 값을 받으러 온다는데 돈이 없어서 그런다고 말한다. 아내는 걱정하지 말라고 하며, 이불을 쓰고 아랫목에서 잠이나 자고 있으라고 한다. 마을 사람들이 남자의 집으로 오자, 아내는 남편이 고양이 뿔을 빼러 갔다고 한다. 마을 사람들이 고양이 뿔이 어디 있냐고 묻자, 아내는 그러면 이야기 끊은 값은 어디 있냐고 되묻는다. 그리고 마을 사람들은 이야기 끊은 값을 받으러 왔다가 혼만 나서 달아난다. 이 이야기는 부부사이에서 갈등이 일어난 것은 아니다. 하지만 남편의 고민으로 인해 아내 또한 같이 고민을 하고 있기에, 본고에서 다루어 보았다.

〈강똥 서 말〉에서는 빨래를 하지 않는 아내의 생활습관이 문제가 된다. 이 설화의 줄거리는 다음과 같다.

---

43 『한국구비문학대계』 5-1, 471-472면, 금지면 설화18, 이야기 잔동값과 고양이 뿔, 임규임(여, 62)

예전에 어떤 사람의 아내가 빨래를 빨아주지 않아서, 남편이 항상 더러운 옷을 입고 살았다. 남편은 참다 참다가 묘안을 냈는데, 아내에게 똥가루 서 되를 구하면 나라에서 천금만호를 준다는 말을 전했다. 그날부터 아내는 남편의 옷을 털고, 자기 똥도 말려서 서 되를 마련했다. 서 되가 마련되자, 남편은 그것을 삼베 주머니에 넣고 아내에게 머리에 이라고 한 뒤에 벌판으로 나갔다. 때 마침 소나기가 내려서 아내는 똥물을 흠뻑 뒤집어쓰고 말았다. 남편이 거보라면서 하도 빨래를 안 하니까 하늘에서 그렇게 비를 내리지 않느냐고 타박을 하였다. 그 뒤로 아내가 빨래를 아주 열심히 하였다.[44]

어떤 사람이 아내가 빨래를 하지 않아 항상 더러운 옷만 입고 살았다. 여기서는 빨래를 하지 않는 아내의 생활습관으로 인해 갈등이 유발되고 있다. 예문 외 여타 설화들에서는 며느리가 옷에 똥을 묻히고 다니거나, 아무데나 똥을 닦는 것이 문제가 된다. 남편은 참다 참다 아내에게 똥 가루 서 되를 구하면 나라에서 천금만호(千金萬戶)를 준다는 말을 전했다. 그날부터 아내는 남편의 옷을 털고, 자기 똥도 말려서 서 되를 마련한다. 서 되가 되자 남편은 그것을 삼베 주머니에 넣고 아내에게 머리에 이라고 한 후 벌판으로 나갔다. 때마침 소나기가 내려 아내는 똥물을 흠뻑 뒤집어썼는데, 남편은 당신이 하도 빨래를 안 하니 하늘에서 그렇게 비를 내린다며 타박을 하였다. 그 뒤로 아내는 빨래를 열심히 한다.

〈호랑이에게 홀린 아내 구한 남편〉에서는 노름을 하는 남편의 생

---

44 『한국구비문학대계』 8-9, 1009-1011면, 상동면 설화47, 빨래 안 하는 아내 길들이기, 김순이(여, 66)

활습관이 문제가 된다. 이 설화의 대강의 줄거리는 다음과 같다.

한 사람이 둘째 아들로 태어나 노름만 하니까 부모가 산골에서 살면 노름을 하지 않을 것으로 생각하고 결혼을 시켜 산골에 살게 했다. 그러나 이 사람은 산골에서도 아내를 혼자 두고 밤낮 노름만 하러 다녔다. 하루는 이 사람이 노름을 하는데, 갑자기 집으로 가고 싶어 못 배기겠는 것이었다. 이 사람은 돈을 많이 땄기에 다 귀찮고 해서 집으로 돌아왔다. 그런데 멀리서 옷을 홀딱 벗은 어떤 여자가 머리를 산발하고는 뛰어오는 것이었다. 이 사람이 옆에 있던 밭에 숨어서 지켜봤더니 그 여자가 자기 아내였다. 이 사람이 가만히 더 지켜보고 있으니까 뒤에서 호랑이가 따라오고 있었다. 이 사람은 급한 마음에 보둑[45]을 빼서 쥐고 지나가는 호랑이를 때려잡았다. 호랑이가 죽으니까 호랑이의 정신으로 달리고 있던 아내도 자빠져 버렸다. 이 사람이 아내를 업고 집으로 돌아왔더니 살림살이가 집 밖으로 다 나와 있었다. 이 사람은 아내를 방에 눕힌 후, 정신을 차린 아내에게 사정을 물었다. 아내는 저녁에 울타리 밑에서 짐승이 소리를 질러대기에 물건을 다 던지고 옷까지 벗어 던졌는데, 그 후로는 기억이 안 난다고 했다. 이 사람은 아내를 구해 놓고 평생 노름을 안했다.[46]

한 사람이 둘째 아들로 태어나 노름만 하니, 부모가 산속에서 살면 노름을 하지 않을 거라고 생각해 결혼을 시켜 산골에 살게 했다. 그러나 이 사람은 산골에서도 아내를 혼자 두고 밤낮 노름을 하러

---

45 '보둑'이 무엇인지 의미를 찾을 수 없다.
46 『한국구비문학대계』 2-4, 626-628면, 현남면 설화16, 노름 끊은 이야기, 정병하(남, 64)

다닌다. 여기서는 노름을 좋아하는 남편으로 인해 문제가 발생하고
있다. 하루는 남편이 노름을 하는데, 갑자기 집으로 가고 싶었다. 이
사람은 돈도 많이 땄지만, 이상하게 모든 게 다 귀찮아져 집으로 돌
아갔다. 그런데 멀리서 옷을 홀딱 벗은 여자가 산발을 하고 뛰어오
는 것이었다. 이 사람이 옆에 서서 지켜보니 뒤에서 호랑이가 따라
오고 있었다. 남편은 급한 마음에 보독을 빼 쥐고 호랑이를 때려잡
았고, 호랑이가 죽으니 호랑이의 정신으로 달리던 아내도 자빠졌다.
아내를 업고 집으로 돌아오니 살림살이가 집 밖으로 다 나와 있었
다. 정신을 차린 아내에게 사정을 물으니, 저녁에 울타리 밑에서 짐
승이 소리를 질러 물건을 다 던지고 옷까지 던졌는데 그 후로는 기
억이 나지 않는다고 했다. 남편은 아내를 구한 후 평생 노름을 하지
않았다.

〈남편을 효자로 만든 아내〉에서는 부모를 때리는 남편의 생활습
관이 문제가 된다. 이 설화의 줄거리는 다음과 같다.

> 한 여인이 시집을 왔는데 남편이 부모를 때리는 것이었다. 그래서 내
> 막을 알고 보니 시부모가 아들을 늦게 얻어 귀하게 키웠던 것이다. 어려
> 서부터 시부모는 아들이 귀여워 '너희 할머니 때려라, 너희 할아버지 때
> 려라'라고 했는데 때리는 것이 습관이 되어 버린 것이었다. 그래서 커서
> 도 그 버릇을 고치지 못해서 때렸다. 아내는 남편의 버릇을 가르칠 마음
> 에 하루는 남편이 들어오자마자 옷 보따리를 싸서는 이제 갈라서자고 했
> 다. 남편이 무슨 소리냐고 하자 아내는 당신과 내가 부부가 되어 살면 자
> 식을 낳는 것은 정해진 이치라고 했다. 또 자식을 낳을 때는 자식으로부
> 터 사랑받기를 희망하는 것은 부모의 마음인데 그놈에게 매나 맞는다면
> 차라리 없는 것만 같지 못하다고 했다. 그런데 당신과 내가 아들을 얻으

면 그 아들은 평생 당신처럼 나에게 불효를 하지 않겠냐고 했다. 놀란 남편은 아내에게 그럼 어떻게 하면 좋겠냐고 했다. 아내는 당신이 내가 시키는 대로만 한다면 나가지 않겠다고 했다. 그러면서 나무를 다섯 짐 하면 넉 짐은 장에 팔고 한 짐으로는 고기를 사서 부모봉양을 하겠냐고 했다. 그리고 또 다시는 부모를 때리지 않겠냐고 했다. 남편은 아내에게 항복을 하고 부모를 봉양했다. 이렇게 아내는 남편 버릇을 고쳐 가정을 잘 이어나갔다.[47]

한 사람이 시집을 왔는데 남편이 부모를 때리는 것이었다. 내막을 알고 보니 시부모가 아들을 늦게 얻어 귀하게 키웠는데, 어려서부터 시부모는 아들이 귀여워 "너희 할머니 때려라, 너의 할아버지 때려라"라고 했고, 남편은 때리는 것이 습관이 되어 커서도 그 버릇을 고치지 못했다. 이 설화에서는 부모를 때리는 남편의 생활습관이 문제가 되고 있다. 남편이 부모를 때리자 아내는 남편의 버릇을 고치려고 옷 보따리를 싸면서 헤어지자고 한다. 남편이 무슨 말이냐고 묻자 아내는 당신과 살면 자식을 낳을 텐데, 자식이 당신처럼 평생 자신에게 불효를 하지 않겠냐고 했다. 놀란 남편이 그러면 어떻게 하냐고 하자, 아내는 자신이 시키는 대로만 하라고 한다. 그러면서 나무를 다섯 짐 하면 넉 짐은 장에 팔고 한 짐으로는 고기를 사서 부모봉양을 하라고 하며, 다시는 부모를 때리지 말라고 한다. 남편이 아내에 말에 따라 부모를 봉양했고, 아내는 남편의 버릇을 고쳐 가정을 잘 이어갔다.

---

47 『한국구비문학대계』 5-2, 568-570면, 고산면 설화30, 불효 남편 길들이기, 김대현(남, 74)

마지막으로 〈소가 된 게으름뱅이〉에서는 남편의 게으른 생활습관
이 문제가 되고 있다. 이 설화의 줄거리는 다음과 같다.

> 어떤 부부가 사는데 남편이 너무 게을러 아무 일도 안하고 매일 빈둥
> 거리자 부인이 늘 잔소리를 했다. 남편은 계피 세 필을 훔쳐 집을 나와
> "어디다 이걸 팔아 가지고서 산다."라고 했다. 남편이 길을 가다보니 어
> 떤 노인이 바구니를 만드는데 그 바구니만 가지고 있으면 먹을 것이 저
> 절로 생긴다고 하였다. 그래서 남편이 자신이 갖고 있던 계피 세 필과 그
> 바구니를 바꾸었다. 또 길을 가다보니 어떤 사람이 뭔가를 하고 있는데
> 남편이 뭐냐고 물어보니 "이것은 게으른 사람이 하면 아주 편안하게 놀
> 고먹는 거야."라고 했다. 그래서 남편이 바구니와 그것을 바꾸었는데 그
> 것을 만지자 남편이 소로 변했다. 남편이 소로 변하자 '그것'을 판 사람이
> 장으로 데리고 가 팔았는데, 팔면서 새 주인에게 "이 소는 일을 잘 합니
> 다. 잘 하는데 무를 먹이면 큰일 납니다. 무를 먹이면 죽으니까 절대 무
> 를 주지 마세요."라고 했다. 소가 된 남편은 일이 너무 고되어 도저히 이
> 렇게는 살 수 없다 하여 무를 먹고 죽기로 했다. 그래서 주인이 없는 사
> 이 몰래 무를 먹었는데 다시 사람으로 돌아왔다. 사람이 되어 다시 집으
> 로 돌아간 남편은 그 후로는 일을 열심히 하여 잘 살았다.[48]

어떤 부부가 사는데 남편이 너무 게을러서 아무 일도 하지 않고 매
일 빈둥거리자, 아내는 늘 잔소리를 했다. 남편은 계피 세 필을 훔쳐
집을 나오는데, 이 설화에서는 남편의 게으른 습관으로 인해 부부사

---

48 『한국구비문학대계』 2-5, 134-136면, 양양읍 설화57, 게으른 사람에 대한
   훈계, 정연옥(여, 87)

이에 문제가 발생하고 있다. 아내가 잔소리를 하자, 남편은 계피 세 필을 훔쳐 집을 나왔다. 길을 가다 보니 어떤 노인이 바구니를 만드는데 그 바구니만 있으면 먹을 것이 저절로 생긴다고 하여, 남편은 계피 세 필과 바구니를 바꾼다. 또 길을 가다가 보니 어떤 사람이 뭔가를 하고 있어 물어보니, 게으른 사람이 하면 아주 편안하게 놀고 먹는 것이라고 하였다. 남편은 바구니와 그것을 다시 바꾸는데, 그것을 만지자 소로 변했다. 남편이 소로 변하자 그것을 판 사람은 시장에 데리고 가 소를 팔면서, 무를 먹이면 소가 죽는다고 하였다. 소가 된 남편은 일이 너무 고되 죽으려고 무를 먹었고, 다시 사람으로 돌아온다. 사람이 되어 다시 집으로 돌아온 남편은 그 후로는 일을 열심히 하여 잘 살았다.

그렇다면 설화에서 이야기하는 생활습관으로 인한 부부갈등의 해결방안은 무엇일까?

첫째, 배우자의 생활습관으로 인해 갈등에 처한 사람들에게 배우자의 생활습관에 관해 다시 생각해볼 여지를 줄 수 있다. 〈하루 만에 자라는 오이〉에서 남편은 첫날밤에 아내가 방귀를 뀌었다는 것으로 인해 소박을 주고 떠나간다. 이 남편이 아들의 말을 통해 깨닫게 되는 것은 세상 사람이라면 누구나 방귀를 뀐다는 것과 소박을 준 자신의 행동이 과했다는 것이다. 그리고 자신의 경직된 반응으로 인해, 아들은 아버지의 정을 모르고 자라게 되는 일이 발생하였다는 것이다. 아버지가 아들의 이야기를 듣고 예전 기억을 떠올렸다는 것은, 아내를 소박 준 남편의 행동이 즉흥적이었고 쉽게 내려진 결정이었다는 것을 의미한다. 그러기에 아버지는 그 사실을 잊고 지금까지 살아온 것이다. 그러므로 이 설화에서 이야기해줄 수 있는 것은 배우자의 생활습관으로 인한 갈등으로 부부관계가 단절되었을 때, 자식들이나 주위 사람들이 받게 될 피해 또한 생각해볼 필요가 있다는 것이다. 그것을 감당할 지의 여부는 당사자에게 달려있지만, 그 결정을 하기까지 여러 측면에서 생각해봐야 한다는 것을 이 이야기는 가르쳐주고 있다.

둘째, 생활습관의 당사자에게 생활습관으로 인해 본인이나 타인에게 해가 되는 부분을 깨닫게 해줄 수 있다. 〈도둑 잡아 남편 도둑 버릇 고친 아내〉에서 남편은 자신과 동일한 일을 하다가 해를 당한 도둑을 보고, 회심을 하게 된다. 도둑인 남편은 도둑질을 통해 얻게 될 자신의 이익만을 생각할 뿐, 도둑질이 자신에게 해가 된다는 것을 미처 생각하지 못하고 있다. 이 설화에서 아내는 그 부분을 집어주며, 남편에게 경고의 메시지를 주고 있는 것이다. 〈이야기 끊은 값과 고양이 뿔〉에서도 남편은 마을 사람들이 이야기 끊은 값을 받으러 오겠다는 말에, 자신이 그동안 잘못한 것이 무엇인지 명확하게 알게 된다. 남편이 걱정을 했다는 것은, 자신이 저지른 행동이 잘못된 것이라 생각했기 때문이다. 〈강똥 서 말〉이나 〈남편을 효자로 만든 아내〉의 경우에도 나쁜 생활습관의 당사자는 배우자의 도움으로 자신의 버릇을 고치게 된다.

이처럼 생활습관으로 인해 부부간의 문제가 발생한다면, 해가 되는 부분을 당사자에게 일깨워줌으로써 배우자에게 경고와 경계의 메시지를 주는 것이 필요하다. 또 〈호랑이에게 홀린 아내 구한 남편〉의 경우에는 본인의 생활습관을 되돌아볼 계기가 된다. 남편은 산속으로 들어와서도 아내를 혼자 두고 밤낮 노름을 하러 다니는데, 자신이 집을 비웠기 때문에 아내가 호랑이에게 홀리게 되는 사건이 발생하게 된 것이다. 이야기의 문맥상 남편이 집을 비우지 않았다면 아내가 호랑이에게 쫓기는 일은 없었을 것이다. 남편이 아내를 구한 후 평생 노름을 하지 않았다는 것은, 남편이 자신의 생활습관으로 인해 아내가 위기에 처했다는 것을 깨닫게 된 것이다. 그러므로 이 설화는 남편이 자신의 생활습관을 되돌아보고 그것을 교정할 수 있는 기회를 주어, 생활습관으로 인한 부부갈등을 해결할 수 있도록 하고 있다.

셋째, 일종의 충격요법으로 인한 습관의 교정이다. 〈소가 된 게으름뱅이〉의 경우에는 남편이 소가 되는 체험을 하면서 생활습관이 교정되고 있다. 여기서 중요한 것은 남편이 죽을 생각을 할 만큼, 일을 고되게 했다는 것이다. 그러면서 자신의 게으른 습관을 고치고 있다. 〈호랑이에게 홀린 아내 구한 남편〉의 경우에도 아내가 벌거벗은 채 산발을 하고 뛰어오는 모습은 남편에게 충격을 주었을 것이며, 또다시 그런 일이 발생할까봐 남편은 집을 비우고 노름을 하러 다니던 자신의 습관을 고치고 있다. 이들 설화에서는 문제가 되는 생활습관의 당사자가 정신적인 충격을 경험하면서 자신의 생활습관을 교정하고 있다.

2) 현대 부부갈등 사례에의 적용

〈하루 만에 자라는 오이〉〈도둑 잡아 남편 도둑 버릇 고친 아내〉〈이야기 끊은 값과 고양이 뿔〉〈강똥 서 말〉〈호랑이에게 홀린 아내

구한 남편〉〈남편을 효자로 만든 아내〉〈소가 된 게으름뱅이〉는 현대 부부갈등에 어떻게 적용될 수 있을까? 먼저 배우자의 생활습관으로 인해 부부갈등이 유발된 상담사례들을 살펴보고, 본 설화의 적용 가능성을 타진해 보도록 하겠다.

사례 1 와이프가 너무 지저분합니다... 조언좀

결혼 8년차입니다. 살다살다 이렇게 지저분한 여자는 처음봤습니다.……얼마나 지저분한지 간단하게 적겠습니다. 우선적으로 말씀드리자면 음식물 쓰레기 4~5일은 기본입니다. 여름이나 봄날씨에는 초파리들이 싱크대를 떠나지 않을 정도로 매일같이 바글바글하고 음식물 썩는 냄세가 거실에 진동을 합니다. 설겆이는 기본이 한짐입니다. 거의 넘쳐흐를때 그때 설겆이를 하고 식구는 4식구인데 숟가락과 젖가락 포그 등이 10명정도 되는 분량이 나뒹굴고 있습니다. 설겆이를 하기 싫어서 최대한 많이 꺼내놓고 사용을 하는거 같습니다. TV위나 서랍장 위, 싱크대 환풍기 위 등등 먼지가 쌓일 만한 곳엔 거짓말 아니고 1~2미리는 쌓여있습니다. 입김만 불어도 먼지가 사방에 날릴정도구요~ 방에는 머리카락이며 잔먼지들이 손으로 훑트면 한 가득이구요~ 이불은 먼지를 안털어서 그런지 맨살이 닿으면 꺼칠꺼칠한 느낌이 납니다. 냉장고는 거짓말아니고 감자는 썩어서 꽃이 피었고, 당근은 썩어서 물이 떨어질 정도고 음식은 최소 음식담는 통에 넣었는데도 얼마나 오래됐으면 그 안에서 곰팡이가 피고있습니다. 그래도 버릴 생각을 안합니다. 냉동고는 아예 더이상 음식을 집어넣을 공간조차도 없을 정도 꽉 차있구요. 베란다에 애들 옷을 무덤같이 쌓아놔서(보따리장수들 리어카에서 파는거 마냥) 아침에 학교나 유치원갈려면 그 곳을 뒤져서 옷을 입히곤 합니다. 비오는 날 습기가 차는 날에는 정말 작은 벌레들이 기어다니는 것도 보았습니다! 그 옷을 그냥 애들에게 입힙니다.……이 글을 읽으시고 왜? 남편인 너는 안 치우냐! 하시는 분도 계신데 저는 도저히 집안 일을 도울 수 없을정도로 일에 얽매여 있습니다. 낮 12시30분에 일을 나가 밤 9시에 일이 끝나 다시 밤 11시에 출근해서 새벽 막노동판에 나가서 아침 6시 정도 되서 집에 들어와 씻고 잠을 잡니다. 자고 일어나면 11시 30분이구요.... 이렇게 일에 얽매여서 살다 보니 집안 일은 커녕 제 몸 하나도 돌볼 시간이 안됩니다. 일주일에 한번 쉬는 날 이런 지저분한 집을 보고 너무 화가 나 제가 치워주곤 합니다.……

사례 2 　싱크대에 구더기가..ㅜㅜ

　전 결혼 8년차 직장인입니다. 처음에는 집사람이 항상 이뿌고 사랑스럽고 그랬답니다. 저의 성격은 조금 깔끔한 편입니다. 그렇다고 결벽증이나 이런 것은 아닙니다. 다만 조금 깨끗한 것을 좋아하고 부모님이 집에서 해주시는 것처럼 밥두 제때 해서 먹고 싶습니다. 결혼해서 지금까지 8년 여 동안 아침을 먹어본 지 손가락으로 꼽습니다. 아침 못먹는 것은 이해를 하겠습니다. 그러나 집안이 항상 지저분하고 항상 어질러 있어서 집에 들어오기가 싫을 정도입니다. 초반에는 그럭저럭 조금이나마 치우고 했는데 지금은, 정말 집에 들어오기가 싫습니다. 집에 들어와 어질러 있으면, 조금이라도 치우지 하고 이야기 하며 내가 다 치워놨는데.. 애들이 금방 어지른거야.. 하고 말합니다. 제 직업을 밝히면 전 군인입니다. 다들 아시다시피 남편분에게 군

대가 어떤 곳인지 들어보시면 알것입니다. 상하 계급이 확실하고 일
반 회사랑은 천지차이 입니다. 그런데서 힘들에 일하고 들어오면 항
상 지저분하고 힘들다는 이유로 밥도 제대로 못얻어먹고 짜장면이나,
보쌈, 통닭 등으로 저녁을 해결하자고 합니다. 일주일이면 3번 정도
는 그렇게 넘어가고 2일은 당직근무로 부대에 있고 2일은 동내에 있
는 사람들과 어울려 삼겹살을 먹자 합니다. 참, 너무 힘이 듭니다……
제가 정말로 참을 수 없었던 것은 어느날이었습니다. 집사람이 조금
늦는다고 하더군요. 그래서 그날은 조금 일찍 들어와 집안 청소를 하
였습니다. 그런데 싱크대 오른쪽에 한 냄비가 있었습니다. 계란탕을
먹고 조금 남았나 봅니다. 그런데, 거기에 구더기가.., ㅜㅜ 냄비 뚜
껑이 유리로 되어 있는 것이었거든요.. 가슴이 막히는거 같았어요. 그
것뿐이면 말을 안하는데, 싱크대에 청소를 안해서인지 날파리같은 거
있죠... 화장실이나.. 쓰레기장에 잘 날아다니는데.. 그런 것이 항상
싱크대를 날아다니고 있답니다. ㅜㅜ 정말로 울고 싶어요... 제가 일
반 회사원이었다면 이혼을 생각해 봤을텐데 군인이라는 직업이.. 그
리고 아이들이... 넘 마음에 걸려요.. ㅜㅜ 정말루 많이 힘이 듭니다..
ㅜㅜ 이제는 집사람이 싫어집니다...

 사례1〉과 사례2〉는 지저분한 아내의 생활습관으로 인해 힘들어하
는 남편의 글이다.
 먼저 사례1〉에서 남편은 아내의 지저분한 생활습관으로 인해 힘
들어한다. 봄·여름에는 초파리들이 싱크대를 떠나지 않고, 음식물
썩는 냄새가 진동을 하고, 설거지도 쌓아놓고 하고, 사방으로 먼지
가 날릴 만큼 아내는 청소를 하지 않는다. 냉장고에 보관한 음식은

곰팡이가 나고, 냉동고는 꽉 차 더 이상 집어넣을 곳이 없다는 것을 보면, 아내의 지저분함을 이미 몸에 밴 듯하다. 여기서 제일 문제가 되는 것은 아이들의 건강인데, 베란다에 애들 옷을 쌓아놓고 그 곳에서 옷을 찾아 입히거나 비 오는 날에는 습기가 차 옷에 작은 벌레들이 기어 다닌다는 것을 보면 좀 심각한 상황인 듯하다. 남편은 바빠서 집을 치워줄 여력이 없고, 남편은 전업주부이면서 살림을 하지 않는 이런 아내에게 화가 난다.

사례2〉의 남편 역시 항상 지저분하고 어질러져 있는 집에 들어오기가 싫다. 어느 날 남편은 좀 일찍 들어와 집안 청소를 했는데, 청소를 하던 중 싱크대 오른쪽에 있는 냄비를 보게 된다. 냄비에는 계란탕이 남겨져 있었는데, 유리로 된 냄비뚜껑 속으로 구더기가 생긴 것이 보인다. 남편은 그것을 보고 가슴이 막히는 것 같다. 더군다나 청소를 안 해 싱크대나 화장실에 날 파리가 날아다니는 것을 보고 울고 싶은 심정이다. 남편은 군인이라는 직업 때문에 이혼을 원하지 않지만, 이제는 아내가 싫어진다.

사례 3 신랑이 너무 더러워요.

뭐 외도를 했다거나 그런 게 아닙니다. 말 그..대..로...지저분합니다. 남편이 너무 안 씻습니다. 바빠서 그렇다고 하는데...옆에서 참는 한계를 넘어섭니다. 일주일 동안 몸에 물 한 번 안 묻힙니다. 아, 나가기 전 손으로 눈꼽만 떼거나, 고양이 세수로 물 묻히기는 합니다만...심하게는 10일~2주까지 안 씻어요. (그래도 사회 생활은 해야겠는지, 세면대에서 머리만 감습니다. 그것도 잘해야 5일에 1번...) 온 몸에서 냄새가 진동을 해요. 얼마 전에는 신랑 자고 일어난 방에서 온통 퀴퀴한 냄새가 퍼져서... 그 담날 저는 다른 방에서 잤습니다.……
"좀 씻어라" 구박하면 씻겨달라고 애교 부릴 때도 있습니다. 정 제가 못 참겠으면 정말 아기 씻기듯 욕조에서 씻겨 준 적도 있어요. 심지어……그렇다고 제가 뭐 씻는 거에 유난 떨고 그런 스탈은 절대 아닙니다. 저도 뭐 귀찮고 집 밖에 나갈 일 없으면 3일에 한번 (-_-;) 샤워하기도 해요. 그렇지만 남편은 너무해요. 밖에서 집에 들어와서도 옷도 안 갈아 입고 손도 안 씻고 잘 때까지 그대로입니다. 그리고 볼일 보고도 (큰 것도) 손을 안 씻어요. 제가 그 때 그 때마다 목격하고 씻으라고 소리 질러야 마지 못해 씻습니다. 완전 속았습니다. -_-;
연애할 땐 아침에 바빠서 샤워 못하면...저녁 약속 전에 꼭 집에 들러서 샤워하고 나왔었습니다. 오늘도 신랑, 5일만에 세면대에서 머리만 감고 나갔습니다. 샤워 안 한 지는 2주가 가까워 오네요. 그리고 불가리 향수 뿌리고 나갔습니다. 아주 미치겠습니다. 안 씻는 남편, 어떻게 방법이 없을까요?

사례 4   더럽게 안씻는 남편 고치는법

이런 사람인지 몰랐습니다. 결혼하고 2년이 흘러가지만 아침에 씻어라 양치질해라 해야 할까말까입니다. 퇴근후 샤워하지만 양치질은 빼먹습니다. 그러고 아침에 일어나면 그대로 옷만 입고 갑니다. 머리는 다 눌려진 채로 부시시하게 양치질도 안한 상태에서 입냄새 풀풀 풍기며.. 어르고 달래고 화내고 욕하고 시부모님께 말해보고 해도 소용이 없습니다. 이글을 보여주고 싶습니다. 남편은 서비스 판매직에 있습니다. 가끔 가게에 놀러가면 직원들이 절 불쌍하단 듯이 쳐다봅니다. 저런걸 데리고 사냐 이런눈빛. 직원들은 알겠지요. 입냄새가 장난 아니거든요. 저는 싫습니다. 왜 안씻는지 이유를 모르겠습니다. 집에 있을땐 씻든 안씻든 편히있는 거 상관 없지만 나갈 때 멋부리지 않더라도 씻고 깔끔히 나가는거 기본아닌가요? 이제 부부관계도 이주에 한번 할까말까 애보느라 힘든 것도 한몫 하지만 남편 안씻는 거 알고 정내미 떨어지고 더 안하게 됩니다. 본인은 모릅니다. 왜씻어야 하는지 어차피 더러워질거.. 그럼 저는 말합니다 어차피 죽을거 왜 사냐고 댓글 보여줄겁니다. 도와주세요 제발.

사례3〉과 사례4〉는 씻지 않는 남편의 생활습관으로 인해 답답한 아내의 글이다.

사례3〉에서 남편은 너무 안 씻는다. 일주일 동안 몸에 물 한번 안 묻히고, 심할 경우 10일에서 2주까지 안 씻기도 한다. 남편의 몸에서는 퀴퀴한 냄새가 진동을 한다. 더군다나 남편은 밖에 나갔다가 들어온 후에도 옷도 안 갈아입고, 손도 안 씻는다. 큰일을 보고 나서도 아내가 소리를 지르지 않으면, 손을 씻지 않고 그냥 나온다. 아내는 씻지 않는 남편 때문에 미칠 지경이다.

사례4〉에서의 남편 역시 아침에 일어나면 양치질을 하지 않고, 그대로 옷만 갈아입고 간다. 머리도 부스스한 채로 양치질도 안 한 채로, 입 냄새를 풍기며 가는 남편에게 아내가 욕을 하고 화를 내도 소용이 없다. 더군다나 남편은 서비스판매직에 있는데, 가끔 가게에 놀러 가면 직원들은 아내를 불쌍하단 듯이 쳐다본다. 아내가 씻으라고 하면 남편은 어차피 더러워질 거 왜 씻느냐고 한다. 이런 남편 때문에 아내는 힘이 든다.

사례 5 도박은 정말 못끊나요?

신랑이 날린 돈만 몇억이에요. 앞으로 십년을 아끼고 아껴야 지금 빚도 갚을 수 있을 듯하구요. 도박에 미쳐서 남편 노릇 아빠노릇 아들노릇 뭐하나 제대로 하는게 없네요ㅜ 이혼하면 아빠없이 자랄 아들 생각하니 넘 불쌍하고 이혼 안하고 살자니 평생 도박 빚갚다 죽을 거같고ㅠ 제 생각엔 별거하고 정 안되겠다 싶으면 이혼하려는데 친정 식구들은 당장 이혼하라 성화네요. 주위에서 도박 끊으신 분 있으시나요? 정말 끊기 힘든가요? 저도 남들처럼 신랑이랑 아기델꼬 공원 가서 산책도 하고 저녁에 애기 재워놓고 맛있는 거 만들어 둘이 맥주 한잔 하면서 도란도란 얘기도 하고 싶은데 이 사람은 그저 토토생각 뿐이네요 말로만 미안하다 하지 개선의 의지도 없어 보이고, 이혼하면 직업상 직장에도 소문날테고, 그렇다고 그만둘 수 없어요. 평생 직장이라... 여튼 이혼녀란 타이틀도 부담되고... 하지만 무엇보다도 제 금쪽같은 아들이 걱정이네요. 아들 생각만 해도 미안하고 불쌍해서 눈물이 나요. 이혼가정이라고 편견갖고 울아들 대할까봐 너무 두렵네요ㅠ 도박 정말 끊기 힘든거죠??

사례 6 도박중독 남편

9살 차이, 직업은 농사, 능력은 고졸, 집은 귀신 나오게 생긴 시골집.... 이게 제 남편입니다. 9년 연애하고 가족 전체가 저의 결혼에 결사 반대였죠. 몇번의 가출과 혼전 임신으로 험학한 분위기 속에서 결혼을 했죠 결혼 2주년이네요. 그새 큰애는 20개월이 됐고 갓 태어난 둘째도 생겼죠. 그리고 저에겐 빚도 생겼습니다. 결혼하고 1년은 참 행복했습니다. 비록 남편이 돈은 안갖다줬어도 가정적이고 착한 신랑에 예쁜 딸까지... 마음은 참 행복했죠. 근데 어느날 신랑 친구에게 연락이 왔어요. 돈관리 누가 하냐고... 신랑 관리 잘하라고... 전 연애하기 전에 남편이 포커로 돈을 많이 날렸고 그 후론 안하는 걸로 알고 있거든요. 근데 친구한테 얘길 듣자마자 육감적으로 도박인가보다 하고 친구에게 캐물었죠. 친구가 하는 말... 몇달 전에 700 빌려달랬는데 안빌려줬더니 절교를 했대요... 그뒤로 남편 뒤를 캤습니다. 집담보, 차 담보로 사채를 쓰고 러쉬앤 캐시 같은 금융권에 안빌린 회사가 없더군요. 결혼할 때 집 대출금까지 합하면 빚이 1억이 넘습니다. 매달 이자만 380이 나가는데.. 겨울엔 농사일이 없어서 한푼이라도 벌겠다며 동네 마트에서 일을 시작했어요. 첫달엔 월급을 주더라구요. 정신차렸나 했더니 두번째 월급날 회식이 있다며 늦는다고 해서 위치추적을 해보니 마트가 아니더라구요. 마트에 전화해봤더니 부인이 진통이 와서 일찍 퇴근했대요. 남편한테 전화해봤더니 태연하게 마트에서 일하고 있다더군요. 회식도 해서 늦을꺼라고... 당장 들어오라고 해서 캐물었더니 두세시간 만에 게임장에서 월급을 다 날렸대요. 정말 울화통이 터져 죽겠습니다. 그일이 있은 후, 시댁에서는 농사를 크게 지으니 차차 빚 갚아줄테니 걱정마라, 이혼 안하고 살아줘서 고맙다, 1년만 참아라 해서 참고 살던 중, 둘째를 낳고 산후조리원에 있었죠. 근데 그사이 집구석에서 컴퓨터로 바둑이란 걸 해서 500을 날렸대요. 그뒤로 전 솔직히 남편 꼴도 보기 싫습니다. 무슨 말을 해도 정 떨어지고 못믿겠고, 아빠 없는 자식 만들기 싫어 참고 삽니다.

사례5〉와 사례6〉은 도박을 하는 남편의 습관이 문제가 되어, 부부 사이에 갈등이 발생하고 있다.

사례5〉에서 남편은 도박에 미쳐 날린 돈만 몇 억이며, 도박에 미쳐서 남편노릇 아빠노릇 아들노릇 뭐하나 제대로 하는 것이 없다. 아내는 이혼을 생각하지만 이혼을 하면 아빠 없이 자랄 아들이 걱정이 되고, 이혼을 하지 않으면 평생 남편의 도박 빚을 갚다가 죽을 것 같다. 친정 식구들은 당장 이혼을 하라고 성화지만, 아내는 이혼녀란 타이틀도 부담이 되고 아들 또한 걱정이 된다.

사례6〉 또한 남편의 도박으로 인해 힘들어하는 아내의 글이다. 아내는 9살 차이가 나는 남편과 연애를 하고, 친정의 결사반대에도 불구하고 몇 번의 가출과 혼전 임신을 통해 결혼을 한다. 결혼 후 1년은 가정적이고 착한 남편에, 예쁜 딸까지 있어, 돈은 없었지만 마음은 행복했다. 그런데 어느 날 남편친구에게 전화가 와 남편이 도박을 하는 것 같다며 돈 관리를 잘 하라고 한다. 아내는 연애 전에 남편이 포커로 돈을 많이 날렸다는 것은 알았지만, 현재도 하고 있는 줄은 알지 못했다. 아내는 남편이 집과 차를 담보로 하여 사채를 쓴 것과 제2금융권에서 돈을 빌린 것을 알게 된다. 남편은 이후에도 게임장에서 월급을 다 날려 오고, 아내가 둘째를 낳고 산후조리원에 있는 동안 집에 있는 컴퓨터로 바둑이라는 것을 해 500만원을 날려버린다. 아내는 남편을 더 이상 믿을 수가 없고, 정이 떨어져 같이 살기도 싫다. 하지만 아빠 없는 아이들을 만들기가 싫어 참고 사는 중이다.

이러한 사례들은 모두 아내나 남편의 생활습관으로 인해 부부사이에 문제가 발생한 경우이다. 이런 사례들에 구비설화는 어떠한 도움을 줄 수 있을까?

먼저 생활습관의 당사자에게, 생활습관으로 인해 상대방이 힘들어 한다는 사실을 깨닫게 해줄 필요가 있다. 〈강똥 서 말〉이나 〈남편을 효자로 만든 아내〉의 경우 생활습관의 당사자는 배우자의 도움으로 자신의 버릇을 고치게 되는데, 배우자는 생활습관의 당사자에게 그러한 생활습관이 본인에게나 타인에게 어떠한 피해를 주는지 정확하고도 진지하게 설명해줄 필요가 있다. 사례1〉 사례2〉의 지저분한 생활습관의 소유자나 사례3〉 사례4〉의 씻지 않는 남편의 경우, 생활습관을 고치지 못하는 이유는 그것이 대수롭지 않다고 본인이 생각하기 때문이다. 그러나 그것으로 인해 배우자가 이혼을 생각할 만큼 힘이 든다면, 그 부분을 명확하게 전달할 필요가 있다. 사례3〉에서의 남편이 아내와 연애를 할 때는 늘 샤워를 하고 나왔다는 것을 보면, 씻지 않는 남편의 습관은 본인이 제대로 인지만 한다면 충분히 교정될 수 있다. 또 사례1〉의 경우처럼 베란다에 옷을 쌓아놓는 아내의 습관은 아이들의 건강에도 치명적인 해를 끼치게 된다. 그러므로 그 부분을 인식하게 해 배우자의 생활습관 교정을 유도할 필요가 있다.

다음으로 본인의 생활습관에 대해 생각해볼 시간을 줘야 한다.

〈호랑이에게 홀린 아내 구한 남편〉의 경우, 남편은 산속에 아내를 혼자 두고 밤낮 노름을 하러 다닌다. 그리고 그로 인해 아내가 호랑이에게 홀리는 사건이 발생하게 된다. 설화의 문맥상 남편이 그 사건 이후 평생 노름을 하지 않았다는 것은, 남편이 자신의 생활습관으로 인해 아내가 위기에 처했다는 것을 깨달았기 때문이다.

사례5〉 사례6〉의 도박하는 습관의 경우, 아내나 혹은 자신의 가정

이 위기상황임을 남편이 깨닫게 된다면 생활습관을 교정하는 것이
좀 더 수월할 것이라 판단된다. 그러므로 말로만 남편을 설득할 것
이 아니라 객관적인 자료를 사용하여, 아내나 가정이 위기상황이라
는 것을 남편이 인식하고, 자신의 생활습관에 대해 되돌아볼 수 있
는 계기를 마련해주는 일이 필요하다. 특히 배우자의 문제가 스스로
의 노력에 의해 교정될 사항이 아니라 중독이라고 판단된다면, 의학
적인 도움을 받아 문제를 해결해야 한다.

　마지막으로 이야기할 수 있는 것은 일종의 충격요법이다. 생활습
관이란 이미 익숙해지고 행동으로 굳어져서 고치기 어렵게 된 성질
을 이야기한다. 그러므로 본인이 깨닫지 않는 한, 습관을 교정하는
것은 어려운 일이다. 〈소가 된 게으름뱅이〉나 〈호랑이에게 홀린 아
내 구한 남편〉과 같은 설화에서는 교정되어야 될 생활습관의 당사자
에게 일종의 충격요법을 사용하여 생활습관을 고치고 있다. 물론 설
화에서 사용된 충격요법은 극단적이고 비현실적이다. 그러나 생활
습관의 당사자에게 충격을 줄 만한 강력한 대응 방안을 잘 강구하여
본다면, 이 또한 교정을 유도하는 것도 가능할 것이다.

10장 / 배우자에 대한 질투

〈아내 질투로 호식 당한 남편〉

1) 부부갈등 양상과 해결방안

질투로 인한 부부갈등을 보여주는 설화로, 〈아내 질투로 호식 당한 남편〉을 들 수 있다. 이 설화의 대강의 줄거리는 다음과 같다.

어떤 사람이 농사를 지으며 아이를 낳고 잘 살고 있는데 어떤 중이 와서 염불을 하며 죽을 날이 가까웠다고 말하였다. 중은 독에 숨어서 어떤 사람이 와도 없다고 하며 어느 날을 피하라고 하였다. 그 사람이 독에 들어앉아서 가마솥 뚜껑을 거꾸로 덮고 아내에게 누가 와도 없다고 하라고 신신당부했다. 날이 새자 어떤 노인이 주인을 찾았다. 아내는 집에 없다고 했고 한낮 쯤 되니 또 어떤 중년 양반이 와서 친구라고 하였지만 아내는 출타하고 없다고 하였다. 저녁이 되자 어떤 예쁜 색시가 와서 백일 정도 되는 애를 업고 와서 주인을 찾았다. 색시는 주인 양반이 아이까지 낳

게 하고 소식이 감감하여 찾아왔다고 했다. 아내는 주인이 그동안 밖에
서 생활하다 돌아온 지 몇 년 안 되기에 색시의 말이 그럴싸하게 보였다.
색시는 주인 양반이 무정하다며 아이를 주며 키워달라고 했다. 아내가
가만히 생각하니 자신이 아이를 키우더라도 색시가 예쁘니 그 색시에게
남편이 갈 것 같았다. 아내는 남편에게 밖에서 그런 짓을 하고도 살고 싶
은 마음에 중이 시키는 대로 독에 숨은 것이냐고 말했다. 색시는 갑자기
호랑이로 변해서 뒤꼍으로 가서 독을 깨고 주인을 꺼내 물고 갔다.[49]

어떤 남자가 농사를 지으며 아이를 낳고 잘 살고 있는데, 중이 와
염불을 하며 죽을 날이 가까웠다고 이야기를 한다. 중은 날짜를 지
정해주며, 그 날은 독에 숨어 어떤 사람이 와도 없다고 하라고 한다.
그래야 살 수 있다는 것이다. 중이 지정해 준 날이 되자 남자는 독에
숨으며, 아내에게 누가 와도 없다고 하라고 신신당부를 한다. 날이
새고 어떤 노인이 찾아오자 아내는 남편이 출타했다고 이야기하며,
한낮에 중년 남자가 친구라고 찾아왔을 때도 아내는 남편이 집에 없
다고 한다. 그런데 저녁에 예쁜 여자가 백일 정도 되는 아이를 업고
찾아온다. 여자는 남자를 찾으며 "남자가 아이까지 낳게 하고 소식
이 없어 찾아왔다."고 이야기를 한다. 아내는 남편이 바깥생활을 하
고 돌아온 지 몇 년 안 되었기에 그 말이 그럴듯해 보이고, 여자가
아이를 주며 키워달라고 하자 남편에 대한 의심이 들기 시작한다.
　여기서 문제가 되는 것은 남편의 외도를 의심하는 아내이다. 또
아내는 자신이 아이를 키우더라도 여자가 예뻐 남편이 그녀에게로

---

49 『한국구비문학대계』 7-6, 112-116면, 창수면 설화48, 여자는 믿을 수 없다.
　문문희(여, 34)

갈 것 같은 마음이 드는데, 이것은 아내가 그녀를 질투하고 있기 때문이다. 그러므로 이 설화에서 문제가 되는 것은 아내의 의심과 질투이다.

남편에 대한 의심과 질투에 아내는 남편이 당부한 말을 잊고, 아내는 남편에게 밖에서 그런 짓을 하고도 살고 싶은 마음에 중이 시키는 대로 독에 숨은 것이냐고 말한다. 이 부분에서 아내는 자신의 질투심을 표출하고 있다. 즉 남편이 자신보다 예쁜 여자를 더 사랑할 것 같고, 그녀에게로 갈 것 같은 생각에, 아내는 잠시 이성을 잃고 있는 것이다. 그리고 남편이 신신당부한 말을 잊고 남편을 비난하고 있다. 아내의 말에 예쁜 여자는 호랑이로 변해, 독을 깨고 남편을 물고 가 버린다. 이 설화에서 아내는 남편을 찾아온 대상이 자신보다 젊은 여자, 혹은 예쁘다고 생각되는 여자일 때, 그녀에 대한 질투심에 눈이 멀어 이성을 잃게 된다. 또 자신이 아닌 여자와 인연을 맺은 남편에게 화가 나, 남편이 당부한 말을 잊고 남편이 있는 곳을 발설하고 만다. 결국 질투는 아내의 이성을 마비시키고, 아내의 질투로 인해 남편은 목숨을 잃게 되는 것이다. 즉 이 설화는 질투라는 감정이 이성을 잃게 만들며, 배우자의 목숨까지도 위태롭게 할 수 있는 위험한 감정임을 보여준다. 이 설화에서 질투로 인해 생긴 부부간의 문제는 해결이 되지 않으며, 남편은 호랑이에게 물려 죽게 된다.

그렇다면 실패를 거울삼아 이야기해줄 수 있는 부부갈등 해결방안은 무엇일까?

감정보다는 이성적인 태도로 상황에 대처하라는 것이다. 이 설화에서 남편은 아내에게 누가 와도 자신이 있는 곳을 가르쳐줘서는 안

되며, 그럴 경우 자신이 죽을 것이라고 이야기를 한다. 그리고 남편이 말한 그 날짜에, 예쁜 여자는 찾아온다. 이성적으로 상황을 판단했다면 아마 아내는 남편의 목숨을 구할 수 있었을 것이다. 그러나아내는 질투심에 상황판단을 제대로 못하고, 남편을 잃게 된다. 그러므로 이 설화의 실패를 거울삼아 이야기해줄 수 있는 해결방안은질투심으로 인해 부부갈등이 유발되었다면 이성적으로 그 상황에 대해 판단을 하고, 그 후에 행동을 해도 늦지 않는다는 것이다. 감정에 사로잡혀 성급하게 행동하는 것은 부부간의 문제를 더 크게 만들수 있다. 또 하나 생각해볼 수 있는 것은 남편의 행동이다. 설화에서아내가 남편을 의심하는 이유는 그가 밖에서 생활을 하다 돌아온 지몇 년이 안 되었기 때문이다. 즉 남편은 아내가 의심하고 질투할 만한 상황을 만들어주고 있는 것이다.

2) 현대 부부갈등 사례에의 적용

〈아내 질투로 호식 당한 남편〉은 현대 부부갈등에 어떻게 적용될수 있을까? 먼저 질투로 인해 부부갈등이 유발된 상담사례들을 살펴보고, 본 설화의 적용 가능성을 타진해 보도록 하겠다.

사례 1   남편들은 어떨때 의심하나요?

우리남편은 저보다 아홉살정도 많아요. 그래서 그런지 다른사람보다 남자만나는거에 대해 굉장히 예민해요. 오늘은 아들램 태권도선생

때문에 다퉜네요. 아들이 일곱살인데 태권도 다닌지 열흘 정도 되었어요. 저번주 월요일부터니까요. 이번주 내내 태권도 도복을 안입고 체육을 하는것 같아서. 체육관 관장님(?) 선생님이 울 아들을 잘 안챙겨주는 건 아닌가 하는 생각을 했어요. 제가 4시 20분쯤 나가면서 집에 있는 신랑(오늘 어쩌다가 휴일)에게 '잠깐 나갔다 오겠다'라고 했어요. 랑이 아들 데리러 가냐는 질문에 그렇다고 대답하고 나오면서 아들이 차량을 탑승했는지 도장에 전화했죠. 탑승을 했으면 기다리다가 그냥 아파트 입구에서 데리고오고 안탔으면 제가 가서 옷도 찾고 잠깐 이야기좀 하려구요. 안탔다고 해서 도장가서 옷찾고 5분도 안돼서 남편이 난리났어요. 태권도장 가는데 왜 말을 안하고 가느냐, 아들 차량으로 데려다 주는데 굳이 너 차 끌고 가서 데리고 와야 했느냐.. 기름값이 남아도냐.. 제가말했죠.. 옷도 찾고 물어볼 것도 있어서 갔다고.. 그러면 태권도장에 무슨 이유 때문에 간다고 말을 했어야지 왜 잠깐 나갔다 온다고 하고.. 차끌고 도장가서 애를 데려오냐.. 미리말했어야지 왜 잠깐 나갔다가 오냐고..;; 그래서 아들이 차량을 탔으면 그냥 올라오려고 했다고, 아니라서 겸사겸사 갔다고.. 그래도 화를 버럭버럭;;; 울 남편은 내 동생(7살차이) 남친이랑 네이트온으로 대화하는 것도 엄청화내서.. 막 싸우고 결국 괜찮아졌어요. 내가 의심받을 짓을 한거 맞나요? 남편들은 아내를 너무 사랑하고 아내가 너무이뻐보여서 의심하는건가요? 아니면 그냥 병인가요? 아님. 화낼구실을 만드는건지.. 정말 막무가내로 우겨대는데 대책이 안서네요. 아이한테 태권도 가기싫으면 내일부터라도 가지말라고 난리...진짜 싸울거리도 안되는데.. 집에오면서 날씨 좋아서 나가서 외식이라도 하자고 해야지 하고 들어갔다가.. 냉전상태에요;;

사례 2　남편이 아내 친구들 챙기는 것, 당연한 건가요?

……얼마전 친구가 놀러오기로 했다. 이사한 곳이라 친구도 궁금해
했었고 오랜만에 만나 더욱 반가웠다. 물론 남편한테 친구가 놀러온
다고 말했다. 친구가 오는날 오전, 출근한 남편한테 전화가 왔다. "점
심에 나와서 같이 밥이나 먹자, 내가 예약할게." 나는 친구가 어색할
지도 모르니까 한번 물어본다고 했다. 친구도 신랑이 어떤지 궁금했
나보다. 그래서 같이 밥을 먹었다. 꽤 분위기 좋은 곳이었다. 식구들
외식할때는 이런곳 와보지도 않던곳인데 좀 무리를 했다. 아니 사실
은 우리부부가 상견례했던 곳이다. 내심 좋으면서도 한곳에는 이름모
를 배신감마저 들었다.……저녁식사때 남편은 친구 얘기로 화제를 돌
렸다. 예전에 다른 내친구가 우리집에 놀러왔을때 그 친구를 더 대접
했어야 했는데 라고 남편이 말했다. 사실 그 친구때문에 연애시절 화
가 많이 난적이 있어서 그런 소리를 하는 남편이 마구 미워졌다. 남편
은 그때 내가 왜 화났는지 지금도 모를것이다. 연애시절 남편이랑 그
친구집에 갔는데, 히히덕거리는 모습이 내 화를 돋구었다. 그래서 나
오자마자 난 우리집으로 차를 타고 직행했고, 남편이 택시를 타고 쫒
아왔다. 그때 제일 화많던 때라 지금도 기억이 남는데 그 친구한테
밥을 못사줘서 안달이 난 것처럼 들렸다. 사실 그 친구는 자기가 돈도
많이 벌면서 밥한번 사준 친구도 아니었고, 심지어 우리집에 놀러오
면서 빈손으로 온 친구다. 우리집에 아이가 둘 있는데도.. 그 친구가
놀러온 날도 남편은 줄기차게 전화해서 밖에 나오라고 자기가 사준다
고 했다. 그런 남편이 싫어서 나가기 귀찮으니까 우리가 알아서 시켜
먹을게 했다. 남편은 자기 친구들한테는 가족동반 모임하는 것도 꺼
리면서 내친구들 만나는 곳에는 꼭 끼려고 한다. 정말 밉상이다. 왜

그런지.. 그럴 돈이 있으면 마누라 더 챙겨주던지..아님 알아서 사먹으라고 용돈이라도 퍽퍽주던지.. 다른때같으면 외식하면 돈 나간다고 참아야한다는 등 이런 말을 하면서 왜 내 친구들에게 관심이 있는지... 정말이지 화나서 며칠째 밥도 안챙겨준다...

사례 3   **결혼하고 4개월만에 회의가 느껴져서..**

얼마전 토요일날에 신랑이 친한친구 소개팅을 시켜준다고 회사 여직원 친구와 약속을 잡았어요.……남편이 유독 소개팅여를 친창하는거예요..이쁘고 귀여워서 남자들한테 인기 많겠다구요. 사실 생긴건 정말아니라 소개팅 당사자 오빠가 맘 많이 상했겠다 생각하고 있었는데 신랑은 그런 소개팅녀 칭찬을 10번 이상하는거예요. 꼭 자기가 소개팅 당사자인거 처럼요. ……신랑이 주선자인 회사여 직원한테 저 얘기하는거예요. 첨엔 엄청 착한줄 알았는데 살다보니 아니더라구요. 그리고 뒤이어 나온말이 실속있고 귀엽고 남자한테 잘하겠다고 뜬금없이 신랑이 누구에 칭찬을 하는데 그 주선자인 회사 여직원은 누굴 말하나 싶어 물어보니 또 그 소개팅여를 말한 것이었어요. 안그래도 아까부터 자꾸 나한테도 안하던 이쁘다니, 귀엽다니, 남자한테 인기많겠다니 입이 아프도록 칭찬을 해서 맘에 걸려하고 있었는데 그말 듣는순간 내가 왜 이 남자랑 살고있나 싶고 배신감에 넘 화가나서……아무리 풀려구 해도 자꾸 그때 그 신랑 비교하는 말이 머리속에 맴돌고 우울해져 눈물까지나요. 전엔 내가 오랜 남자친구 칭찬을 해서 뺨까지 때린 사람인데.. 신랑은 전날 술이 많이 취해 기억도 안나고 그 못생긴 애가 뭐가 너보다 이뻐냐며 내가 정말 잘못했네하며

싹싹빌고 그 이후론 표현도 잘 안하는 사람이 애정표현도 하며 잘하
지만.. 그래도 그때 그 기분이 사라지질 않고 신랑 얼굴도 보기싫고..
어쩌면 좋을까요?……전 자존심이 무척 세거든요. 근데 그 소개팅여
누가봐도 나보다 아니었는데 그런 여자랑 비교되서 화가난건지 내 맘
을 모르겠어요.. 속시원하게 저의맘좀 풀어주세요.. 이렇게 나가다간
결혼생활에도 문제가 생길거 같네요..

사례1〉에서는 남편이 아내를 질투하고 있다. 이 부부는 남편이 아
내보다 아홉 살이 많고, 그래서 그런지 평소에도 남편은 아내가 다
른 남자를 만나는 것에 대해 예민하다. 아내는 태권도장에 다닌 지
열흘 밖에 안 된 일곱 살 아들이 도복은 잘 입고 운동을 하는지 확인
도 할 겸 아들을 마중하러 나간다. 남편이 어디를 가냐고 묻자, 아내
는 아들을 데리러 간다고 한다. 도장 차량이 아직 출발하지 않았다
고 해 아내는 태권도장까지 가게 되고, 잠시 이야기를 나눈 후 아들
을 데리고 온다. 집으로 오자 남편은 태권도장을 가면서 왜 잠깐 나
갔다온다고 이야기를 했느냐, 왜 태권도장에 간다는 말을 안 하고
갔느냐, 기름이 남아 도냐며 아내의 행동을 비난하고 화를 낸다. 아
내는 남편의 행동이 당황스럽고 자신도 화가 난다. 예전에도 남편은
자신이 7살 차이인 여동생의 남자친구와 네이트온으로 대화를 하는
것을 보고 화를 낸 적이 있다. 아내는 남편의 태도가 도무지 이해가
가지 않는다.

사례2〉 사례3〉은 반대로 아내가 남편을 질투하고 있다.

사례2〉에서 아내의 친구가 놀러오기로 한 날, 남편은 식구들하고

는 가지 않았던 예전 상견례 장소를 예약하고, 아내의 친구를 대접
한다. 아내는 남편의 행동이 내심 좋으면서도 한편으로는 배신감이
든다. 친구가 돌아가고 저녁식사를 하면서 남편은 다른 친구가 놀러
왔을 때도 이렇게 대접하지 못한 것을 후회한다. 그런데 아내는 연
애시절, 그 친구와 남편이 즐거워하던 모습에 화가 나 남편과 크게
싸운 적이 있다. 그리고 아내는 그 친구에 대한 감정이 좋지 않다.
이 사실을 모르는 남편은 그 친구를 못 챙겨준 것에 대해 계속 후회
하는 말을 하고, 아내는 남편에게 화가 나 며칠 째 밥도 안 챙겨주
고 있다. 아내는 남편이 자신의 친구들에 대해 관심을 갖고, 그들을
챙겨주려는 것이 싫다. 특히 사례에서 아내는 연애시절 자신이 아닌
친구와 즐거워하던 남편의 모습을 기억하고, 아내의 친구라 잘 해주
려는 남편의 호의를 그 친구에 대한 애정이 아닐까 의심하고 있다.

　사례3〉에서 아내는 신랑의 친한 친구를 소개팅 해주기 위해 자신
의 회사 여직원의 친구와 약속을 잡고, 뒤늦게 그들이 있다는 술집
으로 합석을 하게 된다. 다들 취해 있는 상태에서 남편은 소개팅에
나온 여자가 예쁘고 귀여워 남자들한테 인기가 많겠다며 그녀를 칭
찬한다. 아내가 보기에는 별로인 여자를 남편이 열 번도 넘게 칭찬
을 하자 아내는 마음이 상하기 시작한다. 2차로 간 단란주점에서 남
편은 아내의 회사 여직원에게, 아내가 엄청 착한 줄 알았는데 결혼
해 살아보니 아니라면서, 또 그 소개팅에 나온 여자를 칭찬한다. 남
편의 말에 화가 나고 배신감이 느껴진 아내는 남편에게 화를 내고,
남편은 삐졌다며 아내를 놀린다. 이후 술에서 깬 남편은 아내에게
싹싹 빌지만, 아내는 남편의 말이 떠올라 우울해 눈물이 날 지경이
다. 그리고 남편의 사과에도 마음이 풀리지 않는다. 이 글에서 아내

가 그 소개팅에 나온 여자가 정말 별로라는 말을 여러 번 반복하고 있는 것을 볼 때, 아내는 그 여자와 자신을 비교하며 남편이 그 여자를 자신보다 더 괜찮다고 생각하는 것은 아닐까 의심하고 있다.

　사례1〉에서 남편은 아들의 태권도 선생님에게, 사례2〉에서 아내는 남편이 호의를 베푸는 자신의 친구에게, 사례3〉에서 아내는 남편이 칭찬을 하는 소개팅에 나온 여자에게 질투를 하며, 부부사이에 문제가 발생하고 있다. 여기서 배우자가 상대를 질투하는 이유는 아내가 혹은 남편이 본인보다 그 상대에게, 더 마음을 쓰는 것은 아닐까 의심하기 때문이다. 이러한 의심으로 인해 배우자의 행동을 오해하면서, 질투가 유발되고 있다. 특히 사례1〉의 경우에는 분명한 대상이 나타나지 않으며, 문맥상으로 남편이 의심을 하는 것은 아내와 어떤 방식으로든 관계를 맺고 있는 남성이다. 그런데 부부사이의 질투는 가족관계 내에서도 나타난다.

사례 4　여동생을 끔찍히 아끼는 남편

　결혼하기 전부터 이미 알고는 있었지만…… 남편과 아가씨의 사이가 무척 돈독합니다. 저도 6살 차이나는 남동생이 있고 남편도 6살차이나는 여동생이 있습니다. 제 동생과 아가씨는 같은 중학교 출신이구요.. (저랑 남편도 중학교 동창이거든요;;) 같은 남매인데도 달라요 많이..ㅋㅋ 저랑 남동생은 지금도 많이 싸우고 그러는데 남편이랑 아가씨 사이를 보면 진짜 질투가 날 정도예요. 한참 연애할 때 자기 홈페이지 메인에다가 아가씨랑 찍은 사진을 올려놨었어요. (아가씨가 얼굴이 예뻐요...) 그랬더니 제 얼굴을 못 본 남편의 지인들이 여자친구냐고 막 그랬다니까요. 워낙 어렸을 때부터 옆에 붙어다녀서 그런 거라는 건 알고 있었는데 결혼하고 나서가 문제더라구요. 저보다 아가씨를 더 챙겨요. 가족이 우선 순위인 건 아는데 저 또한 자기 아내고 가족인데... 그렇다고 제가 시부모님이랑 아가씨한테 못하는 것도 아닌데 그냥 남편한테 서운하네요. 남편이 인테리어 일을 하는데 제가 벽지랑 좀 이것저것 바꾸고 싶다고 했을 때는 "아 나중에. 나중에 하자. 급한거 아니잖아." 이래놓고선 아가씨가 혼자 사는 집에 가서는 (아가씨가 아직 결혼을 안했어요) 커튼도 새로 달아주고, 화장실 조명도 어둡다고 바꿔주고, 변비있다고 하니까 스마트렛인가 뭔가 프리미엄 비데도 렌탈해주고 아기자기한 소품 뭐 접시나 머그컵같은 거 사다주고, 제가 뭐라고 하면 아니 동생한테 질투를 하면 어떡하냐고 이러고 있고 말이 안통해요. 제가 너무 과민반응 하는 건가요? 저도 아가씨랑 남편 사이에 끼려고(끼려고 한다는 말 자체가 웃기지만) 아가씨랑 둘이서 쇼핑도 다니고 허물없는 사이 되려고 노력 진짜 많이했어요. 제가 농담조로 서운한 걸 몇 번 드러냈는데 아가씨도 어려서 눈치가 없는 건지 그냥 웃어넘길 뿐이고 자기 결혼하면 오빠보다 자기 남편 더 챙길거니까 지금은 걱정말라고 하고 .... 며칠 전에 로즈데이였잖아요. 남편이 퇴근후에 꽃다발을 가져와서 좋아했는데... 아가씨 카톡 프로필 사진을 보니까... 제가 남편한테 받은 똑같은 꽃다발 사진이 있는 거예요. 진짜 울컥하더라구요. 아가씨한테 질투를 느끼는 저도 웃기고... 아니 원래 이렇게 사이가 돈독한 남매들은 꽃다발도 주고 받나요? 연인들이나 꽃을 주는 로즈데이에????? 저는 6살 차이나는 제 남동생이 이제 군대도 갔다오고 징그러워 죽겠는데 남편은 아가씨를 아직도 애기처럼 대하는 것 같아요. 제가 이상황에서 도대체 어떻게 대처? 어떤 반응을 보이는 게 맞는 걸까요?

사례 5   딸에게 질투하는 아내

전 올해 36 아내는 37에 6살난 딸하나 있는 그저 평범한 가정을 가진 가장입니다. 전 사실 우리 아기 두돐때까지 거의 부성애란 걸 못느끼고 그냥 내 호적에 있는 아이였습니다. 그후에 아이가 커가며 조금씩 정도 생기고 이게 내 자식이구나 란 생각도 들고하더군요. 그러다 최근엔 제가 일 때문에 집에 있는 날이 거의 없었습니다. 전화로 통화하고 목소리 듣고 그게 전부였습니다. 그러다 제가 한국 들어온 지 이제 만 2개월이 되어 가네요. 오랫동안 보지 못한 딸이 너무 사랑스러워 전 거의 야단도 않쳤습니다. 우리 부부가 자는 이불 사이로 아빠랑 잘거라고 옵니다. 전 이쁜 딸과 함께 자는게 넘 행복합니다. 조금만 더 커버리면 아빠 안고 잘거라고 하지 않을꺼잖아요. 또 우리 딸이 이불에 과자 부스러기를 흘리거나 하면 우리 집사람 난리 납니다. 전 제가 흘렸다고 믿지도 않는 거짓말을 하고 우리딸 안고 잠시 다른방에 피신다녀 옵니다. 그런데 어느날 아침에 일어나니 집사람이 없는겁니다. 작은방에서 혼자 자더군요. 전 그냥 성격이 워낙 별난 사람이라 그런 가보다 뭔가 맘에 않드나 보다 생각했는데...아내가 그럽니다.. 우울증 올것 같다고... 딸에게 절 빼긴것 같다고... 그래서 요즘 아기에게 조금 야단 칩니다.. 아기도 뭘 아는지 제 눈치 아내 눈치 보는게 보입니다.. 너무 안스럽습니다. 요즘은 아내가 한번씩 조금 심하게 야단칩니다. 뭐 머리를 미러버린다는둥.. 이런식으로.. 그러다 오늘 안방에서 누워 티브이를 보는데 아빠랑 볼꺼라고 제게 딸이 오는 겁니다. 그걸 보더니 티브이 전원 끄고 짜증을 내더군요. 답답해서 배 아파 낳은 자식에게도 질투가 나는 겁니까???

사례 6 아들 질투하는 남편

> 20개월 아들을 둔 워킹맘입니다. 본론부터 말하자면...우리남편 20개월된 자기 아들을 질투하더이다. 제가 아들 태어나고 변했다며...아들밖에 모른다고... 자기한테도 신경을 써달라고 하는데 34이나 된 남자와 20개월 된 남자가 어찌 같을 수 있을까요??? 등 돌리고 자면 서운하고 아들 간식은 챙기면서 자긴 안챙겨 준다고 서운해 하네요. 이러다가 자기도 밥 떠먹여 달라는거 아닐지....휴...아들이 아직 어려 손이 많이 가는데... 남편이 서운하다고 점점 목석 처럼 변해가네요. 집안일도 안도와주고.. 육아는 아들 밉다고 손 놓은지 오래구요...고수님들이 방법좀 알려 주세요...

사례4〉는 친여동생을 아끼는 남편에 대한 아내의 질투가 드러나며, 사례5〉 사례6〉에서는 딸에게 질투를 하는 아내가, 아들에게 질투를 하는 남편이 문제가 된다.

사례4〉에서 남편과 여동생은 사이가 무척 돈독하다. 결혼 전에 남편은 여동생과 찍은 사진을 자기 홈페이지 메인에다 올려놓았으며, 결혼한 지금도 아내보다는 여동생을 더 챙긴다. 한 예로 인테리어 일을 하는 남편에게 아내가 벽지와 이것저것을 좀 바꾸고 싶다고 할 때는 나중에 하자던 남편이, 여동생이 혼자 사는 집에 가서는 커튼은 물론이고 화장실 조명에 비데까지 바꾸어준다. 아내는 남편이나 여동생에게 속상한 자신의 마음을 털어놓지만, 웃어넘길 뿐 심각하게 생각하지 않는다. 로즈데이 날에도 남편은 여동생에게 아내에게 준 꽃다발과 똑같은 꽃다발을 선물하고, 이것을 알게 된 아내

는 남편의 행동에 화가 나고 남편의 사랑을 받는 아가씨에게 질투가
난다.

사례5〉에서는 아내가 남편이 사랑하는 자신의 친딸에게, 사례6〉
에서는 남편이 아내가 사랑하는 자신의 친아들에게 질투를 느끼고
있다. 사례5〉에서 글쓴이는 딸아이가 두돌이 될 때까지도 별다른 부
성애를 느끼지 못하다가, 아이가 커가면서 딸에 대해 점점 사랑을
느끼게 된다. 일 때문에 집에 있는 날이 거의 없었고, 딸과 오랫동안
떨어져 있었기에, 글쓴이는 딸이 너무나 사랑스럽고 딸과 함께 자는
것이 너무 행복하다. 그런 남편에게 아내는 딸에게 남편을 빼앗긴
것 같아 우울증이 올 것 같다며 화를 낸다. 오늘 안방에서 tv를 보며
누워있는데 딸이 오자 아내는 전원을 끄며 화를 내고, 남편은 자신
의 딸에게 질투를 하는 아내가 답답하다.

사례6〉에서는 반대로 남편이 아들을 질투하고 있는데, 남편은 아
내에게 아들이 태어나고 변했다면서 20개월 된 자신의 친아들을 질
투한다. 남편은 아내가 아들 간식을 챙기면서 자신의 간식은 안 챙
겨 준다고 서운해 하고, 아내가 등을 돌리고 자면 서운해 한다. 남편
은 아들이 밉다고 집안일도 안 도와주고, 육아에도 손을 놓은 지 오
래됐다. 아내는 친아들을 질투하는 남편을 어떻게 해야 될 지 고민
이다.

또한 질투라는 감정은 사람을 대상으로만 유발되지는 않는다. 다
음의 사례는 이러한 사실을 잘 보여준다.

사례 7   강아지에 질투하는 아내

결혼 3년차된 남자입니다. 게시판에 가끔 들르다가 저도 궁금한게 있어 한번 글을 올려봅니다. 제 아내는 저랑 동갑인데 얼마전부터 애완견을 갖고 싶다고 아주 노래를 부르다시피 했었습니다. 그래서 한 마리 사줄려고 했는데 (저도 개를 무척 좋아합니다. 특히 애완견도 그렇지만 그냥 일반 개를 더 좋아합니다) 알아보니 그냥 개는 몰라도 애완견은 값이 무척 비싸더군요. 그래도 하도 기르고 싶다고 노래를 하길레 큰 맘 먹고 한마리 구입했습니다. 첨엔 너무 이뻐더라구요. 외출할 때도 가방에 넣어서 꼭 데리고 나가고... 강아지땜에 아예 외출을 거부할 때도 있더군요. 개 혼자 놔두고 못나간다고. 개장난감, 개줄, 개샴푸 등등 개 용품을 무지하게 챙기고요. 운동시킨다고 평소 운동도 싫어하던 사람이 개를 데리고 운동장도 뛰고.. 근데 문제는 한 3달쯤 지난 후였습니다. 저도 개를 무척 좋아하므로 퇴근하여 집에 들어서면 강아지가 반가워서 달려들고 저도 꼬리를 흔들며 아양떠는 강아지를 무척 이뻐해 주고 같이 놀곤 했죠. 그랬더니 어느날 갑자기 아내가 강아지를 다른데 갖다주라는 겁니다. 화를내면서... 그동안 그렇게 이뻐하고 침대에서 같이 잠까지 자던 강아지를 어느날 갑자기... 그것도 욕까지해대면서..(그 개새끼좀 당장 갖다버려!!) 이렇게요.. 이유는 제가 자기보다도 강아지를 더 이뻐한다는 겁니다. 아니 이런 젠장... 결국 싸우다 지쳐 아버님댁에 갖다드렸습니다. 아니 자기가 사달라고 조를땐 언제고 그렇게 이쁘다고 애지중지할 땐 언제고 사람이 어쩜 그렇게 매정한지... 강아지한테 질투를 하다니..여러분은 어떻게 생각하십니까?.. 너무 이해가 안돼서 이렇게 글을 올려봅니다..

　사례7〉에서 아내의 질투의 대상은 강아지이다. 결혼 3년차인 남편은 아내가 강아지를 갖고 싶다고 조르자, 한 마리를 구입해 키우게 된다. 아내는 강아지를 너무 예뻐해 외출할 때도 꼭 가방에 넣어 데리고 나가고, 개 용품도 챙기며, 강아지를 운동시킨다며 운동장도 같이 뛰었다. 남편 또한 퇴근하고 돌아오면 반가워서 달려들고, 꼬리를 흔들며 아양을 떠는 강아지가 무척이나 예뻐서 같이 놀아주곤 했다. 그러던 어느 날 아내는 갑자기 강아지를 다른 곳으로 갖다 주라며 화를 낸다. 이유는 자신보다 남편이 강아지를 더 예뻐한다는 것이었고, 남편은 싸우다 지쳐 본가로 강아지를 보낸다. 남편은 강아지에게 질투를 하는 아내를 이해할 수 없다.

　그렇다면 이런 사람들에게 구비설화는 어떠한 도움을 줄 수 있을까?

　〈아내 질투로 호식 당한 남편〉에서 아내는 남편이 다른 여자와 인연을 맺었다는 말에 화가 나, 사실을 확인해보지도 않은 채, 남편이 있는 곳을 이야기하고 남편은 죽게 된다. 아내의 질투로 인해 남편은 죽게 되는 것이다. 이 설화는 질투라는 감정이 이성을 마비시키며 배우자의 목숨까지도 위태롭게 할 수 있는 위험한 감정임을 보여준다.

　부부간에 질투심으로 인해 부부갈등이 유발되었다면, 질투의 당사자는 자신이 질투하는 대상이 누구인지, 질투를 하는 이유가 무엇인지, 현재 자신의 감정을 의심스럽게 만드는 상황에 대해 이성적이고도 객관적으로 체크해볼 필요가 있다. 왜냐하면 질투로 인한 부부문제는 당장의 감정에 사로잡혀 성급하게 행동할 것이 아니라, 이성적으로 상황을 판단한 후 실천에 옮겨도 늦지 않기 때문이다. 오히려 성급한 행동은 부부관계를 더 악화시킬 수 있다. 또 질투를 받는 배우자는, 질투의 당사자가 의심을 하지 않도록 자신의 행동을 조심할 필요가 있다.

〈아내 질투로 호식 당한 남편〉에서 아내가 남편의 말에도 불구하고 질투를 하게 되는 것은, 남편이 밖에서 생활을 하다가 돌아온 지 몇 년이 되지 않았기에 실제 그러한 일이 생겼을 지도 모른다는 의심 때문이다. 즉 남편은 아내가 질투를 유발할 만한 상황을 만들어주고 있는 것이다. 그러므로 질투를 받는 당사자는 자신의 배우자가 의심하지 않도록 스스로의 행동을 조심할 필요가 있으며, 지나치게 배우자가 질투를 할 경우 그 원인이 무엇인지 확인하고 배우자를 이해시킬 필요가 있다.

특히 사례7〉에서처럼 사람은 때로 어이없는 상황이나 사물에 대해 질투를 하기도 한다. 아내가 강아지에게 질투를 느끼는 것이 일반 사람들이 보기에는 어처구니없는 일일 수도 있다. 그러나 아내가 남편에게 남편이 자신보다 강아지를 예뻐하는 것 같아 싫다고 분명한 이유를 이야기했다면, 남편은 아내가 이해가 되지 않는다고 이야기할 것이 아니라 자신이 강아지보다 아내를 더 중요하게 생각한다는 것을 아내에게 충분히 이해시킬 필요가 있었다. 만약 남편이 그 역할을 제대로 해줬다면 강아지를 본가로 보낼 일도 없었을 것이며, 실제 부부사이의 문제는 쉽게 해결이 가능했을 것이기 때문이다.

11장 / 배우자에 대한 오해나 의심

〈머리에 쓰면 미인으로 둔갑하는 해골〉〈시아버지와 여종을 혼인시킨 며느리〉〈동침한 시부모 대접한 효부〉〈쥐 말 알아듣고 웃다가 소박맞은 신부〉〈참을 인자로 면한 살인〉〈동생과 아내 의심하다 옆집 여자 죽인 남편〉〈지네각시〉〈실수로 살인한 남편과 폭로한 부인〉〈부인에게는 우물 명당 가르쳐주지 않은 남편〉〈수탉 말 알아듣고 마누라 다스린 남편〉〈저절로 벌어지는 밤송이〉〈첫날밤 도망간 신랑과 원귀〉

1) 부부갈등 양상과 해결방안

오해(誤解)란 "그릇되게 해석하거나 뜻을 잘못 앎. 또는 그런 해석이나 이해"를 의미하며, 의심(疑心)이란 "확실히 알 수 없어서 믿지 못하는 마음"을 의미한다. 이 두 단어는 깊은 연관성이 있는데, 그 사람에 대한 의심으로 인해 그 사람의 행동을 오해할 수 있기 때문이다. 이에 오해와 의심을 동일 항목에서 다루어보고자 한다.

〈머리에 쓰면 미인으로 둔갑하는 해골〉에서는 아내가 남편을 오해하고 있는데, 이 설화의 대강의 줄거리는 다음과 같다.

이조 때 어떤 남자가 산중에 일을 하러 가는데, 여우 한 마리가 오더니 박태구리를 머리에 쓰니까 여자로 변했다. 남자가 돌로 여우를 때리자 깜짝 놀란 여우가 캥하고 달아났다. 남자는 여우가 두고 간 박태구리를 가져다가 송아지에 씌었더니 송아지가 여자로 변해 일을 했다. 그때 일하는 남편을 위해 밥을 가지고 온 아내가 밭에서 일하는 낯선 여자를 보고 괘씸한 생각에 밥을 도로 가져갔다. 남자는 점심때가 돼도 아내가 오지 않자 집으로 갔다. 남자가 밥을 달라고 해도 아내가 계속 툴툴대자 남편은 박태구리를 보여주며 설명을 해주었다. 오해가 풀린 아내는 박태구리를 큰 보물이라고 생각하고 농 안에 넣어 놓았다. 아내가 친정에 가서 박태구리에 대해 얘기했더니, 친정 식구들은 그것을 집에 놔뒀다가는 큰 도깨비가 날 거라며 빨리 갖다 버리라고 했다. 그래서 부부는 박태구리를 버렸다.[50]

어떤 남자가 산중에 일을 하러 가다가 여우를 만나게 되는데, 여우가 해골을 머리에 쓰니 여자로 변했다. 남자가 돌로 여우를 때리자 여우는 달아나고 남자는 해골을 얻게 된다. 남자가 해골을 송아지에게 씌우니, 송아지가 여자로 변한다. 그때 아내가 일하는 남편을 위해 밥을 가지고 오다가 밭에서 일하는 낯선 여자를 보고는 괘씸한 생각이 들어 밥을 도로 가져간다. 점심때가 되어도 아내가 오지 않자 남자는 집으로 가고, 남자는 아내에게 해골을 보여주며 설명을 해준다. 아내는 남편의 설명으로 인해, 여자로 생각했던 것이 사실 송아지였다는 것을 알게 되고, 남편에 대한 오해를 풀게 된다.

다음에 제시되는 설화들은 반대로 남편이 아내를 의심하는 경우이다. 〈시아버지와 여종을 혼인시킨 며느리〉의 대강의 줄거리는 다음

---

50 『한국구비문학대계』 8-2, 371-372면, 거제면 설화17, 여우의 해골, 김형택(남, 57)

과 같다.

> 김정승에게 아들이 하나 있었는데, 아들이 장가를 가고 얼마 후에 부인이 죽었다. 김정승 아들이 서울로 올라가 집에는 김정승과 며느리만 남아 있었는데, 얼마 후에 시아버지의 생신이 되었다. 며느리는 이웃에 혼자 사는 할머니에게 찾아가 시아버지 생신 때 음식 좀 차려 달라고 했다. 며느리는 시아버지가 부엌에서 일하는 할머니의 젖통을 만지는 것을 보고 그날로 당장 할머니를 자신의 시어머니로 모셨다. 얼마 후에 김정승 아들이 집에 돌아와 보니 아버지가 어깨에 돌을 짊어지고 디딜방아를 찧기 시작했다. 평생 디딜방아를 쪄 본 일이 없던 아버지가 땀을 뻘뻘 흘리시며 디딜방아를 찧고 있자, 김정승 아들은 부인을 찾았다. 김정승 아들은 부인이 방에 있는 것을 알고 부인을 불러내어 회초리로 때리기 시작했다. 그러자 부인은 그동안 시아버지와 이웃집 할머니를 혼인시켜드렸는데, 자신이 떡 방아를 찧으려고 하니까 두 분이 워낙 안 떨어지려고 해서 방안에 들어가 있었다고 했다. 그제야 남편은 아내에게 잘못했다고 하고는 고맙다고 절을 했다.[51]

김정승에게 아들이 하나 있었는데, 아들이 장가를 간 후 아내가 죽었다. 김정승 아들이 서울로 올라가고 얼마 후, 시아버지의 생신이 되자 며느리는 이웃집에 사는 할머니에게 시아버지 생신 음식을 도와달라고 한다. 며느리는 시아버지가 부엌에서 일하는 할머니의 젖통을 만지는 것을 보고, 그날로 당장 할머니를 자신의 시어머

---

51 『한국구비문학대계』 7-14, 96-99면, 화원면 설화17, 시아버지 장가들인 효부, 이용수(남, 71)

니로 모신다. 얼마 후 김정승의 아들이 집에 돌아와 보니, 아버지가 어깨에 돌을 지고 디딜방아를 찧고 있었다. 아버지가 땀을 뻘뻘 흘리며 디딜방아를 찧자 김정승 아들은 방에 있던 부인을 불러내 회초리로 때리기 시작했다. 김정승의 아들은 아버지가 땀을 뻘뻘 흘리며 힘들게 일을 하는 모습을 보고, 아내를 오해해 회초리로 때리고 있는 것이다. 그러자 아내는 남편에게 시아버지와 이웃집 할머니를 혼인시켜 드렸다는 것을 이야기하며, 자신이 떡방아를 찧으려 하니까 두 분이 워낙 떨어지지 않으려고 해 자신의 방에 들어가 있었다고 이야기를 한다. 아내는 상황을 잘 설명해 줌으로써 남편의 오해를 풀고 있는 것이다. 그리고 남편은 아내의 말에 자신이 잘못했다고 하고는 아내에게 고맙다고 절을 올린다. 남편은 자신이 아내를 오해해 그녀를 때린 것에 대해 미안해하고, 용서를 빌고 있는 것이다.

〈동침한 시부모 대접한 효부〉도 남편의 오해로 인해 부부간의 문제가 발생하고 있다. 이 설화의 줄거리는 다음과 같다.

박어사가 걸인처럼 하고 돌아다니고 있었다. 그러다가 가을철에 벼를 베던 남자가 점심을 가지러 갔다가 오후 늦게 온 마누라에게 골이 나서 낫으로 찍어 죽이려고 덤비는 것을 보게 되었다. 그런데 여자가 싹싹 빌면서 남자에게 뭐라고 이야기를 하니 이번에는 남자가 마누라에게 절을 했다. 박어사는 여자가 뭐라고 했는지 궁금해서 내외가 점심 먹는데 가서 점심을 얻어먹으며 어떻게 된 일인지 물었다. 남자는 마누라가 점심을 하러 집에 갔다가 팔십 먹은 부모가 내외간에 일을 하는 것을 보게 되었다고 했다. 그런데 부모가 늙어 기운이 없을 것 같아 씨암탉을 잡아 보신해 드리다가 늦었다는 것이었다. 남자는 자기는 부모라도 그렇게 봉친하지 못하는데 마누라가 우리 부모에게 그렇게 했다니 고마워서 절을 했다고 했다. 박어사가 그 때 염찰을 하고 가서 효자 효부를 내었다.[52]

이 설화는 박문수라는 사람의 시선으로, 부부의 이야기를 전개하고 있다. 박문수어사가 걸인의 차림으로 돌아다니던 중, 벼를 베던 남자가 늦게 점심을 가져온 아내에게 화가 나 낫으로 찍어 죽이려고 덤비는 것을 보게 된다. 아내가 싹싹 빌면서 남편에게 뭐라고 이야기를 하자, 남편은 아내에게 절을 했다. 이 장면에서 낫으로 아내를 죽이려던 남편이 아내의 이야기를 듣고 반대로 아내에게 절을 했다는 것은, 남편이 무엇인가 아내를 오해했다는 것을 보여준다. 즉 오해로 인해 부부간에는 문제가 발생하고 있는 것이다. 아내는 남편에게 점심을 하러 집으로 갔다가 팔십 먹은 부모가 내외간에 일을 하는 것을 보게 되었는데, 부모가 늙어 기운이 없을 것 같아 씨암탉을 잡아 보신해 드리다가 늦었다고 이야기를 한다. 아내의 말에 남편은 자기는 부모라도 그렇게 하지 못하는데, 아내는 자신의 부모에게 그렇게 한 것이 고마워 절을 한다. 남편은 아내의 말에 오해를 풀고, 자신의 부모에게 효를 행한 아내에게 고마워하고 있는 것이다.

〈쥐 말 알아듣고 웃다가 소박맞은 신부〉에서도 남편은 아내를 오해하고 있다. 이 설화의 줄거리는 다음과 같다.

어떤 여자가 시집을 가서 계속 아들을 못 낳자 걱정을 했다. 여자가 이

52 『한국구비문학대계』 2-2, 762-764면, 북산면 설화28, 박문수가 효부 찾은 이야기, 박금철(남, 65)

대로 있으면 안 되겠다 싶어서 개산에 사는 중하고 관계를 하여 아들을 낳게 되었다. 그 아들이 크자 장가를 보냈다. 그런데 첫날밤에 신부가 계속 웃자 장가를 잘 못 왔다고 여기고는 그 후로는 신부를 보지 않았다. 남자가 삼년 동안 자기 부인을 한 번도 찾아가지 않자 걱정이 된 어머니가 아들에게 그러지 말고 신행을 가라고 했다. 남자가 어머니 때문에 어쩔 수 없이 처갓집으로 신행을 갔는데 남자는 부인에게 첫날밤에 왜 그렇게 웃었는지 물어보았다. 그러자 부인은 사실 자신이 짐승의 말을 알아들을 줄 아는데 첫날밤에 방안에서 돌아다니던 쥐가 하는 말을 듣고 우스워서 웃었다고 했다. 남자가 정말로 부인이 짐승의 말을 알아듣는지 시험해 보기 위해 제비 새끼를 숨긴 다음 제비 어미의 울음소리를 들려주었다. 그러자 부인은 어미 새가 개산에 사는 중놈의 자식이 자기 새끼를 가져갔다며 내놓으라고 말했다고 전해 주었다. 남자가 왜 제비가 자신에게 개산에 중놈의 자식이라고 했는지 이상히 여겨 자기 어머니를 찾아가 물어보았다. 그러자 어머니가 아들에게 사실을 털어놓았다. 남자는 자기 부인이 자기보다 한 수 위라는 것을 알고는 그 뒤로 아무 말 안하고 잘 살았다.[53]

어떤 여자가 시집을 갔는데 계속 아이를 낳지 못하자, 개산에 있는 중과 관계를 하여 아들을 낳았다. 그 아들이 커서 장가를 갔는데, 첫날밤에 신부가 계속 웃었다. 아들은 장가를 잘못 갔다고 여기고 그 후로는 신부를 보지 않았다. 즉 이 설화에서 남자는 아내가 왜 웃는지 이유를 알지 못하고, 아내를 오해해 부부간에 문제가 발생하고 있다. 남자가 3년 동안 자기 부인을 한 번도 찾지 않자, 걱정이 된

53 『한국구비문학대계』 7-14, 383-387면, 유가면 설화31, 짐승의 말을 알아듣는 며느리, 강임순(여, 51)

어머니는 신행을 가라고 한다. 그리고 남자는 어머니 때문에 어쩔 수 없이 처갓집으로 갔다. 남자는 아내에게 첫날밤에 왜 그렇게 웃었는지 묻고, 아내는 자신이 짐승의 말을 알아듣는데 첫날밤에 방안에서 돌아다니던 쥐가 하는 말이 우스워서 웃었다고 이야기를 한다. 그리고 남편은 제비새끼를 숨긴 다음 아내를 시험하고, 아내의 말이 사실임을 알게 되며, 아내에 대한 오해를 풀고 그녀와 잘 살게 된다.

〈벙어리 삼 년 지내려 한 며느리〉에서는 남편이 아내가 벙어리라고 오해를 해 아내를 친정으로 보내려 하는데, 대강의 줄거리는 다음과 같다.

옛날에 여자가 시집을 가면 삼 년을 벙어리 노릇을 해야 한다고 하여 돌을 하나 주워 농 안에 넣어주며 돌이 말하면 네가 말하라고 하여 말을 하지 않았다. 신부가 말을 하지 않자 신랑은 신부가 벙어리라고 신부의 집에 데리고 갔다. 가는 도중에 신부가 "날개 치는 저 꿩 잡아 꼭꼭 쫓는 주둥이는 시어머니 주고 싶구나, 덮어 주는 날개 죽지 우리 님을 주고 싶구나." 하며 노래를 불렀다. 신랑은 신부가 벙어리가 아님을 알고 다시 집으로 데려갔다.[54]

옛날에 시집을 가면 삼 년 동안 벙어리 노릇을 해야 된다고 하여, 어떤 부모가 딸을 시집보내면서 농 안에 돌을 하나 넣어주었다. 그러면서 돌이 말하면 너도 말을 하라고 했다. 신부가 말을 하지 않자 신랑은 아내가 벙어리라며 신부를 친정으로 데리고 간다. 그런데 가던 도중 우연히 신부가 "날개 치는 저 꿩 잡아 꼭꼭 쫓는 주둥이는 시어머니 주고 싶구나, 덮어 주는 날개 죽지 우리 님을 주고 싶구나." 하며 부르는 노래를 듣게 된다. 신랑은 신부가 벙어리가 아님을 알고 다시 집으로 데려간다. 신랑은 우연히 신부의 목소리를 듣게 되고, 그녀가 벙어리가 아님을 알게 되는 것이다.

〈참을 인자로 면한 살인〉 또한 남편이 아내를 오해해, 자신의 처제를 죽일 뻔 한다. 이 설화의 대강의 줄거리는 다음과 같다.

> 옛날에 어떤 무식꾼이 장가를 갔는데, 마누라가 글공부를 하라고 하여 뒷집 글방에 나가 글을 배웠다. 그런데 글방에서는 참을 인(忍)자 하나만 가르쳐 주는 것이었다. 어느 날 남자가 글을 배우고 집으로 돌아갔는데, 자기 마누라가 다른 남자와 잠을 자고 있었다. 순간 화가 난 남편이 둘 다 죽이려고 덤벼들었는데, 벽에 붙어있는 참을 인자를 보고는 참아야 한다고 생각했다. 그런데 나중에 알고 보니 부인 옆에 누워 있던 사람은 처제였다. 처제가 중이 되어 남자처럼 머리를 깎고 있었던 것이다. 남자는 참을 인자를 배운 덕에 아내와 처제를 죽이지 않고 나중에는 부자가 되어 잘 살았다.[55]

어떤 무식한 사람이 장가를 갔는데, 아내가 글공부를 하라고 해 글방에 나가 글을 배웠다. 그런데 글방에서는 참을 인(忍)자 하나만을 가르쳐 주는 것이었다. 어느 날 남자가 글을 배우고 집으로 돌아가는데, 자기 아내가 다른 남자와 잠을 자고 있었다. 순간 화가 난

---

55 『한국구비문학대계』 7-5, 289-290면, 벽진면 설화10, 참을 인(忍)자, 배길환(남, 67)

남편은 두 사람을 죽이려고 하다가, 벽에 붙어 있는 참을 인자를 보고는 참아야 된다고 생각을 한다. 여기서 남편은 아내가 다른 남자와 잠을 잔다고 오해를 해 아내를 죽이려 하다가, 그동안 배웠던 참을 인(忍)자를 보고 잠시 멈춰있는 것이다. 이후 남편은 아내의 옆에 누워있던 사람이 중이 되어 머리를 남자처럼 깎은 자신의 처제라는 것을 알게 된다. 이 설화에서 남편은 참을 인자를 배운 덕에, 아내와 처제를 죽이지 않고 나중에는 부자가 되어 잘 산다. 참을 인자를 보고 참은 경우도 있고, 설화에 따라서는 인지위덕(忍之爲德)이라는 네 글자를 배워 참은 경우도 있다. 모든 설화에서 남편은 살인을 면하게 되며, 아내에 대한 오해를 풀고 그녀와 잘 살게 된다.

다음에 제시되는 〈동생과 아내 의심하다 옆집 여자 죽인 남편〉에서는 남편이 자신의 동생과 아내 사이를 오해하고 의심을 하다, 결국 타인을 죽이게 된다. 이 설화의 대강의 줄거리는 다음과 같다.

조실부모한 형제가 어렵게 살았지만 의좋게 자랐다. 형은 결혼을 하여 아내를 얻었는데, 장가를 안 간 시동생과 형수의 사이가 남매간보다 더 정다웠다. 그러자 형은 동생과 아내의 사이를 의심하였는데, 한 이틀 어디 좀 갔다 온다며 행장을 차려 집을 떠나고는 밤에 돌아와 보려고 했다. 형의 아내는 평소에 남편이 허락을 해주지 않아 친정에 잘 가지 못하였기에 남편이 자리를 비운 사이에 친정에 갔다. 동생이 혼자 집에 있었는데 여자 방물장수가 찾아와서 묵어가겠다고 하였다. 동생이 남자 혼자 집에 있어서 안 된다고 했는데도 방물장수가 잘 곳이 없다며 재워달라고 애원을 하였다. 그러자 동생은 방물장수를 집에 재우고 옆집에 있는 친구의 집으로 갔다. 동생은 친구에게 형과 형수가 집을 비운 이야기와 여자 방물장수가 집에서 묵어간다는 이야기를 하며 같이 자자고 부탁했다. 그런데 친구의 어머니가 그 집에 아무도 없는 줄 알고 그 집에 있는 패물을 훔치러 갔다. 한편 방물장수가 불길한 마음이 들어 잠들지 못하고 나와서 검불나무 쌓아 놓은 곳에 들어가 누워있었다. 잠시 후에 옆집 어머니[56]가 큰 방에 들어가서 패물을 주워 담고 있었다. 그런데 옆집 아들이 낮에 여자 방물장수를 보고 흠모했던 터라 몰래 상관하고 싶어서 큰 방으로 들어갔다. 어떤 남자가 들어오자 옆집 어머니는 도둑질을 들킬까봐 이불 속으로 들어갔고, 옆집 아들은 이불 속 여자가 방물장수인줄 알고 상관을 하였다. 그 때 그 집 주인인 형이 남녀가 상관하는 소리를 듣고는 자기 아내와 동생인줄 착각하고 큰방에 들어가 칼로 여자를 죽였다. 그리고 옆집 아들은 자기 동생인줄 알았기에 차마 죽이지 못하였다. 옆집 어머니를 죽인 형은 살인죄로 잡혀 가게 되었다. 그런데 그 집에서 일어난 모든 일을 본 방물장수 여자가 증언을 해주어서 풀려날 수 있었다. 그 후에 그 형제는 전처럼 의좋게 잘 살았다.[57]

조실부모한 형제가 의좋게 살았는데, 형이 결혼을 하게 된다. 장가를 안 간 시동생과 형수가 남매처럼 정답게 지내자, 형은 둘 사이를 의심하게 된다. 형은 한 이틀 어디를 다녀오겠다며 행장을 꾸리고, 남편이 없는 사이 아내는 친정으로 간다. 동생이 혼자 집에 있는데, 방물장수가 와 묵어가겠다고 한다. 동생은 방물장수를 집에서 재우고, 자신은 옆집 친구의 집으로 자러갔다. 동생은 친구에게 자신이 온 이야기를 하고, 친구의 어머니는 그 얘기를 듣고는 집이 비

---

56 옆집에 사는 동생 친구의 어머니를 말한다.

57 『한국구비문학대계』 4-5, 1016-1024면, 석성면 설화5, 의좋은 형제, 이팔봉(남, 78)

었다고 생각해 패물을 훔치러 갔다. 한편 방물장수는 불길한 마음에 방에서 나와 검불나무 쌓아 놓은 곳에서 자고, 친구의 어머니가 방에 들어가 패물을 주워 담고 있을 때, 옆집 아들은 방물장수를 상관하려고 몰래 방으로 들어간다. 누가 들어오자 어머니는 이불 속으로 들어갔고, 옆집 아들은 자신의 어머니를 방물장수인 줄 알고 상관하게 되었다. 둘이 이불 속에서 그러는 사이, 형은 그 둘이 자신의 동생과 아내라고 생각해 동생은 차마 죽이지 못하고 아내만 죽인다. 그런데 죽은 사람은 아내가 아닌 이웃집 여자였고, 형은 살인죄로 잡혀가게 된다. 그 뒤 집에서 일어난 모든 일을 본 방물장수가 증인을 서 줘 형은 풀려났고, 그 후에 형제는 의좋게 잘 살았다. 이 설화의 경우 남편은 자신이 의심한 것을 사실이라고 믿고, 성급하게 행동을 해 한 여자를 죽이게 된다. 운 좋게 형은 살인죄에서 벗어날 수 있었지만 의심만으로 성급한 행동을 한다는 것이 얼마나 위험한 일이 되는지, 이 설화는 보여주고 있다.

　이 설화처럼 배우자의 의심이 드러나는 이야기로 〈지네각시〉가 있다. 이 설화의 대강의 줄거리는 다음과 같다.

　　어떤 남자가 너무 가난해 자식들을 잘 먹이고 잘 입히지도 못하였다. 그러다 남자는 살면 무엇 하나 하는 생각에 이르렀다. 결국 남자는 섣달 그믐에 산으로 올라가서 목을 매달고 죽어야겠다는 결심을 했다. 남자가 산중턱쯤 올라갔는데 불 하나가 올라오는 것이 보여 작은 언덕 밑으로 숨어서 지켜보았다. 그 불은 어떤 어여쁜 여인이 들고 올라오던 등불이었다. 여인은 남자에게 다가와서 남자를 구해주겠다고 하였다. 남자는 낼 아침이 초하룻날인데 자식들에게 밥을 해줄 수가 없는데 자식들은 밥 달라고 야단이라며 그 소리 듣고 어떻게 살겠느냐며 그럴 바엔 차라리 죽어서 보지 않겠다며 자신을 구할 거 없다고 거절했다. 그럼에도 여인이 계속 자신이 구원해 줄 테니 가자고 하자, 남자는 그러겠다고 했다. 남자가 여자를 따라가다 보니 강이 나오고 그 근처에 커다란 기와집이 나왔다. 여자는 그 집이 자신의 집이라면서 거기서 쉬자고 하였다. 잠시 후 여인이 저녁상을 차려 와서 남자에게 말하기를 자기하고 같이 살되 일 년에 두 번, 그러니까 섣달 그믐날하고 팔월 열 나흗날만 집에 다녀오라고 했다. 남자가 두고 온 가족은 어떻게 하냐고 하였더니, 여인이 식구는 자신이 살려줄 테니 집 걱정은 하지 말라고 하였다. 그렇게 둘은 같이 살다가 시간이 흘러 팔월 열나흘 날이 되었다. 남자가 집에 다녀오겠다고 하자, 여인이 집에 가서 자지 말고 인사만 하고 오라고 했다. 남자가 집에 갔더니 예전보다 더 잘살게 된 가족을 보고 여인이 돈을 보내서 이렇게 되었구나 하고 짐작하고는 다시 여인이 있는 집으로 돌아왔다. 남자는 집 걱정을 떨치고 여인과 아들 하나 딸 하나를 낳고 살았다. 그러던 어느 날 섣달그믐이 되어 남자가 집에 다녀오겠다고 했는데 여인이 오늘 가면 못 돌아 올 것이니 가지 말라고 하였다. 그래도 남자가 집에 다녀오겠다고 하자 여인은 결국 허락했다. 남편은 집에 가서 부인과 자식들에게 이제 자신은 못 오니까 잘 지내라고 하였다. 남자가 돌아오는데 냇가에 있는 징검다리를 건너려는 순간 돌아가신 아버지가 부르면서 쫓아오는 것이었다. 아버지는 그 여자에게로 다시 가면 죽는다며 가지 말라고 하였다. 남자가 생각하기에 아버지는 그 여자에게 가면 죽는다고 하고 여자는 본처에게 가면 죽는다고 하니 기가 막혔다. 생각 끝에 남자는 아버지 말씀을 듣지 않는다면 비록 불효가 되겠지만 저 여자가 오늘날까지 자신을 이렇게 살려났는데, 저 여자가 자신을 죽인다고 해서 거기를 가지 않는다는 것은 도리에 어긋난다는 생각이 들었다. 그래서 남자는 아

버지에게 자기가 죽더라도 그 여자에게 가겠다고 하였다. 그러자 아버지
는 그 여자는 사람이 아니라 지네라며 네가 살려면 담배를 물고 침을 모
아 두었다가 그 여자가 덤비면 그때 침을 여자한테 뱉으라고 알려주었
다. 남자는 아버지의 말을 듣고서 의심이 들어 집에 도착하였는데도 바
로 들어가지 않고 뒤로 돌아가서 문구멍을 뚫어 방 안을 들여다보았다.
그런데 아버지의 말처럼 여인과 아들, 딸이 벌건 지네가 되어 가지고 누
워 있는 것이었다. 남자는 가만히 바깥으로 나와서 자신은 어차피 저 여
자 손에 죽어도 원통하지 않으니 저 여자를 죽일 수 없다고 생각했다. 그
리고는 다시 방으로 들어갔더니 지네가 다시 여인으로 변하여 맞이하였
다. 남자는 아랫목에 앉아서 담배만 피우고 있다 보니 입에 침이 모이게
되었다. 여인은 방구석에 앉아서 남자의 얼굴을 바라보고 있었는데 남자
가 침을 바깥에다 탁 뱉었다. 이에 여인은 놀라면서 아버지를 오다가 만
나지 않았느냐며 당신이 만난 아버지는 실은 나와 함께 살았던 구렁이인
데, 내가 당신을 얻어서 잘 살고 있으니까 나한테 당신을 **빼앗겼다**고 생
각해서 그런 것이라고 말했다. 그리고 여자는 당신이 침을 바깥으로 뱉
는 바람에 자신이 이제 천당으로 올라갈 수 있게 되었으니 여기서 백년
행복하며 잘 살라고 말했다. 그런 다음 여인은 두 아이를 품에 안고 공중
으로 올라갔다. 남자가 깨어나 보니 집은 없고, 주변에 바위들만 있는 것
이었다. 남자는 그 후로 본 집으로 돌아가서 내외가 백년해로하면서 잘
살았다.[58]

어떤 남자가 너무 가난해 자식들을 잘 먹이지도 입히지도 못하
자, 자살을 하려고 산중턱으로 올라간다. 그리고 어떤 여인에게 구

58 『한국구비문학대계』 4-5, 665-671면, 홍산면 설화4, 정직한 사람과 변신한
   지네, 이행순(남, 82)

원을 받게 된다. 남자는 여자를 따라가 잘 살게 되는데, 여자는 남자에게 자기와 살되, 집에는 일 년에 두 번, 섣달그믐과 팔월 열 나흗날만 다녀오라고 하며 남자의 집은 자신이 잘 살게 해주겠다고 말한다. 남자는 약속대로 여자와 잘 사는데, 집에 다녀올 시간이 되자 여자는 집에 가서 자지 말고 인사만 하고 오라며 남자를 보낸다. 남자가 집에 가보니 자신의 집은 잘 살고 있었고, 남자는 다시 여자에게로 돌아와 집에 대한 걱정을 떨쳐버리고 아들 하나 딸 하나를 낳고 잘 산다. 섣달그믐이 되어 남자가 집에 다녀오겠다고 하자, 여자는 오늘 가면 돌아오지 못한다며 남자를 잡는다. 남자가 그래도 가겠다고 하자 여자는 허락을 하고 남자를 집으로 보내준다. 집으로 간 남자는 다시는 오지 못한다며, 부인에게 잘 지내라고 한다. 남자가 돌아오는 길에 돌아가신 아버지가 나타나, 여자에게로 가면 죽는다고 이야기를 한다. 남자가 죽어도 가겠다고 하자, 아버지는 그 여자는 사람이 아니라 지네라며 담배를 물고 침을 모아두었다가, 그 침을 그 여자에게 뱉어야 살 수 있다고 한다. 남자는 아버지의 말에 의심이 들어 문구멍을 뚫고 방안을 들여다보니, 여인과 아들·딸이 모두 벌건 지네가 되어 누워있었다.

여기까지는 한 남자가 어떤 여자에게 도움을 받고, 그 여자와 자식을 낳고 잘 살다가, 죽은 아버지로 인해 여자에 대한 의심이 생기고, 그것을 확인하는 장면이다. 이 설화에서 남자는 이미 아내와 자식이 있다. 하지만 원래의 아내에게 더 이상은 오지 않겠으니 잘 살라고 하고, 어떤 여자와 자식을 낳고 잘 사는 것을 보면 남자와 어떤 여자와의 관계는 부부관계로 보아도 무방하다. 이 설화에서도 남자가 아내를 의심하면서 부부간의 문제는 발생하고 있다. 남자는 죽은 아버지의 말처럼 자신의 아내가 지네라는 것을 눈으로 확인하게 되지만, 그녀를 죽일 수 없다고 생각한다. 남자는 자신의 목숨을 구해주고, 그동안 잘 살게 만들어준 아내에 대한 도리와 의리를 지키고 있는 것이다. 그리고 죽은 아버지의 말대로 침을 여자에게 뱉지 않고, 바깥으로 뱉어 여자를 살린다. 여자는 남자에게 당신이 만난 죽은 아버지는 자신과 함께 살던 구렁이였다며, 자신이 당신과 잘 살고 있는 것을 시기해 그렇게 이야기를 한 것이라며, 자신은 천당으로 올라갈 수 있게 되었으니 잘 살라고 한다. 그런 후 여자는 두 아이를 품에 안고 공중으로 올라가고, 남자는 본집으로 돌아가서 잘 산다. 이 설화에서는 지네였던 여자가 천당으로 올라가고, 남자는 원래 아내에게로 돌아가면서 이 둘의 부부관계는 단절되게 된다. 그러나 여타 설화들에서는 지네가 사람으로 변신해 남자와 평생을 해로하며 잘 살게 된다. 그러므로 〈지네각시〉에서 지네여자와 남자를 부부관계로 보는 것은 가능하며, 남편이 아내에 대한 의리를 지켜줌으로써 부부관계는 원만하게 유지되거나, 지네는 승천을 하고 남편은 부자가 되어 예전 가족과 잘 살게 되는 좋은 일이 발생하고 있다.

다음으로 살펴볼 〈실수로 살인한 남편과 폭로한 부인〉과 〈부인에게는 우물 명당 가르쳐주지 않은 남편〉 또한 아내를 '외인(外人)'이라고 칭하며 아내를 의심하는 이야기이다. 먼저 〈실수로 살인한 남편과 폭로한 부인〉이다. 이 설화의 줄거리는 다음과 같다.

이운익이라는 사람이 삼사월쯤 담장을 쌓다가 점심을 먹으러 집으로 돌아갔다. 그 사이 위집에 사는 서너 살 먹은 아이가 담장 밑에서 놀다가 담이 무너지는 바람에 죽어버렸다. 이운익이 점심을 먹고 돌아와 보니 윗집 아이가 담장 밑에 깔려 죽어 있었다. 이운익은 자기가 담을 잘못 쌓아 아이가 죽은 것이라고 사람들이 생각할까봐 아이를 담장 속에 집어넣고 담을 쌓았다. 윗집 아이의 부모는 며칠 동안 아이를 찾았지만 결국 찾을 수 없었다. 십년 정도가 지나고 하루는 이운익의 아들이 이운익에게 이제 십 년이 지났으니 담을 헐고 아이의 시체를 빼서 다시 담을 쌓자고 하였다. 그 뒤에 어머니가 앉아 있자 아버지는 아들에게 외인(外人)이 앉아 있는데 그게 무슨 소리냐고 했다. 어머니는 따로 아들을 불러 아버지가 말한 외인이 누구냐고 다그쳐 물었다. 아들은 모른다고 했으니 어머니가 화를 내자 어쩔 수 없이 사실대로 말했다. 어머니는 남편이 자기와 근 사십 년을 함께 살고 자식도 함께 낳았는데 자신을 외인이라고 부른 것이 원통했다. 그래서 어머니는 밖에 나가 남편이 예전에 담장에 아이를 묻은 사실을 그대로 이야기했다. 결국 이운익이 살인죄로 잡혔다.[59]

이운익이라는 사람이 담장을 쌓다가 점심을 먹으러 간 사이, 윗집 서너 살 먹은 아이가 담장 밑에서 놀다가 담이 무너지는 바람에 죽는다. 이운익이 돌아와 그것을 보고는 자기가 담장을 잘못 쌓아 아이가 죽은 것이라 생각할까봐, 아이를 담장 속에 집어넣고 담을 쌓는다. 십년 정도가 지나고 이운익의 아들이 아버지에게 이제 십 년이 지났으니, 담을 헐고 아이의 시체를 빼낸 후 다시 담을 쌓자고 한다. 그 뒤에 어머니가 있자 아버지는 아들에게 외인(外人)이 있는데 무슨 소리냐고 한다. 어머니는 아들을 따로 불러 아버지가 말한 외

---

59 『한국구비문학대계』 4-5, 78-80면, 부여읍 설화11, 어머니는 남, 소승규(남, 83)

인이 누구냐고 묻고 아들은 어머니가 화를 내자 어쩔 수 없이 사실
대로 말을 한다. 어머니는 남편이 자신과 근 사십 년을 살고 자식도
낳았는데 자신을 외인이라고 부른 것이 원통했다. 설화에서 남편은
40년 동안이나 함께 산 아내를 믿지 못하고, 그녀를 외인이라고 부
르고 있다. 남편이 아내를 외인이라고 부르는 것은 그가 아내를 믿
지 못하며, 자신의 일을 폭로할 지도 모른다고 의심하고 있기 때문
이다. 그리고 이로 인해 부부사이에는 문제가 발생하고 있다. 남편
이 자신을 외인이라고 부른 것이 원통했던 아내는 밖에 나가 남편이
예전에 담장에 아이를 묻은 사실을 그대로 이야기하며, 결국 이운익
은 살인죄로 잡히게 된다.

〈부인에게는 우물 명당 가르쳐주지 않은 남편〉 또한 마찬가지로
남편이 아내를 외인(外人)이라고 칭하며 의심하고 있다. 이 설화의
줄거리는 다음과 같다.

풍수인 아버지가 돌아가시게 되자 아들들이 자리를 잡아달라고 했다.
아버지는 아내는 남인데 남이 있어서 말을 할 수 없다고 했다. 아내가 방
밖으로 나가자 아버지가 아들에게 자신의 시체에 옷을 입히지 말고 동네
식수 샘에 넣어두라고 했다. 방밖에서 아내는 남편의 유언을 몰래 엿들
었다. 아버지가 돌아가시자 아들들이 아버지의 유언대로 아버지의 시체
를 동네 식수 샘에 넣었다. 처음에는 동네 식수 샘에서 썩은 냄새가 났는
데 몇 달이 지나자 물맛이 좋아졌다. 하루는 어머니와 아들이 싸움을 하
다가 어머니가 저 녀석들이 아버지를 벗겨서 넣어야 했는데 작은 아들이
옷을 한 벌 입히자고 하여 바지를 입혀서 물속에 넣었다고 했다. 그 소리
를 들은 동네 사람들이 동네 식수 물을 퍼내자 날개가 달린 소가 하늘에

올라가려고 날개 짓을 하다가 발이 묶여 버렸다. 동네 사람들이 물을 퍼
내니 소가 사라졌다. 자식들은 어머니 때문이라고 원망하였다.[60]

풍수인 아버지가 돌아가시게 되자 아들들이 아버지에게 명당자
리를 잡아달라고 하는데, 아버지는 남인 아내가 있어 말을 할 수 없
다고 한다. 아내가 방 밖으로 나가자 아버지는 아들에게 자신의 시
체에 옷을 입히지 말고 동네 식수 샘에 넣어두라고 하고, 아내는 몰
래 남편의 유언을 엿듣는다. 아버지가 돌아가시자 아들들이 아버지
의 유언대로 아버지의 시체를 동네 식수 샘에 넣는데, 처음에는 식
수 샘에서 썩은 냄새가 났지만 몇 달이 지나자 물맛이 좋아졌다. 하
루는 어머니와 아들이 싸움을 하다가 어머니가 저 녀석들이 아버지
를 벗겨서 넣어야 했는데 바지를 입혀서 물속에 넣었다고 했고, 그
소리를 들은 동네 사람들이 동네 식수 물을 퍼내었다. 식수 샘에서
는 날개가 달린 소가 하늘로 올라가려고 날개 짓을 하다가 발이 묶
여 버렸고, 동네 사람들이 물을 퍼내니 소가 사라졌다. 설화에서 남
편은 이미 죽었지만 아내는 남편이 자신을 보고 외인(外人)이라고
한 말에 서운함을 가지고 있었고, 남편과의 부부문제는 훗날 아들과
의 문제로 확대되어 자손들에게 좋은 일을 망쳐버린다. 그리고 어머
니는 자식들의 원망을 듣게 된다.

〈지네각시〉〈실수로 살인한 남편과 폭로한 부인〉〈부인에게는 우
물 명당 가르쳐주지 않은 남편〉 설화가 남편이 아내를 의심한 이야
기라면, 〈수탉 말 알아듣고 마누라 다스린 남편〉는 아내가 남편을

---

60 『한국구비문학대계』 6-5, 164-165면, 삼산면 설화20, 여자는 남이다,
   이난자(여, 71)

의심하는 경우이다. 이 설화의 줄거리는 다음과 같다.

옛날에 다정한 부부가 목장을 경영하면서 살았다. 하루는 남자가 양 떼를 몰고 오는 길에 큰 뱀의 주위에 불이 나 있는 것을 보았다. 남자가 불쌍하게 생각하고 물을 뿌려 불을 꺼서 뱀을 살려 주었다. 다음날 양떼 를 몰고 오는 남자의 앞에 한 젊은이가 나타나서 생명을 구해준 은혜를 갚아야 한다면 자기네 나라로 가자고 했다. 남자는 젊은이를 따라서 뱀 의 나라로 들어갔는데, 젊은이의 아버지가 남자에게 소원을 말해보라고 했다. 남자는 동물들의 말을 알아들을 수 있게 해달라고 했다. 그 후 남 자는 동물들이 말하는 것을 알아들을 수 있는 능력을 갖게 되었다. 대신 이 사실을 다른 사람이 알게 되면 큰일이 난다고 젊은이의 아버지가 충 고를 하였다. 하루는 남자가 부인과 말을 타고 소풍을 가다가 말들이 대 화하는 것을 듣게 되었다. 남자를 태운 말이 부인을 태운 말에게 여자를 태웠으니 가볍겠다면서 자기는 무거운 남자를 태워 힘들다고 했다. 남자 가 말들의 대화를 듣고 웃었다. 그러자 부인은 갑자기 이유 없이 웃는 것 을 보고 자기를 비웃는 것이라고 생각해서 벌컥 화를 냈다. 부인은 집으 로 돌아와서 자신을 보고 웃은 이유를 말하라고 조르기 시작했다. 남자 가 이유를 말하면 큰일이 난다고 했는데도 부인은 이유를 알 수 있으면 남자가 죽어도 좋으니 가르쳐달라고 졸랐다. 그래서 남자는 관을 만들어 그 속에 들어가서 부인에게 이유를 말해주려고 했다. 그때 마침 마당에 있는 개가 닭에게 주인의 생명이 경각에 달려 있는데 모이만 주워 먹고 있느냐고 하였다. 그러자 닭이 사내구실 못하는 것은 죽는 게 마땅하다 며 자신은 계집을 열이나 데리고 있어도 내가 한번 화를 내면 모두들 꼼 짝도 못한다고 했다. 닭의 말을 들은 남자는 관 속에서 벌떡 일어나 부인 을 죽도록 팼다. 그러자 부인이 다시는 이유를 캐묻지 않겠다고 했다. 그

후로 남자는 부인과 문제없이 잘 살았다.[61]

여기서 남자는 큰 뱀의 주위에 불이 난 것을 보게 되고 불쌍하다고 생각해 물을 뿌려 뱀의 목숨을 구해준다. 다음날 한 젊은이가 나타나 남자를 뱀의 나라로 데리고 가고, 젊은이의 아버지는 아들의 생명을 살려준 은혜를 갚고자 남자에게 소원을 말해보라고 한다. 남자는 동물들이 말하는 것을 알아들을 수 있게 해 달라고 했고, 그 후 그러한 능력을 갖게 된다. 대신 다른 사람이 알게 되면 큰일이 난다고 젊은이의 아버지는 충고를 한다. 하루는 남자가 아내와 말을 타고 소풍을 나갔는데, 남자를 태운 말이 아내를 태운 말에게 여자를 태워서 가볍겠다고 하면서 자기는 남자를 태워서 무겁다고 이야기를 한다. 남자가 말들의 대화를 듣고 웃자 아내는 남편이 자신을 비웃는 것이라고 생각해 벌컥 화를 낸다. 그리고는 집으로 돌아와 자신을 보고 웃은 이유를 말하라고 조르기 시작한다. 남자가 이유를 말하면 큰일이 난다고 했는데도 불구하고 아내는 이유를 알 수 있으면 남자가 죽어도 좋으니 가르쳐 달라고 졸랐다. 이 이야기에서 아내는 남편이 웃은 이유를 이야기 하라고 요구하는데, 이것은 남편에 대한 아내의 의심이라고 할 수 있다. 그리고 이것으로 인해 다정했던 부부관계는 갈등이 일어나게 된다. 아내가 막무가내로 조르자 남편은 관을 만들고, 그 속에 들어가 이유를 말해주려고 한다. 남편이 관을 만들었다는 것은 자신이 죽을 지도 모른다는 것을 염두에 둔 것이다. 그만큼 남편은 아내의 요구를 들어주고자 애쓰고 있는 것이

---

61 『한국구비문학대계』 3-4, 813-817면, 황금면 설화12, 수탉한데 마누라 다스리는 법 배운 남자, 민장식(남, 70)

다. 이때 마당에 있던 개가 "너는 주인의 생명이 위험한데 모이만 먹고 있다"고 수탉을 탓하자, 수탉은 자신은 계집이 열이나 있지만 자신이 화를 한번 내면 모두들 꼼짝을 못한다고 하며 사내구실을 못하는 것은 죽는 게 마땅하다고 한다. 이 말을 들은 남편은 관 속에서 벌떡 일어나 아내를 죽도록 팼고 다시는 아내는 이유를 묻지 않는다.

〈참을 인자로 면한 살인〉〈동생과 아내 의심하다 옆집 여자 죽인 남편〉〈지네각시〉〈실수로 살인한 남편과 폭로한 부인〉〈부인에게는 우물 명당 가르쳐주지 않는 남편〉〈수탉 말 알아듣고 마누라 다스린 남편〉가 부부관계를 유지하던 중에 남편이 아내를 오해하고 의심한다면, 다음에 제시될 설화들은 남편이 아내의 과거를 의심해 첫날밤을 보낸 후 집으로 가버린다. 〈저절로 벌어지는 밤송이〉의 줄거리는 다음과 같다.

글공부만 하던 선비가 부모님들의 성화에 못 이겨 노처녀에게 장가를 갔다. 첫날 밤 처녀가 살도 많고 키도 크고 다리도 퉁퉁한 것을 보고, 처녀가 아니라 간부가 있었나보다 생각을 하고는 자다가 벽에 "모다구혈 필유과인격, 털이 많은 구멍에 누군가가 지나간 흔적이 있고, 각주천금 식일승지난 다리 무게가 천금이니 밥을 한 되를 먹어도 들기 어렵다"라고 써두고 새벽에 자기 집으로 가버렸다. 새벽에 일어난 처녀는 신랑의 글을 보고는 자기를 오해했음을 알고, "춘원방초불유장, 봄 공원에 푸른 풀은 비가 안와도 자라고, 정전황국불상수 뜰 안의 노란 국화는 서리가 내리지 않아도 따른다."라고 글귀를 지어 보냈다. 이 글을 읽은 남자는 사람이 나이가 되면 저절로 몸이 성숙해진다는 것을 깨닫고, 다시 처

갓집에 찾아가 사과를 하고 처녀를 데려다 행복하게 살았다.[62]

글공부만 하던 선비가 부모들의 성화에 못 이겨 노처녀에게 장가를 들었는데, 처녀의 몸매를 보고는 처녀가 아니라 간부가 있었다고 생각해 "털이 많은 구멍에 누군가가 지나간 흔적이 있고, 다리 무게가 천금이니 밥을 한 되를 먹어도 들기 어렵다"라는 글을 벽에 붙여두고는 새벽에 자기 집으로 가버린다. 남편은 아내의 과거를 의심하고 그녀를 오해하고 있는 것이다. 여기서도 또한 남편의 의심과 오해로 인해 부부간에 문제가 발생하고 있다. 이 설화에서는 아내가 남편의 오해를 풀어주는 글을 보내는데, 아내는 남편에게 "봄 공원에 푸른 풀은 비가 안와도 자라고, 뜰 안의 노란 국화는 서리가 내리지 않아도 따른다."라고 글귀를 지어 보낸다. 이 글은 사람의 몸이 나이가 들면 저절로 성숙한다는 것으로, 남편은 이 글로 인해 아내에 대한 의심을 풀고 다시 처갓집에 찾아가 사과를 하고 아내를 데려다가 행복하게 산다. 이 경우 또한 아내가 남편의 오해를 풀어줌으로써 원만한 부부관계를 유지하고 있다. 다음의 설화 또한 남편이 아내의 과거를 의심해 집으로 가버리는 이야기이다. 〈첫날밤 도망간 신랑과 원귀가 된 신부〉의 줄거리는 다음과 같다.

신랑은 첫날밤에 신부를 보고 저렇게 잘난 여자가 임자가 없겠나 싶어 신부에게 손도 대지 않고 그 길로 도망을 가 버렸다. 신부는 괘씸한 생각에 십 년 동안 칠성당에 가서 공을 들였다. 십 년 후, 신랑이 길을 지나면

---

62 『한국구비문학대계』 6-6, 776-778면, 팔금면 설화2, 첫날 밤에 도망간 신랑을 돌아오게 한 신부, 강달출(남, 63)

서 예전 처갓집 근처를 지나가게 되었다. 신랑은 처갓집에 한번 가 봐야
겠다는 생각이 들어 처갓집으로 가다가 어떤 봉사의 작대기를 차게 되었
다. 봉사가 신랑에게 '첫날밤 소박 놓은 양반'이라며, 처갓집에 가는 길
인 것 같은데 절대로 가지 말라고 했다. 봉사는 만약 갈 거라면 장에 가
서 병아리를 한 마리 사 가지고 가서 닭장에 넣으라고 일러주었다. 십 년
동안 모은 돈이 한 냥 뿐이었던 신랑은 봉사에게 병아리 값이 얼마냐고
물었는데, 봉사가 병아리도 한 냥이라고 하였다. 신랑은 장에 가서 병아
리를 산 후, 처갓집에 가서 저녁을 먹었다. 처갓집에서는 신랑에게 처가
에서 지내는 첫날밤이라며 방을 내 주었다. 신랑이 방에 누워 있다가 봉
사가 말한 대로 잠들지 않고 신부를 기다리자, 구렁이가 된 신부가 문을
열고 들어왔다. 신랑이 봉사가 일러준 대로 구렁이가 된 신부를 요에 갖
다 턱 눕히면서 베개를 받쳐 주자, 병아리가 삑삑하고 울어댔다. 신부는
십 년 동안 헛 공을 들였다며 윗목에 가서 허물을 벗고 색시가 되었다.
신랑과 신부는 아들딸을 낳고 잘 살았다.[63]

이 설화에서 신랑은 첫날밤에 신부를 보고 저렇게 잘난 여자가 임
자가 없겠나 싶어, 신부에게 손도 대지 않고 그 길로 도망을 가 버린
다. 아내가 잘 났기에 임자가 없을 수 없다는 남편의 의심은 근거가
없는 믿음일 뿐이다. 그러나 신랑은 아내의 과거를 의심해 그 길로
도망을 가 버리고, 부부사이에는 문제가 발생하고 있다. 신부는 도
망간 신랑이 괘씸하여 십 년 동안 칠성당에 가서 공을 들이고, 십 년
후 신랑은 길을 가다 예전 처갓집 근처를 가게 된다. 신랑은 처갓집

---

63 『한국구비문학대계』 7-11, 758-761면, 산성면 설화29, 소박당한 부부를
  화해시킨 봉사, 이점선(여, 63)

에 한번 들려야겠다는 생각을 하며 길을 가다, 어떤 봉사의 작대기
를 치게 된다. 봉사는 신랑에게 '첫날밤 소박 놓은 양반'이라며, 처갓
집에 절대로 가지 말고 만약 가려면 장에 가서 병아리를 한 마리 사
가지고 가라고 일러준다. 신랑은 장에 가서 병아리를 산 후 처갓집
에서 저녁을 먹고, 봉사의 말대로 잠들지 않고 신부를 기다리는데,
시간이 지나자 구렁이가 된 신부가 문을 열고 들어왔다. 신랑이 봉
사가 일러준 대로 구렁이가 된 신부를 요에 눕히며 베개를 받쳐 주자
병아리가 삑삑 울었고, 신부는 허물을 벗고 색시가 되었다. 신랑과
신부는 아들딸을 낳고 잘 살았다. 여기서는 신랑이 봉사의 도움으로
신부의 허물을 벗게 되고, 둘은 잘 살게 된다. 신부가 구렁이 허물을
벗었다는 것은 첫날밤 자신을 떠나간 신랑에 대한 원한과 미움이 사
라졌다는 것을 의미한다.

이상의 설화들은 모두 오해나 의심으로 인해 부부사이에 문제가
생긴 경우이다. 그렇다면 설화에서 이야기하는 부부갈등 해결방안
은 무엇일까?

첫째, 남편과 아내가 대화로써 문제를 해결하고 있다는 것이다.

〈머리에 쓰면 미인으로 둔갑하는 해골〉에서 아내는 남편의 말을
듣고 오해를 풀고 있으며, 〈시아버지와 여종을 혼인시킨 며느리〉에
서 남편은 아내의 말을 듣고 상황을 이해하며 자신의 잘못을 뉘우치
고 아내에게 용서를 빌고 있다. 〈동침한 시부모 대접한 효부〉에서도
남편은 아내의 말을 듣고 아내에게 싹싹 빌고 있으며, 〈쥐 말 알아
듣고 웃다가 소박맞은 신부〉에서도 남편은 아내에게 자신이 의심스
러웠던 것을 물어보고, 남편의 물음에 대해 아내는 충실하게 답변을

해주고 있다. 〈벙어리 삼 년 지내려 한 며느리〉에서는 우연히 아내에 대한 남편의 오해가 풀리고 있다. 그리고 〈저절로 벌어지는 밤송이〉에서는 보다 적극적으로 아내가 남편의 의심을 풀어주는 편지를 보냄으로써 부부문제를 해결하고 있다.

이 설화들에서 남편은 아내의 행동을 잘못 해석하고, 자신의 잘못된 해석에 맞춰 자신의 행동방식을 결정하고 있다. 남편이 일방적으로 아내의 행동을 잘못 해석하고 있기에 부부간의 문제는 발생되며, 서로 간에 대화를 통해 이 문제는 쉽게 해결되고 있는 것이다. 그러므로 여기서 지적해볼 수 있는 것은 문제가 되는 것을 마음에 담아두지 말고 드러내며, 부부간에 솔직한 대화를 시도하라는 것이다.

둘째, 〈참을 인자로 면한 살인〉이나 〈동생과 아내 의심하다 옆집여자 죽인 남편〉에서는 멈춤과 성급함에 대해 이야기를 하고 있다. 부부간에 오해가 발생했을 경우, 그것을 혼자 성급하게 판단해 행동에 옮기기 보다는 시간을 갖고 행동을 결정하라는 것이다. 참을 인(忍)자는 남편이 성급하게 행동하는 것을 막는 역할을 해준다. 성급한 행동은 일의 본질을 보지 못하고 일을 그르칠 수 있다. 〈동생과 아내 의심하다 옆집 여자 죽인 남편〉은 성급하게 판단하여 행동하는 것이 사람을 죽일 만큼 위험한 일이라는 것을 잘 보여준다. 그러므로 부부간에 오해가 발생했을 때, 배우자를 의심하게 될 때, 성급하게 판단하여 행동에 옮기기 보다는 시간을 가지고 여러 가지로 생각하고 판단한 후 행동에 옮기라는 것을 설화는 이야기하고 있다.

셋째, 〈지네각시〉〈실수로 살인한 남편과 폭로한 부인〉〈부인에게는 우물 명당 가르쳐주지 않은 남편〉의 경우에는 부부간의 도리와

의리에 대해 이야기해주고 있다. 〈지네각시〉에서 남편이 아내를 죽
이지 못하는 이유는, 아내가 그동안 자신에게 베풀어준 은혜에 대한
도리와 의리를 지키기 위해서이다. 부부관계 또한 이와 마찬가지이
다. 배우자에 대한 의심이 발현되고, 오해가 생겼을 때, 그동안의 부
부관계를 돌아보는 것도 상황을 정리하는데 도움이 될 수 있다. 시
간의 흐름만큼 그 안에는 서로에 대해 충실했던 시간이 있었을 것이
다. 그러므로 오해와 의심 관련 설화들에서 문제해결 방안으로 제시
할 수 있는 방안은 서로가 함께 보낸 시간들을 되돌아보면서 서로에
대한 도리와 의리를 생각하고, 상황을 정리할 수 있는 시간을 가지
라는 것이다. 또한 〈실수로 살인한 남편과 폭로한 부인〉 〈부인에게
는 우물 명당 가르쳐주지 않은 남편〉의 경우, 아내가 남편의 살인사
실을 폭로하고 자손들이 잘 될 수 있는 상황을 망치게 되는 이유는
남편이 아내를 외인(外人)이라고 칭하며 아내를 믿지 못했기 때문이
다. 그리고 아내는 남편의 이러한 행동에 서운함과 원통함을 가진
다. 이는 부부간의 도리나 의리에 어긋나는 행위이다. 그러므로 〈실
수로 살인한 남편과 폭로한 부인〉 〈부인에게는 우물 명당 가르쳐주
지 않은 남편〉은 부부간의 도리와 의리에 대한 경계(警戒)의 의미 또
한 줄 수 있다.

넷째, 〈수탉 말 알아듣고 마누라 다스린 남편〉에서는 남편이 아내
를 죽도록 팼고, 아내는 다시는 이유를 묻지 않았고, 부부는 별 문제
없이 잘 살았다고 마무리가 된다. 그러나 아내를 죽도록 팼다는 남
편의 행동은 부정적으로 읽혀지며, 강압적인 힘의 사용으로 느껴진
다. 그리고 화자는 부부가 별 문제없이 잘 살았다고 하지만, 과연 이
부부가 의심으로 인한 부부간의 문제를 해결했는지는 미지수이다.

그러나 남편이 말을 하면 큰일이 난다고 경고를 했음에도 불구하고, 남편이 죽어도 좋으니 가르쳐 달라고 조르는 아내 또한 문제가 있다고 보인다. 왜냐하면 남편이 웃는 것에 대해 이 아내는 너무 예민하게 반응하고 있기 때문이다. 이 설화에서 때렸다는 것을 아내의 입막음을 할 수 있는 힘, 혹은 능력의 사용 정도로 해석한다면 이것 또한 문제해결 방안이 될 수 있을 것이다. 아내가 매사에 의심이 심하다면, 의심이 아내의 성격적인 문제라면, 그것을 교정하여 원만한 부부관계를 만들어가는 것 또한 필요하다고 생각되기 때문이다.

2) 현대 부부갈등 사례에의 적용

〈머리에 쓰면 미인으로 둔갑하는 해골〉〈시아버지와 여종을 혼인시킨 며느리〉〈동침한 시부모 대접한 효부〉〈쥐 말 알아듣고 웃다가 소박맞은 신부〉〈참을 인자로 면한 살인〉〈동생과 아내 의심하다 옆집 여자 죽인 남편〉〈지네각시〉〈실수로 살인한 남편과 폭로한 부인〉〈부인에게는 우물 명당 가르쳐주지 않은 남편〉〈수탉 말 알아듣고 마누라 다스린 남편〉〈저절로 벌어지는 밤송이〉〈첫날밤 도망간 신랑과 원귀〉는 현대 부부갈등에 어떻게 적용될 수 있을까? 먼저 배우자에 대한 오해나 의심으로 인해 부부갈등이 유발된 상담사례들을 살펴보고, 본 설화의 적용 가능성을 타진해 보도록 하겠다.

사례 1 **부인이 저 몰래 처가에 돈을 보냈네요.**

안녕하십니까? 이제 결혼 1년차인 신랑입니다. 맨날 눈팅만 하다 고민이 있어 이렇게 글을 올려 봅니다. 저희 부모님은 경제적 고민 없이 잘 사십니다. 처가댁은 조금 어려운 형편이구요. 결혼 당시 집에서 1억을 받고, 나머지 제가 모은 돈 융자로 집을 마련했고 혼수는 와이프가 해 왔습니다. 이번 추석에 전 거실에서 티비를 보고 와이프는 거실에 있는 노트북으로 인터넷을 하다 와이프가 샤워하는 사이 인터넷을 보니 와이프 계좌가 떠 있었습니다. 평소 돈 관리는 와이프가 하기에 잘하고 있는지, 조금 찔리긴 했지만 거래 내역을 보니.. 1년간 3차례에 걸쳐 천만원이 장모님 계좌로 나갔네요. 물론 몇십만원씩 나간 것도 있으나, 이건 용돈으로 드렸다고 생각할 수 있는데.. 저 한테 말도 없이 그 큰돈을 준건지, 빌려준 건지 모르겠지만.. 배신감이 느껴지네요... 혹시나 해서 와이프 아이디, 비번을 몰래 보고 다른 은행꺼도 찾아 봤는데.. 돈 들어온 흔적은 없었습니다. 몰래 급돈이 필요하여 빌려준 거라면 저도 충분히 이해 하겠는데... 그냥 모른척 해야 할지....아니면 일을 터트릴지...넌지시 얘기해 볼지... 혼란스럽네요...

사례 2 **남편에게 제가 모르는 폰이 있어요.**

이번주 월요일 신랑은 출장을 갔고 오랫만에 사촌언니와 집에서 놀고 있었어요. 아들 녀석이 낮잠을 자느라 방문을 닫고 안방에서 조용히 티비를 보든지 폰을 만지며 놀고 있었는데, 진동소리가 들리길래 언니보고 전화온 것 같다고 받으라고 말했죠. 근데 자기는 아니라는

거에요. 저도 물론 아니었거든요. 근데 아주 길게 진동음이 계속 들리
더라구요. 이상해서 안방을 뒤지고 있는데 진동음이 끊어졌어요.……
정말 이상했죠. 저희집이 아파트인데 방음이 잘 안되요. 근데 윗집에
서 난 소리라고 하기에는 너무나 정확하게 진동음이 들렸거든요. 그
때 사촌언니가 말하더라구요.. 혹시 신랑이 저 몰래 폰 하나를 더 만
들어논것 아니냐구요. 순간 욱 하더라구요. 그래도 확인을 해봐야겠
어서 통신사에서 일하는 아는 동생에게 연락을 했어요. 신랑 주민번
호로 가입되어 있는 폰이 몇 개 있는지 알아봐 달라고 했죠. 아니길
빌며 연락오길 기다리는데…. 정말.. 하나 더 개통되어 있는 거에요..
정말 충격이었어요.…… 정말 억장이 무너지더군요……하루종일 안
방을 다 뒤집고 다녔지만 결국 찾지 못했어요.…… 다시 아는 사람에
게 부탁했어요. 통화내역을 한번 봐달라고.. 연락된 사람이 몇명 있
는지.. 문자를 했다면 대충 어떤 내용인지 봐달라구요. 그랬더니 딱
한 번호가 나온다네요… 당연히 번호는 알려줄 수 없다고 하고요…
하… 정말.. 진짜 어떻게 해야할까요.. 어떻게 신랑에게 얘길 꺼내야
할지 모르겠어요. 정확한 물증 없이 사실대로 말해 보라면 분명히
발뺌할 것이 분명한 신랑인데… 어떻게 해야 빠져나가지 못하게 제
대로 추궁할 수 있을지… 막상 얼굴을 보면 말문이 막혀 말도 못할것
같아요. 대체 누구랑 연락을 하는건지.. 정말.. 배신감 쩌네요!

사례 3 **세상에 ..내번호가 수신거부에 등록되어있다니..**

무심코 본 남편폰에 내번호가 수신거부로 등록되어 있네요.. 세상
에 얼마나 황당한지.. 어쩐지 내가 전화해도 잘받지 않고 꼭 나중에

전화올 때가 많았는데.. 통화내역 쑤욱 보니까 거의 제 전화는 수신거부상태.. 기가막히고 정말 너무 허탈해서인지 웃음이 다 나옵디다. 이걸 해제하고 볼까 하다가 그냥 두고 혹시나 오늘 종일 있다가 저녁에 전화해보니 그래도 바로 받는 게 잠깐 해제한거 같은데.. 이거 말을 해야할까요.. 말아야할까요? 폰 본것 내색 안하려니 오늘 종일 우울하고 그냥 살고 싶은 생각이 다 사라지네요. 포토방에 모르는 여자사진도 있구요. 어제 그래서 누구한테 들으니 문자내역 볼 수 있다기에 네이트온 들어가 인증번호 띄우는데도 계속 안되네요. 왜그러죠? 분명 나 인데 살든 안살든 도대체 누구를 만나는 지나 알고싶어요. 지금 이 자정이 넘었는데 이 인간 아직도 안 들어오고 있어요. 다른때 같았으면 내가 전화 여러번 했을건데 그냥 하고 싶지도 않고 마음이 멀리 멀리 멀어져 가는 기분입니다.

사례 4   **남편의 비상금을 발견하다**

남편과 저는 하루종일 같이 일을 합니다. 작은 인테리어 가게를 하고 있어요. 돈 관리는 제가 하고 있구요. 요즘 경기가 넘 좋지 않아서 몇개월째 힘든상황입니다. 공과금도 밀려서 내기도.하고요. 물론 남편도 알고 있어요. 제가 돈 관리는 하고 있지만 제가 비상금이라고 모아본 적이 없어요. 조금 모았다 싶으면 쓸 데가 생겨서 제가 따로 알바를 해서 모아둔.것도 홀라당 써버리기 일쑤였거든요. 그런데 얼마전 사무실에 노트 등을 정리하다가 숨겨둔 돈을 발견했어요. 약 1,600,000정도 있더라고요. 추적을 해본 결과 공사 대금을 저한테 적게 얘기하고 나중에 받은거 같아요. 전 몇일을 기다렸구요. 얘기하겠지했어요. 아님 아들이 고3인데 내년에 대학을 가게 되면 등록금 때문에 걱정을 하고 있는터라 혹시 나 모르게 모으고 있나 생각이 들어서요. 그런데 어제 일이 터졌어요. 누구랑 술을 마셨는지 새벽에 들어온거예요. 혹시나해서 그 돈을 확인해보니 헉 900,000만원만 있네요. 이 인간 그 돈으로 술마신거 맞죠 제가 남편의 인격을 넘 관대하게 생각한건가 하고 밀려오는 이 배신감을 어떻하죠? 일단 그 돈을 다 써버리기전에 챙겨는 놨는데 어떻게 풀어가야할지 고민입니다. 이 인간을 어떻하죠?

사례 5   어떻게 해야 할지...조언 구합니다.

결혼 15년차 입니다. 남편.. 자영업 하고 있으며, 평소 말이 없고, 무뚝뚝하지만, 가정적인 사람입니다. 저도.. 애교많은 여우같은 아내는 아니지만, 내 가정 이쁘게 잘 가꾸려고 노력하고 있구요. 집에서 맛있는 음식 만들어서, 남편과 같이 소주 한 잔 기울이면서, 이런저런 얘기 많이 하는 편입니다. 부부관계도 괜찮은 편입니다. 공부 잘하고 착한 중학생 아들에, 애교 많고 이쁜 5살 딸을 키우면서 행복한 시간을 보내고 있습니다. 맞벌이 하고 있어서, 금전적인 어려움도 없고, 남들 사는 것 처럼 평범하게 살아오고 있습니다. 장거리 친구 결혼식이 있어도, 항상 아이들과 부부가 같이 여행삼아 다녀왔습니다. 가족들과 여행 다니는 거 좋아해서, 캠핑 이런 것도 잘 다닙니다. 내일도 주말이라 아이들 데리고 캠핑 계획을 세우고 있습니다. 근데, 오늘 아침에... (제가 출근 시간이 빨라서, 중학생 아들 챙겨서 일찍 나옵니다) 7시경 출근 준비하고 있는데, 남편 핸드폰 울리네요. 핸드폰 케이스도 열지 않고, 아직 자고있는 남편에게 받으라고 줬구요. 남편은 케이스 열어보고는, 거절 버튼을 누르더군요. 그냥 그러나보다 했습니다. 5분 정도 뒤에, 또 핸드폰이 울리길래 이젠 제가 핸드폰 케이스를 열었습니다. 010-####-**** 맨 뒷자리 ****가 남편 핸드폰 뒷자리와 같더군요.. 가운데 숫자만 빼고 다 같은거죠. 보통 가족들 핸드폰 번호 만들때 비슷하거나, 뒷자리 같이 하잖아요. 저희도 남편, 저, 아들 핸드폰 뒷자리가 다 같아요. 뭐지? 하고 받았습니다. 그 순간, 저 숨소리도 안냈습니다. 약 7초정도… 아무 소리가 안나더니, 그냥 끊더라구요. 저나, 남편이나 핸드폰 오픈해 놓고 살고있어요. 패턴도 가족 모두 똑같구요, 카톡도 잠금이란 게 없어요. 지금껏 이리 살아왔는데요. 오늘 아침, 이런 상황이 절 잠시 당황스럽게 하네요. 남편에게 물어볼까 하다가, 낼 캠핑 계획있는데 가족들 기분 망칠까봐, 못했습니다. 어떻게 해야할지 모르겠습니다.

사례1〉의 글쓴이는 결혼 1년차인 남편으로, 본가가 경제적 고민 없이 잘 사는 반면 처가는 조금 어려운 형편이다. 추석에 거실에서 텔레비전을 보다가, 노트북을 하던 아내가 띄워놓은 아내의 인터넷 뱅킹 계좌를 보게 되고, 남편은 아내 몰래 거래 내역을 살펴본다. 그리고 아내의 거래 내역에서 1년간 세 차례에 걸려 천만 원이 장모님의 계좌로 빠져나간 것을 알게 된다. 자신 몰래 아내가 천만 원을 처가에 준 건지, 빌려준 건지 알 수가 없고 아내의 다른 은행계좌를 검색해 봐도 돈이 입금된 내역이 없자 남편은 자신 몰래 천만 원을 처가로 입금시킨 아내에게 배신감을 느끼며 아내에게 이야기를 해야 될 지 말아야 될 지 고민 중이다.

사례2〉에서는 남편이 아내 몰래 만들어놓은 핸드폰이 문제가 된다. 남편이 출장을 가고 사촌언니와 놀고 있던 중 우연히 들리는 핸드폰 진동소리를 듣게 되고, 아내가 안방을 뒤지던 중 전화가 끊어진다. 핸드폰을 찾는데 실패한 아내는 아는 사람을 통해 남편의 주민등록번호로 만들어진 핸드폰이 또 있는지 확인하고, 한 대의 핸드폰이 더 있다는 사실을 알게 된다. 안방을 뒤졌지만 핸드폰은 찾지를 못했고, 아는 사람을 통해 자신이 모르는 남편의 핸드폰이 특정인과 통화한 내역이 있음을 확인한다. 아내는 자신 몰래 핸드폰을 추가로 개통하고, 누군지 모르는 특정인과 연락을 한 남편에 대해 배신감을 느끼며, 남편에게 어떻게 이야기를 꺼내야 될 지 고민하고 있다.

사례3〉에서 아내는 무심코 남편의 핸드폰을 봤다가 자신의 번호가 수신거부로 등록이 되어있는 것을 발견하게 된다. 아내는 남편의 행동에 기가 막히고, 수신거부 등록을 해제하려다가 그냥 둔다. 저녁에 전화를 하니 남편이 받고, 아내는 남편이 수신거부를 잠깐 해제했다고 생각한다. 아내는 자신이 남편의 핸드폰을 본 것을 말을 해야 될 지 고민하고 있다. 아내는 남편이 다른 누구를 만난다고 생각하며, 자정이 넘었는데도 들어오지 않는 남편을 기다린다.

사례4〉에서는 아내가 남편의 비상금을 발견한다. 남편과 아내는 작은 인테리어 가게를 하고 있고, 돈 관리는 아내가 맡아서 한다. 경기가 좋지 않아 몇 개월째 힘든 상황에서, 아내는 사무실 노트를 정리하다가 남편이 숨겨둔 돈을 발견하게 된다. 아내는 남편이 이야기하기를 기다리며, 아들의 등록금 걱정을 하고 있던 터라 남편이 자신 몰래 아들의 등록금을 모으고 있나 하는 생각도 든다. 그러던 중 남편은 새벽 늦게 술을 마시고 들어오고, 아내는 160만원 중 70만원이 없는 것을 확인하게 된다. 아내는 남편이 그 돈으로 술을 마셨다고 확신하며, 어떻게 해야 될 지 고민이다.

사례5〉에서는 남편의 핸드폰으로 걸려온 전화 때문에 아내가 남편을 의심하고 있다. 결혼 15년차인 남편과 아내는 자녀들과 행복한 결혼생활을 유지하고 있다. 내일도 주말이라 아이들을 데리고 캠핑을 갈 계획을 세우던 중, 오늘 아침에 남편의 핸드폰이 울린다. 아내는 자고 있던 남편에게 핸드폰을 줬고, 남편은 핸드폰 케이스 열어보고는 거절 버튼을 누른다. 그러나 또 핸드폰이 울리고 아내가 핸드폰 케이스를 열게 되는데, 울리던 번호의 맨 뒷자리가 남편의 핸드폰 뒷자리 번호와 일치한다. 아내가 핸드폰을 받자 상대방은 소리 없이 전화를 끊고, 아내는 이런 상황이 당황스럽다. 아내는 걸려온 전화의 핸드폰 번호 뒷자리가 남편의 핸드폰 번호 뒷자리와 일치하는 것이 마음에 걸리는 것이다. 그러나 남편이나 아내는 그동안 핸드폰을 잠금 없이 사용해 왔다. 아내는 남편에게 물어볼까 하다가, 낼 캠핑 계획도 있는데 가족들 기분을 망칠까봐 이야기하지 못한다. 그러나 이 상황을 어떻게 해야 할 지 고민 중이다.

이 다섯 가지 사례들은 모두 배우자에 대한 의심을 드러내고 있다.

사례1〉에서 남편은 처가의 경제적 사정이 어렵다는 것을 전제로 하고 있다. 그러기에 아내가 자신 몰래 처가를 돕기 위해 천만 원을 보냈다고 생각하는 것이다. 남편이 아내의 아이디와 비밀번호를 몰래 보고, 아내의 다른 은행 계좌들을 뒤져 천만 원이 입금되었는지를 살펴보는 것은, 이미 남편이 아내를 의심하고 아내가 경제적으로 어려운 처가에 천만 원을 준 것이라 확신하고 있기 때문이다. 사

례2〉에서도 아내는 남편이 자신 몰래 다른 핸드폰을 만들었다는 것
을 확인한 순간, 그것이 다른 여자와의 통화를 위해 만든 것임을 확
신하고 있다. 아내의 글에서 남편이 그 핸드폰으로 특정인과 통화를
했다는 것은 아내의 이러한 의심을 뒷받침한다. 아내의 배신감은 특
정인이 여자라고 확신하는 데서 오는 배신감일 것이다. 사례3〉의 경
우에도 아내는 남편이 자신의 번호를 수신거부 해 놓은 것에 대해 남
편에게 배신감을 느끼고 있으며, 남편이 저녁에 자신의 전화를 받은
것을 잠깐 수신거부를 해제했기 때문이라고 생각한다. 사례4〉에서
아내는 새벽에 술을 마시고 들어온 남편이, 숨겨둔 160만원 중 70만
원을 술값으로 사용했다고 확신을 하고 있다. 사례5〉에서도 아내는
걸려온 전화의 핸드폰 뒷자리 번호가 남편과 같고, 자신이 전화를
받았을 때 상대방이 끊은 것을 근거로, 걸려온 전화의 수신자와 남
편의 관계를 의심하고 있다.

그렇다면 내담자들에게 설화에서의 해결방안은 어떻게 사용될 수
있을까?

〈머리에 쓰면 미인으로 둔갑하는 해골〉〈시아버지와 여종을 혼인
시킨 며느리〉〈동침한 시부모 대접한 효부〉〈쥐 말 알아듣고 웃다가
소박맞은 신부〉〈벙어리 삼 년 지내려 한 며느리〉〈저절로 벌어지는
밤송이〉에서처럼 서로 간에 대화를 통해 자신의 의심을 해결하라는
것이다. 자신에게 의심이 드는 부분을 이야기하고, 상대방에게 그것
에 대한 답을 얻음으로써 의심은 해결이 가능하다. 설화들에서의 남
편은 아내의 행동을 잘못 해석하고, 자신의 잘못된 해석에 맞춰 자
신의 행동방식을 결정하고 있다. 사례들에서의 내담자들 또한 자신
의 해석에 맞춰 상대방의 행동을 일방적으로 해석하고 있다. 그러므

로 부부간의 대화를 통해 의심을 해결할 필요가 있다. 물론 내담자의 의심이 사실로 드러날 수도 있다. 그러나 사실을 확인한 후 대책을 강구하는 것이 부부갈등을 해결하는 데 도움을 줄 수 있다.

　또한 의심의 상대에게 자신의 의심에 대해 대화를 시도하거나 혹은 의심이 사실로 확인되어 대책을 강구할 때는 〈참을 인자로 면한 살인〉이나 〈동생과 아내 의심하다 옆집 여자 죽인 남편〉에서처럼 성급하게 판단하고 행동에 옮기기 보다는 시간을 갖고 행동을 결정하는 것이 필요하다. 이 부분을 염두에 둔다면 부부간에 의심이나 오해로 인한 부부갈등을 해결하는 것이 가능할 것이다. 다음의 사례는 이러한 사실을 잘 이야기하고 있다.

사례 6　남편의 비상금 5천과 배신감... 그 후?

　……개인 사업을 하는 남편이지만, 인터넷 계좌도 제 이름으로 쓰고, 실질적인 총무의 역할을 제가 하고 있는 터라, 저희 부부는 서로 경제적으로 정말 투명하게 오픈해서 살고 있습니다. 양쪽 집안 경제적인 것도 숨길것 없이 알고 있어, 서로 집안을 도와야 할 때도 눈치 없이 돕고 있습니다. 그러던 몇 일 전, 남편이 저 몰래 가지고 있던 계좌가 있다는 걸 알게 되었습니다. 약간의 배신감이 들더군요. 5백도 아니고 5천이라는 저 모르는 돈을 남편이 갖고 있다는 사실 자체가 기분이 좀 상하더라구요. 작은 돈이 아니지 않습니까. 그리고 여태 남편의 모든 것이 투명하고, 돈관리를 저에게 다 맡겼는데.. 그 돈을 모을 정도면 저 몰래 어떻게 모았을까 싶기도 하고. 남편 말하기를, 총각 때 외제차를 사고 싶어서 따로 모으던 돈인데, 결혼하면서 부터는 비상금으로 갖고 있었고, 다달이 3,40만원씩 공돈이 생기면 100만원

도 넣고, 용돈 아껴서 10만원씩도 넣고 하다보니 어느새 5천이 되 있
더랍니다. 이제는 말해야 할 것 같아서 말한다고 그러더라구요. 한 8
년정도 되었더라구요. 그러면서, 우리가 살다가 큰 사고가 날 수도 있
는 것이고, 양가 부모님 중에 보험으로도 감당할 수 없는 큰 병치레
를 하실 수도 있는 것이고, 아이가 아플 수도, 내가 아플수도, 남편도
아플 수도 있다. 사업이 안정적이긴 하지만, 갑자기 투자하거나 목돈
이 아쉬울 때가 있을 수 있고 우리 집 아니래도, 동기간에 큰 돈 빌려
줘야 할 때도 있을 수도 있고 세상을 살면서 얼마든지 말그대로 "비상
금"이 필요하다며, 자기는 결혼하면서부터 가장으로서 항상 언제 갑
자기 닥칠수도 있는 위기를 준비해야 하는 의무가 있었다고 하더군
요. 배신감 후 든 생각은 "이 남자는 정말 책임감이 강하고, 생활력도
강하구나." "어려움이 닥쳐도 이런 사람과 함께라면 이겨낼 수 있겠구
나" "든든하고 자랑스러운 우리 신랑" 이런 생각이 마구 들면서……

　사례6〉에서는 자신이 모르고 있던 남편의 계좌에 배신감을 느꼈
던 아내가, 비상금을 모으게 된 남편의 설명을 듣고 남편에 대한 오
해를 풀고 있다. 여기서 부부사이에 경제적으로 서로 투명하다고 생
각하던 아내는 남편의 계좌에 오천 만원이 있다는 사실을 알게 되
고, 자신 몰래 그 돈을 모은 남편의 행동에 배신감을 느끼게 된다.
그러나 남편은 아내에게 그 돈이 결혼 전 외제차를 사기 위해 따로
모았던 돈이며, 결혼하고부터는 용돈에서 조금씩 넣기도 하고 공돈
이 생기면 넣었던 돈이라고 이야기를 한다. 그리고 혹시 가정에 돈
이 필요할 경우 사용할 비상금이라는 말을 듣게 된다.
　남편에게 배신감을 느끼던 아내는 남편의 말에 남편이 책임감과

생활력이 강한 사람이라고 생각되며 그런 남편이 든든하고 자랑스럽다. 만약 아내가 남편의 계좌를 발견하고 계속 의심에만 젖어있었다면, 이후의 내용은 위의 사례들처럼 전개가 되었을 것이다. 그러나 이 부부의 경우는 아내가 남편에게 그 부분에 관하여 물었고, 남편의 답을 통해 아내는 의심을 풀고 있다. 이처럼 부부간의 의심이나 오해는 대화를 통해 얼마든지 해결이 가능한 문제인 것이다.

12장 / 부부간의 성(性)

〈벌에 쏘인 남편의 성기〉 〈기생 덕에 고자 면한 사람〉

1) 부부갈등 양상과 해결방안

부부사이의 성적(性的)인 문제를 보여주는 설화로 〈벌에 쏘인 남편의 성기〉 〈기생 덕에 고자 면한 사람〉을 들 수 있다. 먼저 〈벌에 쏘인 남편의 성기〉의 대강의 줄거리는 다음과 같다.

어떤 남자가 길에서 소변을 보는데 벌이 성기를 쏘았다. 남자의 성기가 땡땡 부어올라서 겨우 집으로 와서 아내에게 사정을 말했다. 아내는 남편의 커진 성기를 보더니 새로 밥을 지어서 벌이 있는 곳으로 가더니 길이도 길게 해달라고 빌었다.[64]

---

64 『한국구비문학대계』 2-1, 53-54면, 강릉시 설화4, 벌에 쏘인 남자의 그것, 최돈구(남, 66)

어떤 남자가 길에서 소변을 보다가 벌이 성기를 쏘게 된다. 남자는 성기가 땡땡 부어올라 겨우 집으로 와 아내에게 사정을 이야기한다. 아내는 남편의 커진 성기를 보고는 새로 밥을 지어 벌이 있는 곳으로 가고, 벌에게 길이도 길게 해 달라고 빈다. 이 이야기는 부부사이의 성적인 문제를 드러내고 있는데, 아내가 남편의 성기를 쏜 벌에게 새로 밥을 지어 가지고 가 빌었다는 것은, 남편의 성기가 커졌다는 것이 아내에게 만족을 주는 일임을 의미하는 것이다. 이 이야기의 문면에는 나와 있지 않지만, 아내의 행동을 통해 미루어 짐작해볼 때 아내는 남편에게 성적인 불만을 가지고 있었던 것으로 해석해볼 수 있다. 그러나 이 설화는 아내의 성적 불만만을 보여줄 뿐, 해결방안을 제시하지는 못하고 있다. 다만 아내의 성적인 불만을 다루고 있다는 점에서 제시하여 보았다.

다음으로 살펴볼 〈기생 덕에 고자 면한 사람〉은 남편의 성적인 불구가 문제가 되어 부부사이에 갈등이 유발되고 있다. 이 설화의 대강의 줄거리는 다음과 같다.

김진사 아들과 박진사 딸은 서로 집이 멀었지만 혼례를 치르게 되었다. 첫날 저녁에 남편이 그냥 잠을 자는 것을 보고 부인은 피곤해서 그러는 것이라 생각을 했는데 뒷날도 자신의 몸에 손도 대지 않는 것이었다. 부인은 술만 먹고 자는 남편이 이상해 허리춤을 풀어보니 성기가 없었다. 부인이 화가나 자기 어머니한테 가서 분풀이를 하여서 친정식구들이 그 사실을 모두 알게 되었다. 남자는 이혼을 하지는 못할 것 같아 돈을 좀 달라며 세상구경을 하고 오겠다고 했다. 그래서 백 냥 정도를 지고 서울에 갔다. 남자는 서울에서 기생 일곱 명을 데리고 놀았는데 두 달에 돈을 모두 써버리고 아버지에게 또 돈을 부쳐달라고 했다. 아버지가 돈을 부쳐주지 않자, 기생에게 여비를 조금 받아 어머니에게 간다고 하고는 걸어서 갔다. 팔월쯤 되어 하루는 남자가 정자나무에 앉아 노래를 부르고 있었는데 그 모습을 보고 기생이 반해 남자를 홀려 집으로 데리고 들어갔다. 기생이 이불을 갈아놓고 옷을 벗고 자려고 했는데 남자가 성기가 없었다. 기생이 화가나 칼을 갈아서 가지고 와 여러 년 간장 녹일 놈이라며 죽여 버리겠다고 위협하자 그 부분이 볼록해져 나왔다. 기생은 그 근처에 큰 약방에 가서 그 남자에게 삼주일 정도 약을 먹여 치료를 하고 나서 남자와 재미를 봤다. 그렇게 성기를 찾은 남자는 본 부인에게 돌아가서 부인과 잠자리를 하였다. 부인은 다시 어머니를 찾아가 있었던 일을 이야기 했고, 부모는 잘 됐다고 하였다. 나중에 부인은 임신을 하게 되었다. 남자는 자기 구멍을 터 준 것이 기생이라, 두 집을 다니며 아들을 삼형제씩 낳아 잘 살았다.[65]

김진사의 아들과 박진사의 딸이 혼례를 치르게 되었는데, 첫날 저녁 남편은 그냥 잠을 잔다. 아내는 피곤해서 그러는 것이라고 생각했는데, 다음날에도 남편은 아내의 몸에 손을 대지 않는다. 아내는 술만 먹는 남편이 이상해 허리춤을 풀어보니, 남편에게는 성기가 없었다. 아내는 화가 나 친정어머니에게 남편이 성기가 없다는 말을 하고, 친정식구들은 그 사실을 모두 알게 된다. 여기서 남편은 성적 불구자로 등장하고 있으며, 이것으로 인해 부부사이에는 갈등이 일어나게 된다.

---

65 『한국구비문학대계』 6-1, 434-442면, 지산면 설화32, 성불구 고쳐준 기생, 설국전(남, 74)

남편은 아내와 이혼은 할 수 없어 세상구경을 다녀오겠다며 서울로 간다. 남자는 서울에서 기생 일곱을 데리고 놀았는데, 여비가 떨어지자 아버지에게 돈을 보내달라고 한다. 아버지가 돈을 보내주지 않자 남자는 기생에게 여비를 조금 받아 어머니에게 간다며 걸어가고, 정자나무에 앉아 노래를 부른다. 그 모습에 반한 기생은 남자를 홀려 집으로 데려간다. 기생은 남자와 자려고 하다가 남자가 성기가 없는 것을 보고, 화가 나 칼을 갈아서 가지고 와 죽여 버리겠다며 위협을 한다. 그러자 남자의 그 부분이 볼록해져 나왔고, 기생은 남자에게 약을 먹여 치료를 하고 남자와 성관계를 맺게 된다. 성기를 찾은 남자는 돌아와 아내와 잠자리를 하고, 아내는 임신을 하게 된다. 여기서는 기생이 치료자로서의 역할을 하고 있는데, 경우에 따라서는 아내가 치료자의 역할을 하는 경우도 있다.

그렇다면 성적 부부갈등을 해결하기 위해 설화에서 이야기해줄 수 있는 부분은 무엇일까?

이들에게서 찾아볼 수 있는 것은 문제를 해결하기 위한 적극적인 노력이다. 현대에서는 부부간의 성적인 문제를 해결해줄 수 있는 여러 가지 의학적인 방법들이 시도되고, 시술되고 있다. 〈벌에 쏘인 남편의 성기〉에서 아내의 소망 또한 현대에서는 충족이 가능하다. 그러므로 부부사이에 성적인 문제로 인한 갈등이 야기되었을 경우, 그것을 의학적인 도움으로 풀어나가는 것이 중요하다는 것을 이 설화는 이야기하고 있다. 만약 부부사이의 성적인 문제가 심리적인 것이라면, 이 또한 상담의 도움을 받아 풀어갈 필요가 있다.

2) 현대 부부갈등 사례에의 적용

〈벌에 쏘인 남편의 성기〉〈기생 덕에 고자 면한 사람〉은 현대 부부갈등에 어떻게 적용될 수 있을까? 먼저 부부사이의 성(性)적 문제로 인해 부부갈등이 유발된 상담사례들을 살펴보고, 본 설화의 적용 가능성을 타진해 보도록 하겠다.

사례 1   결혼 5개월차 발기부전 남편

결혼 5개월 임신 3개월입니다. 남편과는 9살차이고 남편은 지금 37살이에요. 결혼전부터 성욕이 강한 편은 아니었는데 결혼 초기부터 보이던 발기부전 증세가 점점 심해지네요. 임신중이어도 남편과 가끔은 사랑을 나누고 싶은 마음인데 일주일에 한번도 제대로 되지가 않아요. 발기부전이라도 성관계를 뺀 다른가벼운 스킨쉽은 매일하고, 임신했다고 집안일도 전부다 하는 참 자상하고 다정한 남편이에요. 저는 임신중이지만 45kg, 날씬하고요. 신랑도 겉보기에는 건장하고 멀쩡합니다. 이렇게 잘해주는데 성적인 문제로 스트레스 받지말자. 생각해도 그게 자꾸 너무 짜증이 나요. 남편도 고쳐보려고 운동도 열심히 하고 영양제도 잘 챙겨먹는데도 나아지질 않아요. 나이차이 많은 남자랑 결혼했으니 감수해야 하는건지.. 제가 그쪽으로 너무 큰 가치를 두는 건지 남편이 너무 못나보이고 무시하는 마음이 생겨요. 제가 어떻게 하는게 현명한 건가요.

사례 2   남편이 발기부전인거 같은데 말을 어떻게 꺼내야 할까요?

남편이 33밖에 안됐는데 최근 한 6개월 가량 계속 그런것 같아요. 분위기 좀 잡고 남편이 먼저 저 끌어안고 하는데도 남편 거기가 힘이 잘 없거나, 아니면 안고 부비고 하는 도중에 힘이 빠져서 늘어져요. 저는 최대한 남편 자존심 상할까봐 "여보 피곤한가부네~ 다음에 할까?" 하고 남편도 "아.. 나 늙었나봐~" 이러면서 그냥 저 안아주고 자요. 이런게 몇 번 반복되다 보니, 남편이 아예 부부관계를 시도도 안하고 제가 먼저 애교 떨면서 찔러봐도 딴청 부리면서 "나중에~" 이러고 피하네요. 이러다가 섹스리스 되는건가요? 저희 남편이 다른 남자들에 비하면 직장이 많이 힘든건 아닌듯 하거든요. 보통 7시 전후로 퇴근해서 집에 오면 8시 좀 넘고 같이 저녁 먹고나서 남편이 설거지 해주고요. 제가 놔두라고 해도 꼭 자기가 해요. 저는 남편 설거지 하는 동안 아이 씻기고 먹이고 남편 9시 뉴스 볼 동안 아기 재워요. 그럼 10시 부터는 부부만의 시간이 가능한데, 이 정도면 많이 피곤한 일상은 아니지 않나요? 근데 이젠 아예 들이밀 생각도 안하고, 같이 드라마 보고 쇼프로 보다 자네요. 몸에 좋은 것도 많이 챙겨먹이는데 남자 나이 고작 33에 발기부전 될 수도 있나요? 부부사이라는게 가깝고도 제일 먼거 같아요. 먼저 말을 꺼내기가 참 민망하네요.

사례 3   남편을 계속 사랑할 수 있을까...

결혼 10개월 차 접어 들었네요. 남편을 사랑합니다. 남편은 엄청 자상하고 가정적인, 정말 보기드문 애처가예요. 평소 스킨십도 많이 하고, 뽀뽀도 많이 합니다. 다만 부부관계를 안하네요. 남편은 집에 오면 같이 티비보거나 영화보면서 잠 들어요. 늘 저보다 먼저 잠들구요. 전 그런 잠든 남편을 보고있네요. 부부관계는 결혼하고 많이 해서 아마 8번 정도 했네요. 결혼 10개월 차구요. 신혼여행가서 하고, 신혼여행 다녀와서 한 것 까지 8번 정도 되구요. 마지막으로 한 건 1월 말 쯤 되고, 안한지 6개월 됐네요. 예전에 12월 쯤 한번 미즈넷에 글 올린 적이 있었는데, 남편한테 좋게 말도 해보고 하지만, 울남편은 제가 이런말 하면 피하려고만 하고, "해야지"라고 머쓱해 하네요. 남편이 부부관계 잘 못하고, 사정지연 콘돔 없으면 힘들어요. 사정지연 콘돔 사용해야 하는 것도 싫고 부담스러운거 같아요. 예전에 솔직히 말 하더라구요. 저를 만족시켜 주지 못한다고 생각해서 자신 없어 하고, 부담을 많이 느끼는 거 저도 알고 있어요. 그래서 남편한테 부부관계로 스트레스 안 주려고 초기에는 거의 말 안하고, 장난삼아 "우린 부부관계도 없고 좀 심하다" 웃으면서 그랬네요. 기다리다 장난삼아 먼저 말도 꺼내보고, "우리처럼 부부관계 안하는 부부도 없다." 그러면 남편은 장난삼아 받아칠때도 있고, "나랑 하기 싫으냐"고 물으면 "절대 그런 거 아니라고, 니가 왜 싫겠냐고?" 그냥 안아줍니다. 슬슬 시댁에서도 아기 얘기를 하시는데, 남편은 신혼 즐긴다고 웃으면서 말씀드리지만 저는 불편하네요. 아버님이 은근히 누구네 손주봤다고 자꾸 말씀하시고, 어머니도 소식 없냐고 물으시는데 짜증도 나고, 저는 아기만 낳으면 부부관계 포기하고 살 수 있다고 마음도 비웠는데, 이런 제 마음을 며칠전에도 말했는데, 남편이 많이 울더라구요. 그래도 달라진 건 없네요.

사례 4　**결혼 15년차 부부관계 질문입니다.**

　　먼저 간단하게 제 상황을 말씀 드리면, 결혼 15년차로 11살, 7살 아들이 있구요, 대학때 만나 연애하다가 결혼 해서 살고 있습니다. 뭐 각자 상황과 성향에 따라 모두 다르겠지만, 문뜩 우리부부가 사는 게 정상인가? 하는 의문의 들어 질문 드려요. 결론부터 말씀 드리면 우리 부부의 잠자리는 작년 4월 여행지에서가 가장 최근 이었네요.ㅠ.ㅠ 뭐 부부 사이가 너무 좋은 것도 아니지만 서로 크게 문제 없다고 생각하는데 잠자리가 너무 뜸하죠?……예전엔 남편이 먼저 하자고 하기도 했는데, 그땐 제가 정말 너무 피곤하고 별 생각이 없어서 많이 거절도 했었구요, 그런 일이 반복 되고 시간이 지나다 보니 이젠 남편의 요구도 없네요… 가끔 저도 하고 싶기도 하고 뭔가 욕구 불만이 느껴지면 혼자 해결해(ㅠ.ㅠ) 버리고 있어서 크게 불만은 없는 듯 싶은데, 우리 사는게 문제가 있겠다 하는 고민이 들어서요… 가끔 남편에게 하자고 할까 하다가도 피곤해 하는 것 보면 얘기가 안 나오기도 하고 혹시라도 거절당할까 걱정되기도 해서 그냥 넘어가고, 어떨 땐 남편이 생각이 있는 것 같을 때도 있는데 제가 피곤하고 그러면 모르는척 하고 넘어가고… 이렇게 정말 가족으로만 지내고 있네요. 때론 남편의 체온이 그립기도 한데, 뭐 이러쿵저러쿵 말하기 싫어 그냥 지나치기도 합니다. 이 대목에서 저의 고민은 남편에게 잠자리 문제를 말하는게 맞는가 하는 거예요. 연애시절까지 따지면 20년가까이 함께 하고는 있어도 이 문제는 쉽게 말이 꺼내지지가 않네요. 아무리 부부라고는 해도 여자인데 뭔가 밝히는 것 같기도 하고, 남편이 이상하게 생각할까 싶기도 하고… 여기 계신 분들이라면 이런 상황을 어떻게 해결하실까 여쭤봅니다.

사례 5   우리는 섹스리스 부부입니다.

제목 그대로입니다. 우리는 섹스리스 부부입니다. 하지만 그 밖의
모든 것이 완벽? 하달까, 아무튼 아무 문제 없는 부부입니다. 결혼은
남들보다 일찍 한 편이에요. 평범하게 연애했고, 서로 사랑해서 결혼
했어요. 신랑은 대기업 다니고, 저는 교사입니다. 결혼해서 누구보다
잘 살고 있다고 생각하고 주위에서 부러워 하는 시선을 종종 받기도
합니다. 결혼 3개월만에 아기가 생겼고, 지금은 육아휴직중입니다 게
다가 신랑은 너무너무 자상한 사람이에요. 항상 마누라가 제일 이쁘
다고 하고, 조금이라도 제가 육아 스트레스 받으면 안쓰러워 해주고,
퇴근하고 와서는 집안일도 잘 도와주고 그래요. 하지만 요즘 들어서
는 자상한 남편이 무심하게 느껴져요. 몸이 외로우니 마음도 외로워
진달까요. 연애때부터 속궁합은 썩 잘 맞지 않았던 것 같아요. 뭐, 제
가 다른 사람이랑 자 본 적이 없으니 얼만큼 안맞다 수치로 파악할 순
없겠지만 아무튼 그랬어요. 임신하고서는 한 번도 관계 갖지 않았었
는데, 원래 그러려니 했어요. 애 낳고 나서는 한 3개월은 또 조심해야
하니까 또 그러려니... 하지만 지금은 아무 문제 없는데도 한 달 전쯤
딱 한번. 그런데 그마저도 매우 불만족스럽게 끝났어요. 사실, 대놓고
이야기하진 않았지만 신랑이 좀 그 쪽에 약한 것 같아요. 발기부전인
지 조루인지 확실힌 모르겠지만 아무튼 좀 그래요. 솔직히 애까지 낳
았지만 아직 서른도 안됐고 팔팔한 나인데 이런 생각하면 좀 우울해
져요. 생리하는 날엔 신경도 잔뜩 예민해져서 임신할 일도 없는데 귀
찮아 죽겠고. 여자로서 내 삶은 끝난건가 그런 생각도 들고. 신랑한테
농담으로 나 바람나도 너는 할말 없다고 얘기한 적도 있는데 진짜 맘
같아선 누가 나 좀 꼬셔줬으면 할 만큼 외로워요. ㅜㅜ 그렇다고 이런

고민 어디 누구한테 말할 수도 없고... 저 그냥 배부른 투정 하는걸까
요? 어떻게 해야 할까요.

사례1〉에서 부부는 결혼 한 지 5개월이 되었고, 남편과는 9살 차
이이다. 결혼 초기부터 보이던 발기부전 증세가 점점 심해지면서 아
내는 고민이 많다. 임신 3개월인 아내는 지금도 가끔 남편과 사랑
을 나누고 싶지만, 남편과는 제대로 된 성생활이 힘들다. 성생활 외
에는 집안일도 다 해주는 자상하고 다정한 남편이다. 아내는 성적인
문제로 고민하지 말자고 생각은 하면서도, 그런 상황이 자꾸 짜증이
난다. 아내는 어떻게 해야 될 지 고민 중이다.

사례2〉 역시 아내가 남편의 발기부전으로 인하여 힘들어하고 있
다. 남편과는 최근 6개월 동안 성생활이 제대로 되지 않는다. 아내
는 최대한 남편의 자존심을 건드리지 않으려고 좋게 이야기를 하지
만, 남편은 이제 아내와의 잠자리를 피한다. 보통 남편은 7시를 전
후로 퇴근을 하고, 설거지도 해주고 아이도 재워준다. 아내가 생각
하기에 특별히 남편의 직장생활이 힘든 것 같지도 않은데, 자신에게
성적으로 관심을 보이지 않는 남편이 아내는 불만이다. 그렇다고 성
생활에 관해 남편에게 말을 꺼내자니 참 민망하다.

사례3〉은 결혼한 지 10개월이 된 부부로, 아내가 생각하기에 남
편은 엄청 자상하고, 가정적이며, 애처가이다. 또 아내와는 스킨십
도, 뽀뽀도 많이 한다. 다만 문제라면 부부관계가 없다는 것이다. 아
내는 성생활에 관해 남편에게 좋게 이야기를 꺼내보지만, 남편은 상
황을 피하려고만 한다. 또 남편은 아내를 만족시켜주지 못하는 것에

대해, 자신 없어 하고 부담스러워한다. 슬슬 시댁에서도 아기 얘기를 하고, 남편은 신혼을 즐긴다며 웃으면서 이야기를 하지만 아내는 그런 상황도 불편하다. 아내는 아기만 낳으면 이후 부부관계는 포기하고 살 수 있다고 생각하며, 남편에게도 자신의 마음을 이야기 하지만 남편은 아내의 말에 울기만 할 뿐 달라지는 것은 없다.

　사례4〉의 경우는 결혼 15년 차로, 이들은 대학 때 만나 연애를 하고 결혼을 했다. 부부사이가 너무 좋은 것은 아니지만 그렇다고 크게 문제되는 것도 없는데, 문제는 이들 부부 역시 잠자리가 뜸하다는 것이다. 예전에는 남편이 먼저 하자고 이야기를 하기도 했지만, 그 때는 아내가 너무 피곤하고 별생각이 없어 많이 거절을 했다. 그리고 그런 일이 반복되고 시간이 지나다보니, 이제는 남편이 더 이상 아내에게 요구를 하지 않는다. 아내는 가끔 남편에게 하자고 이야기를 꺼내고 싶지만, 남편이 피곤해하고 혹 거절당하는 것이 걱정되기도 해 그냥 넘어간다. 아내는 때로 남편의 체온이 그립지만, 남편에게 잠자리 문제를 말하는 것이 어렵다. 그리고 아무리 부부라고는 해도 여자가 먼저 이야기를 하는 것이, 밝히는 여자 같기도 하고 남편이 이상하게 생각할까 싶기도 해 말을 꺼내기가 쉽지 않다.

　사례5〉에서 아내는 자신들을 섹스리스 부부라고 이야기한다. 남편과 아내 모두 현재 안정적인 직장에 다니고 있고, 부부는 종종 주위의 부러운 시선을 받기도 한다. 남편은 자상한 사람으로, 항상 아내에게 제일 예쁘다고 말해주며, 퇴근 후 집안일도 잘 도와준다. 그러나 문제는 남편과의 성생활이 원만하지 못하다는 것이다. 아내가 생각하기에 남편은 성적으로 좀 약하다. 아내는 남편에게 농담으로, 자신이 바람이 나도 당신은 할 말이 없다고 얘기한 적도 있는데, 정말 마음 같아서는 누가 자신을 좀 꼬셔줬으면 할 만큼 외롭다. 그리고 앞으로 어떻게 살아야 될 지 우울하다.

앞서 사례들은 모두 성적인 문제로 인해 부부간에 갈등이 유발된 경우이다. 그렇다면 이런 사례들에 구비설화는 어떠한 도움을 줄 수 있을까?

먼저 〈기생 덕에 고자 면한 사람〉에서는 기생이나 아내가 남편의 성적 문제를 해결하기 위해 적극적인 노력을 하며, 치료자로서의 역할을 하고 있다. 사례에서의 아내들은 남편과의 성생활에 관한 문제점을 혼자만 고민할 것이 아니라, 남편과의 대화를 통해 해결해야 된다. 그리고 만약 남편이 의학적으로 문제가 있다고 판단된다면, 아내는 남편이 의학적인 도움을 받을 수 있도록 적극적으로 유도해야 한다. 또한 아내는 남편의 위축되고 불안한 마음을 이해하고 다독여주며, 남편이 용기를 갖고 치료에 임할 수 있도록 상담자로서의 역할을 해야 한다.

다음으로 〈벌에 쏘인 남편의 성기〉에서 아내가 자신의 성적인 불만을 은근히 표현하고 있다. 이처럼 배우자와의 성생활이 만족스럽지 않다면 직접적인 대화보다는 설화의 내용을 활용하여 여성도 성적인 욕구가 있음을 은연 중 알려줄 수 있다. 사례2〉에서 아내는 성생활에 관해 남편에게 말을 꺼내자니 참 민망하다고 이야기하며, 사례5〉의 아내 역시 연애시절까지 합치면 거의 20년을 함께 하고 있지만 성생활에 관한 이야기는 말을 꺼내기가 쉽지 않다고 이야기한다. 그러므로 성생활에 관한 이야기를 먼저 꺼내는 것이 민망하고 어렵다면, 설화의 내용을 인용하여 간접적으로 자신의 마음을 전달할 필요가 있다. 〈벌에 쏘인 남편의 성기〉 외 〈가짜 좆 잘라 처첩 싸움 끝낸 남편〉[66] 〈남편 좆 되찾은 아내〉[67] 〈남편 좆 물려는 개 때문에 싸움 포기한 아내〉[68] 〈병 나았다고 하여 남편 좆 지킨 아내〉[69] 〈좆까지 잘린 바보 남편〉[70]과 같은 설화들은 부부사이 성생활의 중요함을 이야

---

66 〈가짜 좆 잘라 처첩 싸움 끝낸 남편〉은 『한국구비문학대계』에 3편이 수록되어 있는데, 대강의 줄거리는 다음과 같다. 처첩 간에 싸움이 끊이지 않는 한 집안의 가장이 두 부인에게 둘이 자꾸 싸워서 성기를 잘라 버렸다며, 자라목으로 만든 가짜 성기를 던져주었다. 두 부인은 밤일을 걱정했는데 남편이 어떤 사람과 짜고 성기를 다시 붙이는 척 하였다. 그 이후 처첩 간의 싸움이 없어졌다.

67 〈남편 좆 되찾은 아내〉는 『한국구비문학대계』에 6편이 수록되어 있는데, 대강의 줄거리는 다음과 같다. 술을 좋아하는 남편이 가족을 부양하지 않고 술만 마셨다. 그러다가 아내에게 변명할 것이 없으니 술값을 못내 성기를 저당 잡혔다고 거짓말을 했다. 남편이 노끈으로 성기를 묶어 뒤로 넘겨 놓은 터라 아내가 보니 정말 성기가 없어보였다. 아내는 돈을 주면서 얼른 성기를 찾아오라고 했고 남편은 그 돈으로 또 술을 마신 후 성기에 숯을 묻혀가지고 집에 갔다. 아내가 왜 이리 성기가 더럽냐 묻자 남편은 성기를 가지고 있던 사람들이 성기를 부지깽이로 썼다고 거짓말을 했다. 아내가 남편의 성기를 닦아주자 성기가 발기를 했다. 아내는 그것을 보고 자신을 알아본다고 했다.

68 〈남편 좆 물려는 개 때문에 싸움 포기한 아내〉는 『한국구비문학대계』에 2편이 수록되어 있는데, 대강의 줄거리는 다음과 같다. 부부가 개를 키우고 있었다. 하루는 남편이 아내의 머리채를 잡고 부부싸움을 했는데 개가 들어와서 남편의 좆을 물려고 했다. 아내가 그것을 보고 깜짝 놀라 개를 말렸다.

69 〈병 나았다고 하여 남편 좆 지킨 아내〉는 『한국구비문학대계』에 8편이 수록되어 있는데, 대강의 줄거리는 다음과 같다. 한 집안에 어머니가 아파 누웠다. 첫째 아들이 의원에게 가 약을 지어오는데 약에 좆 모가지를 베어 넣으라고 했다. 의원은 수수모가지를 가리킨 것인데 아들은 남자의 성기를 잘라 넣어야 한다는 말로 알아들었다. 첫째 아들이 아내에게 약을 달이면서 자신의 성기를 잘라 넣어야 한다고 말하자 아내는 장손이 아직 아들도 못 얻었는데 성기를 자르면 안 된다고 하였다. 그 말을 들은 둘째 아들이 자신의 것을 넣겠다고 하자 둘째 아들의 아내가 첫째가 아들을 못 낳으면 둘째라도 낳아야 하니 안 된다고 하였다. 그러자 셋째 아들이 자신의 성기를 넣겠다고 하자 셋째 아들의 아내가 우리는 신혼이라 안 된다면서 아버지의 성기는 이제 쓸 데가 거의 없으니 아버지 것을 쓰자고 하였다. 그 말을 들은 시어머니는 병이 다 나았다며 약을 안 먹어도 된다고 하여 남편의 성기를 지켰다.

70 〈좆까지 잘린 바보 남편〉은 『한국구비문학대계』에 4편이 수록되어 있는데, 대강의 줄거리는 다음과 같다. 한 남편이 매일 가시나무만 베어오자 그 아내가

기하는데 적절하게 사용될 수 있을 것이다.

사례6)은 아내가 남편에게 성생활에 대한 자신의 불만을 이야기하고, 문제 해결 방안을 적극적으로 모색해, 남편의 문제를 해결한 경우이다.

사례 6 **남편의 발기부전 탈출기.. 눈물나요ㅜㅜ**

저희 남편 발기부전으로 상당히 스트레스를 받고 있었어요. 결혼한 지는 3년이 지나가네요. 저희가 연예로 만난게 아니고 소개팅으로 만나서 만나고 6개월 만에 결혼을 약속하게 되었죠. 만나면서 다정한 남편의 모습에 끌리게 되었고 나이차이는 좀 나지만.. 그래도 이 남자구나 하는 생각이 들어서 결혼을 결심하게 되었답니다. 사실 결혼 날짜를 다 잡고 서로 동의하에 잠자리를 가진 적이 있었는데, 그때 관계 할때는 사실 남편이 문제가 있진 않았어요. 남편의 나이가 걱정이었

그런 나무 말고 짤짤한 나무를 해오라고 했다. 남편이 아무리 찾아 다녀도 짤짤한 나무는 없는데 신나무를 도끼로 찍어보니 맛이 찝찔하여 그 나무를 베었다. 그런데 그 나무에 소를 매놓고 베다가 나무가 쓰러져 소가 치어 죽었다. 남편은 소는 나무꾼들에게 나눠 팔고 도끼만 가지고 오다가 늪에 있는 오리를 잡으려고 도끼를 던졌는데 도끼만 잃어버렸다. 한참 오다가 건을 벗어서 도랑 밑 메기를 잡으려고 했는데 메기가 쓰고 가버렸다. 날이 저물어 집에 돌아온 남편은 장독간에 허연 것이 보여 도둑인줄 알고 때려 장독을 깼는데 알고 보니 마누라 속옷 빨래였다. 마누라가 자고 있어 뭘 좀 먹으려고 찬장을 뒤지다가 식칼이 아랫도리에 떨어져 좆이 잘려 피가 났다. 방으로 들어가니 마누라가 이제 오느냐며 어떻게 했느냐고 물었다. 짠나무 하다가 소를 죽였다고 하니 소는 또 사면된다고 하였다. 오리를 잡다가 도끼를 놓쳤다고 하니 도끼도 사면된다고 하고, 건을 잃어버렸다고 하니 건은 만들면 된다 하고, 장독을 부쉈다 하니 장은 또 담으면 된다고 하였다. 그런데 식칼에 좆이 잘렸다고 하자 마누라는 "아이구 그거 없인 나는 못 산다 그거 없인 못 산다."고 하였다.

는데.. 그날 그런 문제는 확~ 사라졌었어요. 그런데 결혼 후 1년이 지 났을까? 잠자리 때 마다 피곤하다면서 절 피하더군요 남편이 스트레 스를 받았나보다... 피곤한가.. 하고 넘어갔었지요. 이렇게 남편과의 잠자리는 없이 이렇게 벌써 2년이 흘러가게 되었었어요. 하늘을 보아 야 별을 따지.. 아이를 가지고 싶어도 아이를 만들어야 생기는 일이잖 아요?……저의 불만을 남편에게 말하고 남편과 함께 집에서 술을 먹 었어요. 술을 먹으니 이런 저런 이야기가 나오더라구요. 남편에게 발 기부전이라는 문제가 있다면 치료를 해야할 의무가 있고 이런 의무를 지키지 않을 경우에는 이혼의 사유가 충분하다고 강하게 나갔죠. 저 도 화가나서 남편에게 쏘아대긴 했지만, 미안하고 측은한 생각이 들 더라구요. 그런일이 있고 나서 얼마 후 남편과 함께 병원을 찾았고, 시알리스라는 발기부전 치료제를 처방 받았어요. 그 약을 처방 받고 나자마자 이틀 뒤에.. 처음으로 관계를 가져 보았습니다. 아무래도 역 시 시알리스라는 약이 효과가 있긴 있더군요. 거의 2년만에 처음 관 계를 갖게 되었고, 그동안 쌓였던 일들 때문에 눈물이 다 나더라구요. 그리고 남편에게 오늘 정말 좋았다고 칭찬을 해주었어요. 그 후 남편 과의 잠자리는 무난히 이루어 지기 시작했었습니다. 저를 만족시켰다 는 생각 때문에 자신감도 더욱 붙게 되고 발기부전 걱정을 안하니 더 욱 잘 된다고 말하더라구요. 딱히 할말이 없어서 그냥 좋았다고 했던 거 뿐인데.. 남편에게는 큰 힘이 되었나 보더라구요. 지금은 예전에 하지 않았던 많은 이야기도 나누고 아기를 만들기 위해서 노력중이랍 니다^^ 조만간 좋은 일이 있었으면 해요~ ㅎㅎ

여기서 아내는 결혼한 지 3년이 되었지만, 2년 동안은 남편의 발 기부전으로 인해 성생활이 없는 부부관계를 유지해 왔다. 아내는 어느 날 남편과 술을 먹으며, 발기부전이라는 문제가 당신에게 있다면 당신은 이를 치료할 의무가 있고, 의무를 지키기 않을 경우 이혼의 사유가 될 수 있음을 이야기한다. 남편은 아내의 말에 수긍했고, 아내와 남편은 함께 병원을 찾는다. 그리고 의학의 도움을 받아 남편의 문제를 해결한다. 이 사례에서 아내는 남편에게 그가 문제를 해결할 수 있도록 용기를 주며 도와주고 있다. 이처럼 남편과의 성적 문제로 인해 갈등이 생길 경우 아내는 자신의 마음을 남편에게 분명하게 전달하고, 부부가 힘을 합쳐 적극적으로 해결방안을 모색해야 한다.

13장 / 부부간의 격차

〈나무꾼과 선녀〉〈새털 옷 입고 왕이 된 남자〉〈용자 살리고 얻은 색
시〉〈복 많은 백정 딸〉〈첫날밤에 대구 못한 신랑〉

1) 부부갈등 양상과 해결방안

본 장에서는 부부사이의 갈등이 남편과 아내의 격차로 인해 유발
되는 설화군에 관하여 살펴보도록 하겠다. 여기서 남편과 아내의 격
차라는 것은 부부간의 신분이나 경제력, 혹은 능력의 차이로 인해
문제가 생겨난 경우를 의미한다. 여기에 해당되는 설화군으로는 〈
나무꾼과 선녀〉〈새털 옷 입고 왕이 된 남자〉〈용자 살리고 얻은 색
시〉〈복 많은 백정 딸〉〈첫날밤에 대구 못한 신랑〉을 들 수 있다. 각
편들을 하나씩 살펴보면 다음과 같다. 먼저 〈나무꾼과 선녀〉이다.
이 설화의 대강의 줄거리는 다음과 같다.

　　두 내외가 늦게 아들을 하나 낳았는데, 아버지는 아이가 다섯 살에 어
　　머니는 아이가 여덟 살에 죽었다. 평소 두 내외가 워낙 착실했기에, 동

네 사람들은 혼자 남은 아이의 옷을 해 입히고 밥을 먹여 키웠다. 이 아들은 부엌에서 밥을 먹고 자랐는데, 밥을 먹고 있으면 늘 쥐가 나와 부뚜막에 올라 다녔고, 남자는 쥐에게 밥을 한 숟갈씩 떠서 주곤 했다. 남자가 열여덟 살쯤 나무를 하러 갔는데, 노루가 오더니 살려달라고 했다. 남자는 나무속에 노루를 숨겨주었다. 잠시 후 포수가 와서 노루를 못 보았느냐고 묻고, 남자는 못 봤다고 한다. 노루는 신세를 갚겠다며 열여덟 살이 되었으니 장가를 가야 할 것 아니냐고 했다. 남자는 자신에게 누가 장가를 오겠냐고 했다. 노루는 주인집에 가서 쌀 서 되 서 홉을 얻어, 솔밭속 연못에 넣으면 색시가 내려올 것이라고 했다. 하늘에서 세 명의 색시가 내려오면 두 명은 그냥 보내고, 세 번째 색시의 옷을 숨겨서 삼형제를 낳기 전까지 옷을 주지 말라고 했다. 남자는 노루가 시킨 대로 세 번째 색시의 옷을 숨겼다. 홀로 남겨진 색시가 당신하고 살겠으니 옷을 달라고 했지만 남자는 옷을 주지 않았고, 색시는 가랑잎으로 아래를 가리고 남자의 집으로 갔다. 남자가 색시에게 옷을 입혀주자 색시는 인간 옷이 너무 무거웠지만 그럭저럭 살았다. 주인집은 남자에게 세간을 내주어서 내외는 그곳에서 살면서 아들을 낳았다. 그리고 몇 해 지나 둘째를 낳았다. 어느 날 주인집 환갑잔치에 두 내외가 초대를 받았다. 색시는 지푸라기 과자가 없다며, 짚을 기름에 튀겨 지푸라기 과자를 만들어 손님들에게 대접을 했다. 그리고 잔치가 끝난 후 색시는 뒷설거지를 하고 잔시중을 든다. 내외가 집에 가려는데 주인집 어른들이 술을 계속 권하여 남자는 술에 잔뜩 취했다. 색시는 남편이 술에 취해 자는 틈에 옷을 찾아서, 아이들을 하나씩 옆에 끼고 하늘로 올라가 버렸다. 잠을 자다 추워서 깬 남자는 마누라와 아들을 찾았는데 아무데도 없었다. 남자는 다시 나무하던 곳으로 가자, 노루가 뛰어와 간밤에 마누라를 잃어버렸냐고 물었다. 남자가 어떻게 알았느냐고 하니 노루는 자신이 말한 것을 지키지 않았다

고 했다. 노루는 마누라를 만나고 싶으면 쌀 서 되 서 홉을 씻어서 연못
에 정성을 드리면 두레박이 내려오는데, 세 번째 두레박의 물을 버리고
그 두레박에 들어앉으라고 했다. 그리고 절대 줄을 놓치지 말라고 했다.
남자는 세 번째 두레박을 타고 하늘로 올라갔다. 남편이 올라오는 것을
본 색시는 두레박 줄을 놓아버리지만, 아들 형제는 아버지가 올라온다
며 강하게 두레박 줄을 끌어당긴다. 그리고 가족들은 천상에서 다시 만
나게 된다. 색시는 아버지나 언니들에게 또 구박을 받겠다며 걱정을 하
지만, 아들들은 아버지를 반갑게 맞이하고 가족들은 함께 살게 된다. 선
녀의 언니들은 막내 동생이 남편도 있고 자식도 있는 것이 샘이 나서 아
버지에게 동생 식구들을 죽여 달라고 했다. 옥황상제는 생각 끝에 막내
사위에게 내기를 하자며 자신의 재주를 못 알아내면 죽을 각오를 하라
고 하였다. 남자는 선녀의 도움으로 돼지로 변한 장인을 찾아내고, 장인
은 지하사위가 용하다고 한다. 선녀의 언니 둘이 또 아버지에게 와 동생
식구를 죽여 달라고 하자, 옥황상제는 못하겠다고 했다. 그러자 두 딸은
고양이 나라에 빼앗긴 옥새를 찾아오도록 시키라고 했다. 옥황상제는 사
위를 불러 고양이 나라에 가서 옥새를 찾아오라고 했다. 남자가 아내에
게 말하자 아내는 자신의 두 언니의 남편들도 옥새를 찾으러 갔다가 죽
었다고 했다. 아내는 아버지가 말을 고르라고 하면, 외양간 구석에 쓰러
져서 일어나지 못하는 말을 달라고 하라고 했다. 그 말은 천리마인데 그
걸 타고 가야 쥐 나라에 갈 수 있다고 하였다. 그리고 평소 쥐에게 좋은
일을 했으면 살겠지만 그렇지 않다면 죽을 것이라고 했다. 남자는 장인
에게 가서 선녀가 시킨 대로 쓰러져 있는 말을 골라 떠났다. 남자가 말을
타고 가다가 큰 산에 갔는데, 쥐 수천마리가 밤 도토리를 주우며 정신없
이 다니고 있었다. 쥐들은 남자를 보고 잡아먹자며 임금에게 가져갔다.
남자가 쥐 나라 임금 앞에 갔는데, 쥐 나라 임금이 남자를 보더니 예전에

부엌에서 자신에게 밥을 주던 사람인지라 반갑게 맞이했다. 쥐 나라 임금은 남자에게 당신에게 밥을 얻어먹고, 도를 닦아서 하늘에 와서 인총이 이만큼 퍼졌다고 했다. 쥐 나라 임금은 남자에게 쥐 나라에 온 이유를 물어봤다. 남자가 사연을 말하자 쥐 나라 임금은 신하들을 모아 놓고 회의를 하였다. 그리고 고양이 나라에 옥새를 찾으러 갔다. 고양이는 옥새를 잃어버릴까봐 눈을 반은 뜨고 자곤 했는데 쥐들이 옥새가 있는 곳까지 굴을 파서 들어갔다. 그리고는 졸고 있는 고양이에게서 옥새를 뺏어서 왔다. 쥐 나라 임금은 남자에게 옥새를 주면서 옥새를 가져가서 잘 보관하면 당신의 아들이 대대로 하늘의 선관이 돼서 살 것이라고 했다. 남자가 말을 타고 돌아가는데 선녀의 언니들은 막내 사위가 옥새를 가져오면, 옥새를 빼앗고 막내 사위를 죽이자고 했다. 선녀가 남편이 옥새를 가지고 오는 것을 내려다보는데, 수리 두 마리가 남편의 손에든 옥새를 빼앗아 날아가는 것을 보고 조화를 부려 매로 변해 언니들이 있는 곳으로 갔다. 선녀는 자신은 어차피 죽을 목숨이라고 생각하고 언니들의 눈을 파냈다. 그리고 옥새를 빼앗아 집으로 돌아왔다. 옥새를 잃어버린 남자는 걱정을 하며 집에 돌아오자 선녀는 걱정 말라며 옥새를 꺼내 보였다. 남자가 옥새를 들고 장인어른에게 갔다. 장인은 이렇게 좋은 사람을 죽일 뻔 했다며, 두 딸의 눈이 멀어도 괜찮다고 했다. 그 후 남자는 가족들과 하늘에서 잘 살게 되었다. 어느 날 남자는 지하에 내려가 큰집이 어떻게 되었는지 가보겠다고 했다. 선녀는 지하에 내려가면 올라오지 못한다고 했지만 남편이 너무 가고 싶어 해서 강아지를 주면서 꼬리를 붙잡고 내려갔다가 강아지가 간다고 끙끙거리면 꼬리를 놓치지 말고 올라오라고 했다. 만약 강아지 꼬리를 놓치게 되면 지하에서 죽는다고 했다. 남자는 그렇게 하겠다고 하고 지하에 내려갔다. 남자는 지하에 내려가 큰집 사람들과 즐겁게 이야기를 나누었다. 강아지가 간다고 끙끙거리는데

큰집 식구들이 밥을 먹고 가라고 붙잡아서 남자는 강아지 꼬리를 놓치고
말았다. 결국 남자는 큰집에서 그럭저럭 살다가 늙어 죽었다. 선녀는 큰
집에서 죽은 남편을 보고 아들들에게 아버지의 송장을 가져다 하늘에 묻
어야겠다고 했다. 두 아들이 지하에 내려와서 막대기를 두 개 베서 사다
리를 만들어서 아버지를 메고 올라왔다. 그 이름을 '마주잽이'라고 한다.
남자는 하늘에서 장사를 지냈다.[71]

〈나무꾼과 선녀〉에서는 나무꾼과 선녀라는 인물 설정만으로도,
이 둘의 신분차이를 짐작해볼 수 있다. 한쪽은 옥황상제의 딸인 고
귀한 신분이고 한쪽은 미천한 집안의 아들로 돈이 없어 장가를 들지
못한 사람이라고 할 때, 이들이 신분차이가 부부갈등의 요인이 될
것이라는 것은 쉽게 예상해볼 수 있다. 여기서 남자는 목숨이 위태
로운 노루를 구해주고, 그 대가로 노루는 남자에게 장가를 들 수 있
는 방법을 알려준다. 그 방법은 먼저 '노구메'를 드리고, 선녀들이 내
려오는 곳을 찾아가 앞 두 선녀는 날아가게 내버려둔 후 셋째 선녀
의 옷을 감추라는 것이다.

나무꾼은 노루의 말대로 셋째 선녀의 날개옷을 감추고, 나무꾼이
자신의 옷을 감추는 것을 본 선녀는 "당신과 살 테니 옷을 제발 달
라"고 한다. 그러나 나무꾼은 아들 삼형제를 낳기 전에는 옷을 돌려
주지 말라는 사슴의 말에 따라, 옷을 손에 쥐고 선녀를 데리고 자신
이 머슴살이를 하고 있는 주인집으로 간다. 나무꾼이 선녀를 데리고
온 것을 보고 주인은 좋아하며 나무꾼에게 선녀와 결혼하여 살 수

71 『한국구비문학대계』 1-6, 58-79면, 안성읍 설화12, 선녀와 나무꾼 [다시 찾은
옥새], 이복진(남, 80)

있도록 세간을 내어준다. 그리고 나무꾼은 선녀를 아내로 맞이하여, 아들을 둘 낳고 살게 된다. 이제 선녀는 옥황상제의 딸이라는 고귀한 신분에서 남의집살이를 하는 나무꾼의 아내로 평가되며, 그녀가 하는 일은 주인집 잔치에서 뒷설거지를 하고 잔시중을 들며 손님을 접대하는 일인 것이다.

선녀는 날개옷을 찾아 천상으로 올라갈 기회를 노리며, 남편이 술에 취한 틈을 타 날개옷을 찾아 두 아들을 데리고 천상으로 올라가 버린다. 나무꾼은 선녀를 잃어버리고, 다시 주인집으로 들어간다. 그러나 선녀가 데리고 간 아들들이 생각나 견딜 수가 없다. 나무꾼은 예전에 선녀를 만나게 해주었던 노루를 찾기 위해, 나무 하던 곳을 찾아간다. 노루는 선녀가 옷을 찾아 입고 천상으로 올라간 사실을 이미 알고 있다. 노루는 나무꾼에게 다시 선녀와 자식들을 만나고 싶으면, 선녀를 만났을 때처럼 노구메를 드리고 두레박이 내려오기를 기다리라고 한다. 그리고 선녀의 날개옷을 감추었던 것처럼 첫째, 둘째 내려오는 두레박은 그냥 두고 셋째 두레박이 내려왔을 때 그 두레박을 타고 하늘로 올라가라고 일러준다. 노루의 말대로 나무꾼은 노구메를 드리고, 선녀를 만났던 샘으로 가서 두레박이 내려오기를 기다린 후, 셋째 두레박을 타고 하늘로 올라간다. 천상으로 올라온 나무꾼을 본 선녀는 아버지와 언니들에게 또 구박을 받겠다며 걱정스러워한다.

예문에서는 두레박을 타고 올라오는 아버지에 대한 아들들의 반가움이 나타나는데, 나무꾼이 올라오는 것을 본 선녀는 두레박을 끌어당기던 줄을 놓아버리지만 아들 형제는 더 신이 나서 아버지가 타고 올라오는 두레박 줄을 끌어당긴다. 그리고 선녀는 나무꾼을 반기는 자식들의 이런 반응을 보면서, 마지못해 남편인 나무꾼을 받아들이고 있다.

이후 예문에서 선녀의 언니들은 나무꾼을 죽이려고 하고, 나무꾼은 선녀의 도움을 받아 문제를 잘 해결한다. 그리고 천상에서 가족들과 행복하게 잘 산다. 그러나 나무꾼은 지상의 가족들이 보고 싶어지면서 다시 지상으로 내려오게 되고, 다시는 천상으로 올라가지 못한 채 가족들을 그리워하다가 죽게 된다.

다음으로 살펴 볼 〈새털 옷 입고 왕이 된 남자〉 또한 아내와 남편의 격차가 나타난다. 대강의 줄거리는 다음과 같다.

옛날에 새만 잡아먹고 사는 새샙이라는 사람이 살았다. 가을에 동네에서 새를 쫓아달라고 새샙이를 들판에 두면 새샙이는 활을 메고 다니면서 새를 잡았다. 하루는 어떤 집 배나무에 새가 앉아있어 새샙이가 활을 쏘자, 새가 그 집 안으로 떨어졌다. 새샙이가 담을 넘어 들어가니 그 집 처녀가 베를 매며 앉아있었다. 새샙이가 나가지 않고 모닥불에 새를 굽더니 여자에게 먹으라며 절반을 갈라서 주었다. 여자가 저것을 먹으면 빨리 가겠지 싶어서 받아먹자, 새샙이가 담을 넘어 나갔다. 이튿날 새샙이가 그 집 앞에 가보니 배나무에 새가 또 앉아있어 활을 쏘았는데, 이번에도 새가 안으로 떨어졌다. 새샙이가 담을 넘어가니 처녀가 아직도 베를 매고 있기에, 거기에서 또 새를 구워 절반을 여자에게 주었다. 여자는 새샙이가 얼른 나가게 하기 위해 또 새를 받아먹었다. 여자가 그 다음날은 새샙이가 오기 전에 베를 다 매려고 부지런히 매고 있는데, 새샙이가 오더니 또 새를 쏴 모닥불에서 구워 여자에게 주었다. 여자가 이제 베를 다 매서 들어가려고 하는데, 새샙이가 새 값을 내라고 했다. 여자는 돈이 없어 자기 화상을 그려 새샙이에게 주었다. 새샙이는 여자의 화상을 새막

기둥에다 달아놓고는 날마다 바라보고 손뼉을 치며 좋아했다. 마침 나라에서 전국방방곡곡을 돌아다니면서 황후를 구한다며, 머리카락의 길이가 석자 세치인 여자를 구했다. 수령들이 새샙이네 동네를 지나는데, 새샙이가 기둥을 들여다보며 손뼉을 치며 웃고 있자 이상하게 여겼다. 가 보니 아주 예쁜 처녀 화상을 기둥에 걸어놨는데, 자로 머리카락 길이를 재보니 석자 세치였다. 수령들이 이 그림이 어디서 났냐고 닦달하자 새샙이가 처녀의 집을 가르쳐 주었는데, 수령들이 그 집에 가서 나라의 명이라며 여자를 데리고 나왔다. 새샙이는 여자가 가마를 타고 가는 것을 보고, 못 간다며 가마대를 붙들고 늘어졌다. 여자가 새샙이에게 "새 잡아서 삼 년, 공부해서 삼 년, 뜀뛰어서 삼 년, 구 년을 공부해 가지고 오너라."하고 말했다. 황후가 된 여자는 왕에게 구 년 동안은 절대로 자기에게 손을 대지도 말라며 하며, 구 년을 보냈다. 구년이 되자 황후가 임금에게 청하여 걸인 잔치를 하였는데, 새샙이가 새 터럭으로 의복을 만들어 쓰고 춤을 추며 그곳에 들어갔다. 황후가 새샙이가 들어오는 것을 보고 손뼉을 치며 좋아하자, 임금이 자기가 새샙이가 입은 옷을 입고 춤을 추면 황후가 더 좋아할 것 같아 용상에서 내려가 새샙이와 옷을 바꿔 입고 춤을 추었다. 황후가 새샙이에게 "샙아, 새샙아, 너 새 잡아서 삼 년, 공부해서 삼 년, 뜀 뛰어서 삼 년, 구 년 공부해서 뭘 했느냐?"하고 소리를 지르자, 새샙이가 냉큼 용상으로 올라 뛰더니 왕을 가리키며 "거러지, 물려라."하고 명을 하였다. 임금은 그 자리에서 그만 거지가 되었다. 새샙이는 임금이 되어 한평생을 잘 살았다.[72]

옛날에 새샙이라는 사람이 살았는데, 하루는 어떤 집 배나무에 새

72 『한국구비문학대계』 2-7, 524-528면, 서원면 설화3, 왕이 된 새샙이, 이재옥 (남, 79)

가 앉아 있어 활을 쏘자 새가 집 안으로 떨어졌다. 새샙이가 담을 넘어 들어가니 그 집 처녀가 베를 짜며 앉아 있었고, 새샙이는 모닥불에 새를 구워 반을 갈라주었다. 여자는 새샙이가 주는 것을 먹으면 그가 빨리 갈 것이라 생각해, 새를 받아먹는다. 이튿날도 그 다음날도 새샙이가 들어와 새를 구워 여자에게 주었는데, 나중에 새샙이는 여자에게 새 값을 달라고 했다. 여자는 자신의 얼굴을 새 값 대신 그려주고, 새샙이는 여자의 화상을 보며 좋아한다. 마침 나라에서 황후를 구한다며 머리카락의 길이가 석자 세치인 여자를 구했는데, 수령들이 새샙이가 가진 화상의 머리길이를 재보니 석자 세치였다. 수령들이 그림이 어디서 났는지 닦달하자 새샙이는 여자가 있는 집을 가르쳐주고, 수령들이 여자를 가마에 태워가려고 하자 새샙이는 못 간다며 가마를 붙들고 늘어진다. 이 설화에서 문제가 되는 것은 여자가 새샙이의 배우자가 되기에는 뛰어난 인물이라는 것이다. 위에 제시한 예문에서 새샙이와 여자가 결혼을 했다는 말은 없다. 그저 여자는 새샙이에게 자신의 초상화를 그려줬고, 새샙이는 수령들이 데려가는 여자를 못 가게 막을 뿐이다. 그러나 여자가 새샙이가 올 구 년 동안 자신의 몸에 다른 남자가 손을 대지 못하도록 하는 것을 보면, 이 둘이 혼인을 한 사이라고 보는 것도 무방하다. 그러므로 이 설화에서는 아내와 남편의 격차로 인해 부부간의 문제가 발생하고 있다.

자신을 붙드는 새샙이에게 여자는 새 잡아서 삼 년, 공부해서 삼 년, 뜀뛰어서 삼 년, 구 년을 공부해 자신을 찾아오라고 한다. 그리고 구 년 동안 임금이 자신의 몸에 손을 대지 못하도록 한다. 구 년이 되자 황후는 임금에게 청하여 걸인 잔치를 하는데, 새샙이는 새

터럭으로 의복을 만들어 쓰고 춤을 추며 그곳으로 들어갔다. 황후가 새섭이가 들어오는 것을 보고 손뼉을 치며 좋아하자, 임금은 자신이 새섭이가 입은 옷을 입고 춤을 추면 황후가 더 좋아할 것이라 생각한다. 그래서 임금은 용상에서 내려가 새섭이와 옷을 바꿔 입고 춤을 춘다. 황후가 새섭이에게 새 잡아서 삼 년, 공부해서 삼 년, 뜀뛰어서 삼 년, 구 년 공부해서 뭘 했느냐며 소리를 지르자, 새섭이가 냉큼 용상에 올라와 임금을 가리키며 "거러지 물려라" 하고 명을 내린다. 그리고 임금은 거지가 되고, 새섭이는 임금이 되어 한평생 잘 산다.

〈용자 살리고 얻은 색시〉 또한 마찬가지이다. 이 설화의 대강의 줄거리는 다음과 같다.

어떤 남자가 조실부모하고 남의 집에서 머슴살이를 했는데, 한번은 추운 동지섣달에 주인이 나무를 해오라고 해서 밖으로 나갔다. 마침 연못 근처에서 고기 한 마리가 물 밖으로 뛰어나와 땅 위에 있었는데 남자가 얼음을 깨뜨려서 물속으로 다시 고기를 집어넣어 주었다. 그 뒤로 남자가 하는 일마다 잘 되었는데 나중에 나무를 하러 갔다가 또 마른 땅 위에 올라와 있는 고기를 보게 되었다. 남자가 또 고기를 물속으로 보내 주었는데 나중에 고기가 남자에게 가방 하나를 주면서 그 가방 안에는 뭐든지 나오게 하는 부자 방망이와 달덩이 같은 처녀가 나오는 망태가 들어 있으니 둘이 부부가 되어 잘 살라고 했다. 남자는 당장 머슴살이를 관두고 부자 방망이를 이용하여 좋은 집을 마련하고 예쁜 처자를 얻어서 부부가 되어 잘 살았다. 머슴살이 하던 남자가 하루아침에 부자가 되자 관가에서는 남자를 잡아들였고, 남자는 고기와 있었던 일을 사실대로 말해 주었다. 원님이 가만 보니 남자의 부인이 너무 아름다워서 자기랑 내기

를 하자고 했는데, 병에다 물을 넣어 가지고 병에 물을 부을 때 소리가
많이 나는 사람이 서로 마누라를 빼앗기로 하자고 했다. 집에 돌아온 남
자가 부인에게 원님이 말한 내기에 대해 말해주자 부인은 걱정 말라면서
밥이나 먹으라고 했다. 내기를 하는 날이 되자 부인은 남자에게 아무데
에 가면 어떤 집이 하나 있는데 그 집 벽에 병이 하나 걸려있으니 그것을
떼어 오라고 했다. 부인이 말한 집은 처갓집이었는데 부인이 말한 동네
의 못에 가니까 물이 갈라지면서 집이 생겼다. 남자가 처갓집에 들어가
니 빙장어른이 나와 자신을 찾아올 줄 알았다고 했다. 남자는 부인이 말
한 대로 병을 가지러 왔다고 하니 빙장어른이 병을 내주었다. 남자가 병
을 가져와서 물을 넣으니 '펑펑펑펑'거리며 물소리가 났다. 그렇게 물이
병에 들어가니까 원님은 안 되겠다 싶어서 손을 들고 그냥 자기 마누라
나 데리고 살자고 제안해 그렇게 살기로 했다.[73]

　어떤 남자가 조실부모하고 남의 집 머슴살이를 하다가, 연못 근처
에 물고기 한 마리가 물 밖으로 튀어 올라 와 있는 것을 보고 얼음
을 깨뜨려 물속으로 집어넣어 준다. 그 뒤로 하는 일마다 잘 되었는
데, 어느 날 나무를 하러 갔다가 또 마른 땅 위로 올라온 물고기를
보게 되었다. 남자가 물고기를 또 물속으로 보내주자 물고기는 가방
을 하나 주었는데, 그 속에는 부자방망이와 달덩이 같은 처녀가 나
오는 망태가 들어있었다. 남자는 좋은 집을 마련하고 예쁜 처자를
얻어 잘 살게 되었다. 남자가 갑자기 부자가 되자 원님은 남자를 잡
아들이고, 남자는 물고기와의 일을 사실대로 말하였다. 원님이 가만

73 『한국구비문학대계』 7-14, 372–377면, 유가면 설화29, 물고기의 보은으로 만난
　선녀 부인, 이점술(여, 49)

히 보니 남자의 아내가 너무 아름다워 그 여자를 빼앗고 싶었다. 원님은 남자에게 병에다 물을 넣은 후, 병에 물을 부을 때 소리가 많이나는 사람이 상대방의 아내를 빼앗기로 했다. 여기서 문제가 되는것은 제3자인 원님이 보기에 아내는 남자가 데리고 살기에는 너무아름다운 여인이라는 것이다. 여기서 남편은 머슴살이를 하던 사람으로, 아내는 용궁사람으로 나온다. 즉 둘 사이에는 신분적인 차이가 존재한다. 또 아내가 남편의 걱정을 쉽게 해결해주는 것을 보면아내는 남편보다 더 능력 있는 사람으로 그려지고 있다. 그러므로여기서 문제가 되는 것은 아내가 남편이 데리고 살기에는 너무 뛰어난 인물이라는 것이다.

남편이 걱정을 하자 아내는 남편에게 걱정하지 말고 밥이나 먹으라고 한다. 내기 날이 되자, 아내는 남편에게 아무 곳에 가면 어떤집이 하나 있는데 그 집에 병이 하나 걸려있으니 그것을 가지고 오라고 한다. 아내가 말한 집은 처갓집이었는데, 남자가 들어가니 장인이 나와 남자에게 병을 내주었다. 남편이 병을 가져다가 물을 부으니 '펑펑펑펑'거리며 물소리가 났고, 원님은 안 되겠다 싶어 그냥본인의 아내를 데리고 살자고 제안을 한다.

다음으로 살펴볼 〈복 많은 백정 딸〉은 아내와 남편 사이에 경제적인 격차로 인해 부부간의 문제가 발생하고 있다. 이 설화의 줄거리는 다음과 같다.

소금 장사를 하는 두 집이 있었는데 똑같은 시기에 아이가 태어났다. 그리하여 뒷집의 소금장수 집에서는 아들이 태어나고 앞집의 소금장수집에서는 딸이 태어났다. 그런데 두 소금장수의 꿈에 하얀 영감이 나타

나서 아들 이름은 소복중으로 짓고 딸 이름은 대복중으로 지으라고 하면
서 아들은 복이 없고, 딸은 거부로 살 것이라고 했다. 그러면서 나중에
둘을 결혼시키되 그것을 비밀로 하면서 키우라고 했다. 두 사람이 꿈을
그렇게 꾸고 아이들을 키우는데 딸이 태어난 집은 가난했고 아들이 태어
난 집은 부자였다. 그런데 딸이 소복중에게 시집을 갔더니 부자였던 그
집이 더욱 부자가 되는 것이었다. 그러나 소복중은 가난한 집에서 시집
온 마누라가 싫어서 늘 버린다는 소리를 하였다. 소복중은 처갓집이 못
사는 것이 싫어서 그런 것이었다. 그러더니 마침내 아내(대복중)를 쫓아
냈다. 대복중이는 하도 구박을 하니까 집에서 나가겠다면서 그동안 집에
서 키운 당나귀 등에 장광에 있던 돌멩이 하나를 싣고 나왔다. 대복중이
는 집을 나와서 첩첩산중으로 들어갔다. 산 속으로 들어간 대복중이는
산에서 숯을 구워 파는 총각과 동거하게 되었다. 그런데 숯구이 총각이
대복중이와 살면서 살림이 피더니 부자가 된 것이었다. 대복중이는 숯구
이 총각과 살면서 아들 삼형제를 낳고, 총각을 부자로 만들어준 뒤에 그
집을 떠났다. 대복중이는 "여보 내가 인제 살만치 했으니 나는 내 갈 길
로 가오. 당신은 이제 자식들하고 살라고, 마누라를 하나 얻든지 말든지
나는 나 갈 길로 간다."라는 말을 남긴 뒤에 떠났다. 대복중이는 처음에
타고 온 당나귀와 돌을 그대로 가지고 본남편을 찾아 떠났다. 예전에 살
던 본남편 집에 돌아와 보니 그동안 집안이 망하여 시어머니는 동냥을
다니고, 시아버지는 신을 삼으면서 살고 있었다. 그런데 며느리가 돌아
오자 그 집이 다시 잘 살게 되었다.[74]

소금장수를 하는 두 집이 있었는데, 똑같은 시기에 아이가 태어난

---

74 『한국구비문학대계』 5-1, 513-518면, 금지면 설화34, 복 많은 며느리,
오효임(여, 67)

다. 꿈에 하얀 영감이 나타나 아들 이름을 소복중이라고 짓고 딸 이름을 대복중이라고 지으라고 하며, 아들은 복이 없고 딸은 거부로 잘 살 것이라고 말한다. 그러면서 이 사실을 비밀로 하고, 둘을 결혼시키라고 한다. 딸이 태어난 집은 가난했고 아들이 태어난 집은 부자였는데, 딸이 소복중에게 시집을 가자, 그 집은 더욱 부자가 되었다. 소복중은 가난한 집에서 시집온 아내가 싫어서 늘 버린다는 소리를 했는데, 처갓집이 못 사는 것이 싫어서 그런 것이었다. 이 설화에서 남편은 처가가 가난한 것이 싫어 아내를 구박하며, 아내에게 늘 버린다고 이야기를 한다. 여기서 문제가 되는 것은 양쪽 집안의 경제적인 격차로, 남편은 가난한 집에서 시집 온 아내가 싫고 이것으로 인해 부부간에는 갈등이 유발되고 있다.

위 설화의 경우는 양쪽 집안의 경제적인 격차가 문제가 되고 있지만, 이 설화군에서 대체로 부부갈등이 유발되는 이유는 양쪽 집안의 신분적인 차이이다. 보통 설화에서 남편은 양반의 자손으로 나타나며, 아내는 백정의 딸인 경우가 다수를 차지한다. 그 외 하인의 딸이거나, 숯장수의 딸이거나, 떡장수의 손녀거나, 종의 딸로 나타나고 있어 남편과는 신분적인 격차를 보인다. 그것이 경제적인 격차이든, 신분적인 격차이든, 부부간에 문제가 되는 것은 아내와 남편의 격차이다. 결국 남편인 소복중은 아내를 쫓아내고, 대복중은 하도 남편이 구박을 하니까 집에서 나가겠다고 한다. 대복중은 그동안 집에서 키운 당나귀 등에, 광에 있던 돌멩이를 하나 싣고 첩첩산중으로 들어간다. 대복중은 산 속에서 숯구이 총각을 만나 동거를 하게 되는데, 숯구이 총각은 점점 부자가 되었다. 대복중은 숯구이 총각과 아들 삼형제를 낳고, 총각을 부자로 만들어준 후, 자신은 제 갈 길로 가겠다며 그 집을 떠난다. 대복중이 본 남편의 집으로 돌아오니 집 안이 망하여 시어머니는 동냥을 다니고 시아버지는 신을 삼으며 살고 있었다. 며느리가 돌아오자 그 집은 다시 잘 살게 된다.

마지막으로 살펴볼 〈첫날밤에 대구 못한 신랑〉에서는 아내와 남편 사이에 지적(知的) 격차로 인해 부부간의 문제가 발생하고 있다. 이 설화의 줄거리는 다음과 같다.

무식한 사람이 돈은 많아서 아주 좋은 집으로 장가를 갔다. 신랑이 첫날 저녁에 신방에 들어가서 신부 손을 덥석 잡았는데 신부가 그 손을 보니 시커멓고 가죽이 두꺼운 것이 일만 하던 손이었다. 신부가 당신 글 안 읽었느냐고 물으니 신랑은 글 읽은 일이 없다고 했다. 그러자 신부는 앞으로 내 손 잡지 말고 나가서 공부를 하라며 자신을 만나려면 대구를 채울 수 있어야 하는데 그게 안 되면 다른 곳으로 시집가겠다고 말했다. 그러더니 신부가 "두견제 두견제(杜鵑啼杜鵑啼)"라고 하더니 이 글의 대구를 채워오라고 했다. 남편이 그것을 듣고 그날 밤으로 절에 공부 하러 갔다. 절에서 독심(毒心)을 품고 공부를 하다가 어느 날 변소에 앉았는데 "두견제 두견제(杜鵑啼杜鵑啼) 월명화일지(月明花一枝)"란 글이 떠올랐다. 남편이 그 글귀를 소리 내어 읊는데 그 절의 중이 지나가다 듣고 뭐 하냐고 물었다. 그러자 남편이 중에게 자기가 공부하러 온 사연을 털어 놓았다. 절의 중은 글이 참 잘되었다고 하더니 그날 밤에 여자 집으로 찾아갔다. 중이 문 밖에 서서 아무 때 왔던 사람이 이제 왔다고 하니 여자가 글을 외워보라고 했다. 중이 "두견제 두견제(杜鵑啼杜鵑啼) 월명화일지(月明花一枝)"라고 했더니 여자가 넌 아니니까 가라고 말했다. 중이 집을 나오다가 피를 토하고 죽었다. 다음날 새벽이 되어 남편이 집에 돌아가면서 글귀를 외우는데 아무래도 월명화일지(月明花一枝)가 마음에 걸

려서 월명화만지(月明花萬枝)로 바꾸다. 남편이 처갓집에 가서 문 밖
에서 "두견제 두견제(杜鵑啼杜鵑啼) 월명화만지(月明花萬枝)"라고 말했
더니 여자가 삼년동안 열어주지 않은 문을 열어주었다. 그리고 그 여자
가 남편을 잘 가르쳐서 문장가로 만들었다.[75]

　무식한 사람이 돈은 많아 아주 좋은 집으로 장가를 갔는데, 첫날
저녁 신방에 들어가 신부 손을 덥석 잡았다. 신부가 신랑의 손을 보
니 시커멓고 가죽이 두꺼워 일만 하던 손이었다. 신부는 신랑에게
글을 읽지 않았냐고 묻고, 신랑은 글을 읽은 일이 없다고 했다. 신부
는 앞으로 나가서 공부를 하라고 하며, 대구를 채울 수 있어야 자신
을 만날 수 있다고 했다. 설화에서 신부는 신랑의 손을 보고 그가 공
부가 덜 된 사람임을 확인하며, 신랑과의 동침을 거절한다. 이 설화
군에서는 모두 아내와 남편의 지적인 격차로 인해 부부문제가 발생
하는데, 아내가 남편에게 대구를 짓지 못하면 우리는 부부로 살 수
없다고 하면서 다른 마음을 먹고 그러는 것이 아니라고 강조하거나,
신랑이 대구를 지어가지고 올 때까지 자신은 수절하고 있겠다고 신
랑을 안심시키는 것을 보면, 신부가 첫날밤에 부부관계 없이 신랑
을 공부하러 보내는 것은 이들의 문제가 지적 수준의 차이임을 보여
준다. 신랑은 아내의 말에 그날 밤 절로 공부를 하러 들어가고 독한
마음으로 공부를 시작한다. 어느 날 신랑이 변소에 앉았다가 갑자기
대구가 떠올라 소리 내어 읊자 지나가던 중이 뭐하냐고 묻고, 신랑
은 공부하러 오게 된 연유를 말한다. 그날 밤 중이 신부의 집을 찾아

75 『한국구비문학대계』 1-1, 810-814면, 수유동 설화106, 대대구, 강성도(남, 69)

가 대구를 말하자, 신부는 넌 아니니 가라고 말한다. 다음날 새벽이 되어 신랑이 집에 돌아가면서 월명화일지(月明花一枝)의 한 글자가 마음에 걸려 월명화만지(月明花萬枝)"로 바꾼다. 신부는 삼년동안 열어주지 않은 문을 열어주고는 신랑을 잘 가르쳐 문장가로 만든다.

그렇다면 설화에서 이야기하는 부부간의 격차로 인해 유발된 부부 갈등의 해결방안은 무엇일까?

첫째, 배우자와의 격차를 줄이기 위한 당사자의 노력과 시간이다. 〈나무꾼과 선녀〉에서 나무꾼은, 자신이 살던 터전을 버리고 미지의 세계인 천상으로 올라간다. 이것은 목숨을 건 일종의 모험이다. 천상에서 벌어질 일은 아무도 예상할 수 없기 때문이다. 노루조차도 천상으로 올라가면 아내와 자식들을 만날 수 있다고만 했지, 천상에서의 행복을 담보해주지는 않았다. 그러나 나무꾼은 오로지 선녀와 자식들을 만나고자 목숨을 건 모험을 택하며, 나무꾼이 천상으로 올라오자 선녀는 남편을 따뜻하게 맞아주며 과거의 잘못을 묻지 않는다. 이것은 나무꾼의 노력이 선녀를 감동시키고 있기 때문이다. 또 〈새털 옷 입고 왕이 된 남자〉의 경우 새샙이는 여자와의 격차를 줄이기 위해 9년이라는 시간과 노력을 들이는데, 그것은 여자에게 어울리는 배우자가 되기 위한 과정이다. 여자는 새샙이에게 새 잡아서 삼 년, 공부해서 삼 년, 뜀뛰어서 삼 년, 도합 9년을 공부해 자신을 찾아오라고 하는데 이 9년이라는 시간은 새샙이가 아내에게 적합한 배우자가 되기 위한 시간인 것이다. 이 설화에서 아내는 임금도 탐을 낼만한 여인이다. 그러므로 새샙이는 9년이라는 시간과 노력을 통해 아내와의 격차를 줄이고 있는 것이다. 〈첫날밤에 대구 못한 신랑〉에서도 신랑은 신부의 문장에 대구를 맞추기 위해 3년 동안 열심히 공부를 하고, 결국 신부의 문장에 대구를 맞추고 있다. 신랑이 신부의 문장에 대구를 맞췄다는 것은 지적 수준의 격차로 인해 유발되었던 부부갈등이 해결되었음을 의미한다. 즉 서로에게 어울리는 배우자가 될 수 있을 때, 격차로 인한 부부사이의 갈등은 해결될 수 있다는 것이다.

둘째, 배우자의 부족한 부분을 채워줘 자신과 동등한 위치로 배우자를 올려놓는 것이다. 〈나무꾼과 선녀〉나 〈용자 살리고 얻은 색시〉의 경우 아내는 남편의 부족한 부분을 채워주고 있다. 〈나무꾼과 선녀〉에서 선녀는 나무꾼에게 천상에서 살 자격을 요구하는 친정 식구들의 요구에 맞서, 나무꾼이 자격을 획득할 수 있도록 최선을 다해 도와주고 있다. 선녀는 나무꾼의 힘들고 불안한 마음을 위로해주며, 남편이 문제를 해결할 수 있는 방안을 제시해준다. 〈용자 살리고 얻은 색시〉 역시 아내는 자신을 빼앗길까봐 걱정하는 남편의 마음을 위로해주며, 남편이 이길 수 있는 방안을 제시해준다. 그리고 남편은 아내의 말을 충실히 따라 원님과의 내기에서 이기게 된다. 이럴 경우 아내와 남편 사이에는 여전히 격차가 존재하지만, 아내가 남편의 부족한 부분을 채워 자신과 동등한 위치에 그를 올려놓음으로써, 부부간의 문제는 해결되고 있다.

셋째, 부부사이의 격차를 해소해줄 수 있는 상대방의 능력이나 공동의 목표를 찾아내라는 것이다. 〈복 많은 백정 딸〉에서 부부갈등을 해결하는 것은 아내의 타고난 복, 즉 경제적인 부(富)다. 신분적으로는 남편과 커다란 격차가 있지만, 남편에게는 없는 복을 아내는 소유하고 있는 것이다. 그리고 아내가 나간 후 집안의 경제가 무너지는 것을 보면서, 남편은 아내와의 신분적인 격차보다 중요한 것은 아내의 복으로 인해 얻게 되는 실질적인 부(富)라는 것을 깨닫게 된다. 즉 아내의 타고난 복은 남편과의 신분적인 격차를 무마시킬 수 있는 수단이자 도구가 되는 것이다. 또한 〈나무꾼과 선녀〉에서 그것은 나무꾼의 선함으로 나타난다. 물론 날개옷을 감추는 나쁜 방법을 사용해 결혼한 나무꾼이, 아내에게 선한 사람이라고 이야기할 수는 없다. 그러나 노루의 목숨을 구해주고, 쥐에게 밥을 덜어주는 나무꾼의 선한 행동은 보은(報恩)을 받게 된다. 나무꾼이 천상으로 올라온 이후 선녀는 나무꾼과 함께 살고자 한다. 이런 상황에서 나무꾼의 선한 마음이 쥐 나라 왕의 보은을 받고, 가족들과 함께 살 수 있는 자격획득의 도구가 되었다는 것은, 나무꾼의 선함이 결국 그가 가지고 있는 능력이었음을 보여준다. 그러므로 설화들에서 부부간의 격차로 인해 유발되는 갈등의 해결방안으로 제시해줄 수 있는 것은, 격차를 해소시켜줄 수 있는 상대방의 능력이다. 여기서는 단순히 능력이라고 표현했지만 이것은 무엇이든 가능하다. 신분적인 격차를 경제적인 부분으로 상쇄해줄 수도 있고, 경제적인 격차를 외모적인 부분으로 상쇄해줄 수도 있다. 또는 외모적인 부족함을 성격으로 상쇄할 수도 있다. 무엇이든 격차를 줄여줄 수 있는 요인이 있다면, 부부갈등은 해결이 가능할 것이기 때문이다.

또한 천상으로 올라간 선녀는 지상의 사람과 결혼해 아이까지 낳아왔다는 이유로, 아버지와 언니들의 구박 속에 살고 있었다. 이러한 상황에서 나무꾼이 선녀를 찾아 올라온 것은 선녀에게는 새로운 기회가 될 수 있다. 왜냐하면 나무꾼이 천상의 가족들 특히 아버지에게 사위로 인정만 받을 수 있다면, 선녀는 죄인이 아니라 아버지의 사랑스러운 막내딸로 돌아갈 수 있기 때문이다. 그러므로 나무꾼과 선녀는 공동의 목표를 가지고, 부부간의 격차로 인해 유발되었던 갈등을 극복하게 된다. 왜냐하면 그들에게 중요한 것은 서로의 차이가 아니라, 아버지에게 인정을 받아 천상에서 행복하게 살겠다는 공동의 목표이기 때문이다. 그러므로 부부간에 공동의 목표를 찾아낸다면, 그것은 부부간의 격차를 해소해줄 수 있는 방안이 될 수 있다.

2) 현대 부부갈등 사례에의 적용

〈나무꾼과 선녀〉〈새털 옷 입고 왕이 된 남자〉〈용자 살리고 얻은 색시〉〈복 많은 백정 딸〉〈첫날밤에 대구 못한 신랑〉은 현대 부부갈등에 어떻게 적용될 수 있을까? 먼저 부부 사이의 신분이나 경제력, 능력의 문제, 지적 격차로 인해 부부갈등이 유발된 상담사례들을 살펴보고, 본 설화의 적용 가능성을 타진해 보도록 하겠다.

사례 1 아내가 살기 싫답니다.

참 이런글을 올려도 될지 모르겠지만 제 와이프는 저보다 능력도 있고 봉급도 훨씬 많이 받습니다. 제가 중소기업 만년 과장에 월급은 고작 이것저것 때고 190정도인데 와이프는 그 3배 정도 수입입니다. 여기에 시어머니 구박같은 글도 많이 봤습니다만 우리집은 오히려 거꾸로입니다. 어머니가 와이프 눈치를 보고 나 역시 와이프 말에 뭐든 조용히 넘기는 편입니다. 그런데 오늘 이런일이 있었습니다. 딸을 유학보낼려고 외국학교에 초청장이 필요해서 여권을 팩스로 얼마전 보내주었는데 여권 기간 만료일이 지났다고 전화왔습니다. 다시 만들어서 보내달라고요. 07 feb 05 라는 기간만료일을 전 착각해서 2007년 2월 5일로 착각한거지요. 그걸가지고 아내는 저에게 큰소리를 치더군요. 머든 확실하게 한적이 없다고요. 머든 대충한다나 머한다나.. 분명 여권을 함께보고 기간이 아직 남아있다고 한건데 말이죠. 그래서 저도 화나서 한소리했습니다. 그런것은 설사 그렇더라도 서로 웃고 다시 여권을 만들면 되잖아 하면 될걸 굳이 자존심을 건들면서 큰소리쳐야 되냐고 했더니, 그럼 자존심 좀 강한 삶을 살라고 더 큰소리치며 살기 싫답니다. 어머닌 조용히 자기방에서 괴로워했겠지요. 결혼 10여년 동안 제 어머니에게 밥 한 번 차려주지 않았습니다. 어머닌 큰애낳고 시골에서 오셔서 애들 봐주고 와이프 일하고 오면 밥차려주고 청소하고... 그러면서 어머닌 저에게 이렇게 말합디다. 아침새벽마다 등산가시는데 만나는 할머니들마다 남자가 참아야하고 요즘 자기 아들들도 그렇다고 넋두리랍니다. 이혼해버리고 싶은 마음 굴뚝같습니다. 와이프의 능력이 오히려 독이 됩니다. 제 능력이 참으로 구차할 뿐입니다. 처재나 처가댁식구들이 집에 오는날이라 치면 완전히 자기집 안방입니다. 우리 어머니는 그들이 갈때까지 조용히 있습니다. 하긴 우리 집도 와이프가 장만했습니다. 뭐든 딱딱 끊어지고 확실한것을 좋아하는 와이프와 점점 살기가 힘들어집니다. 아내의 살기 싫다는 말이 귓속을 이 깊은 시간에도 맴돕니다.

사례1〉에서 글쓴이의 아내는 남편보다 능력도 있고, 봉급도 훨씬 많이 받는다. 어머니와 함께 살고 있지만 어머니는 아내의 눈치를 보고, 남편 역시 아내의 말을 조용히 듣는 편이다. 딸의 유학문제로 외국학교 초청장이 필요해 남편은 딸의 여권을 팩스를 보내줬는데, 여권 기간 만료일이 지났다는 전화가 온다. 알아보니 07 feb 05라는 여권 만료일을 글쓴이가 착각해 2007년 2월 5일로 보낸 것이었다. 아내는 그 사실을 알고 뭐든 확실하게 한 적이 없다며 남편에게 화를 낸다. 남편은 아내와 여권을 함께 보고, 기간이 많이 남았다며 이야기를 한터라, 자신도 화가 나 한마디를 한다. 그러자 아내는 남편에게 자존심 좀 강한 삶을 살라며 더 큰소리를 치고, 남편과 살기 싫다고 한다. 남편은 아내와 비교해 부족한 자신의 능력이 구차할 뿐이다. 남편은 아내 눈치를 보면서 사는 어머니에게도 죄송하고, 뭐든 끝맺음이 확실한 아내와 사는 것이 점점 힘이 든다.

사례 2 힘드네요

결혼 5년차. 남편과 저는 연애시절부터 순탄하진 않았습니다. 거의 제가 메달리다시피 결혼했죠. 지금은 너무 후회가 됩니다. 저희 친정은 형편이 어렵습니다. 남편은 그게 마음에 안드나봐요. 게으르고 멍청하니깐 못산다고 은연중에 말하는걸 들었거든요. 지금껏 수많은 싸움을 해왔지만 오늘 이 싸움으로 마침표를 찍어야 할듯 싶습니다. 동생이 친구네 갔다오던 길에 저희집에 들르게 되었죠. 남편이 밤에 시장에 구경이나 가자고 하더군요. 그런데 이번달은 여유가 없어 사지도 않을거면 가지 말자고 몇번 말했습니다. 몸도 좀 안좋았고요. 그런데 계속 보채길래 짜증이 나서 싫은 소리좀 했더니 동생앞에서 못배운 거 티내냐면서 무식한 게 자랑이라면서.. 사람을 치려고 하더군요.. 어이없죠. 동생이 하도 어이없어 하며 자기 가면 싸우라고 소리

를 질렀어요. 그랬더니 동생보고 싸가지가 있네없네 하며 당장나가라
고 2개월도 안된 조카를 안고 있는 동생을 의자로 찍는 표정을 지으
며 욕지거리를 해대는게 아니겠어요. 동생은 나갔고 다음은 제차례
죠. 멱살을 잡으며 죽을래 하며 주먹을 얼굴에 갖다대며... 아이들이
보고 있었어요. 시댁이 근처라서 아이들을 데려다 주고 돌아와선 옷
을 챙기더니 나가더군요. 아이들을 데리러 시댁에 갔어요. 그곳에 남
편이 있더군요. 부모님앞에서 얘기좀 하자더니 너란년하고는 안산다
며 부모앞에서 발길질을 하더군요. 시어머니는 그런 당신 아들 모습
은 뭐라하지 않으시면서 당신 아들이 그렇게 하는건 그만한 이유가
있을 거란 듯이 저까지 똑같이 취급하며 애먼것만 트집잡고...복장터
져서 나와버렸습니다. 지금 애들은 자고 있고 새벽 두시가 다 되도록
그사람은 들어오지 않네요. 결혼후 지금껏 쭈욱 이렇게 신문에 날일
만 매일 겪다보니 이젠 이골이 났나봐요 화도 안나고... 매번 싸울때
마다 헤어지자 했어요. 그사람은.. 이번에도 그렇겠죠.. 물론 오늘일
은 제가 먼저 잘못한건 압니다. 하지만 그 사람은 매번 인간으로서는
할 수 없는 비상식적인 행동만 한다는게 문제죠. 정말 이렇게 사는게
지쳤습니다. 저는 어떻게 해야하죠

사례2〉에서 아내는 남편에게 매달리다시피 해 결혼을 했고, 남편
은 형편이 어려운 처가를 싫어했다. 어느 날 동생이 친구네 집에 갔
다 오던 길에 글쓴이의 집에 들르게 되었다. 남편은 밤에 시장을 구
경하러 나가자고 했다. 아내는 돈도 여유가 없고, 몸도 좋지 않아 남
편에게 짜증을 내고 싫은 소리를 한다. 그러자 남편은 동생 앞에서
못 배운 티를 내냐며, 무식한 게 자랑이라고 하며 아내를 때리려고

한다. 동생은 자기가 가면 싸우라고 소리를 질렀고, 남편은 동생에게 욕을 하며, 두 달도 안 된 조카를 안고 있는 동생을 의자로 찍으려 한다. 동생이 나가자 이번에는 아내의 멱살을 잡으며 주먹을 얼굴에 가져다 대고는, 옷을 입고 시댁으로 가 버린다. 부모 앞에서도 아내에게 발길질을 하는 남편을 시부모는 말리지 않고, 오히려 당신 아들이 그렇게 하는 것은 이유가 있을 것이라며 남편의 편을 든다. 아내는 복장이 터져 시댁에서 나오고, 새벽 두시가 다 되도록 남편은 들어오지 않는다. 아내는 매번 이렇게 비상식적으로 행동하는 남편과 사는 게 힘들고 지친다.

사례 3　**학벌차이가 너무 나는 부부, 남편의 무시가 힘드네요.**

　　남편과 저는 학벌차이가 좀 나는데요. 연애할때는 그런 게 없었는데 결혼하고서 살짝 저를 무시하기 시작했습니다. 그러다 그게 점점 심해져 이제는 가끔 대놓고 무시할 때도 있는데요. 이번에 퀴즈를 푸는 예스24에서 하는 인터넷 골든벨을 같이 하면서 문제를 푸는데 제가 틀리니까 그것도 모르냐면서 놀리더라구요. 저도 그동안 쌓였던 게 터져서 남편이랑 대놓고 싸웠습니다. 결국 큰 싸움이 되어 이혼 이야기까지 오고 갔는데요. 이대로 괜찮은건지 모르겠습니다. 어떻게 상황을 풀어가야 할지 막막하네요.

사례 4　**전문대졸 신랑.. 왜 속상해야 하는 걸까요.**

　　결혼한 지 반 년 된 30대 초반 여자입니다. 문제가 많은 가정에서

자랐고 그래서 마음이 많이 아픈 사람입니다.…… 여러가지 좋지 못
한 집안 역사 때문에 다들 병든 마음을 가지고 있고 그 마음을 눈에
확실하게 보이는 돈이나 타이틀 등을 통해 보상받고 싶어하는 것 같
다는 생각을 합니다. 저 역시 똑같이 마음이 아픈 사람이지만 저는 그
걸 물질적인 것 보다는 정신적인 교류로 치유받는 것을 선호합니다.
제가 교류하는 사람들은 나랑 말이 통하는 사람, 마음이 맞는 사람,
성격이 맞는 사람 등입니다. 그러다 보니 제가 만난 신랑은 전문대졸
이었어요. 마음 잘 맞고, 제가 가진 상처를 잊게 할 만큼 따뜻하게 절
감싸주고, 긍정적이고, 진짜 천생연분이라 할만큼 서로 손발이 척척
맞는 점에 끌려 결혼 생각을 하고 다시보니 전문대졸이더라구요……
친정에 있을땐 매일 우울하고 입조차 잘 열지 않았던 제가 항상 웃어
요. 그런데 저 외의 다른 사람들은 그렇게 생각하는것 같지 않네요.
친정 식구들은 결혼을 반대하긴 했지만 신랑에게 나쁘게 한적은 없습
니다.……아주 직접적으로 대놓고 얘기하는건 아니지만 그 미묘한 분
위기에 정말 제가 매번 속이 상하네요. 매번 은근히 불쾌해서 친정식
구들과 마주치고 싶지 않은데 또 그것 외에는 못해주는 것도 없고 하
여 그냥 참습니다. 그리고 식구들이 아니라 다른 사람들도 제 속 사
정 아는 친한 친구들이야 정말 신랑 잘 만났다고 부러워해주지만 조
금 덜 친한 친구거나 대학에서 만난 친구 같은 경우는 신랑의 학벌까
지 얘기가 나오면 절 불쌍하다는 눈으로 쳐다본다고 할까요. 왜 저렇
게 살지? 이런 느낌?? …… 반년, 아니 신랑이랑 결혼을 결심한 일년
반전부터 꾸준히, 계속해서 겪어오는 일인데 여전히 속상하고 아직
도 내신랑인데! 하고 신랑 학벌 물어보면 전문대라고 돈 잘 벌어다주
고 나 사랑해 주는데 뭐가 문제냐! 당당하게 말하고 싶은 심정과 내
신랑이 그렇게 친하지 않은 사람들에게서 무시하는 시선을 받게 하고

싶지 않아 좋은게 좋은거라고 대충 둘러대고 피하고 싶은 심정 두 가지가 항상 속상한 마음과 함께 얽혀 왔다갔다 합니다. 그리고 너무 심하게 속상할 때는 왜 공부 좀더 안했냐고.. 신랑이 조금 원망스럽기까지 하네요.. 이렇게 좋은사람인데 중요할때 공부 조금 못해서 이런 대접 받으면 속상하지 않냐고.. 저도 모르게 투정 부리면 신랑이 너무 미안해 하고 저 역시 그런 신랑 보면서 왜 그런말을 했을까 신랑이 무슨 잘못이라고 원망이야.. 나 만나서 저런 대접 받는 신랑이 더 불쌍하지.. 그런 생각도 듭니다..……

사례3〉과 사례4〉는 부부간의 학벌차로 인해 갈등이 유발된 사례이다.

사례3〉에서 남편은 학벌차이가 나는 아내를 무시하기 시작한다. 연애할 때는 그런 게 없었는데 결혼을 한 이후 살짝 무시하더니, 이제는 점점 심해져 대놓고 아내를 무시할 때가 있다. 이번에 인터넷 골든벨을 같이 하며 문제를 푸는데 아내가 틀리자 남편은 그것도 모르냐며 놀리고, 화가 난 아내는 그동안 쌓였던 게 터져서 남편과 대판 싸운다. 결국 큰 싸움으로 번져 이혼이야기까지 오갔고, 아내는 자신의 학벌을 무시하는 남편에게 속이 상한다.

사례4〉에서 아내는 스스로를 문제가 많은 가정에서 자라 마음이 많이 아픈 사람이라고 이야기한다. 아내는 남편이 자신을 따뜻하게 감싸줄 것이라 생각해 남편과의 학벌차이는 무시한 채 결혼을 했다. 그러나 아내의 친정 식구들은 글쓴이의 남편에게 직접적으로 표현은 하지 않지만 은근히 남편을 무시하며, 대학에서 만난 친구들은 남편의 학벌을 이야기하면 불쌍하다는 눈으로 글쓴이를 쳐다본다. 아내

는 결혼 후부터 겪게 되는 그런 시선이 속상하다. 아내는 한편으로
는 남편이 전문대졸이라는 사실을 당당히 밝히고 싶으면서도, 다른
한편으로는 대충 둘러대고 싶은 생각도 든다. 그리고 너무 속상할
때는 남편이 원망스럽기도 하다. 이러한 사례들은 모두 아내와 남편
의 격차로 인해 부부사이에 문제가 발생한 경우이다. 이런 사례들에
구비설화는 어떠한 도움을 줄 수 있을까?

　먼저 〈나무꾼과 선녀〉에서 나무꾼은 선녀와 살기 위해 천상으로
의 이동이라는 목숨을 건 노력을 하고, 〈새털 옷 입고 왕이 된 남자〉
에서 새샙이는 아내에게 어울리는 배우자가 되기 위해, 9년 동안 공
부를 한다. 또한 〈첫날밤에 대구 못한 신랑〉에서는 신랑이 신부에게
어울리는 지적 수준을 갖추기 위해 3년 동안 공부를 한다. 이 시간
은 부부간의 격차를 해결하기 위한 시간이다. 사례3〉 사례4〉처럼 배
우자와의 학벌 차이가 문제가 되고, 그것이 부부생활에 심각한 영향
을 미친다면, 새로 공부를 시작하는 것도 하나의 해결방안이 될 수
있다. 현대사회는 직접 대학에 다니지 않아도 인터넷을 통해 학위를
취득할 수 있다. 학벌의 차이로 인한 갈등이 부부관계를 지속할 수
없을 정도로 심각하다면, 이러한 방안 또한 고려해 볼 필요가 있다.

　다음으로 〈나무꾼과 선녀〉나 〈용자 살리고 얻은 색시〉에서는 아내
가 남편의 부족한 부분을 채워주면서 부부간의 문제를 해결하고 있
다. 이 경우 아내는 남편의 부족한 부분을 채워주고, 그를 자신과 동
등한 위치에 올려놓음으로써 부부간의 문제를 해결하고 있다. 만일
당사자가 능력이 된다면, 배우자가 자신과 동등한 위치에 오를 수 있
도록 도와줄 필요가 있다. 다음의 사례는 그러한 경우를 보여준다.

사례 5   결혼 10년차 35살 주부입니다^^

안녕하세요 결혼 10년차 35살 주부입니다. 주말에 남편과 함께 친정에 갔습니다. 오랜만에 만난 친구들이 저보고 팔자피고 인생역전했다는 말에 힘들었던 20대가 생각나서 커뮤니티에 글을 남겨요. 결혼전 친정이 참 어려웠어요. 저는 대학 진학을 했지만 학비 때문에 대학 중퇴를 하고 집안일과 일을 병행해야 했기때문에 20살에 작은 사무실에 사무보조 겸 비서로 취직해서 평일에는 사무실 가고 주말엔 편의점 알바를 했어요. 열심히 일했지만 가난의 굴레를 벗어나긴 힘들었어요. 제가 힘들고 가난해지니까 주변에 친구들도 하나둘씩 연락을 끊고… 저도 놀자는 친구들이 부담스러워서 점점 친구들과 멀어지고 친구 하나 없는 인생. 가장 아닌 가장역할. 너무 외롭더라구요. 신은 인간이 극복할 수 있을 만큼의 시련만 준다라고 하잖아요. 저희집 사정 다 아는 사장님께서 저한테 거래처에 참한 총각이 있다고 소개를 해주셨어요. 사장님 소개로 24살에 처음 남편을 만났습니다. 남편 첫인상이 참 선하고 좋았어요. 비록 나이는 10살 연상이었지만 외로운 저한테 정성을 다하는 남편에게 반해서 남편과 1년간 연애하고 25살 어린나이에 결혼을 했어요. 결혼할때 모아둔 돈 부모님께 드리고 동생 대학까지 보내고 나니까 남은 돈이 얼마없어 혼수도 제대로 준비 못했는데 고맙게도 남편이 시댁 몰래 다 도와줬어요. 처음에는 시댁에서 결혼반대를 심하게 했어요. 이해가 되더라구요. 가난한 친정에, 학벌 짧고, 외모 뛰어난 것도 아닌 지방출신 며느리. 제가 생각해도 급이 다르죠. 시어머니는 절대 못들인다고 결사반대하셨어요. 몇개월간 남편이랑 같이 시어머니를 뵙고 빌고, 결국 울 복덩이가 생기는 바람에 결혼을 허락해주셨어요.……신혼때 남편이 한창 사업확장을 한다고 거의 해외에 있어서 임신하고 제가 혼자 있으니까 시댁과 40~50분 거리인데도 시어머니께서 너보러 오는거 아니다 손주보러 오는거라고 하시면서 이틀에 한번은 점심식사는 같이하고 시아버지께서 애 낳으면 부모학벌 아무리 못해도 대학은 나와야한다고하셔서 저는 대학을 다시 다녔어요. 아이 낳고도 여자는 죽을때까지 몸매 관리해야한다는 시어머니신조에 따라 수영, 골프, 요가배우며 다니고 10년간 샵을 다녔어요. 시댁의 관리코치로 인해서인지 친구들이 분위기가 세련되게 바뀌었다고 옛날보다 더 이뻐졌다는 소리를 들었네요.

사례5〉는 결혼 10년차 35살 주부의 글이다. 글쓴이는 집안 사정으로 인해 대학을 중퇴한 후 작은 사무실에서 사무보조 겸 비서로, 주말에는 편의점 알바를 하며 열심히 일을 했다. 그러던 중 사장님 소개로 남편을 만나, 25살 어린나이에 결혼을 했다. 시댁에서는 결혼을 심하게 반대했지만, 몇 개월 간 남편이랑 같이 시어머니를 뵙고 빌고, 결국 아이가 생기는 바람에 결혼을 허락받는다. 신혼 때 남편은 사업 때문에 해외에 있고 임신한 글쓴이만 혼자 집에 남게 되자, 시어머니는 손자를 보러 오는 거라며 40~50분 거리인 집에 이틀에 한 번씩 찾아와 점심식사를 같이 한다. 또 시아버지는 애 낳으면 부모학벌이 대학은 나와야 한다며 대학을 보내준다. 그리고 여자는 죽을 때까지 몸매관리를 해야 된다는 시어머니 신조에 따라 수영, 골프, 요가를 배운다. 이 사례에서 시부모는 글쓴이의 부족한 부분을 채워주며, 며느리가 아들과 동등한 위치에 오를 수 있도록 도와주고 있다. 특히 시아버지가 며느리를 대학에 보내는 것은, 아들의 배우자로서 부족하다고 생각되는 부분을 채워주는 것이라고 할 수 있다.

마지막으로 〈복 많은 백정 딸〉에서 남편은 아내가 나간 후 집안의 경제가 무너지는 것을 보면서, 아내와의 신분적인 격차보다 중요한 것은 아내의 복으로 인해 얻게 되는 실질적인 부(富)라는 것을 깨닫게 된다. 즉 아내의 타고난 복은 남편과의 신분적인 격차를 무마시킬 수 있는 수단이자 도구가 되는 것이다. 〈나무꾼과 선녀〉에서도 마찬가지이다. 그러므로 이 설화들을 통해 이야기해줄 수 있는 것은 격차를 해소시켜줄 수 있는 상대방의 능력이다. 무엇이든 격차를 줄여줄 수 있는 요인이 있다면, 부부갈등은 해결이 가능하기 때문이다. 자신이 상대에게 어필해 줄 수 있는 부분을 찾아내는 것이 이 경우 특히 중요하다.

특히 사례1〉에서 남편은 아내보다 자신이 부족하다고 생각하는데, 그것은 경제력의 문제이다. 만약 남편이 아내에게 경제력 외 다른 부분에서 아내에게 어필할 수 있다면 지금의 상황은 얼마든지 개선이 가능하다. 사례4〉에서는 아내가 전문대졸인 남편을 바라보는 주위 사람들이 시선으로 인해 힘들어하고 있다. 그런데 아내가 주변의 시선을 의식하고, 전문대 밖에 나오지 못한 남편에게 원망의 마음이 드는 것은, 아내 또한 학벌에 대한 편견을 가지고 있기 때문이다. 아내는 남편으로 인해 자신에게 즐거움과 기쁨을 주는 여러 가지 요소들을 생각해볼 필요가 있다. 이 사례에서 아내는 남편의 학벌을 제외한다면, 충분히 결혼생활에 만족하고 있다. 그러므로 긍정적인 요소들을 찾아내는 일은, 남편의 학벌로 인한 갈등을 상쇄시켜 주는 문제해결 방안이 될 수 있다. 그리고 〈나무꾼과 선녀〉에서처럼 부부 공동의 목표를 찾아내고 그것을 우선시 하는 것 또한 부부간의 격차를 해소시킬 수 있는 방안이 될 수 있을 것이다.

14장 / 부부간의 성격차이

〈호랑이 눈썹〉〈전생의 인연으로 부부가 된 중과 돼지〉

1) 부부갈등 양상과 해결방안

　부부간의 성격차이를 보여주는 설화로 〈호랑이 눈썹〉을 들 수 있는데, 이 설화의 대강의 줄거리는 다음과 같다.

　　부모도 없는 어떤 사람이 부잣집에서 남의집살이를 하며 지냈다. 부잣집 주인은 남자가 부모도 없이 성실하게 일을 하고 심성도 착해 사위로 삼았다. 남자가 결혼을 하고 아무리 지나도 자식이 생기지 않고 돈도 자꾸 줄어들었다. 할 수 없이 남자는 산골짝에서 범의 밥이 되어야겠다며 길을 나섰다. 산에 간 머슴은 범을 찾아가 밥이 되기 위해 찾아왔다고 했다. 범은 남자에게 노인의 눈썹을 하나 주면서 가지고 가라고 했다. 남자가 눈썹을 받아들고 집에 돌아와서 보니 부인은 암탉이고 자신은 사람이어서 일이 잘 되지 않는 것이었다. 남자는 못 사는 이유를 알았지만 어쩔 수가 없었다. 그러다가 옹기장수 부부가 지나가는 것을 보았더니, 남편은 수탉이고 아내는 사람이었다. 남자는 옹기장수에게 서로 부인을 바꾸자고 했다. 그 후 남자는 자식도 낳고 살림도 늘어 잘 살았다. 남자는 옹기장수가 오면 자기 돈을 갈라 줘야겠다며 장이 설 때마다 기다리고 있었다. 얼마 후 남자는 옹기장수가 옹기 짐을 지고 오는 것을 보고 반갑게 맞이하며 자기 돈을 갈라 함께 살자고 했다. 옹기장수는 자기도 부인을 바꾸고 나니 자식도 낳고 잘 살게 되었다며 옹기장수를 하고 있지만 몇 백석 하는 부자라고 했다. 옹기장수와 남자는 함께 이사를 하여 한 집에서 형제처럼 잘 살았다.[76]

　부모가 없는 사람이 부잣집에서 남의집살이를 하며 지냈는데, 이 사람이 성실하고 심성도 착하자 부잣집 주인은 자신의 사위로 삼는다. 그런데 결혼을 한 후 아무리 지나도 자식이 생기지 않고 돈도 자꾸 줄었다. 남자는 범의 밥이 되어야겠다며 산으로 갔는데, 범은 남자에게 눈썹을 하나 주면서 가지고 가라고 했다. 남자가 눈썹을 가지고 집에 돌아와 부인을 보니 부인은 암탉이고 자신은 사람이어서 일이 잘 되지 않는 것이었다. 남자는 못 사는 이유를 알았지만 어쩔 수가 없었다. 이 설화에서 남자는 성실하게 일하지만 아내와의 사이에서 자식을 낳지 못하며 돈도 자꾸 줄어든다. 그리고 그 이유를 알고 보니, 자신은 사람이고 아내는 암탉이라는 것이다. 이것은 남편과 아내가 서로의 배필로 어울리지 않는 사람들이라는 것을 의미한다. 이에 필자는 이것을 남편과 아내의 성격차이로 인한 부부갈등이라고 명명하여 보았다. 이 설화에서 범의 눈썹을 가지고 내려오던

---

76 『한국구비문학대계』 7-15, 157-159면, 구미시 설화22, 전생의 인연 찾아서 잘 산 이야기, 서필금(여, 74)

남자는 옹기장수 부부가 지나가는 것을 보고, 범을 눈썹을 대 보니 남자는 수탉이고 아내는 사람이었다. 남자는 옹기장수에게 아내를 바꾸자고 하고, 그 뒤로는 자식도 낳고 살림도 늘어 잘 살게 되었다. 남자는 옹기장수가 오면 자신의 돈을 갈라줘야겠다고 생각해 장날마다 그를 기다렸는데, 옹기장수 역시 아내를 바꾼 후로는 자식도 낳고 잘 살게 되었다고 한다. 이 둘은 함께 이사를 하여 한 집에서 형제처럼 잘 살았다.

이와 동일하게 서로에게 맞는 배필, 부부간의 인연과 관련된 것으로 〈전생의 인연으로 부부가 된 중과 이와 돼지〉라는 설화를 들 수 있다. 이 설화의 줄거리는 다음과 같다.

정승이 장가를 가게 되었는데, 얼마 뒤에 색시가 보따리를 싸서 집을 나가버렸다. 정승이 원통해서 색시를 따라 가보니 숯구이 총각 집으로 가는 것이었다. 색시는 숯구이 총각이 오자 서로 좋아하면서 즐겁게 잘 살았다. 정승은 자기 부인에게 잘 살라는 인사를 하고 헤어졌다. 정승이 어느 절에 있는 도사를 찾아가니, 도사는 이미 정승이 올 줄 알고 기다리고 있었다. 도사가 정승에게 말하기를 이것은 전생의 인연에 따른 것이니 너무 섭섭하게 생각하지 말라고 하였다. 전생에 정승은 절의 스님이었는데 바위에 앉아 있다가 옷에서 이 한 마리가 나오는 것을 죽이지 않고 바위 밑으로 집어넣었는데 이가 바위 밑에 누워 있던 멧돼지 등에 올라타서 평생 멧돼지 몸을 뜯어 먹고 살다가 죽었다고 하였다. 그 후, 이는 여자로 환생하고 멧돼지는 숯구이 총각으로 환생하였는데 이가 은공을 갚느라 정승에게 시집을 갔다가, 평생의 연을 따라 숯구이 총각에게 간 것이라고 하였다. 그리고는 남쪽으로 가면 어느 성받이가 나설 텐데 그곳으로 장가를 가면 삼정승 육판서가 날 테니 그곳에 가서 제대로 연

을 만나라고 하였다. 그 후 정승은 인연을 만나 새로 장가를 들어 잘 살
고, 숯구이 총각은 여자와 한평생을 잘 살다가 죽었다.[77]

정승이 장가를 갔는데 얼마 후 아내가 집을 나가버렸다. 남편이
원통해 따라가 보니 숯구이 총각 집에서 살고 있는 것이었다. 정승
과 숯구이 총각이란 신분이나 능력으로 볼 때 전혀 비교될 수 없는
사람이다. 그런데 정승 아내는 정승을 뿌리치고 숯구이 총각한테로
갔고, 정승은 이 상황을 이해할 수가 없다. 여타 설화의 경우에도 아
내는 이유 없이 다른 남자에게로 가 버리는데, 남편은 아내의 이러
한 행동을 이해할 수 없다. 여기서 아내가 아무 이유없이 다른 남자
에게로 가 버렸다는 것은 남편이 아내와 맞지 않는 사람이라는 것
을 의미한다. 즉 아내의 배필은 따로 있다는 것이다. 그러므로 이 설
화군 역시 남편과 아내의 성격차이라고 명명해 보았다.[78] 이 설화에

---

77 『한국구비문학대계』 7-13, 156-160면, 대구시 설화35, 전생의 인연으로 만난
　　정승 마누라와 숯구이 총각, 서상이(여, 78)
78 〈전생의 인연으로 부부가 된 중과 이와 돼지〉와 같이 배필이 정해져 있다는
　　것으로 〈신부의 흉터와 천생연분〉이라는 설화가 있다. 노총각이 길을 가다
　　실 두 가닥을 매고 있는 할머니를 만났는데 할머니는 한쪽의 실은 남자이고
　　다른 한쪽의 실은 여자인데 그 두 실을 이어 연분을 맺어주고 있다고 한다.
　　노총각이 자신의 배필을 묻자 할머니는 재 너머 빨래를 널고 있는 여자가
　　업고 있는 아이가 배필이라고 알려주었다. 남자는 가뜩이나 늦었는데 자신의
　　배필이 아이라는 말을 듣고, 아이를 죽이면 다른 배필이 생기지 않을까 싶어
　　무작정 돌을 들어 아이의 이마를 때리고 도망을 갔다. 나중에 노총각이 혼인을
　　했는데 첫날밤 신부를 보니 이마와 양 볼에 빨간 칠을 하고 있었다. 노총각이
　　그 이유에 대해 묻자 신부는 어떤 사람이 던진 돌에 맞았는데 흉이 져서 자국을
　　가리기 위해 칠을 했다고 했다. 이야기를 들은 노총각은 그 신부가 자신이
　　때린 아이라는 것을 알아차렸고, 할머니의 말대로 천생연분이 있다는 것을
　　깨달았다. 이때부터 연지곤지가 유래되었다. 이 설화 또한 부부간의 인연에 대해
　　이야기하고 있다. 그러나 부부간의 문제가 발생되지는 않았기에, 각주에서만

서 정승이 지켜보니 아내는 숯구이 총각이 오자 서로 좋아하며 즐거워하였다. 정승은 아내에게 잘 살라는 인사를 하고 헤어진다. 정승이 어느 절에 있는 도사를 찾아가니, 도사는 정승이 올 것을 미리 알고 있었다. 도사는 정승에게 이것은 전생의 인연에 따른 것이니, 너무 섭섭하게 생각하지 말라고 한다. 전생에 정승은 절의 스님이었는데 바위에 앉아 있다가 옷에서 이가 나오는 것을 보고 죽이지 않고 바위 밑으로 집어넣었다. 그리고 이는 바위 밑에 누워있던 멧돼지 등에 올라타 평생 멧돼지 몸을 뜯어먹고 살다가 죽었다는 것이다. 그 후 이는 여자로 환생하고 멧돼지는 숯구이 총각으로 환생하였는데, 이가 은공을 갚느라 정승에게 시집을 갔다가, 평생의 연을 따라 숯구이 총각에게로 간 것이라고 했다. 그러면서 남쪽으로 가 제대로 된 연을 만나라고 하였고, 정승은 그 말대로 그곳에 가 인연을 만나 새로 장가를 들어 잘 살았다. 숯구이 총각 역시 정승의 옛 아내와 한평생 잘 살다가 죽었다.

그렇다면 설화에서 이야기하는 부부간의 성격차이로 인한 갈등의 문제해결 방안은 무엇일까?

〈호랑이 눈썹〉〈전생의 인연으로 부부가 된 중과 이와 돼지〉에서 이야기하고자 하는 것은 성격차이가 너무 커 부부관계를 지속할 수 없다면 이혼 또한 대안이 될 수 있다는 것이다. 이 두 설화에서는 기존의 부부관계가 깨어지면서, 새로운 부부관계를 만들어내고, 그것을 잘 유지하고 있다. 그런데 중요한 것은 부부관계는 깨어졌지만,

_____

예시로 다루어 보았다.

깨어진 부부는 서로에게 힘이 되어주기 위해 노력을 한다는 것이다. 〈호랑이 눈썹〉에서 남편이 헤어진 아내가 어떻게 살고 있는지 궁금해 하고, 혹여 잘 살지 못한다면 자신의 재산을 반분해 도와주려고 하는 것은, 비록 부부관계는 깨어졌지만 인간적인 관계는 잇고자 하는 것이다. 또한 〈전생의 인연으로 부부가 된 중과 이와 돼지〉의 경우는 배우자가 왜 자신을 떠났는지, 왜 자신과 이혼을 원하는지 납득할 수 없는 정승과 같은 처지의 사람들에게 도움을 줄 수 있는 이야기이다. 이 설화에서는 그것을 전생의 인연으로 설명하고 있는데, 이러한 설명방식은 정승과 같은 처지의 사람들의 마음을 위로하는데 도움이 될 수 있을 것이다.

2) 현대 부부갈등 사례에의 적용

〈호랑이 눈썹〉〈전생의 인연으로 부부가 된 중과 이와 돼지〉는 현대 부부갈등에 어떻게 적용될 수 있을까? 먼저 배우자와의 성격차이로 인해 부부갈등이 유발된 상담사례들을 살펴보고, 본 설화의 적용 가능성을 타진해 보도록 하겠다.

사례 1　**성격이 너무 안 맞아서 지칩니다.**

이제 결혼 2년차. 우린.. 서로 좋아하는 것도, 음식도, 가치관도 성격도.. 모든게 참 다릅니다. 다른게 꼭 나쁜 것만은 아니지요. 근데.. 자꾸 달라서 충돌이 잦아지니.. 그런 일들이 하루에도 수십번씩 생기

고 감정이 틀어지고 분노가 쌓이고 섭섭하고... 이런 것들이 아기낳고
나서 특히 더 반복되어지다 보니 자꾸 같이있는 게 불편해집니다. 그
리고 가장 중요한것, 신랑에게 아무것도 기대하지 않는 저 자신을 볼
때 참 가엾다는 생각이 듭니다. 항상 무언가를 원했을때 우린 늘 크
든 작든 다투거든요. 내가 좋아하는 것을 흔쾌히 즐겁게 같이 하거나,
또는 좋아하는 고기를 먹자고 먼저 말해준다거나 등등의 기대는 전혀
없습니다. 그러다보니 같이 사는 재미가 없습니다. 그냥 이렇게 애키
우다가 인생 끝날 것 같다는 생각이 듭니다. 언제나 자기 좋아하는일
은 혼자즐기죠. 등산도 하고 운동도 가고 친구들도 만나고요. 전 신랑
따라 신랑 고향에 온지라 친구가 없어 애기와 둘이 거의 있는 편이구
요. 연애때는 몰랐는데 말투도 늘 짜증스러운 듯 들리고 빈정거리는
것만 같아요. 자기 생각대로 안하면 왜 자기말을 안들었는지 요목조
목 따집니다. 대답하다가 저도 언성높아지면 토단다고 생각해서 같이
목소리커집니다. 자기는 순종적인 여자가 좋다네요. 제가 연애땐 순
종적인 여자인줄 알았대요. 그런데 결혼해보니 말대꾸가 많다고 합니
다. 그냥 자기가 말하면 그런줄 알라고...이립니다. 우리 한 살 차이
나요. 이런 생각도 날 지치게 합니다. 나, 입닫고 순종하며 살기엔 비
형여자라 그러지도 못해요. 속에서 강하게 분노가 오르고 미칠 것 같
은거 가끔 눈물로 삼킵니다. 제발 월요일이 되서 저사람 출근하고 애
기랑 둘이 있고 싶단 생각뿐이에요. 신랑을 사랑하지 않는 것은 아닌
데 같이 있음 너무 스트레스 받고 불편하다는 게 맞는 표현 같습니다.
어떻게 풀어가야 할지 모르겠어요. 딱히 누구의 자잘못이 걸린 문제
도 아니고 신랑은 가정적이려고 노력하는 편이고 딱히 무슨 문제가있
는 것도 아니거든요. 그냥 단지 저랑 생각도, 성격도, 좋아하는 것도
모든 것이 달라서 충돌되고 싸우고.. 제 속이 자꾸 지칩니다.

사례 2 **부부싸움...이젠 정말 지칩니다 이혼해야 끝날거같네요ㅠ**

30대초반 남자입니다. 만나지말아야 할 사람들이 만난거같네요. 하루가 멀다하고 싸웁니다. 와이프랑 동갑이고요 뭐하나 맞는게 없네요. 한가지라도 공통분모가 있다면 살면서 하나씩 맞추면 되는 데 단한가지도 안맞습니다. 와이프성격, 완전 바른생활 사람이고, 거기다가 엄청 깔끔떠는 사람.. 보통 일반인이 보면 약간 피곤한 스탈 징징거리기도 엄청 징징대고 매사에 신경질적이면서 승질이 불같아 승질나면 길바닥이고 사람 많은데고 가리질 않고 발악합니다. 저는 좀 덤벙대고 털털하고 술 좋아하고 농담도 좋아하고, 남들 재밌게 해주는 사람입니다. 여러명 어울리다보면 저땜에 많이들 웃어요. 우유부단함이 결국엔 여기까지 와버렸네요. 연애할때 엄청싸울 때 그만뒀어야하는데 맘이 모질지도 못했고 ㅂㅅ같아서 일생일대 제일 큰 실수를 저질러버렸네요. 대화자체도 안통하고 매사 논리적 따지는거 좋아하고 떠받드는거 좋아하는 와이프... 이젠싫습니다.……결혼 3년 동안싸우면 이혼하자는 소리 대여섯 번은 한거같네요. 승질이 이래요. 화나면 뭐든 안가립니다. 아무것도 안맞고 물과 기름같아요. 뭘 하나 특정하지 못할 정도로 너무 안맞습니다. 어젠 너무 화가나서 심하게 욕설도 서로 하면서 싸우다가 야밤에 애기데리고 나가네요. 이혼하잡니다. 안들어오구요. 진짜 너무 지쳐서 이젠 오만정이 다 떨어졌습니다. 암것도 아닌데 화부터 일단 냅니다. 저는 그걸 이해 못해 같이 화내고요. 작년 이맘때 이혼 서류 들이밀때 할걸ㅠㅠ 요번엔 진짜 하자고 하네요. 이혼이 진짜 장난도 아니고 저도 이젠 놓고싶은데.. 완전 정떨어져서 너무 싫은데...이 사람에겐 제가 하는 건 거의 뭐든지 죄가되고 항상 잘못이 됩니다. 집안일도 도와주고 월급 손 안대고, 폭력 당

연 안쓰고요. 도박안하고요. 바람안피고요. 이찌할지 가슴만 답답하
네요. 아무리 잘해줘도 이 사람에겐 티가 안나요. 싫어진 사람, 더는
안될거 같아요. 마지막으로 부부상담이라고 해볼까 생각중인데 사람
성격 안바뀌잖아요. 살기싫습니다. 조언좀 부탁이요ㅠ

　사례1〉에서의 아내는 결혼한 지 2년이 된 사람으로, 남편과 성격
이 너무 맞지 않아 힘들어한다. 남편과는 좋아하는 것도 음식도 가
치관도 성격도 모든 게 참 다르다. 다른 게 꼭 나쁜 것은 아니지만,
남편과 자꾸 충동이 생기고, 그런 일들이 반복되다 보니 감정도 상
하고 같이 있는 게 불편해진다. 남편은 순종적인 여자가 좋다고 하
지만, 아내는 성격상 순종하고 살기에는 자기주장이 강하다. 그리고
남편의 말에 속에서는 분노가 치밀어 오른다. 아내는 남편과 함께
있는 시간이 불편하고 힘들어, 빨리 남편이 출근하는 월요일을 되었
으면 좋겠다. 그런데 문제는 아내가 남편을 사랑하지 않는 것도 아
니다. 다만 아내는 남편과 함께 있으면 너무 스트레스를 받고 불편
하다. 아내가 생각하기에 남편은 가정적이려고 노력하는 편이고 딱
히 무슨 문제가 있는 것도 아니다. 다만 서로 간에 성격이 달라 싸우
게 되고, 아내는 점점 지쳐간다.
　사례2〉의 남편 역시 아내와는 성격이 너무 맞지 않는다. 남편이
생각하기에 아내와 자신은 단 하나도 공통된 부분이 없다. 아내는
성격이 바른 사람이고, 엄청 깔끔한 사람으로 보통 사람들의 눈에는
피곤한 스타일이다. 반면 남편은 덤벙대고, 털털하고, 술 좋아하고,
농담도 좋아 하는 사람이다. 남편은 매사에 논리적으로 따지는 아내

가 싫고, 싸우는 것도 이제는 지친다. 남편이 생각하기에 자신은 집안일도 도와주고, 월급에 손도 안 대고, 폭력도 쓰지 않고, 도박도 안하고, 바람도 안 피운다. 그러나 아내에게는 남편이 하는 것은 뭐든지 죄가 되고, 항상 잘못이 된다.

사례1〉이나 사례2〉에서는 서로 맞지 않는 부부사이의 성격이 문제가 된다. 부부사이의 성격이라는 것은 너무 부지런하고 깔끔해서 문제가 되기도 하고, 반면에 너무 게으르고 지저분해서 문제가 되기도 한다. 즉 정반대인 성격의 소유자들이 만나 문제를 일으킬 수도, 혹은 비슷한 성격의 소유자들이 만나 원만한 결혼생활을 유지해 나갈 수도 있다. 만약 배우자와의 성격차이가 너무 커 결혼생활을 지속할 수 없거나, 서로 간에 의견조율이 되지 않는다면, 결국은 이혼이 답이다. 〈호랑이 눈썹〉은 부부사이의 성격차이가 너무 커 더 이상 부부관계를 지속할 수 없다면, 이혼 또한 대안이 될 수 있음을 보여준다.

또 〈전생의 인연으로 부부가 된 중과 이와 돼지〉는 배우자가 왜 자신과 이혼을 원하는 지 납득할 수 없는 정승과 같은 처지의 사람들에게, 두 사람이 부부의 인연이 아님을 이야기해줌으로써 심리적 위안을 줄 수 있을 것이다.

참고자료

임석재, 『한국구전설화』 전 12권, 평민사, 1988~1990.

한국정신문화연구원, 『한국구비문학대계』 전 82권, 1980~1988.

정운채 외, 『문학치료서사사전』 I Ⅱ Ⅲ, 문학과치료, 2009.

http://miznet.daum.net/(다음 미즈넷 게시판).

저자 | 서은아(徐銀雅)

서은아(徐銀雅)는 서울여자대학교 교육심리학과를 졸업하고, 동 대학교 대학원 국어국문학과에서 석사·박사학위를 받았다. 2000년도 3월부터 서울여자대학교 국어국문학과에서 고전문학을 강의하고 있으며, 2006년 10월부터 2014년 6월까지 서울여자대학교 인문과학연구소 전임연구원으로 재직하였다. 현재 서울여자대학교 인문과학연구소 연구교수로 재직 중이다.

구비설화를 활용한
가족상담모형 개발 부부관계 영역

초판 인쇄 | 2015년 7월 25일
초판 발행 | 2015년 7월 25일

저　　자 서은아

책임편집 윤수경

발 행 처 도서출판 지식과교양
등록번호 제 2010-19호
주　　소 서울시 도봉구 창5동 262-3번지 3층
전　　화 (02) 900-4520 (대표) / 편집부 (02) 900-4521
팩　　스 (02) 996-0041
전자우편 kncbook@hanmail.net

ISBN 978-89-6764-041-5　　　　　　　　　　　정가 22,000원